艺术之谜新解

林兴宅 著

闽籍学者文丛 第二辑

福建文艺发展基金资助项目

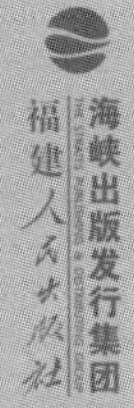

图书在版编目（CIP）数据

艺术之谜新解/林兴宅著．—福州：福建人民出版社，2017.3
（闽籍学者文丛/张炯，吴子林主编．第二辑）
ISBN 978-7-211-07528-7

Ⅰ.①艺…　Ⅱ.①林…　Ⅲ.①文艺评论—中国—文集
Ⅳ.①I206－53

中国版本图书馆CIP数据核字（2016）第312956号

艺术之谜新解
YISHU ZHI MI XINJIE

作　　者：林兴宅
责任编辑：林俊杰
出版发行：海峡出版发行集团
福建人民出版社　　**电　　话**：0591-87533169(发行部)
网　　址：http://www.fjpph.com　　**电子邮箱**：fjpph7211@126.com
地　　址：福州市东水路76号　　**邮政编码**：350001
经　　销：福建新华发行（集团）有限责任公司
印　　刷：福州德安彩色印刷有限公司
地　　址：福州市金山浦上工业区B区42幢　**邮政编码**：350007
开　　本：700毫米×1000毫米　1/16
印　　张：22.5
字　　数：297千字
版　　次：2017年3月第1版　　2017年3月第1次印刷
书　　号：ISBN 978-7-211-07528-7
定　　价：45.00元

总　序

本丛书为闽籍知名学者的学术论著精选集。

福建地处我国东南海隅。南临大海，有一条美丽绵长的海岸线，让人联想起一种开放性；北为武夷山脉等群山所隔，又略显局促、逼仄。地理位置的这种矛盾性特点，一方面，使闽地学者不安于空间狭小的故园，历经磨难而游学四方，冲出“边缘”进入“中心”；另一方面，又有一种与“中心”相疏离的“外省”特色，在“中心”与“边缘”之间保持着必要的张力。这有力地塑造了闽地文化独特的“精神气候”：有比较开阔的世界性视野，善于借助异域文化经验、文化优势来实现自己、完成自己，建构属于自己的原创性理论话语，占据着学术思想的高地。

自魏晋南北朝以来，中原文化渐次南移，尤以唐宋为甚，故闽地学人辈出不已。在19世纪末、20世纪初中国社会文化的转型期，福州、厦门被列入“五口”开放，西学进入沿海城市，闽地涌现许多文化先驱，一度成为中国的文化中心之一。如，“开眼看世界第一人”的林则徐，引进西方社会科学理论的严复，译介域外小说的林纾，等等。此后，闽地文化人如鲍照诗所云“泻水置平地，各自东西南北流”，以其才智和气魄在激烈竞争中居于重要地位。

在20世纪80年代的中国文化又一转型期，闽地文化人再次异军突起、风云际会，主动发起、参与了当代中国文坛数次意义重大的论战，发出时代的最强音，大大深化了80年代以降的文学变革和思想启蒙，成为学界思想潮流的“尖兵”。为此，当代著名作家王蒙提出了文学理论、批评界的“京派”“海派”“闽派”三足鼎立之说。这对于一个文化边缘省份而言，既是悠久历史传统的复苏，也是未来文化前景的预期；既是一项殊荣，也是一种鼓舞。

当代学术中“闽派”的提法，不仅仅是一个地域概念，更是一种文化概念。这个以地域命名的学术群落，散布全国各地学术重镇，每个人的文化素养、价值观念、审美向度和言述方式大相径庭，但都在全国产生了辐射性的影响力，充分展现了八闽大地包容万象的气势。职是之故，我们不拘于一“派”之囿，以“闽籍学者”定位这一丰富的文化现象。

受福建人民出版社的委托，我们欣然编选、推出这套“闽籍学者文丛”，其志在薪梓承传，泽被后学，为学术发展尽一绵薄之力。古人云：“文章千古事，得失寸心知。”闽籍学者阵容强大，我们拟分期分批分人结集出版，以检阅闽地学人的学术实绩。

这是“闽籍学者文丛”的第二辑。本辑推出的是我国当代文学界著名的文艺理论家、文学史家、文学评论家，既有年逾九旬的老学者，也有中青年学术新锐；每人一集，收录有分量的代表性论文，凸显“一家之言”的戛戛独造。

如果时机成熟，本文丛还将进一步扩大规模，我们真诚地希望读者诸君一如既往地提出宝贵的建议。

张　炯　吴子林

2016年12月9日

目　录

学术自述（代序） …………………………………………… （001）

第一辑　系统论文艺观

论文学艺术的魅力（节选） ………………………………… （002）

论系统科学方法论在文艺批评中的运用 …………………… （017）

系统科学方法论与文艺观念的变革 ………………………… （033）

系统论对艺术认识论的启迪 ………………………………… （042）

文明的极地——诗与数学的统一 …………………………… （058）

第二辑　艺术生命与象征

艺术生命的秘密——关于文学永恒性问题的思考 ………… （064）

文学作品的审美层次与文学欣赏的心理过程 ……………… （083）

诗味新解 ……………………………………………………… （092）

论文学的象征性 ……………………………………………… （100）

象征理论及其审美意义 ……………………………………… （109）

“特征图式”——艺术超越性的本源 ……………………… （125）

论艺术活动的特殊本质——形式表现 ……………………… （143）

第三辑 超越“反映论”范式

旧文艺学体系的哲学反思 …………………………………… (158)
艺术非意识形态论 …………………………………………… (176)
“艺术形象”辨 ……………………………………………… (186)
内容与形式新论 ……………………………………………… (196)
评流行的文学功用观 ………………………………………… (213)
关于“政治标准第一”的几种论证的商榷
——二论文艺批评的标准 ………………………………… (221)
我们时代的文艺理论 ………………………………………… (228)

第四辑 文学作品研究

《离骚》探胜 ………………………………………………… (248)
论阿Q性格系统 ……………………………………………… (270)
《离婚》与《小公务员之死》的比较分析 ………………… (292)
小说《月食》中感情的诗化 ………………………………… (305)
试论《风筝飘带》的美学特征 ……………………………… (313)
学术简表 ……………………………………………………… (325)
后记 …………………………………………………………… (332)

学术自述（代序）

我于1963年7月毕业于厦门大学中文系，毕业后留系任教。随后却身不由己地卷入连续不断的政治运动，实际上无法履行作为一名高校教师的职责，从事正常的教学和科研工作。直到1977年才真正拥有一张平静的书桌，有条件坐下来进行自己兴趣的学术研究。那时我已是有家室、有儿女的中年人，一种紧迫感像鞭子一样时时抽打着我的灵魂，逼迫我如饥似渴地读书、思考、写作。除了吃饭、睡觉以及必要的家务之外，我完全泡在了厦大图书馆里。图书馆成了我的书房，三餐过后即往图书馆钻。这个习惯一直延续到我退休。

我们这一代学子在知识积累上严重贫血，思维方式背负着沉重的枷锁，学术起步也较晚。我心里非常清楚自己的这些弱点，所以，在70年代末的“拨乱反正”和80年代初的“解放思想”的时代潮流的激励下，产生了强烈的突破旧学、创获新知的内心冲动，“创新”成了我头脑的兴奋点。这个兴奋点自始至终激励着我的教学和科研，使我的喜欢标新立异的天性获得充分发挥的机会。

从1977年至1995年大约十八年里是我心无旁骛，潜心教学和学术研究的时间，也是我比较集中出成果的时段。现在仔细回顾一下，这十几年时间大致可以分为三个阶段，分别围绕三个理论主题去思考和研究：

第一个阶段（1977年至1980年）：这是我在“解放思想”的社会思潮激励下寻求理论突围的阶段。70年代后期，我作为一位高校教师从事文艺理论课教学，当时是以对旧文艺理论体系的反叛精神和焦躁地寻找新的出路的良苦用心进行学术思考的。这个阶段我主要做了两件事：第一件事是结合《当代文学评论》课的教学，尝试运用各种新的批评方法评论文学作品，探索文学批评方法多元化的路径。比如用意象分析批评方法评论李国文的小说《月食》，用心理分析的批评方法评论张洁的小说《爱，是不能忘记的》，用比较文学批评方法评论鲁迅的小说《离婚》与契诃夫小说《小公务员之死》，用美感结构分析法评论王蒙的小说《风筝飘带》等，分别写成评论文章在报刊上发表。后来我把这些文章汇集成书出版，取名为《批评的实验》。第二件事就是结合《文学概论》课的教学，对文学原理的一些重要命题进行批判性反思，挑战当时尚处主流的文学观念，诸如题材决定论、真实是艺术的生命论、现实主义主流论、典型是生活本质的概括论、世界观决定创作论、内容决定形式论、政治标准第一论等，我对这些命题都有质疑和思考，并写成文章。其中比较有代表性的是三篇：第一篇是《用形象思维指导艺术创作》（载于《形象思维问题论丛》，吉林人民出版社 1979 年 10 月版），写于 1977 年，是为了参与当时全国性的形象思维问题大讨论的。文章提出所谓“形象思维”就是艺术想象或艺术构思，而不是一种与抽象思维并行的独立的思维方式。文章还对“世界观指导文艺创作”这一原则提出质疑，在当时的语境下这无疑是唱反调的文章。第二篇是论文艺批评标准的系列论文，写于 1978 年，原拟写成七篇，在《厦门文艺》上已发表两篇，后因政治气氛有了变化，第三篇即遭退稿。这组系列论文主要论证三个观点：一、把文艺批评标准区分为政治标准和艺术标准是违背艺术规律的；二、文艺批评必须坚持“政治标准第一、艺术标准第二”的提法是不科学的；三、文艺批评不能用政治标准来评价文艺作品，政治标准必然是权力标准，将导致各级当权者普遍干预文艺批评的现象。第三篇是《评流行的文学功用观》，发表于《福建论坛》1981 年 1 期，写于 1979 年。文章认为把文学的社会作用区分为教育作用、认识作用和美感作用的提法是不科学的，文学的社会作用就是美感作用，只有充分发挥文学的美感作用才能获得文学的社会效果。以上三篇论文论证的观点在今天看来都是普通的文学常识，也是大家的共识，但在当时却是离经叛道的“异见”，所以在中文系举办的几届科学讨论会上，这些文章作为提供大会的论文都遭到相当强烈的批驳。

第二阶段（1981 年至 1988 年）：这是我尝试运用系统科学方法论建构文艺理论批评新的方法论模型和解释框架的阶段。由于一个偶然的机会，我接触了系统科学方法论的知识，受到极大启发。它仿佛在我眼前敞开一扇新的窗户，让我看到文艺理论批评创新的新路径，即用新方法思考老问题，通过思维方式的变革达到观念的创新。我用系统论方法解读文艺作品，重新阐释文学的基本原理获得了许多新的知识，大大强化了变革思维方式的意识。而系统科学方法论就是一种新的思维方式。为了验证运用系统科学方法论重新解读文艺作品，阐释文学基本原理的有效性，我有意识地选择难度较大、争论较多的课题：如何理解阿 Q 性格的典型问题历来是个争论不休的话题，而优秀的文艺作品为什么具有超越阶级、民族和时代的永恒魅力，则是文艺学的一个重要理论难题，所以我选择这两个问题作为研究对象，初试系统方法的牛刀，试图寻求理论突破。从 1981 年开始大约用了两年多的时间完成了论文《论阿 Q 性格系统》和专著《艺术魅力的探寻》的写作。它们分别于 1984 年和 1985 年发表和出版。

《论阿 Q 性格系统》一文运用系统论的概念和方法，分析阿 Q 典型的自然质、功能质和系统质，把阿 Q 界定为奴性人格的典型，颠覆了把阿 Q 归结为“精神胜利法”的典型的流行观念，并且认为阿 Q 的“革命”应是贬义词，不能予以肯定性的评价。在这篇论文中我还用“象征”的概念解释阿 Q 典型超越阶级、时代和民族的生命力的原因。我在解释阿 Q 典型永恒的生命力这一微妙现象时，深感用传统典型理论的个性与共性、特殊与一般诸范畴很难说清问题，而必须在读者阅读、欣赏《阿 Q 正传》时建立起来的审美系统的运动中寻求解释。我发现阿 Q 典型的生命力是审美系统的功能现象。这种功能我用三个层次来描述：在阿 Q 典型产生的那个时代，他是当时的民族失败主义思潮的象征；而在以后的几十年中，阿Q典型又成了中华民族国民劣根性的象征；对于世界各国的读者来说，阿Q典型就是世界荒诞性的象征。我由此认为，阿Q典型的生命力不在于阿Q形象自身的概括性，而在于阿Q形象特征的象征功能。随后写成的《艺术魅力的探寻》是一本运用系统论方法对艺术魅力的现象进行系统分析的专著，试图建立解释艺术生命现象的理论框架。全书分为艺术魅力的本质、艺术魅力的静态分析、动态考察和群体分析以及艺术魅力探寻的方法论和例证分析等几个部分。书中提出文学艺术是再现、表现和评价三位一体的三维结构的新观念，第一次把艺术魅力界定为一种审美效应，并对艺术魅力发生的心理机制进行创造性研究，建立了艺术魅力的内在结构模型、艺术魅力的静态系统图、艺术魅力三种动因的数学模型、艺术欣赏的心理组织模式、审美知觉的四梯级结构以及魅力生成的动力系统图等，提出以"象征原理"为轴心的文艺欣赏活动的理论模型和以"活参"为特征的艺术欣赏的方法论模型。上天不负有心人，我的论文和著作引发了学术界的强烈反响。随后，文艺研究新方法成了当时社会的热点话题。于是我受邀到许多高校和研究机构宣讲文艺批评的新方法，成了系统论的布道者。此时的我被一股强大的创新思潮所裹挟，压力远远大于激励，必须在思维方式变革和观念创新的道路上奋力向前。一方面，我在教学中为研究生开设《系统论与文艺学》的专题课，逐渐形成一套比较系统的"文艺系统论"的教材，另一方面加速度地撰写、发表有关系统论与文艺观念变革研究的论文。这八年间，我潜心于系统论与文艺观念变革的研究，思维空前的活跃，积累了大量的读书笔记和讲稿，研究成果呈爆发式增长，连续不断地在全国性刊物上发表数十篇论文。除了《论阿Q性格系统》和《论文学艺术的魅力》两篇代表作外，比较受人关注的还有《艺术生命的秘密》《文明的极地——诗与数学的统一》《关于文艺未来学的思考》《论系统科学方法论在文艺批评中的运用》《文学与象征》《系统科学方法论与文艺观念的变革》《文艺本质之辩》《我们时代的文艺理论》《系统论对艺术认识论的启迪》《论文学的象征性》等论文。在讲课的基础上完成的《系统论与文艺学》书稿尽管已经纳入出版社的出版计划，但几经琢磨，总觉不成熟，而没有勇气交付出版。

第三阶段（1989 年至 1994 年），这是我集中精力进行象征论文艺学新范式的构建阶段。我在运用系统论方法思考艺术永恒性问题时发现，优秀作品生命力的秘密就是文学欣赏的象征机制，即它能与不同的欣赏者建立异质同构联系，激发他们展开经验的联想和情感的表现。所以，艺术的永恒性并非来自作品的某种客观属性，比如作品描写了超阶级的普遍人性和人情，而是来自文学欣赏中的象征表现活动。在发现文艺欣赏的象征机制的基础上，我进一步推导出象征是艺术的本质的命题。文学艺术的意义和价值不在于他再现了客观世界，使人获得对现实人生的认识，而是借助客观现实提供的形象材料重新创造一种形式，激发人们进入另一个世界（虚构的世界）去体验人生的价值。把文学艺术看成是反映社会生活本质的特殊认识形式，实际上是对文艺的深刻误解。为此，我们的文艺观念必须从“文艺反映论”转向“文艺象征论”。接着我又提出运用“象征”范畴重建文艺学体系的命题。我的学术方向又从文艺本质的研究转向文艺学新范式的构建。1988 年秋，我参加了中国社科院文学所主办的“文艺新学科建设丛书”编委会的组稿会议，我报的选题是“象征论文艺学导论”。我的学术目标就是试图以“象征”为核心范畴构建一个有别于“文艺反映论”范式的文艺学原理的解释框架。经过一段时间酝酿，到了 1989 年，我在集美镇教育工委（我老同学是工委书记）的单位宿舍待了半年时间，天天读书、思考、写作，没有任何干扰和烦心的事。那种独处的环境大大提高了学术研究的效率，在那里我完成了大部分书稿的写作。1991 年夏天，我把书稿寄给人民文学出版社。犹如长途跋涉之后的歇息，感受到从来未有过的轻松和满足。书稿约 40 万字，责编建议我把书稿中对文艺反映论的批判性反思部分抽出，独立成册出版。这部分内容后来命名为《文艺哲学的现代转型》于 2000 年由福建人民出版社出版。书稿的主体部分即是人民文学出版社1993年出版的《象征论文艺学导论》。该书作为“象征论文艺学”新范式的导论，以艺术存在的二重性为逻辑起点，按照艺术自身的内在矛盾运动的逻辑线索层层深入地揭示艺术审美的机制，从而建立起一个新的、有别于“文艺反映论”的文艺学解释框架。首先指出“象征论文艺学”的哲学基础是历史唯物主义，然后从存在的角度和活动的角度两个维度描述艺术本质展开的逻辑链条。我在粗略勾画出理解人类的艺术现象的逻辑线索之后，明确指出：按照这个基本思路阐释艺术现象明显不同于过去流行的文艺理论所确立的“意识形态—认识活动”的文艺观，不能沿用“反映”范畴来阐释艺术的本质，而必须重新寻找文艺学的核心范畴，这个新范畴就是“象征”。“象征”是艺术审美的内在机制和艺术的价值属性。在对“象征”范畴进行深入论证之后，我把思辨的逻辑之旅的落脚点放在了艺术审美价值的分析上。我对古文论中“味”的概念作了科学的辨析，并把它界定为艺术审美价值的表现形态。我第一次提出，艺术审美价值源自艺术作品的深层结构“特征图式”。在这本专著中，我用“结构性存在”“形式表现”“象征”“特征图式”等基本范畴构建了一个新的文艺学原理的解释框架。以上就是《象征论文艺学导论》一书内容的大致轮廓。

1994年之后，我的学术研究放缓了脚步，但仍然沿着“文艺象征论”的思路继续对文艺批评方法论进行比较深入的理论研究，形成比较系统的思路，建立了以“价值判断范型”为核心范畴的文艺批评方法论的理论框架，为此我专门为研究生开设“文艺批评方法论”课程，并拟把讲稿整理成书稿在出版社立项。但书稿尚未完成，自己已经到了退休年龄，这项工作就此停顿中断。

以上我对自己的学术研究经历进行了粗略的回顾，这种回顾让人心情沉重。这么短的学术年龄，又没有同行们著作等身的骄人业绩，使我一想起来就倍感汗颜。但有两点却让我稍感安慰：一是我与生俱来的对新事物的好奇心和对标新立异的激情在文艺理论研究中得到绽放，这是时代赐给我的幸运；二是我的学术思考随着研究的深化逐步成熟，我的研究成果不是随感式的、跳跃式的，而是持续积累的、系统性的思维成果。我对文艺理论的兴趣发端于 1964 年厦大中文系举办的关于古代山水诗阶级性和永恒性的学术讨论会，它留给我一个文学永恒魅力的困惑。这个困惑是 70 年代后期我的理论冲动的来源，它激发我对原有的文艺理论重要命题的质疑和批判。正是从这里出发，我逐步深入到艺术的本质和规律这一千古之谜的堂奥。在这过程中，我的理论创新的路径，从“文艺系统论”走向“文艺象征论”，从思维方式的变革走向文艺学新范式的建构。在学界的印象中，我是系统论文艺批评方法的开拓者和实践者，较少关注我对象征论文艺学新范式的建构。但我自认比较有价值、比较成熟的理论成果是《象征论文艺学导论》，因为它提供了文艺学学科转型可供参照的样本。尽管作为学科建设而言，这个样本尚为粗陋，但它毕竟迈出了第一步。我的一些理论观点和思路始终是有争议的，对此我有自知之明，我始终都未自命为掌握了什么真理，只是口无遮拦地说出自己的质疑和看法，即使我曾名噪一时，也始终保持冷静、低调的态度。

一、理论成果简介和新论盘点

我在文艺理论批判的研究中逐渐形成两个比较系统的思维成果，一是文艺系统论，二是文艺象征论，这是两种既有联系又有区别的文艺学原理的分析框架。

“文艺系统论”就是用系统论的方法解释艺术现象，从世界的组织性这一角度思考艺术的本质。从这一理论基点出发，逐步形成一套系统论的艺术本体观、艺术认识论和艺术方法论，获得一些与传统文艺理论不同的新认识。文艺系统论的基本思路是：首先，运用系统论方法研究文艺必须把艺术放到“自然—人”系统中去考察，把人的活动、人的历史实践作为文艺理论的逻辑起点。因此，系统论的文艺观就是艺术的人类学本体论。其次，在系统论看来，艺术作品既不是客观现实的摹本，也不是心灵的幻象，而是联结人与自然、精神与物质的符号，它传输人和社会系统进行通讯控制的信息。人的艺术行为和社会的艺术活动是人类社会自组织系统的调节机制。第三，艺术活动是人类实践活动的精神复演，它通过某种创造性的结构（如语言结构、声音结构等）对实践活动内容进行假定性的虚拟，所以它与实践活动是异质同构的。艺术活动把人类活动的内容特征抽象为某种直观形式，以此作为人类自我观照、自我确证的替代品。第四，艺术品作为艺术活动的物化形式和凝结物是人与自然、精神与物质的中介。艺术的中介性使艺术永远是一种多极化、多层次的二重存在，即既是精神的，又是物质的，既是自然的人化又是人的对象化，既是功利的又是超功利的。第五，艺术审美活动是主客体的双向建构，从而在更高层次上实现融合统一的整合过程。艺术的认识论不是关于主体（审美意识）对客体（现实关系）的反映论，而是审美主体与审美客体的整合论。一切艺术审美活动都应在主客体双向建构的逻辑框架中得到说明，从而重新确立艺术规律的范畴。第六，要把一切艺术现象和艺术过程都看成“主体——信息中介——客体”的三项式，着力揭示隐秘的中介及其通讯机制，从而对系统运动作出非线性描述。这就是文艺系统论的方法模型。第七，艺术品自身是一个系统，它与人类活动系统同构契合。艺术作为人类活动的自由形式完整地包含了人类活动求真、求善、求美的各种维度，因此，艺术品是一个由再现、表现和评价三种向度构成的三维结构，它以想象的形式全面打开人类活动的各个领域，全面实现人的本质。

“文艺象征论”是以“象征”为核心范畴建构的有别于“文艺反映论”的文艺学分析框架。作为文艺学核心范畴的“象征”指的是与概念认知方式相对应、相区别的用具体的感性形象表征某种抽象的精神意蕴的文化方式、文化行为。它是人与世界异质同构联系的方式，也是人的生命对象化的方式，普遍存在于人类生活中。“文艺象征论”就是用“象征”的概念来界定艺术的特殊本质，阐释艺术的性质、特征和规律，试图建构文艺学的新的解释体系。

象征论文艺观的基本要点首先是对艺术的本质作出新的规定。一，艺术是一种感性存在，是人创造的具有物质性和客观性的文化产品，要把它纳入“存在”的范畴、放到人类实践系统中考察，跳出传统哲学认识论的思路，这是文艺学研究的逻辑前提。二，优秀的文艺作品都具有二重结构：表层是认识结构，是客观现实的符号系统，具有认识功能；深层是审美结构，由艺术形象体系构成，具有审美功能，人们既可以把它当作表意符号系统，成为认识对象，也可以把它作为直观形式，成为审美对象。艺术现象的全部复杂性就隐藏在艺术存在的二重性之中。三，艺术审美的本质是“形式表现”，即在形式（结构）的创造和观赏中实现人的生命本质力量全面而自由的对象化。四，艺术审美活动的“形式表现”是通过艺术形象的隐喻性和暗示性的激发机制来实现的。因此，凡是具有某种隐喻性和暗示力的艺术形象都具有象征性、具有审美价值。五，艺术价值的具体形态可以用古代文论常用的概念“味”来描述，它是文艺象征性的表现形式。“味”不是文艺作品的语义内容，是欣赏者象征表现活动的产物，实质上是审美主体的生命感受，是在“形式表现”中生成的主体性内涵。六，文艺作品的深层结构是“特征图式”，它是潜藏于艺术形象背后的抽象感性结构，是艺术作品的超验层次。它是艺术生命的内核，是艺术具有超越时空的普遍价值的源泉。以上就是象征论的文艺观的主要内涵。

其次，“文艺象征论”是对“文艺反映论”的超越。一是文艺学的逻辑前提从文艺与现实的关系转换为文艺与人的关系。二是艺术的本体论从意识形态论转换为表现形式论。三是艺术创作的实质并不是对生活的集中概括和典型化，而是象征形式的创造。艺术家的任务就是运用写实、变形、抽象、夸张等艺术手法把现实生活素材组织成某种意象结构，从而把自己的体验形式化。四是艺术欣赏不是一种认识活动，而是一种象征形式引发的表现活动。欣赏者通过想象和情感活动的中介，把审美对象改造成自己生命的表现形式，激发自己生命的对象化。五是艺术作品的价值不在于它是一种认知文本，而在于它是象征表现的激发机制，它必须在欣赏者的象征活动中才有意义。优秀作品就是一个富有表现力的象征形式。

第三，“文艺象征论”用“象征”的概念阐释艺术的性质、特征、功能和规律。一，用“象征”概念阐释艺术的性质。过去人们认为艺术是用形象反映生活的意识形态，而“文艺象征论”则认为，艺术的基本性质是象征，是人的生命本质力量的形象表现。艺术并不是为了模仿和再现客观世界，而是为了表现某种精神意蕴。我们说艺术的性质是象征，表明了艺术不是思想感情的形象化表达，不是形象化的认识，而是难以言传的生命体验的形式化、对象化，或者说是生命体验的表现性结构。二，用“象征”的概念阐释艺术的特征。过去的文艺理论都把形象看成是艺术的特征，但并非一切形象的东西都能成为艺术。看一个作品是不是艺术品，不能仅仅看它是否描绘了形象，更重要的是看它的形象是图解性还是象征性的，形象的象征性才是标志艺术审美性质的关键因素。有人主张艺术的特征是情感，但是艺术的情感是客观化的、外化的情感，必须外化为与情感同构的形象形式，使人们通过对形象的直观唤起相应的情感，实际上是艺术形象激发的情感效应。因此，艺术表现情感也是一种象征表现，把情感作为艺术的特征实际上是一种认知错觉。艺术表现情感根源于艺术的象征性，象征性才是艺术的特征。三，用“象征”概念阐释艺术的功能。过去人们谈到艺术的功能时都把它归结为认识功能、教育功能和美感功能三种。但是，艺术的认识功能并不是对作品再现性的生活题材的确认，艺术的教育功能也不是作品题材的思想意义对人的灌输，它们都是通过艺术形象对某种精神意蕴的隐喻和暗示间接地发生作用的。作为审美对象，艺术的价值并不在于它再现了什么，表达了什么思想观念，而在于艺术形象是否具有表现力，是否创造了一个“意义空域”，提供认识和教育作用的可能性。艺术的直接功能只是召唤和激发欣赏者的象征表现活动，艺术的功能归根到底就是象征表现功能。四，用“象征”的概念阐释艺术规律。所谓艺术的规律就是艺术活动中审美主客体的关系及其运动方式。过去的文艺理论把艺术与生活的关系作为艺术规律的基本内容和理解艺术规律的出发点，这是从他律性的角度理解艺术规律的，“文艺象征论”则强调审美自律性，认为艺术的规律就是艺术审美系统自身的活动规律。形式表现，这就是艺术活动中主客体关系的基本内容。而形式表现的内在机制就是象征，所以艺术审美系统自身活动的规律就是象征活动的规律。各种形式的艺术活动只要以审美为目的，莫不是一种象征表现活动，都毫无例外地遵循着象征活动的规律。艺术的各种具体规律都是从象征活动派生出来的。象征是艺术规律的核心，并且围绕这一核心构成艺术规律体系。有人认为艺术的规律就是创造性想象活动的规律，但是创造性想象是在对形象的直观中引发的，它始终是在艺术形象的象征机制的牵引下进行的，艺术活动的完整过程则是象征表现活动。

除了以上介绍的两个具有系统性的理论成果——“文艺系统论”和“文艺象征论”外，我在散见于各种期刊上的论文中也提出一些具有原创性的唱反调的观点和命题，现在逐一用一两句话作简要的提示，算是一次理论盘点。

1. 最高级的数学是诗，最高级的诗是数学。诗与数学的统一是人类文明的极地。（参见《文明的极地——诗与数学的统一》一文，原载《文学评论》1985 年 4 期）

2. 一切艺术样式向音乐的审美境界逼近，这是艺术发展的大趋势。（参见《艺术的未来——向音乐的复归》一文，原载《厦门文学》1991 年 10 期）

3. 不能把艺术称为意识形态。过去的文艺理论教科书一般都把艺术归入意识形态，这是文艺理论的一大误区。艺术作品是一种可以诉诸审美直观的物质媒介材料的结构体，应称为结构性存在。（参

见《艺术非意识形态论》一文，原载《学术月刊》1995年1期）

4. 文艺批评不应坚持政治标准第一，政治标准就是权力标准，政治评价优先必然导致长官意志不恰当干预文艺批评。（参见《关于“政治标准第一”的几种论证的商榷》一文，原载《厦门文艺》1980年3期）

5. 把文学的社会作用区分为教育作用、认识作用和美感作用的提法是不科学的。（参见《评流行的文学功用观》一文，原载《福建论坛》1981年1期）

6. “形象思维”指的是艺术构思、艺术想象，不能理解为与逻辑思维并列的一种思维方式（参见《用形象思维指导艺术创作》一文，原载《形象思维问题论丛》，吉林人民出版社1979年10月版）

7. 艺术形象是媒介材料结构转化生成的幻象或幻境，是经过审美转换的“意中之象”，不能理解为再现性形象。（参见《“艺术形象”辨》一文，原载《江海学刊》1994年6期）

8. 文艺理论界经常展开“题材决定论”与“反题材决定论”的争论，我认为更值得提倡的是“超越题材论”，即超越题材的再现性而追求题材的表现力。（参见《超越题材》一文，原载《小说评论》1985年1期）

9. 所谓艺术作品的内容和形式实际上就是艺术形式内在的二重性，即审美内涵与审美形式的二重性，而不是文艺理论教科书所说的，把作品的题材、主题、人物、情节等要素归为“内容”，而把语言、结构、体裁等归为“形式”。在审美关系中，作品的内容与形式已经转化为结构与功能的关系，艺术归根结底就是形式。（参见《内容与形式新论》一文，原载《文学研究》1993年2期）

10. 有人认为艺术共鸣现象是作品的情感内容在欣赏者心灵中产生的谐振，这是一种误解。实际上，欣赏者不是被直接地受到的作品所描写的情感内容所感动，而是通过相应的情景体验间接地受到感染。所以艺术审美的共鸣是一种象征的功能效应。（参见《论文学的象征性》一文，原载《学术月刊》1990年3期）

11. 过去的文艺理论倾向于把艺术魅力作为文艺作品的特性来研究，从客体的属性方面寻找魅力产生的秘密，我则认为艺术魅力是一种美感效应，是发生学的概念，魅力的秘密不能仅仅到文艺作品中去寻找，而应该在文艺欣赏的实践中去寻求解释。（参见《论文学艺术的魅力》，原载《中国社会科学》1984 年 4 期）

12. 有人认为艺术的本体是精神、观念、意识，这是文艺理论的一大误区。艺术是一种感性存在，是人创造的产品，是具有物质性和客观性的“第二自然”，应纳入“存在”的范畴。（参见《艺术是结构性存在》一文，原载《文艺研究》1994 年 6 期）

二、文艺研究的思维轨迹与感悟

我对文艺问题的思考开始于对艺术作品神奇魅力的困惑。我弄不明白是什么原因让人们对那些优秀的作品如此痴迷，为什么有一些作品能千古流传，具有超越阶级、民族和时代的生命力，而有些作品虽然轰动一时，却又很快沉寂，艺术生命的秘密究竟是什么。开始时，我试图在作品上面寻找艺术不朽的原因，用普遍的人性和不变的规律解释艺术的永恒生命力，并且写成一篇长篇论文，但总觉得没有把问题说清楚，因此，连投稿的勇气都没有。后来接触了系统科学方法论方面的文章和著作，深受启发，使我找到了思考文艺问题新的视角和方法，同时激活了我未泯的标新立异的初心。为此，我对旧文艺学体系的一些命题进行批判性反思，并寻找理论的突破。当我第一次尝试用系统论方法分析阿 Q 典型时，就把阿 Q 形象超越阶级、时代和民族的生命力解释为“象征”功能。而当我用系统论方法分析艺术魅力的现象时，我对艺术的生命又有了一些新的领悟：审美主客体的关系类似于一个自调节、自控制的系统，它有一种内在的机制能自动地调谐审美主客体的关系，使它们处在同构契合的最佳状态。也就是说，那些富有生命力的文艺作品都有一种功能，能够与不同时代、民族或阶级的审美个体重建一种异质同构的联系，使之达到某种契合，从而产生共鸣。那么这种奇妙的功能是什么呢？就是艺术形象的表现力，即艺术形象表征（隐喻或暗示）某种深邃的精神意蕴，从而激发欣赏者的想象和情感活动，欣赏者的主体性内涵获得了对象化（在对象上面看到自身）。这就使我想起"象征"的概念，并得出艺术的生命力就是象征的功能这一结论。那时我还局限于在文艺欣赏的环节使用"象征"概念，远未深入到艺术的象征本质，但却仿佛找到一位引领我走出艺术迷津的摆渡人。这样，"象征"概念便一直萦回在我的脑际，成为我思考艺术本质的理论支点。

说实在，我开始尝试运用系统科学方法论阐释文艺作品、研究文艺问题时，只是为了改变旧的思维方式，借助方法论的改善使文艺研究有实质性的突破。随着思维方式变革的推进和深化，我很快意识到：运用新方法如果不能形成新观念，推进文艺学科的转型，便会沦为拉大旗作虎皮的浅薄之徒。所以，从 1986 年开始，我的文章和讲学的内容就开始从新方法的提倡转向新的文艺观念的构建。我在《文学与象征》《论文学的象征性》等论文中就通过审美关系的心理机制的分析得出结论：一切审美体验都产生于象征机制，审美效应就是一种象征功能。因为象征活动是人们在对事物现象的形式进行凝神观照的过程中产生的一种微妙的精神活动，所以象征就是艺术审美的本质，在象征这一基本性质上，文学与宗教、礼仪、梦、游戏等是相通的。为此，我们可以进一步认为：文学对社会生活的描写并非文学作为一种艺术的根本目的，文学的目的就是创造一种象征形式，成功的文学作品就是具有表现力的象征结构，真正意义的文学欣赏是一种象征表现活动，文学真正的价值就是象征功能。过去的文学理论认为文学是形象反映生活的特殊意识形态。这只是解决了文学的表层本质，文学的深层本质则是象征。文学史上那些优秀作品千古流传的事实有力证明了文学的象征本质。因此，艺术审美的方式实际上就是一种象征方式，艺术审美活动就是一个象征表现活动的系统，一切成功的艺术都是象征的。说得极端一点，离开象征，我们就无法把握艺术的真正秘密，无法把握艺术审美的更深层次的本质。在此基础上我才尝试用象征范畴重建文艺学解释体系，酝酿写作《象征论文艺学导论》一书，一方面对“文艺反映论”进行系统的批判性反思，一方面为象征论文艺学构建一个范畴体系和逻辑构架。这就是我从文艺研究的系统方法走向文艺象征论观念的大致思维轨迹。

我在学习和运用系统科学方法论的过程中，培养了我对科学哲学的偏爱，大大拓展了我思维的视野，获得了一些新的逻辑工具。尤其是我常用的三个逻辑思路对于深化文艺问题的思考有莫大的帮助：一是重视事物的二重性特征，二是贯彻双向建构原则，三是致力于揭示系统运动的隐秘中介。“二重性”的逻辑工具可以让人避免理论上的独断，“双向建构”原则让我们动态地看问题，“中介”思想有助于我们破解深层次的秘密。也就是说，当我们从研究对象的二重性入手，揭示系统双向建构运动的机制，寻找这种双向建构的隐秘中介时，那么许多复杂的理论问题就可迎刃而解。在我的一些理论文章和专著里随处可以发现这些逻辑工具的身影。

有些熟悉我的朋友说我的思维有点怪，的确我经常会有一些比较奇特的想法和思路。仔细一想，这可能源于我的三个“怪癖”：一是我生命中有一种求异创新的天性，所以喜欢标新立异，爱唱反调。二是我从小就酷爱思考，在开会或与人交谈时经常会走神，尤其是“文化大革命”武斗期间，我学会气功打坐，所以很容易入静，喜欢冥思苦想，很少感到寂寞、孤独、烦躁，遇事都心平气和，这种习惯很适合做抽象思辨的理论研究，可以说我是一个不入时的学究。三是我有跨界思维的习惯，在文学理论研究中我喜欢从别的学科寻求灵感，这在我的讲课和文章中曾经详细地介绍过。苏轼的诗说得好：“不识庐山真面目，只缘身在此山中。”搞专业研究的不容易跳出本专业的知识范围看问题，跨界思维的习惯给了我的文艺学研究以莫大的帮助。

库恩在《必要的张力》一书中曾提出：科学的革命就是新旧范式的转换。我受库恩思想的影响，把文艺研究的目标定为运用象征范畴重建文艺学体系。十几年来我思考的就是这么一个非常专业化的、颇为冷僻而又玄奥的理论问题。现在回想起来，一个人在他最有条件干一点有意义的事情的年龄段里，只做了一件对社会可有可无的、人民大众也不屑关注的微不足道的小事，岂不令人感慨系之。易中天教授在接受记者采访时曾提到一件与我有关的细节：90年代中期，我们一起在厦大校园散步时，我曾对他表达过，一个学者做了一辈子学问，要么为历史所记忆，要么为现实所用，如果两者都达不到，那就是学者最大的悲哀，他也有此同感。现在我有了新的感悟：只要是做自己感兴趣的事情，在做学问的过程中能自得其乐，那也是人生的一大乐事。的确，在我潜心做文艺理论研究的时段里，我一直有一种强烈的人生感受，觉得学术与日常生活的体验是密切相联的。因为在潜心做学问时自己仿佛是“躲进小楼成一统，管它春夏与秋冬”，做学术研究、思考抽象的理论问题成了我躲避俗世纷扰和人生苦难的避难所。所以我在给毕业研究生写下这样的赠言：“思想着才是幸福的!”

如今市场经济似大潮席卷而来，大批的弄潮儿在经济领域大逞神威，而文艺理论研究领域几乎成了被社会遗忘的角落。目前，学术著作出版难，即使出版了，我们的那些自以为是的结论以及“抽象玄奥”的推理论证，恐怕也是应者寥寥。这的确是很感悲哀的事。我的文友曾永成教授来信，深有感触地说：“我们的一切努力和成功对我们的社会几乎是可有可无的，它并没有对这个社会产生多少实际的影响。我们无非是一批‘幻象的制造者’，而不是主宰社会或个人的实力派人物。每当想到这一点，我就不想过度操劳了。”的确，文人的笔墨生涯的可怜与可悲我也意识到了，但是，中国的士大夫早就留下一句古训：“达则兼济天下，穷则独善其身。”不能实现

“兼济天下”的宏愿，尚可退而求其次，追求自身人格的完善和生命的乐趣，这真是进退自如、左右逢源的聪明活法。即使命途多舛、穷困潦倒，若能“独善其身”，岂不也值得安慰吗？读书和作文，无疑是一种自得其乐、陶冶情性的事业。每当双脚跨进学校的图书馆，我就感到仿佛进入一片洁净的圣地。当心灵沉浸在知识和智慧的境界里，一切世俗的烦恼都抛诸脑后，而得到的是一种由求知的满足、思想的自由带来的精神愉悦，这就是一种精神超越性的人生乐趣。也许这就是上帝给我们这些穷书生们的补偿吧！

第一辑 系统论文艺观

论文学艺术的魅力（节选）

艺术的世界充满着神秘的魅力。古往今来，有多少人面对着它惊奇、叹息，又有多少生动的故事描述它神奇的伟力。不是吗？你明明知道是在看戏、看小说，可是仍然会身不由己地为作品中的描写所感动。艺术的魅力不仅是作家、艺术家追求的目标，也是文艺欣赏要探求的秘密。为了寻找文艺作品神奇魅力的线索，过去已有不少人对它做过研究，本文试图突破经验性的描述，使这种研究朝着科学化的方向发展。

一、艺术魅力的本质

我认为，“艺术魅力”是一个模糊性的概念。所谓模糊概念，就是复杂、不确定的概念。它的产生是为了描述变量及参数众多的复杂系统。模糊概念的特征是多值逻辑思维，它反映事物的系统性、多因性和动态性。

把文学艺术的魅力作为一个模糊性概念来对待，我们的探讨就可以避免很多不必要的纠缠。比如，不用为它规定具有确定的概念外延的定义，而把它看成是艺术的迷惑力、吸引力、诱导力、感染力、感动力等征服人心的美学力量的总称。另外，我们也就会注意到它的系统性、多因性、动态性的特点。所谓系统性，就是说魅力是文学艺术作品的美感动力系统，它产生于美的整体性，是多种社会功能的影响力，而不是作品的某一局部所产生的单一功能的作用力。每一部作品的魅力都是一个系统，要揭示一部作品的魅力的秘密，就要具体考察它的系统结构。而每一部优秀作品的美感动力系统的结构都是有区别的，不能用对这一作品的分析来代替对另一作品的分析。所谓多因性，即构成作品魅力的美学因素是多种多样的，而不是单一的。比如，艺术的魅力离不开描写的真实性，但单纯地追求逼真就未必具有魅力；艺术的魅力也离不开独特性，但单纯地追求新奇，也很难获得艺术的魅力。所谓动态性，指的是艺术魅力表现为审美主客体在审美环境（“场”）的作用下辩证运动的过程，是动态发展着的。比如，同一作品在不同的欣赏环境、不同欣赏者身上会有不同的美感效应。有的作品一时被哄抬到天上，霎时间却又无人问津；有的作品长期被冷落之后突然产生经久不衰的魅力。欣赏者对作品往往有偏爱，每个人对不同作品的感受力都是不一样的。即使同一个欣赏者欣赏同一部作品，由于时间、地点、心境的不同也会产生不同的感受。这些现象都是艺术魅力动态性的表现。

艺术魅力的系统性、多因性和动态性，后面将详细讨论。从上面的简单说明可以看出，正是这些特点使艺术魅力成为一种模糊现象。虽然如此，我们对艺术魅力的本质，还是可以认识的。通过对文艺欣赏进行抽象的简化处理，不管文艺欣赏中出现的魅力现象多么复杂多变，它都是文艺作品的一种美感效应。这种美感效应是从哪里来的呢？无疑是来自作品的审美素质。这种审美素质不是抽象神秘的东西，它具体地表现为意趣、情趣、谐趣等多种审美趣味形态，它们的巧妙组合产生文艺作品复杂的功能结构（包括社会认识功能，思想教育功能，情感交流、陶冶情性功能，政治宣传功能，感官娱乐功能等）。这种功能结构在文艺欣赏过程中潜移默化地作用于欣赏者的审美心理结构，便产生出各种美感效应，也就是我们通常所说的魅力现象了。换言之，艺术魅力是文艺作品中的意趣、情趣、谐趣等审美素质衍生出来的复杂功能系统所产生的综合性美感效应。我们可以把艺术魅力的内在结构用下面的图表来显示。

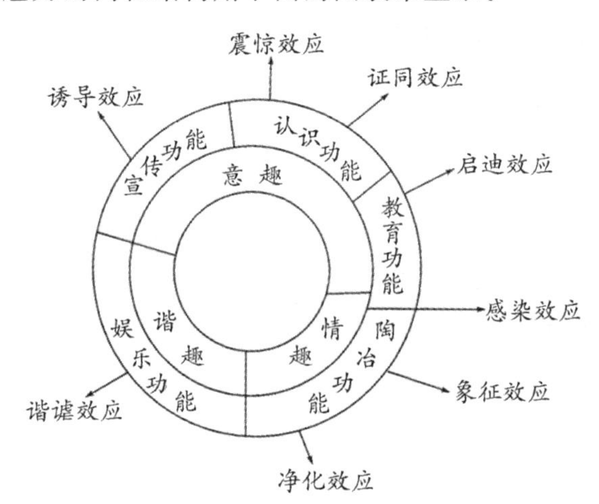

图中的“意趣”，指的是艺术形象（意境）中的思想内容所产生的审美趣味，主要作用于欣赏者的理智。它是文艺作品的认识性因素。所谓“情趣”，指的是艺术形象（意境）中的情感内容所产生的审美趣味，主要作用于欣赏者的情感。它是文艺作品的感染性因素。所谓“谐趣”，指的是文艺作品的形式技巧所产生的趣味，主要作用于欣赏者的审美感官。它是文艺作品的娱乐性因素。这种划分只是一种抽象的处理，而在具体的文艺作品中，它们则是有机交融、不可分割的。

图中箭头所示的各种效应的具体含义如下。

诱导效应：即用形象的展示把读者的注意力和思维引向预定的路线。这是一种巧妙的宣传效果。

震惊效应：指出乎意料的惊服，即以表面的不近情理而心理感觉上却甚神似的情境使读者的心灵震撼、叹服。这是文艺的一种特殊的认识作用。

证同效应：作品的内容与读者的经验相近，使读者觉得作品先得我心，而把它引为同调。这是一种带有情感性质的认识功能。

启迪效应：由于作品思想的深刻性，把生活的内在意义明彻地显露出来，使读者领悟，受到智慧的启发。这是文艺作品特殊的教育作用。

感染效应：读者对作品所表达的思想感情产生共鸣，因而不知不觉地接受作者的思想观念，染上作品的情绪色调。这既是理智的接受，又是情感的渗透，是思想教育与情感陶冶统一的综合效果。

象征效应：读者把作品中的形象（意境）作为自己生活与心灵的象征图像，而展开切身经验的回忆、反省、联想以及情感的表现等一系列精神活动。这是文艺影响人的感情世界的一种职能。

净化效应：就是艺术的情感弥漫着读者的心灵，从而引起读者的原始情欲的升华和功利观念的中止。这种活动已经深入到人的潜意识领域，是艺术潜移默化特点的集中表现，它在塑造人的灵魂上发挥了最深刻的作用。

谐谑效应：这是一种类似于儿童游戏的满足所产生的生理—心理快感。

我们可以把上列的图表看成是文艺作品美的发散式结构，因此，艺术魅力也可以说是美的爆炸力。

总之，一部作品的魅力，就是这部作品诱导读者进入审美境界、产生美感效应的力量，这才是魅力的准确含义。因此，我们把魅力的本质界定为美感效应。这就是说，文艺作品只是魅力的一个诱因，魅力是在文艺欣赏过程中产生的。魅力并不是纯粹审美对象的客观属性，而是人对文艺作品的审美关系的产物，是人的各种心理功能积极活动的结果。它是发生学的概念，因为它是诱导的结果，是在审美过程中发生的。这样，我们就把文学艺术的魅力归入实践的范畴，必须以历史唯物主义的观点为指导来进行考察。魅力的秘密不能仅仅到文艺作品中去寻找，而应该在文艺欣赏的实践中寻求解释。要认识艺术魅力这种复杂的美感现象，必须进行大规模的分析和综合，必须借助辩证逻辑的方法，也就是根据它的多因性和动态性特点分别对它进行静态分析和动态考察。

二、艺术魅力的静态分析（略）

三、艺术魅力的动态考察

前面我们对文艺作品的魅力进行了静态的分析，但是这种分析只是解决文艺作品魅力发生的可能性问题。我们懂得了文艺作品的审美结构，懂得了构成魅力的内在根据，却还无法完满解释艺术魅力的复杂现象。在文艺欣赏的实践中，同样一部作品，在不同的时空条件和情境中，对于不同的读者，其美感效应都可能很不一样。可见艺术魅力的现实性问题，魅力的实际发生，已经超出了文艺作品的特性本身。作家只是为我们创造了一个审美的对象，它必须通过读者的阅读、理解、欣赏的过程才能产生美感效应。也就是说，文艺作品的美学特性只是艺术魅力的一种潜能，要把这种潜能转化为现实的心理能量，还必须依靠欣赏者的审美实践。正如皮亚杰的发生认识论所论证的：认识既不是在主体结构中预先决定了的，也不是在客体的存在着的特性中预先决定了的，而是依赖于主体的不断运动。艺术的认识也是这样。因此，艺术魅力作为艺术认识的一种表现形态，它的实现无疑是一个生成的过程。

在文艺欣赏的过程中，一部作品的美感效应往往呈现出复杂多变的状态，会因时、因地、因人的不同而歧异百出。鲁迅在谈到《红楼梦》时说过，单是命意，就因读者的眼光而有种种：经学家看见《易》，道学家看见淫，才子看见缠绵，革命家看见排满，流言家看见宫闱秘事。这是因人而异的例子。还有，小孩爱看《西游记》，青年人爱看《水浒传》，老年人爱看《三国演义》，这是人生阶段性的差异。很明显，艺术魅力具有闪烁不定、变化多端的动态性特征。

这种动态性特征可以归纳为两个方面：差异性和变异性。差异性包括民族的差异、地域的差异、阶级集团的差异以及个性的差异等。这是艺术魅力的空间的运动性。变异性包括时代的变异和个人人生阶段性的变异。这是艺术魅力的时间的运动性。

通过上述关于魅力动态性的现象描述，我们不难看出，艺术的魅力既是一种凝铸在审美对象上的特性，同时又是审美实践的生成过程。在这个过程中，文艺作品的各种美学因素在欣赏者身上产生综合性功能，这并不是一种线性因果关系的链式反应，而是复杂的动态过程，具有闪烁不定、变化多端、难以用简单的形式逻辑方法加以解释的特征。因此，我们对它不仅应作静态分析，还要作动态分析。静态分析是探明构成文艺作品审美特征的各种因素，动态分析则是考察艺术魅力生成的复杂过程及其规律，研究影响这一过程的历史的、社会的、心理的各种因素以及这些变动因素起作用的机制。借用皮亚杰心理学的概念，静态分析是一种结构分析，而动态分析则是建构分析。[①]

下面我们从两个方面对艺术魅力试作动态分析。

（1）艺术魅力动态性的原理（略）

（2）艺术魅力生成的机制

目前大脑科学对于人脑的认识仍然处于某种程度的“黑箱”状态，所以我们在这里说的魅力生成的机制还只是一种假说。

在研究艺术魅力的生成机制问题时，我们可以从皮亚杰的发生认识论的研究成果中得到一些有益的启发。皮亚杰贯彻发生学的原则，通过个体认识的发生和发展，去探讨认识结构的形成和整个建构过程。这个理论原则是很深刻的。审美认识与其他认识一样，都遵循着发生认识论的普遍原理。

因此，我们可以清楚地看到，艺术魅力不是先验、静止的美感结构的复演，而是连续不断的建构过程。这是我们对艺术魅力发生

---

① 皮亚杰认为，心理发生的过程即是从一个较初级的结构过渡到高一级的比较复杂的结构，这是一种连续不断地建立新结构的过程，所以叫建构。

的一个基本认识。

那么，文艺作品的美学特性怎样在审美主体上面形成它的魅力呢？也就是说，美如何向美感转化呢？这就要认真研究其中介环节，揭开这种特殊运动形式的内在奥秘。

首先，我们看看魅力生成的动因是什么，也就是找出美向美感转化中起作用的因素是些什么。从文艺欣赏的实践经验中可以看出：一部作品是否富有魅力，首先取决于这部作品的美学特性是否充分。一部艺术上粗糙、低劣的作品，是不能指望它产生魅力的。但美的作品要经过欣赏者的积极心理活动才能产生相应的美感效应。一个缺乏鉴赏力的人对于一部伟大的作品也会无动于衷。一部富有魅力的作品要有能够感受这种魅力的读者去欣赏，而且欣赏者的气质、个性、美学趣味等都会影响到他对作品的魅力的感受。所以，欣赏者的个人条件对于作品魅力的产生也是不可或缺的。同时，环境的因素也强烈地影响、制约着作品的美感效果。总之，魅力生成的动因包括这样三个方面：文艺作品的美学特性；欣赏者的个人条件（如兴趣、需要、知识、经验、世界观、文艺修养、欣赏习惯等）；欣赏过程的环境因素（如社会文化背景和具体的审美环境等）。魅力的产生就是在这三种动因获得平衡、共同作用下形成的。它们之间的关系必须达到三种同一，即文艺作品与欣赏者的关系构成主客体的同一；欣赏者与审美环境的关系构成情与境的同一；文艺作品与审美环境的关系构成刺激信号与“场”的同一，这样魅力才能充分地发挥。这三种动因的平衡关系，我们可以用等边三角形表示成下图：

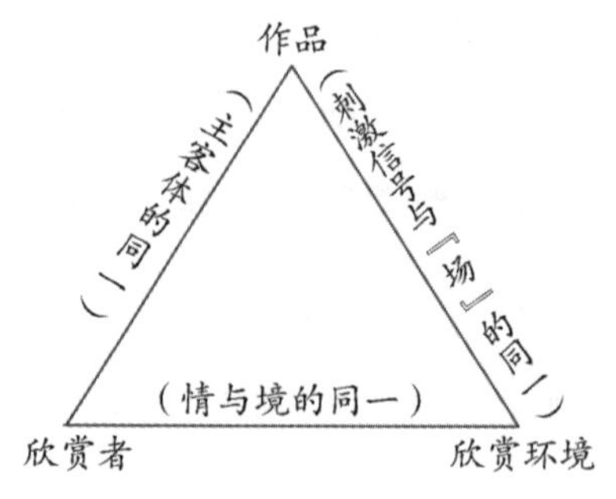

这三种动因之间的同一关系缺一不可，只要其中一种关系失去平衡，作品的美感效应就会发生变性和变量。这就是艺术魅力具有闪烁不定、变化多端的动态性特征的内在秘密。这三种动因是三个变项，因此，艺术魅力是一种随机现象。我们可以用数学模型作为它的拟化形式：

$$R=\begin{cases}X_n\\Y_n\\Z_n\end{cases}$$

弄清艺术魅力生成的动因还不够，我们还要进一步弄清魅力生成过程的机制，也就是上述三种同一是如何实现的。这里存在着两个层次，即历史的层次和心理的层次。

先谈历史的层次。在这个层次里，艺术魅力的生成是历史的伟大成果。从宏观角度看，人类审美的总体实践的成果，积淀为人类审美心理的深层结构，通过遗传基因的复制，逐步发展为人类特殊的审美感官、天赋的审美直觉力。在历史的进程中，人类的审美感官逐步完善，天赋的审美能力逐步发展。因此表面看来，审美知觉的发生、魅力的形成，都是在瞬间实现的，但它却是以人类几千年的文艺欣赏实践活动为基础的。没有这种基础，我们今天的读者仍然会像出生不久的婴儿，根本不可能感知复杂的艺术美，所谓艺术的魅力也就无从谈起了。而人类总体的审美活动则是一条奔流不息的大河，前一代人的欣赏实践，丰富着人类审美趣味结构，成为后一代人欣赏活动的基础。借用生物学的概念来说，这是种系生成的过程。

从微观的角度看，个体的欣赏实践也是一条连续不断的链条。每一次具体的欣赏经验都是这条链条上的一个链结，前一次的欣赏经验改变着欣赏者的心理结构，而成为后一次欣赏活动中起作用的因素。也即前一次欣赏活动的终点，乃是后一次欣赏活动的起点。人类个体对艺术魅力的感知能力是在人类总体审美实践的历史积淀的基础上通过后天的习得，逐步发展和完善起来的。借用生物学的概念来说，这是个体生成的过程。它的生理学根据是巴甫洛夫的大脑动力定型理论。巴甫洛夫认为，有的事物满足了人的主观需要，产生了积极肯定的情感。于是，这种事物的形象就与人的这种积极肯定的情感一道，在大脑皮层中建立起暂时神经联系。经过多次重复后，就形成了直觉性情感。以后一旦这种事物的形象再次出现时，就会直接引起相应的情感。而大脑皮层动力定型的建立，既与个体后天实践积累的经验有关，也与整个人类长期的实践活动沉淀下来的深层心理结构分不开。文艺欣赏的情况也是一样。文艺作品之所以具有魅力，就是因为作品的美学特性能满足人的主观精神需要（如上述静态分析所指出的再认的需要以及好奇心、同情心、探求欲等需要），因而人们对文学艺术作品就产生肯定性情感。这种情感与这类作品的美学特性一起，在大脑皮层中建立起动力定型，成为一种顽强的欣赏习惯。比如欣赏歌剧的情况，歌剧用对唱的形式代替对话，生活的实际情况当然不是这样的，但我们看歌剧的表演却不会感到别扭。这就是因为我们多次欣赏歌剧之后，已经在大脑中建立起欣赏歌剧的动力定型。而小孩子还没有建立起这种动力定型，所以就会惊奇地发问，为什么好人与坏人一起唱歌？这样的问题往往使做父母的感到好笑，但又不容易找到一个使孩子们感到满意的答案。假如小孩子有了多次欣赏歌剧的经验就不会再提出这样的问题了。当大脑皮层的动力定型建立起来之后，只要审美对象的形式结构有利于加强大脑皮层动力定型，符合人的审美心理结构，就会产生对某类作品的敏锐直觉力。欣赏习惯的形成是审美趣味保守性的表现，也是人们对一部作品的美感效应出现万千歧异的一个原因。

其次，谈心理层次。在这个层次里，艺术魅力的形成是心理组织作用的结果。在人对外界刺激的心理反应问题上，格式塔心理学派提出“场”的概念。他们反对简单的“刺激→反应”的公式，认为机体并不是凭借局部的和独立的事件来对局部的刺激发生反应的，而是凭借一种整体性的过程来对一个现实的刺激丛发生反应，并提出“刺激丛——（神经系统对感觉的）组织作用——对组织结果的反应”的公式。这种观点已逐渐被神经生理学界所接受。简单的生理—心理过程是这样，更不用说复杂的美感反应过程了。这一公式对我们理解艺术魅力发生的心理过程有启发。皮亚杰也反对传统的单向活动（刺激→反应，即S→R）公式而提出双向活动的公式（刺激↔反应，即S↔R公式）。后来他又进一步提出S→（AT）→R公式。也就是说，一定刺激（S）被个体同化（A）于认识结构（T）之中，才能对刺激（S）做出反应（R）。在皮亚杰看来，人的认识是在主体和环境不断地相互作用中实现的自组织的动态系统。他认为知识乃是连续不断地构成的结果，因而十分强调个体的自我调节作用。这个理论对先验论无疑是一个相当沉重的打击（先验论认为人的认识是人脑主观自生的、静止的、固定不变的先验框架产物）。皮亚杰理论的弱点在于，他虽然深入研究认识主体自组织的复杂过程，强调具有自我调节机能的个体活动，但却忽略了认识主体的社会性、实践性的研究，因此他未能把辩证法思想与历史唯物主义统一起来。我们在研究文艺欣赏这种社会性行为时，尤其要注意避免这个缺陷。也就是说，我们在分析文艺欣赏活动中审美主体的心理组织作用时，必须充分重视人的社会价值观念系统的作用，重视人作为社会关系的总和的一切社会性质（特别是阶级性），重视人的世界观、思想、审美观念、审美理想等因素在心理组织作用中的制约性和影响力。

通过以上引述，我们可以发现：在研究艺术魅力发生的心理机制时，正可借鉴格式塔心理学和皮亚杰发生认识论的理论和方法。一部文艺作品在欣赏者身上产生魅力，并不是作品在欣赏者大脑中的一种机械、被动的反映，而是经历了欣赏者的心理组织过程，然后对作品的刺激做出相应的美感反应。这样，我们就可以把皮亚杰的著名公式稍加改造成如下的公式，以此表示文艺欣赏活动中的心理组织模式，即：

S→（A）/T→R

在这个公式中，S代表艺术美的信息系统，它作为刺激丛作用于读者的大脑。(A) 代表心理组织功能，包括对刺激的同化和顺化两种机能。T 代表欣赏者的心理文化结构，包括审美心理结构、智力结构和伦理道德结构等。R 代表美感效应，即魅力的形成。虚线框代表审美环境（包括社会环境和具体欣赏情境）。总之，这个公式说明：艺术魅力的发生，就是欣赏者的心理文化结构对文艺作品美的信息和审美“场”的信息进行复杂的心理组织过程之后所产生的美感效应。在这里，我们对皮亚杰的著名公式作了两点改变：一是用虚线表示欣赏环境作为心理组织过程的力场的存在。这样就把魅力的发生置于与社会实践相关联的基础上，突出了审美主体的社会性特征。二是标明了心理组织功能与主体心理文化结构之间的关系，用一条斜线表示它们类似于数学公式中的分子与分母，也就是说，它们之间的关系是成正比的。

从以上艺术魅力生成心理机制的公式中，我们可以得出如下几点认识。

第一，魅力形成的整个心理过程，都是在特定的审美环境中进行的。这种审美环境是作为“场”的形式存在并起作用的。首先，作品的刺激并不是孤立的，而是伴随着“场”的信息共同作用于欣赏者的大脑。比如一部作品产生后，社会对它的议论、评价、推荐、分析，都是与作品一起对欣赏者起作用的因素。其次，欣赏者的心理组织功能并不仅仅对作品的刺激进行加工处理，在心理组织过程中，还要选择（排除）、吸收、分析和综合处理各种环境因素，使作品的信息与环境的信息协调起来。比如，我们往往会不由自主地根据社会的环境气氛来选择文艺作品，选择欣赏角度或欣赏的侧重点。又如我们坐在剧场里看戏，剧场的气氛会促进我们进入艺术的境界，同时我们也在不断排除周围各种声息的干扰。最后，魅力的表现也会受到环境因素的检验和制约。比如，当我们在看一个戏激动得要流泪时，如果剧场是一片抽泣声，我们的激动程度就会随之加剧。但如果是坐在图书馆里看同样那个剧本，周围的人都很肃静我们就很难哭出声来，激动的程度也会随之减弱。

第二，心理组织功能（A）与心理文化结构 T 成正比。也就是说，欣赏者的心理文化结构的复杂度越高，那么他的心理组织作用的程度也越高。反之，如果欣赏者的心理文化结构的复杂度越低，他的心理组织作用的程度也越低。因此，文化素养和鉴赏力越高的人，对艺术美的感受就越细腻，审美趣味的个性差异就越显著，欣赏活动的抗干扰力也就越强。

第三，在心理组织的过程中，欣赏者的心理文化结构起着主导的作用。因此，研究欣赏者的心理文化结构对于解开艺术魅力的复杂现象之谜有着重要的意义。过去，我们对审美的主体性的研究，可以说是相对忽视了，而且很容易被指责为唯心主义观点。这是造成对文艺的社会功能的简单化认识的原因之一。

上面我们分别对艺术魅力生成的两个层次，即历史的层次和心理的层次进行了简略的分析。从这里可以看出：这两个层次是两种方向不同的建构。历史的层次是一种纵向建构，由于历史的积淀，人类群体和个人的审美能力逐步提高和完善。这是审美主体感知文艺作品的美学特性的历史根源。心理的层次是一种横向建构，由于主体心理对审美对象和审美“场”的组织作用，使美感效应复杂而有序。这两种方向不同的建构会合在审美的主体性上，就形成欣赏者的审美感知图式。它包括深层审美心理、智力结构和伦理结构、审美趣味个性、审美心境等四个层次，它们共同参与心理组织过程。所有的欣赏者都是按照这四个层次的整体结构模式去综合地完成对文艺作品的艺术美的感知的。也就是说，审美心理中的感知功能是一个复杂的多层次结构，其中每一个层次都成为一种心理能量在具体的欣赏活动中起作用，而且它们综合为一个完整的审美感知图式，文艺作品的所有信息都经过这一图式的过渡和处理。现在，我们将审美感知图式图示如右。

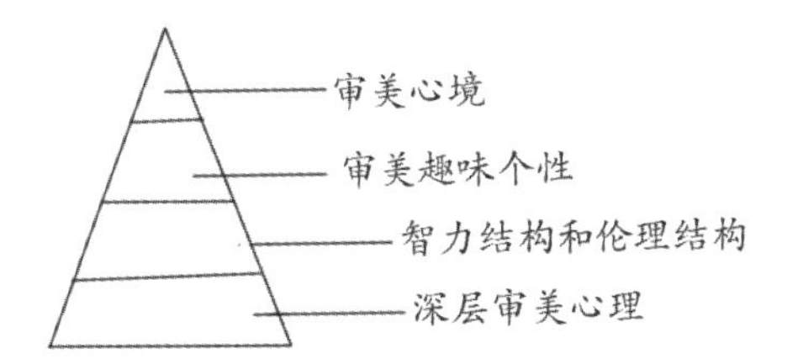

从上图可以看出，这是一个审美知觉的四梯级结构。第一梯级即深层审美心理，它表现为审美感受中的历史形成的人性的共同性。这种人性绝不是动物性和生物性，而是人的社会性，即社会联系、社会本质在人的肉体和精神上的积淀。在这一层次里，人们对历史上某些优秀作品能产生超越时代和阶级的某种共鸣。这就是所谓共同美感的基础。在这一梯级，每个审美个体之间的共同性最大。第二梯级即智力结构和伦理结构，也即人类后天习得的知识和所接受的伦理观念，它们协调组合为一个有机联系的完整的心理结构。这一层次表现为审美感受的时代性、民族性、阶级性等构成的审美倾向性。因此，人们对作品的感受又具有时代的、民族的、阶级的内容。在这一梯级，审美个体之间的共同性范围就缩小了。只有在同一时代、同一民族、同一阶级的欣赏者之间才具有普遍性。第三梯级即审美趣味个性，它表现为审美感受中的欣赏惯性或审美趣味的保守性。因此，人们的生活经历、个性气质、审美理想和欣赏习惯不同，对同一作品的感受也会存在差异。在这一梯级，审美个体之间的共同性就更小了，只有生活经验、个性气质、审美理想等都比较接近的人之间才具有一定的普遍性。第四梯级即审美心境，它表现为审美个体随机的选择性。因此，即使同一个人，在不同的人生阶段、不同的环境气氛、不同的心情支配下，对同一作品的感受都会有所不同。在这一梯级，审美感受表现得最为变幻莫测。

总之，这个宝塔型的梯级结构表明：主体的审美感知图式是多层次的、复杂的系统。它的普遍性一级比一级小，而差异性一级比一级大。每个审美个体都有稳定的美感普遍性的基础，因此文艺作品才能被普遍接受，才具有永久性、普遍性的一面。但是，每个审美个体又都有不同层次的美感差异性，所以文艺欣赏中的美感效应才出现歧异百出、复杂多变的现象。

我们对审美感知图式的描绘是一种抽象、简化的处理，它的层次划分是相对的，在实际上是无法分离的。它以整体的心理功能去感知审美对象，因此，任何一种审美感受都是一个复杂的构成体。

在这个构成体中，既有超越时代、超越民族、超越阶级的普遍性的因素，又有特定时代、特定民族、特定阶段的特殊性因素，它们水乳交融，不可分割。比如，山水诗的美感，这里面既包含着人类对自然的人化的欣赏这样一种共同的心理需求以及对诗歌形式美的感知这种共同的审美能力，还包含着读者在审美“场”的作用下而代入的各种具体经验以及审美趣味的各种个性差异。因此，虽然两个读者同时从一首山水诗中获得审美愉悦，但他们的审美感受实际上是同中有异，异中有同。表面看来，不同的人都同样能从一首山水诗中获得共鸣，实际上，他们的审美感受的具体内容存在着细微的万千差异。而这种差异又是以人类在长期实践中形成的对山水诗的审美感受力为基础的，渗透着某种共同的深层情绪反应，也即对山水诗所提供的自然美的某种程度的倾心和迷恋。在这里，审美感受中的同和异是辩证地统一的。如果我们对审美感受缺乏辩证的整体观，那就很容易引起各执一端的争论。有的强调它的“同”，认为历史上有许多优秀的山水诗，不同阶级的读者都能引起共鸣，因而它们给人的美感是超阶级的。有的强调它的“异”，认为不同阶级的人倾向于欣赏不同的山水诗，即使某些思想感情倾向非常淡薄的山水诗，不同阶级的读者也有各不相同的欣赏侧面，因而一切山水诗给人的美感都是有阶级性的，共同美感是不存在的。实际上，由于山水诗的多样性和人的审美感受的复杂性，争论的双方都不难找到证据来论证他们的意见，但是谁也说服不了谁。这种争论过去见得不少。诚然，读者在文艺欣赏活动中，心理组织过程十分复杂，审美感受中“同”“异”对立统一的表现形态是千差万别的。有时“同”的一面显露出来，“异”的一面则隐匿起来；另一些时候，“异”的一面显露出来，“同”的一面则掩盖起来。这就会给人造成许多假象。就对山水诗的美感来说，在阶级对抗尖锐激烈的时期，“异”的一面可能表现得很突出，山水诗甚至也毫不例外地成了表达阶级意愿、进行阶级斗争的一种形式。而在政治稳定、国家进行和平建设的时期，“同”的一面就可能显露出来，山水诗更多地成了各阶层的读者陶冶性情、休息娱乐的高雅艺术了。又如对李煜词的欣赏，在和平时期一般比较能统一在对词中诚挚的悲剧情调、委婉的风格和优美的文辞等的共同赞赏上，但在国家兴亡的关键时期，爱国的志士仁人更多地会从它对国破家亡的慨叹声中得到某种启发或兴奋，而那些昏庸的统治者则更多地会从它的怀旧伤感的情绪中获得一点陶醉。尽管如此，审美感受的“同”中有“异”、“异”中有“同”的原则并没有改变，而只有隐显藏露之间的变化。这种情况是主体审美感知图式的整体功能的特性决定的。

通过上面的简单的分析可以看出，艺术魅力的形成，是在历史的积淀和心理的组织作用的基础上，读者的审美感知图式对文艺作品的刺激所做出的反应。这是一种美感效应，是审美动力系统运动的产物。一部作品魅力的大小，是这部作品在一定时空条件下对读者的美感效应的综合测报。据此，我们可以初步绘制出文艺作品魅力生成的动力系统图。图示如右。

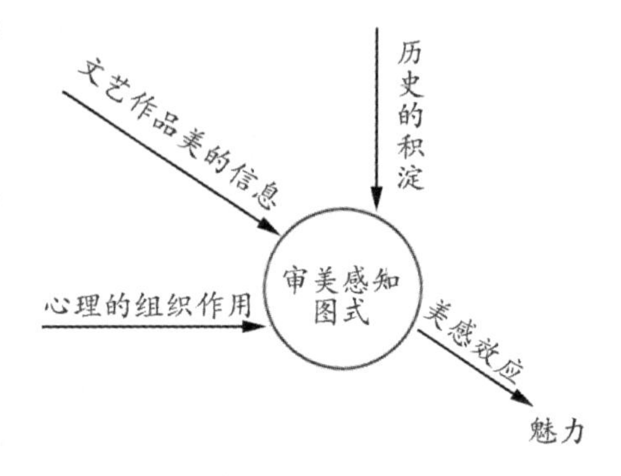

从这个图示可以看出，艺术魅力乃是文艺作品的美的信息对读者的刺激与读者的审美心理结构中历史的积淀和心理组织作用所形成的合力。如果我们把艺术魅力的产生比喻成一次进军，那么，主力部队就是作品的刺激，它的侧翼则是历史的积淀和心理组织作用，它们共同完成了一次人类心灵的复杂战争。

（原载《中国社会科学》1984年第4期）

论系统科学方法论在文艺批评中的运用

随着世界科技革命的发展，文艺研究方法的变革势在必行。

近年来，我国文艺研究、文艺批评方法论的变革大致上包含着三个层次。第一个层次是借鉴现代西方批评流派的具体方法来改变文艺批评方法的单一化。从1978年以来，有些同志逐步把国外各种批评流派介绍进来。有些人还尝试用这些方法来研究文艺现象，这是具体方法的变革。这种引进正如我们有些同志指出的，必须采取“拿来主义”的态度。对西方这些具体批评方法，我们要有一个清醒的头脑，里面有合理的东西，但有些是不合理的，甚至是错误的。因此，我们对它们的介绍，要用实事求是、具体分析的态度，分清哪些是适用我们国情的，我们就要拿来用；哪些是不适合我们国情的，哪些是资产阶级腐朽的东西，我们就应该警惕。因此，借鉴仅仅是一种手段，必须是有目的、有批评、有分析地来借用这些手段。这一个层次的变革主要是打破具体方法的单一化。比如我们过去单纯从社会历史角度来研究文学，现在借鉴了西方批评流派的合理成分，我们的方法就丰富了，多样化了。

第二个层次是引进自然科学的概念、知识和方法，如模糊数学、集合论、逻辑悖论，以及生物学、生理学等。这种引进是在近两三年来才开始的。这种变革的意义与第一层次不一样，不仅打破了研究方法的单一化，而且打破了文学研究、文学批评自身的封闭性，从别的学科领域来观察文艺现象，用别的学科的方法来研究文艺，这样，我们的思维空间就扩展了，我们的思路就更加开阔了。这个层次的变革不仅是手段，而且也是目的。这个目的就是使我们的文艺研究转化成一个开放体系，使文艺研究和其他科学互相渗透。

第三个层次是较高的层次，就是普及系统科学方法论，在人类思维方式上实现一次带根本性的革命。引进系统科学方法论所引起的变革是更深一个层次的变革，它将引起文艺批评思维方式的革命。系统科学方法论的地位、意义，我们现在还不宜作最后的估计，因为它是伴随着电子计算机技术发展的，而计算机技术的发展可谓前途无限。随着电子计算机的迅速普及，系统科学方法也将慢慢地取代大工业时代所形成的传统思维模式。大家知道，机械论、还原论在历史上对自然科学的发展有过积极的意义，它使我们人类对自然和社会的认识，在微观上深入了一大步。但是人类的思维方式并不停留在这个阶段，它必须逐步地告别知性分析的时代。这种变革现在还刚刚开始，但我们必须看到它的前景，它将使人类思维史发生一次革命。系统科学方法的运用，涉及人类文明的一切领域，它不仅具有方法论的意义，而且具有世界观的意义。这个层次的变革对文艺研究、文艺批评来说主要的不仅是一种手段的借用，而且是目的自身。用系统科学方法论来观察一切社会现象，包括一切文学现象，这是人类的一种目的。对于文艺批评来说，这种目的性就表现为追求文艺批评的复归，使文艺批评真正回到艺术价值判断的轨道上来，这实际上是科学的自我肯定。

系统科学方法论首先是从生物学的机体论发展来的，以后在数学、自然科学和工程技术中得到广泛传播。它在社会科学和人文科学中的运用则较为晚近，因为它们的复杂度更高，随机性更强，因此引进的难度较大。科学方法论的普及总是由易到难，由简单到复杂逐步推进的，系统科学方法论也是这样。我认为文艺学引进系统科学方法论应强调从思维学的角度去探索，应从哲学认识论和方法论的高度来总结系统研究的思维特征，并建立相应的系统思维的概念以及系统思维方法学。从自然科学的系统理论到文艺学的系统理论的转换必须有一个中介，这就是系统思维的研究。文艺研究、文艺批评引进系统方法不宜直接借用自然科学系统研究中的概念和具体方法模型，这往往会给人造成生硬的、勉强套用的印象，最好是从思维学的角度领会系统理论的基本特点，然后加以灵活运用。运用新方法的最高境界必须是消除新方法的痕迹，成为“无法之法”。

那么，从思维方式的角度看，系统科学方法论对文艺批评、文艺研究有哪些启发呢?

系统科学的方法论原则，目前有各种不同的概括。近年来，哲学界在这方面作了很多探讨，但还没有定论，要准确讲出有几种方法论原则是较难的。在我看来，主要有如下几个原则。

第一是整体性原则。就是把一切研究对象都作为一个整体来考察，大至一个宇宙，小至一个分子，都是一个有机整体，都是一个系统，一个按一定的方式联系起来的统一体。我们过去的文艺理论也讲整体性，但往往是一种机械整体，它可以分割成各个不同的部分，然后对各部分进行研究，这个整体的属性就是各个部分的属性总和。一把步枪可以分拆成各种零部件，而步枪的性能就是各种零部件性能的总和。一部文艺作品，也把它看成好像一部机器一样，可以分拆为各种零件。先分成内容与形式两大部分，然后内容再分为题材、主题、人物、情节等，形式再分为语言、结构、体裁等。似乎一部作品就是政治内容与艺术形式的相加。因此，过去文艺研究讲的整体性，是一种还原论意义上的整体性。系统论所讲的整体性就不一样了，它有两个要点，就是部分一旦从整体游离出来后，就会发生质变；而整体也不等于各个部分相加之和。用系统论来看，我们对事物本质的认识，不能仅仅依靠对事物进行机械分割，静止地、孤立地考察其部分，然后达到对事物整体性质的判断这样一种途径，而必须首先从整体入手，考察各个部分之间的联系方式。因素的分析只是达到整体认识的手段。比如人是一个整体，手是人体的一部分，西医解剖学就是把人的手割下来研究。但系统论认为，手砍下来后，名义上还叫手，而实际上不是手了，因为它不能起人手的功能。这个手一旦和身体分开，实际上不再是手了。同样，把王安石的“春风又绿江南岸”中的“绿”字孤立出来，就是一个很平凡的词语。王安石之所以用得好，是因为这个字在整首诗里发挥了最大的功能，使这首诗的美学结构达到最优。同是这个“绿”字，如果放到另一首诗里，可能变得很糟。所以，系统论和过去的机械论是不同的。比如我们过去讲文学的社会作用，把它分为教育作用、认识作用、美感作用三种，这种分法是知性的思维方法，是不符合系统科学方法论原则的。因为作品的功能是统一的，它存在于艺术审美系统的运动中，作品的教育性因素、认识性因素和娱乐性因素，都处在作品的美感结构之中，作为系统元素而存在。如果把文艺作品的功能结构割裂开来，分成教育作用、认识作用、美感作用三种加以并列，那么，所谓教育作用和认识作用就脱离艺术的功能系统，就不再是艺术自身的功能，而是一般意义上即一切意识形态所具有的普遍功能。由于过去我们把文艺的功能看成三种作用的相加，而不是看成整体的，所以对那些公式化、概念化的作品，也认为它们有教育作用。历史上那些艺术水准不高，但思想倾向比较进步的作品，就片面地被抬高。这就是把教育作用从艺术的功能结构中抽离出来进行考察的结果。实际上一个作品如果它艺术上粗糙，不能给人以美感，尽管它所表达的思想是正确的，但作为艺术品来说，它的价值不可能高，甚至是一种负价值。因为这样的作品人们感到讨厌，只能起反作用，连里面的正确内容也不易被人接受，它怎能起教育作用呢？可见把它分割开来，孤立地来考察它的教育作用或认识作用，是行不通的。

第二是结构性原则。因为系统论讲事物的有机整体性，所以跟着就要研究这一有机整体的内在结构。所谓结构性原则就是说研究一个对象时，不仅要把它看成一个整体，而且要把它看成是各个部分按照一定的方式组合起来的结构。这里说的“结构”是指事物内部各要素的联系方式。我们研究的任务就是揭示对象的内在结构，这是我们达到对事物本质认识的一个重要手段。事物的结构方式在很大程度上决定一个事物的本质。事物的本质不单由事物的构成因素决定，如金刚石和石墨，化学元素是一样的，由于组合方式不同，性能也就不同。在社会科学里，结构的因素对整体的性质、功能关系更密切。因此系统论研究事物的本质、功能，就把它区分为三种：一种叫元功能，指一个整体中各个孤立部分的功能，如体裁、语言、情节，都有各自的功能，这种功能就叫元功能；另一种叫原功能，就是整体的各个部分相加的功能。系统论还讲一种功能叫构功能，它不存在于元素当中，而是各种元素按照一定的排列组合方式总合起来的结构所产生的功能。比如人的生命就不是人体的某个部分的功能，我们在人身体上找不到生命素，生命就是人作为一个整体的运动，运动一停止，生命就没有了。我们研究作品，就要研究这个作品的结构。人物性格是一个结构，风格也是一个结构。就大的方面来说，整个文艺发展史也有自己的结构。所以，作为一个研究者，必须通过揭示对象的结构来达到对对象本质的认识。这个原则启发我们，文艺研究不能停留在经验性的描述，要深入揭示各种文艺现象的内在结构。拙作《论文学艺术的魅力》就是企图突破对艺术魅力的经验性描述，而深入到它的微观层次，首先揭示艺术魅力的内在结构模式，从而得出艺术魅力本质的结论。又如拙作《论阿Q性格系统》，也是首先找出构成阿Q独特性格的各种性格元素，然后研究这些性格元素的联系方式及其特征，在这种结构分析的基础上，作出阿Q性格本质的判断。

第三是层次性原则，又叫有序性原则。根据系统论原理，系统具有相对性，一个系统对于更大的系统来说，它是这个系统的元素，而一个元素本身也有自己的结构，也是由更小的元素构成的，相对于这更小的元素来说，它又是一个系统。整个世界就是由各种不同等级的系统复杂交织起来的网络结构，它具有复杂的层次性。一个事物处在不同的层次，就有不同的本质。因此，孤立地研究一个事物的结构是不够的，还要研究事物在不同层次的性质。如一个具体的文艺作品，里面有它的结构，是由各种元素构成的。可是在整个艺术创造和欣赏过程中，艺术作品又是一个元素，它的性质又为艺术审美系统所规定。当我们把一个作品孤立起来研究它的结构时，我们可以把它区分为内容和形式，分别加以考察，但是在创作和欣赏这一层次来看作品，这种区分就毫无意义。因为在艺术审美系统中，文艺作品就转化为系统的元素，起作用的是它的整合质，不管内容也好，形式也好，都不单独起作用，内容与形式已经融合成新的范畴。所以在艺术审美系统中谈论文艺作品就不应该把内容与形式分别加以考察。这就是过去在文艺鉴赏和批评中思想分析与艺术分析分立，政治标准与艺术标准二元化的谬误所在。又如关于艺术作品的真实性问题，我们过去往往只用生活经验的尺度去衡量，其实，文艺作品所产生的真实感是由不同的层次构成的。在《论文学艺术的魅力》一文中，我把它分成五个层次：认识论的、心理学的、逻辑学的、历史学的、美学的各种层次。也就是说，我们研究艺术真实问题，不能仅仅在艺术与生活的关系这一层次上思考。再如题材在文学创作中的地位问题，过去展开了“题材决定论”与“反题材决定论”的大论战，硬要在这两者之中分出一个是非来。其实它们是从不同层次观察题材而得出的不同结论。从宏观的角度看，每个时代、每个阶级的文学都有自己的中心题材，题材的差异往往成为不同时代、不同阶级文学的重要标志。因此，从文学发展的总体趋势来观察，题材的地位是举足轻重的。但是从微观角度来看，即就一个具体作品的创作来看，题材并不起决定作用，题材重大未必能成就一部优秀的作品，而伟大的作家却可以从日常的平凡琐碎的生活题材中揭示出深刻的生活真理，产生永久的艺术魅力。过去许多争论就是因为观察点或认识层次不同引起的，如果运用层次性原则来思考问题，就可以避免许多各执一端的对立。

第四是动态性原则。就是说研究一个事物的层次结构还是不够的，还要研究它的运动过程。要把对象看成是动态的、生成的，研究它的运动形式、内在机制。过去的文艺研究、文艺批评，一旦把某一作品或某一文艺现象确定为研究对象时，往往习惯于把它看成是静止的、孤立的，因为这样可以给研究带来方便。这是传统的思维方式。比如过去研究艺术魅力的现象，总是把注意力集中在作品上面，在作品的内容或形式上寻求解释，而很少把作品放到整个审美系统中来考察魅力形成的内在机制。又比如关于优秀作品的永恒性问题，过去争论得很厉害；到了“文化大革命”时期，我们就不敢谈“永恒性”了。长期以来我们在这个问题上一直是摇摆不定的。按照马克思主义的原理，文艺作品作为一种意识形态，不能不打上阶级的烙印。可是，我们又无法否认优秀的文艺作品能超越阶级、超越民族、超越时代的事实。这种现象似乎很矛盾，因此我们一直在这中间摇来摆去，要么承认艺术是阶级的，对《红楼梦》能够感动今天的青年人感到无法理解，甚至认为你之所以会受感动，说明你灵魂深处还有地主、资产阶级的独立王国。“文化大革命”当中就是这样批判人的。要么又走向另一个极端，认为《红楼梦》是超阶级的。它为什么会感染人呢？说明它表现了超阶级的人性。如果用系统科学方法论的动态性原则来研究，这个问题就不难解决。我在《艺术生命的秘密》一文中，就着重用动态性的原理来研究艺术永恒性的问题。优秀的文学作品，它的生命跟人一样，都是存在于运动之中，它的超越阶级、民族和时代的功能，就来自艺术审美系统的运动中。有人说“爱与死”是永恒的主题；有人讲文学要表现人性、人情，作品才能不朽。总之都是企图在作品中，在审美对象身上寻找一种不变性因素，这就是我们的思维习惯。可是这种思维习惯不能洞察艺术内在的真正秘密。艺术的永恒性不存在于作品的某些不变因素，而恰恰存在于作品激发出来的、因时因地因人而异的审美创造的运动过程当中。所以，艺术的不朽不是一种不变，而是一种不变中的变，用新的名词来说叫作“动态平衡”。因此，我们寻找艺术永恒性的秘密，就不能简单地到作品中去找，而必须研究艺术审美过程的运动形式、内在机制。

第五个原则叫相关性原则。就是把研究对象放到更大的系统中来考察，研究这个系统和它周围的系统的联系。这就告诉我们研究文学不单要懂得文学，还要掌握别的学科知识，还得研究文学和相关学科的关系，比如文学和心理学、文学和伦理学、文学和哲学、文学和社会学、文学和人类学、文学和民族学等等的联系。前面已经说过，系统具有相对性，因此当你把对象确定下来后，你就不能把它孤立起来，而必须把它还原到网络结构中去，看看它和别的相关系统的相关度如何。比如在研究艺术魅力时，我们就要研究文艺作品和欣赏者的相关性，于是，我们就发现这种相关性是一种对应关系。又比如，我们用心理学来研究文学，就是因为心理学与文学有相关性。可是这里面有个问题，我们用心理学研究文学，假如把文学看成心理学的材料，研究的性质就变了。国外的有些批评家，用心理学来研究文学，往往搞成把文学作品作为心理学的例证材料，像弗洛伊德研究文学，严格说来就不是文学批评，而是一种特殊的变态心理研究。又如过去讲《红楼梦》是几大家族的兴衰史，要把它作为历史来读，这就是注意到历史与文学的相关性，但是弄到把《红楼梦》当成清朝历史的材料，这种批评严格说来也不能说是文学批评。我们运用相关性原则，目的是要扩展我们的思维空间，全面地认识艺术的本质和规律，而不能把文学作为别的学科的例证材料，如果那样就走上邪路。

上述五个原则可以说是系统科学方法论内涵的基本要素，而它的核心则是有机整体观念，具体说来就是用联系的、动态的、反馈的观点看待一切事物现象。所谓联系的观点，即认为世界上一切事物存在着普遍的联系，事物内部各要素也是按一定方式组织起来的，它们自成系统，又互成系统。因此，认识事物的本质就不能把该事物从复杂的联系中切割出来，孤立地加以考察，而必须把它还原到固有的网络结构中去认识。所谓动态的观点，即认为一切事物的联系方式（结构或组织）都不是预成的，而是生成的；不是静止的，而是变动的，也即一切事物都有自己的历史，都有自己的运动过程，事物即过程。因此，认识事物的本质要引入时间的因素，要在运动中把握事物。所谓反馈的观点，即认为一切事物的联系不是一种线性因果关系，不是单维单向的，而是互相制约、互相过渡的，是一种双向的反馈调节，从而使事物向着自己的目标运动。所以，认识事物的本质就要深入揭示事物内在的通讯机制。总之，用联系的、动态的、反馈的观点看待一切事物现象，这就是有机整体观念的基本特征。比如对美的本质的认识，过去人们在探讨美的本质时，不少人倾向于寻求某种“美素”，有的到客体上面找，有的到主体上面找，这样就形成客观美论与主观美论的对峙，主客观统一论也只是把美看成是主体的“美素”与客体的“美素”的结合。其实，美是一个复杂的系统，认识美的本质应该引入关系范畴、时间因素和反馈观念，即美是审美系统的相干效应（所谓相干效应就是系统的元素之间相互制约，按一定方式协调运动，从而使系统整体产生新质的整体效应）；美是生成的，而不是凝固在物上面的属性；美是人类社会的自我调节机制，人类社会通过审美信息的传输和反馈调节而趋向最优化。这就是我们运用系统科学方法论思考美的本质所得到的基本认识。

那么，有机整体观念与传统的机械整体观念的根本区别在哪里呢？通常认为，前者是用联系的、动态的、反馈的观点看事物，后者则用分解的、静态的、单向的线性因果决定论的观点看事物。这种区别还只是从表现形态来说的，如果深入到这种区别的内在深刻原因，我们就可以发现，机械整体观念的根本缺陷，就是忽视系统内部相干性的研究。而有机整体观念引进了相干性的范畴，把相干性的研究放到考察系统性质的首位。

我们知道，整体是由部分构成的。传统的机械整体观念把整体中的部分看成是相互独立的，而整体只是各部分的数量叠加。同时，这个整体在时空中的分布是均匀的，也就是说，无论何时何地，它总是以同一形式表现出来，看不出时空特征，因此它具有对时间反演的不变性。但是有机整体观念却不是这样看待整体的，它把整体理解为各种要素按一定方式联系（组织）起来的统一体，即系统，整体的功能就是系统内部各要素的相干效应。系统的相干性表现为如下三个方面。

首先，系统内部各要素（子系统）是不独立的，它们之间互相联系，互相制约，互相包容，互相过渡，从而耦合成全新的整体效应，这种整体效应就是系统不同于要素相加的新质，所以整体大于各部分相加之和。例如，我们谈论文艺作品的构成时，往往把它分为内容与形式两部分，但在实际存在中，内容与形式是不可分离的，内容制约着形式，形式又反作用于内容，内容与形式不可能独立存在，而是互相依存、辩证统一的。一部文艺作品的美学性质就是内容与形式完美统一的新质，它的潜在的审美价值就是内容与形式的相干效应。又如王之涣的《登鹳雀楼》，全诗四句，后面两句常常被引用来表达积极进取的人生态度，而成为人生格言在群众中广泛流传。这种现象往往会给人造成一种错觉，似乎这首诗的魅力全在于“欲穷千里目，更上一层楼”两句，前面两句可有可无，似乎诗与格言没有什么差别，抽象说理也可以成为一首好诗。其实后面两句如果孤立出来看只是一句格言，而不是诗。作为格言的“欲穷千里目，更上一层楼”，只能给人一种登高望远的哲理启示，而作为诗的《登鹳雀楼》却能给人豪情壮志、积极向上的情绪感染。这种审美功能就是来自它的有机整体性，来自全诗五言四句的相干性。尽管后面两句由于所揭示的人生哲理的浅近与普遍，容易为一般人接受和牢记，它常常以格言的形式在生活中流传，这只是一种借代现象。但是，如果我们把《登鹳雀楼》作为诗来欣赏，就必须把四句诗作为一个整体，作为一个完整的美的信息单元。它的诗美就是四句一体的集成功能。它通过“太阳”“高山”“黄河”“大海”这四个自然界意象，以及“尽”“流”这两个动作意象，构成一个令人气宇轩昂的美学境界，它使读者心中回荡着饱满的浩然之气和壮志豪情。在这种审美气氛底下，诗人发出把握无际无涯的宇宙时空的呼喊，揭示出登高才能望远的永恒真理，这时，读者的心灵就被提升到一个新的高度。因此，整首诗就成为激励人们奋发有为、积极向上的情感的信息载体。在《登鹳雀楼》一诗中，形象与议论相得益彰，哲理与诗情高度统一。前两句形象的描绘因为后两句哲理的议论而成为内蕴丰富的隐喻世界：太阳下山了，第二天又升起来，周而复始；黄河向东流去，不舍昼夜，奔流不息。人类的知识，世界的真理何尝不是如此！人类世代繁衍无穷，就如自然界旦昏更替不绝，真理的长河也是流驶不居的。人类的追求永远没有尽头，我们必须努力攀登，永不满足。另一方面，后两句抽象的议论，因为有了前两句形象的描绘作为背景而成为丰实的人生经验的升华，使我们通过对宇宙时空的永恒性的实体感受，领悟到“生也有涯，知也无涯”的真理。总之，前两句落地，后两句飞升；前两句充实，后两句空灵，两者结合成为完美的审美境界。形象与议论、诗情与哲理、具体与抽象，虚实相生，相反相成，产生意义的共生因素。由此可见，哪怕像《登鹳雀楼》这样的短诗，它在流传过程中已经发生变异，后面两句成为格言，但作为一首诗仍然是不可分割的有机整体。一旦把其中的一部分抽离出来，就发生质变，破坏了诗美。作为一首诗来看待，就应该分析诗的整体的相干性，才能正确把握这首诗的审美价值。

其次，系统内各要素的联系方式在时空中是不均匀的，随时间、地点、条件的不同，它们的相干性和效应是各不相同的，因此系统具有动态性特征。我们以《离骚》为例，屈原在诗中塑造了一个光辉、丰满的自我形象，它包含着丰富的内涵：从思想性质看，它是一个有抱负、有作为的爱国政治家的形象；从人格特征看，它是封建时代节操高尚的士人形象；从情感基调看，它又是一个苦恋着祖国的时代弃儿的形象。这就是《离骚》自我形象的内涵结构。但是这个结构并不是静止不变的，在文艺欣赏中，它并不是在任何时空条件下都以同一形式表现出来。当《离骚》进入社会的艺术审美系统之中，这一自我形象作为系统的一个要素，与欣赏者之间就表现出不同的相干性和效应。在先秦时代，《离骚》自我形象的思想特征处于结构的中心，与当时的读者建立感情联系，成为文艺欣赏的敏感区和联想的触发点，因为它体现了战国后期各派融合的政治思想特征。同时，春秋战国时期是一个百家争鸣、生气勃勃的时代，社会充满着进取的、批判的精神，《离骚》自我形象所表现的敢于斗争、上下求索的批判和进取的特点，正是当时的时代精神的表现。在当时，正是这种进取、批判的精神在激动着读者的心灵，因此它就成为先秦时代的时代精神的象征。但在后来的整个封建社会里，《离骚》自我形象的人格特征则上升为结构的中心，与封建社会的读者建立感情联系，成为文艺欣赏的敏感区和联想的融发点。因为中国长期在封建中央集权的统治下，皇帝是国家的象征，在人们心理上，忠君与爱国常常连在一起，而气节则是维系这种专制统治所需要的长期形成的社会性人格特征。忠君爱国思想和气节已成为中华民族的民族心理的组成部分。正因为这样，《离骚》表现出来的对楚王的一片赤诚，对楚国故土宁死也不肯背离的深情以及对恶势力毫不妥协的独立不迁的人格，就能长期地触动中华民族各个成员的心弦。因此，在长期的封建社会里，《离骚》的自我形象又是中华民族心理的象征。但是《离骚》还具有更广大的生命力，它还能引起今天各民族读者的共鸣。当我们把审美系统在时空中继续扩大，我们又会发现《离骚》自我形象的结构也在发生推移，这时，它的情感基调就成为结构的中心，与各民族的读者建立感情联系，成为文艺欣赏的敏感区和联想的触发点。因为人民群众是理想的向往者、真理的追求者，由于现实与理想存在矛盾，这种向往和追求往往受到阻遏和挫折。人类的精神生活就常常表现为追求——失败——再追求的悲壮历程。《离骚》的自我形象中那种不为世用、报国无门但仍然痛苦地上下求索，最后以身殉国的经历，正是人类的这种悲壮历程的典型写照。它所展示的实际上就是人类追求真、善、美境界的热情，是人类理想、世界真理的伟大追求者孤独失败的苦闷以及追求中宁死不屈的精神。因此，各个时代、各个民族的读者都可以从这追求的热情中得到鼓舞，对这追求失败的苦闷产生同情，与这宁死不屈的精神产生共鸣，从而使《离骚》的自我形象成为人类精神生活的悲壮历程的象征。上面分析的《离骚》自我形象的这些功能，正是它在文艺欣赏过程中建立起来的动态系统随时间、地点、条件的不同而表现出来的不同的相干效应。

最后，系统内要素之间的关系是不对称的，存在着支配与从属、催化与被催化、策动与响应、控制与反馈等关系。前面我们曾经说过：过去的文艺理论教科书大多把文艺的社会作用区分为教育作用、认识作用和美感作用三种，加以并列，这是不妥当的。它在方法论上的失误，除了上面分析过的之外，还有一个重要的表现，就是忽略了它们之间关系的不对称性。在艺术的功能结构中，教育、认识、审美是三个基本要素，它们之间的关系，审美功能无疑是处于支配的地位。一个作品如果缺乏审美价值，其他价值因素就无从表现，不能给人美感的作品就不是艺术品。文艺作品首先必须是艺术的，这是非常浅显的道理，教育、认识的功能都是从属于美感功能的，是从审美中派生出来的，因此这三者不能并列起来，视为三种作用。即使把艺术的功能结构分为审美教育、审美认识、审美宣传、审美娱乐等要素，它们之间的关系也不是对称的，每一类型的作品都有它特殊的功能结构形式。这种不对称使艺术的百花园色彩纷呈，能够满足各种欣赏者的心理需要。我们认识事物的性质和功能，就要具体分析系统内部要素之间的关系形式。

从以上分析可以看出，相干性是有机整体观念的基础，相干性和相干效应的研究可以说就是系统研究、系统思维的基本方法。它是一种通过考察系统的整体属性、运动形式和结构模型来认识事物本质的方法。因此，它与辩证法是相通的。

正因为有机整体观念是系统科学方法论的核心（或灵魂），所以国内外一些研究者才把系统方法的历史发展追溯到古代哲学中的朴素辩证法，把马克思、恩格斯看作是现代系统理论的鼻祖。中国古代哲学和中医理论都倾向于用有机整体观念来看待事物现象，具有丰富的辩证法思想，因此我们可以把它们的思维方式看成是前系统思维。也正因为这个原因，我们才提出：系统科学方法与艺术审美方法具有深刻的同一性，艺术思维方式是人类思维发展史上高级阶段的思维方式（即系统思维）的超前结构。有些同志对于文艺批评、文艺研究引进系统科学方法论的尝试疑虑重重，以为艺术属于情感的领域，是无法用科学的认识方法来把握的，运用系统科学方法论分析文艺现象只能破坏对象的美，我认为这是对系统科学方法论的一种误解。

人对世界的艺术的把握与科学的把握，目的都是要认识世界的本原、宇宙的秘密，在思维中重建世界和谐的秩序，它们都是“自然—人”的巨系统运动的内在机制。人类的认识运动经历了曲折的历程。先是对世界的感性直观，这时期，科学的方式与艺术的方式是没有分化的。然后进入知性分析的时代，这种时代的世界图景正如席勒所描绘的：“国家与教会、法律与习俗都分裂开来了，享受和劳动脱节，手段和目的脱节，努力和报酬脱节，永远束缚在整体中一个孤零零的断片上，人也就把自己变成一个断片了，耳朵所听到的永远只是由他推动的机器轮盘发出的那些单调无味的嘈杂声响，人就无法发展他生存的和谐。他不是把人性印刷到他的本性上，而是变成他的职业和专门知识的一种标志。”（《美育书简》）大工业生产的发展使分工越来越细，人就越来越变成一种小小的断片，世界在人们眼中是离散的，知性思维的发展正是适应人的这种社会存在的状况。它虽然使人类的认识进入事物的微观层次，但它却无法使人洞察世界的内在秩序的和谐性，也就无法使人把握世界内在的美。黑格尔说“知性不能掌握美”，不仅具有微观认识论的意义，而且具有宏观认识论的意义。大工业社会本质上是与艺术生产相敌对的。所以，在知性分析时代，艺术当然是作为科学认识的对立物而存在的。但是，当人类超越了知性分析的时代，进入理性的自由王国，人类就能用简洁的形式重建对世界和谐性的认识，这也就是对世界的审美把握了。这时，科学与艺术的对立就消除了。系统科学方法论的诞生正是人类认识史上的一场深刻的革命，它是引导人们超越知性分析时代，迈向理性自由王国的有力的思维工具，它与艺术—审美的方法有内在的同一性。

首先，艺术对世界的把握是基于把世界看作有机的整体，把自然看作有生命的东西，因此，它具有深刻的系统思维的特征。美总是存在于事物的整体性之中，艺术就是一个杂多的统一体，这是大家都遵循的艺术创造的规律。一个人的艺术感受力也就是对审美对象的整体直观能力，即把作品视为生命的浑然一体的对象进行审美观照，而不是靠机械分割来感受美的。因此，艺术正是用系统的方法来处理反映对象的，来把握客观对象的美的。知性不能掌握美，但系统思维却能揭示世界内在的和谐秩序，因此它最终能达到对世界美的发现。可以看出，艺术思维与系统思维具有方法上的同一性。

其次，系统科学方法论的整体优化原则，实质上就是人与世界的审美关系的原则。最优化是系统科学方法论的目标。所谓最优化就是根据主体的需要和可能，在系统的动态中协调整体与部分的关系，使部分的功能服从系统整体的最佳目标，以达到总体最优。而艺术审美的目标，正是人与自然的关系趋向和谐统一的最优化。艺术的创造和欣赏都是复杂的自控系统，它通过审美信息的传输和反馈调节，协调认知、情感、意志等各种心理功能，并使之与对象达到精神的契合。审美关系的原则，就是主体必须超越现实关系的片面的规定，自由地实现人的本质的对象化，使人与自然、主观与客观融合统一，这个过程正是“人—自然”系统运动的最优化调节。这是系统科学方法论与艺术审美系统在目标上的同一性。

最后，系统科学方法论具有解决多因素的、动态复杂系统的有效性，这种有效性将使系统科学方法论成为揭开艺术作品的系统状态和创作—欣赏的系统运动的奥秘的有力工具。系统科学方法论能在电子计算机的配合下有效地处理多因素、动态复杂的系统。例如用数理统计中的回归分析法来计算系统中的功能与系统中某些部分的变量之间的关系；用结构模型解释法结合图表描述系统各个部分的结构关系；用模糊数学的工具对模糊现象进行定量分析等。而艺术这一杂多系统是一个多参数和多变量的复杂系统，艺术的创作和欣赏这一动态系统带有很大的随机性和模糊性，只有用系统科学方法论才能逐步揭示它的秘密。用系统方法考察文艺现象，就能使人们对文艺现象的认识与文艺本身的状态相适应。如果把文艺批评的方法与艺术的方法一致起来，这对我们深刻理解和正确描述文艺现象将产生重要影响。

从以上分析可以得到一点启发：艺术的思维方式似乎就是人类思维发展史上高级阶段的思维方式的超前结构。从历史发展的逻辑看，系统思维的普遍性的实现，将是人类思维发展史的复归。当然，系统科学方法论虽能为不同的学科所运用，但在每一个研究领域，却要根据研究对象的特殊性，把它加以具体化。这是一个非常艰巨的、漫长的历程，需要几代人的努力，尽管现在还刚刚迈出第一步，但却不能因为它的步履蹒跚而停止前进的步伐。

（原载《文学评论》1986 年第 1 期）

系统科学方法论与文艺观念的变革

有人把1985年称为文艺理论研究的“方法论年”，这一说法未免带有刺激性，但却说明了文艺理论研究领域所出现的方法论变革的热潮绝不是偶然出现的事件，而是一种历史现象。它反映了文艺理论批评内在发展的要求，不管你是拥护者还是反对者，都不能不正视它的存在。当人们正在为这种形势欢欣鼓舞之际，有些同志及时指出：方法的变革不是目的，目的是文艺观念的更新，这当然是十分必要的。但是这种意见本身，由于提出者的针对性不同而具有不同的含义：一是就方法与观念的关系而言的，提示人们要把方法论变革引向深入，就不能简单地搬用别的学科的方法模型，而必须立足于观念的变革和理论的前进，从这里出发来吸取各种新的科学方法的营养，这当然是高明的见解；另一是针对目前运用新方法的现状，认为目前所谓运用新方法的文章并没有提供新的结论，产生理论上的突破，因此方法的变革仿佛可以忽视，只有强调观念的变革才能奏效。且不说对现状的这种估计是否符合实际，就说这种意见在逻辑上表现出来的观念变革与方法论变革分离的倾向，我则不敢苟同。在这里，我想以系统科学方法的运用为例，说明方法论变革与文艺观念变革的内在的必然的联系。

笔者曾经在一篇文章中把系统科学方法的运用说成是文艺批评方法论变革三层次中的最高层次，并认为它将引起批评主体的思维方式的变革，而不仅是具体的批评方法的丰富。因此，我们应该从思维方式的角度来认识和实践系统科学方法论（参见《文学评论》1986年第1期拙作《论系统科学方法在文艺批评中的运用》一文）。如果这种说法可以大致成立的话，那么，系统科学方法在文艺批评、文艺研究中的正确运用，将直接导致文艺观念的更新。换句话说，正确运用系统科学方法研究文艺现象，是建立新的文艺观念的一条良好的途径。这个道理很简单，因为思维方式乃是观念的展开形式，如果把思维方式比喻成外壳，那么观念则是它包裹的内涵。它们共存而相生，旧的文艺观总是与旧的艺术理论思维方式相联系，新的文艺观的确立必须摆脱旧的艺术理论思维方式的束缚。系统科学方法论作为一种新的思维方式，必然孕育着新的艺术观念。

我们曾经把文艺批评中的系统科学方法概括为五个基本原则，它们相对独立而又联成整体。用这些原则来观察和思考文艺现象，一般都可以获得不同层次的新认识。比如《阿Q正传》中关于阿Q在辛亥革命到来时的那些表现的描写，过去一般是把它解释为被压迫雇农潜在的革命性的觉醒，因此认为它是阿Q性格的“光明面”，而大加颂扬，如果用系统整体性原则来思考，那么这些情节无非是阿Q性格奴性特征在社会变动的特殊环境中的表现，因此，“阿Q式的革命”应该是一个贬义词。又如当我们用结构性原则来审视文学的社会功能时，我们马上可以发现过去的所谓教育作用、认识作用和美感作用的三分法的失误，因为文学的社会功能绝不是三种独立的作用力的相加，而是一个特殊的功能结构。任何把结构中的某一要素孤立出来加以强调的做法，都会使我们的认识偏离正确的轨道。再如，文艺理论中的许多悖论往往是由于观察问题的层次不同引起的。如艺术是生活的反映，艺术又必须超越再现性而追求表现力；艺术必须真实，但艺术又不能实录；题材有着决定的作用，题材又是不确定的；创作必须有技巧，但好的作品又必须消除技巧的痕迹，等等。假如我们能用层次性原则来思考问题，就可以避免许多不必要的争执。至于运用动态性原则，更可以使人们解决许多不易解决的难题。比如阿Q典型超越阶级、时代、民族的现象，如果囿于静态反映的理论模式，实在很难理解。因为人的思维对外界事物的反映总是具有选择性的，而制约这种选择性方面的最强大力量，在阶级社会里无疑是阶级的利益。因此艺术典型的社会功能只能用阶级斗争的功能来解释，阿Q作为一个具有阶级内涵的典型，怎么可能产生超越阶级的功能呢？而用系统科学的动态性原则来思考，我们就会看到，艺术典型的功能是在作品与读者的双向建构中实现的。只要一个典型具有深刻的特征概括力，那么这个典型就可以克服它的特定阶级内涵的封闭性，而与不同阶级、时代、民族的读者发生某一方面的双向建构的活动。艺术的功能不是静态反映的产物，而是双向建构的动态系统的效应。艺术的不朽并非不变，不是一种恒定的反映机制，而是一种不变中的变，是存在于永恒的创造之中。所以我们把它称为艺术的生命，而生命在于运动，只有用动态性观点才能理解它。

上面我们谈的只是一些局部性的结论，它们还不足以说明系统科学方法论与文艺观念变革的关系。要说明这种关系，则必须深入到系统科学方法论体系的核心。这个核心是什么呢？就是整体观。但是整体观并非系统科学方法论所独有，它已经经历了三个历史发展阶段：第一个阶段可称为感性存在的机械的整体性观念，在这种观念里，整体是由各个独立的部分堆积起来的，因此对这一整体可以通过分解和还原的方法来认识。第二个阶段可称为纯粹物质客体的有机整体性观念，这种观念注意到事物之间联系的有机性，但在考察整体的构成时，视线局限在物质客体的范围内，即使研究人的有机性，也是把人视为一种物质客体存在。在这种整体性观念里，精神与物质、主体与客体、生命与非生命之间还存在着一条不可逾越的鸿沟。第三阶段我们称之为“自然—人”的系统整体性观念（系统科学方法论的核心正是这种整体性观念）。这种观念最切合艺术审美的本质。因此卡冈在《美学和系统方法》一书中认为系统方法“是从理论上理解人的审美能动性及其艺术活动的最有效的途径。”系统论认为，系统无所不在，一切皆为系统，又互为系统，整个世界就是由各个层次的系统构成的网络型的超巨系统。在这种整体性观念里，精神与物质、主体与客体、生命与非生命，它们也构成系统运动，它们之间的关系绝不是因果决定论的，而是共存共生的整合运动。这种整体性观念就不是纯粹物质客体的整体性，而是“自然—人”整合运动的超感性的整体性。中国古代的“天人合一”说可以说是对系统整体性的天才猜测。整体观的这三个发展阶段是与人类的科学认识能力的发展水平相适应的，因而表现出不同的特征。机械整体观是以事物之间的物质交换的方式为其逻辑前提的，也即整体是建立在各部分之间的物质交换的基础上的。比如一台机器，它的各个零部件是通过交换机械力的方式而结合成一个整体的。有机整体观是以事物之间的能量交换的方式为其逻辑前提的。也即整体是建立在各个部分之间的能量交换的基础上，比如人体的各个器官并不是通过机械力拼凑成的，而是通过能量的交换使各器官成为功能协调的统一体。而系统整体观则是以事物之间的信息交换方式为其逻辑前提的，也即整体是建立在各部分之间的信息交换的基础上，比如人对月亮的观赏所建立的审美系统，人与月球之间并没有机械力的直接联系，也不存在能量的交换（当然，月球的运动对人体的生理活动有着微妙的联系，但这种相互作用力非常微弱，与通常所说的机械力不同），而是通过信息交换的方式达到互相占有，从而成为系统整体的。

运用这种系统整体观来观察文艺现象，我们就应该把文艺现象放到“自然—人”系统的运动中来思考，那么我们就会意识到：艺术审美活动是“自然—人”系统双向建构的最优化运动，即一方面是自然的人化，另一方面是人的对象化，这种双向建构使自然与人互相占有，从而实现人与自然的和谐统一。艺术审美活动是人类在长期的历史实践中逐步建立起来的自调节机制，人类正是通过艺术审美活动来调节自身的认识、情感和意志，从而走向人性的完善、人的本质的全面发展。所以艺术审美活动是人类的目的性行为。正是从这个意义上说，人天然是艺术家，他从事艺术创作，就像蚕要吐丝一样自然。内心痛苦就唱歌，高兴就雀跃舞蹈，从某种意义上说，艺术活动与人会流泪、人要做梦是一样的道理，都是人的自调节机制。只是迄今为止的社会历史发展阶段，由于生产力的低下，人类不得不把几乎全部的精力集中于生存斗争上，因此人的这种艺术创造本能受到了压抑，艺术的天赋只在少数人身上得到片面的发展，在创作和欣赏的瞬间，获得一种“情感解放”的快感。艺术也就成了这个充满缺陷的世界的补偿，成了抚慰痛苦灵魂的良方。当然它也难免要沦为统治阶级的工具。这是历史，但这仅仅是艺术本性展开过程中的现象。在这种现象的背后，则是艺术与人性的曲折但又是同步的发展。艺术发展的这种艰难的历史积累潜伏着“自然—人”系统运动的优化目标，因此到了共产主义，人人都是艺术家便由潜在的可能性变为现实性。毫无疑问，我们在考察艺术现象时要有历史的观点，但我们更要坚持历史与逻辑的统一，要洞察历史运动深处的那个目的性，看到艺术在“自然—人”系统中的深刻规定性。

在“自然—人”系统运动中思考文艺现象，必然会引起文学观念的重大变革，在关于文学的本质、特征和功能等重大问题上，都会有新的认识。关于文学的本质问题，过去人们常常是在旧唯物主义的认识论框架中来思考的。传统认识论认为，世界是绝对客观的存在，而认识只是这种存在在意识中的映象。在这里，存在与意识、物质与精神、客体与主体，明显地存在着主从关系，人的能动性始终处于受动性的统制之下。认识论的传统命题是存在决定意识，而意识对存在只有相对微弱的反作用。既然文学艺术是一种精神现象，它就必然受客观生活所决定，文学创作也就是反映客观生活进程的一种认识活动了，作家的能动性只是通过艺术的手段把客观的社会生活反映得更准确、更集中、更强烈、更典型而已。于是，文学艺术的本质便被界定为“反映社会生活的意识形态”。在这种思维方式中，存在着明显的两极结构，即“生活→艺术”，两极的关系呈现为线性因果律，即生活决定艺术，而艺术反映生活，生活是主，艺术是从。很明显，这种文学本质论的特征是单维、单向的。旧的文学理论体系正是在这种认识论的逻辑框架中构筑起来的。它的一系列基本命题，如题材决定论、真实是艺术的生命论、现实主义主流论、典型是生活本质的概括论、文艺鉴赏是认识活动论等等，都是单维单向逻辑方法的推演。系统科学方法论在考察艺术的本质时，坚决反对把生活与艺术看成对立的两极、看成是决定与被决定的关系，而是把它们看成是一个系统整体。在这个整体中，生活与艺术进行着双向建构的活动，即生活的艺术化与艺术的生活化的双向调节。文学的本质就应该在这种双向建构中作出规定。那么，文学就不仅是对生活的反映，而且是对生活的创造，在创作中表现作家的气质、个性、情感以及整个生命力。这种反映与创造都是通过作家的创作活动完成的。因此，生活与艺术的双向建构表现为具体的创作过程，即是审美对象与审美主体的双向建构，也即客观事物的内化、典型化、符号化与作家审美意识的外化、对象化、物态化，它们是一种过程的两个方面。而这种过程又是在对环境信息的整合运动中完成的。对于作家来说，创作是一种自觉的文化行为，环境信息主要是来自社会的价值体系。文学创作中的双向建构必然严格受着社会价值观念的制约。也就是说，它要不断整合社会价值体系发出的信息源，必须对这种信息源进行选择和评价。因此，文学不仅是一种反映和创造的活动，而且是一种评价活动。这就是说，文学不仅要真实地反映客观现实生活的事件和进程，同时把作家的个性、气质、情感和生命力，把作家的整个主观世界表现出来，使之获得感性形式，而主要遵照特定的价值体系对社会生活进行评价。这样，文学的本质就是一个由再现性因素、表现性因素、评价性因素构成的结构，它分别与自然、人、社会相对应，而表现出三维性。表现在具体文学作品中，则是题材的再现性、情感的表现性、思想的倾向性的统一。这就是文学本质的三维结构观。我们可以把它看成是对文学本质的静态描述。

令人深思的是，文学的这种三维性恰好与物质世界和精神世界具有结构的同形性。物质世界也是一种三维结构，任何事物由于它与人的联系方式的不同都可以一分为三，即实体、意义和符号。实体就是事物的自然属性或物质结构，意义指事物对人的有用性，符号则是标示人的某种价值的形式。文学的三维性与物质世界的三维性正好形成对应，这就是说，文学的再现性因素是以事物的实体性为对象的，作家通过艺术形象的近似摹仿把物质世界的实体存在的状貌、色彩、声音等再现出来；文学中的表现性因素是以事物的符号性为对象的，作家通过各种表现手段把客观对象的特征（如个性特征或情感特征等）表现出来；而文学中的评价性因素则是以事物的意义为对象的。作家通过一定的倾向性或直接评论把对象的意义显示出来。文学与客观生活的这种对应性，使文学的世界成为客观世界的象征，因此人们常把那些伟大的作品称为一个小宇宙。另一方面，人的精神世界也是一个三维结构，这已经得到大脑神经生理学的证明，心理学也把人的心理结构区分为认知、情感、意志三种，这恰恰就是文学三维性的主体依据。作家正是用认知能力去把握被描写对象的感性存在，从而诉诸模仿而成作品的再现性因素，而读者也是用认知能力来感知作品的再现性因素的；同时，作家是用他的情感能力去体验描写对象的符号性，从而诉诸表现而成作品的表现性因素，读者也是用情感能力来体验作品的表现性因素的；再者，作家又用他的意志能力去把握描写对象的意义，从而诉诸评价而成作品的评价性因素，而读者也是用意志能力来理解作品的评价性因素的。从这里可以看出来，文学又是人们的精神世界的象征。

总之，文学是联系人与自然的中介。通过这一中介环节，人与自然在精神领域中实现双向建构运动，从而趋向和谐、统一。这种双向建构运动，包含着两个基本的过程：一是客观事物现象的符号化，这就是作家把描写对象改造成表现一定情感和倾向的感性形式

（即艺术形象），使之成为标示人类某种价值的符号，典型化以及一切艺术技巧的运用都是造成描写对象符号化的途径。另一是主体人的完善化，这就是作家在创作过程中摆脱庸俗的势利之心，用审美意识和审美个性观照世界，自由地处理对象，因而情感获得升华，人格得到陶冶。作家进入全神贯注的创作心境甚至迷狂状态是实现主体人完善化的途径。这两个过程是两种超越：一是超越对象的实体性，它是借助于人的思维抽象的作用来完成的；二是超越主体的现实关系、现实意识，这是借助于人的联想和情感升华等心理功能来实现的。这种双向建构运动就是文学本质的实现过程。正是由于这种建构，所以文学中的自然，乃是一个艺术符号的世界，而文学的创造者也必定是一个审美的人，它们都是文学活动创造出来的奇迹。这样一来，人与世界的关系就通过文学活动实现了同向的转化，人与世界的对立在精神领域中消除了，它们在一个新的层次中获得同一性。

对于文学活动的这一内在过程我们应该如何来表述呢？过去的文艺理论教科书用“反映”的概念来表述，把文学活动看成是一种认识活动，这显然是不符合文学活动的实际情况的。这种理论失误给文艺创作和文艺批评造成的祸害，已经被越来越多的人痛切地感受到。近年来，文艺理论界有些同志为了纠正这一偏颇，用“反应”的概念来代替“反映”的概念，这虽然强调了主体能力的作用，有利于克服直观反映论的弊病，但仍然没有反映出文学活动的双向建构的特点。我认为比较合适的提法是“象征”。这里说的“象征”是一个广义的哲学概念，即指事物的一种联系方式——异质同构联系。我们用“象征”的概念来表述文学活动的本质，这就是说，文学活动是人与世界的异质同构联系的方式，因此，文学作品实际上是人与世界建立同构联系的触媒，一个作品只要能提供某种特征框架（包括性格特征或情感特征），使人们在其中进行精神的创造活动，从而在精神领域中建立人与世界的和谐关系，那么，这个作品就有生命力。例如屈原的《离骚》提供了一种苦恋的情感特征的框架，使后人找到某种精神寄托，获得相应的情感体验，在这种精神活动中，人与客观生活就得到一次调整、一次接近、一次和谐。又如，鲁迅的《阿Q正传》提供了奴性人格特征的框架，使人们对现实存在的这一类性格现象（民族性人格特征）进行反思，并进而在行为上进行调整，通过这种精神活动使人与客观生活得到一次接近、一次和谐。总之，文学的最深层的价值不是提供某种意识形态形式，也不是提供一定的教化或思想灌输的工具，而是提供某种高级的象征形式，使人类建立一种高级的自调节机制，以精神运动的形式推动人与自然统一的历史进程，即“自然—人”巨系统的优化。就这个意义上说，一切优秀的文学作品都是人类生活和心灵的象征。“象征”就是文学本质的动态描述。

从以上粗略的分析可以看出，系统科学方法的引进与文艺观念的变革具有内在、必然的联系，它可能会改变文艺理论的逻辑框架。尽管在目前，文艺研究、文艺批评引进系统科学方法还刚刚开始，但我坚信，它将对文艺理论的发展产生深刻的影响。因为系统科学方法不是一种纯粹技术意义上的方法，而是现代科技革命提供给人类的新的思维方式。它在认识论上的意义将随着科技革命的发展而日益显示出来。

（原载《天津师范大学学报（社科版）》1986年第3期）

系统论对艺术认识论的启迪

在文艺理论批评引进新方法的热潮中，最引人注目的恐怕应首推系统理论与方法了。正如许多同志所说的，系统理论与方法的引进是20世纪80年代在我国兴起的文艺研究方法论变革浪潮的重要标志。形成这种格局主要不在于系统理论与方法在文艺研究中取得了什么重要成果，而在于它本身蕴含着哲学方法论的性质和意义。但在这个问题上，人们的认识还存在着原则的分歧：到底系统理论与方法仅仅是一种分析技术还是具有哲学方法论的意义？文艺理论批评是仅仅把系统理论与方法作为一种具体学科的方法来移植还是应该吸取它的现代科学思想来改善整个文艺科学的素质？这是一个值得认真研究的课题。

从最初的直接动机看，人们热衷于引进各种新方法，主要是出于对过去文艺理论批评方法单一化的不满，因此，需要借用别的学科的方法来加以补充。系统方法的引进情况也是这样。但是当人们进一步深入地运用系统理论与方法来处理文艺现象之后，却意外地发现它不仅是对文艺批评的社会学方法的补充，而且具有对原有的文学理论体系的冲击力。尤其是自然科学系统思想的深化，哲学对系统理论的提炼以及文艺批评实践整体的发展，使我们更加清楚地意识到：系统理论与方法包含着一种新的智慧和思维方式，它对文艺理论批评的意义将会超出科学方法的移植这一层次。本文试图从艺术认识论这一高度说明系统理论与方法对文艺理论批评的启迪。

一、系统观加深了对艺术本体的认识

艺术是什么？这是千百年来争论不休的问题。尽管人们众说纷纭，但基本答案只有两种：一种是侧重于它的客观性，强调艺术的再现因素，认为艺术是客观生活的反映；一种是侧重于它的主观性，强调艺术的表现因素，认为艺术是主观情感的表现。这两种倾向都是在“物质—精神”的二项式结构中规定艺术的本质的，都建立在世界的二元对立的基本信念之上。人们就在这种思维结构中各执一端，形成文艺观上唯物主义与唯心主义两种对立思潮的斗争。这种斗争已经持续了几千年，至今未见消泯。但实际上它们都面临着各自的困难：既然艺术是客观生活的反映，那么一切真实再现生活的东西岂不都具有同等的价值？可是艺术实践却告诉我们，艺术创造的价值恰恰来自对现实生活反映的变异和误差，模仿生活永远产生不出真正的艺术。相反的，如果说艺术是主观情感的表现，那么情感又是怎样引起的？情感有指向性，它与客观生活怎么能分开呢？艺术的内容归根到底要到客观生活中寻求解释。总之，不管是把艺术看作生活的摹本还是看作情感的外射，都未能完满地回答艺术的本体问题。

所谓艺术本体论，就是关于艺术这个存在的本质的学说。过去的艺术本体论基本上是把艺术作为一个与自然物质系统分立的自足体，然后寻找它的本源。它对应于哲学的本体论——世界是物质的还是精神的——而派生出艺术是客观物质世界的映象或是主观心灵的外射这样两种艺术本体观。1949年以后的文艺理论教科书一致的说法是：艺术是一种用形象反映生活的特殊的意识形态。但是意识形态理论并不能完满地解释艺术现象。比如，你说艺术是一种意识形态，但是真正优秀的艺术却能超越意识形态的对立，成为全人类的共同财富，永恒地产生巨大的魅力。这种超意识形态的性质不正是艺术的更内在的本质吗？你说艺术与政治、哲学、道德、宗教等一样都是意识形态，其差别只在表现形式上，那么艺术岂不是可以为别的意识形态所代替，岂不是可有可无的装饰，而不是人类的内在要求？按照意识形态的理论，艺术的目的就是正确反映客观生活的本质。可是艺术创作主题先行却往往会失败，用形象演绎或图解概念，哪怕你图解的是一个生活真理，也只能是拙劣的作品。这不是矛盾的现象吗？诸如此类的问题都是对过去的艺术本体论的挑战。实际上意识形态之说只是对艺术内涵与客观世界关系的性质的抽象规定，而没有回答艺术作为一种存在的本质。艺术作为一种存在，是内容与形式的统一体，是客观存在的人类创造物。艺术家的审美意识经过艺术创造工程的转换程序，已经成为"第二自然"。我们要研究的正是艺术作为"第二自然"存在的本质。

系统观认为：世界是一个按照等级（层次）和秩序严密组织起来的整体，世界上的一切事物和现象都是这个组织的要素。人与自然、精神与物质都不是分离和对立的，而是在宇宙统一体的组织作用下不断运动和变化的。按照普里高津的理论，有序和组织可以通过一个"自组织"过程真实地从无序和混沌中"自发"地产生出来。而生物、人、社会都是自组织系统，它们通过与外界交换物质、能量和信息不断地从无序走向有序。在这过程中，系统建立了一系列自调节机制，来实现系统的自组织功能。"组织"或"自组织"是系统观本体论的核心范畴，它超越人与自然、精神与物质的二元对立，把人与自然、精神与物质联成一体。世界上的一切事物和现象都应放在这个组织中加以考察。

系统论对世界的这一基本看法对我们认识艺术的本体有着重要

的启发作用，它告诉人们：必须摆脱“精神—物质”的二项式逻辑结构的束缚，而从世界的组织性这一角度思考艺术的本质。艺术作为一种存在必须放到更高序列的系统中才能看清它的真实面目，即放到人的生命系统和社会系统中来考察。人的生命和社会都是高度自组织的系统。为了维持系统自身的生存，它必须建立一系列自调节机制，与外界以及在系统内部进行物质、能量和信息的交换。比如人要吃饭，这是生命系统与外界交换物质的行为；人会流眼泪，这是人体的生理系统内部自调节的机制；人会做梦，这是人体的心理系统内部自调节的机制。那么，艺术作为人的生命系统和社会系统的组成部分，必然参与人与社会系统的自组织过程，成为人的精神调节器和社会的黏合剂。从个体的角度看，人的艺术行为（创作和欣赏）都是人的精神生活处在远离平衡态下的一种精神自组织活动，“不平则鸣”“愤怒出诗人”等现象就是很好的说明。它与做梦、游戏、宗教信仰等都有类似的功能。从人类群体的角度看，社会的艺术活动也是一个社会的精神生活系统处在远离平衡态下的一种自组织活动，“国家不幸诗家幸”就是明证。它与哲学、宗教、道德活动等也有类似的功能。人的艺术行为和社会的艺术活动作为自组织系统的调节机制，与其他类型的自调节机制不同的地方就在于它的全面性、自由性和超越性。

艺术的调节是信息的调节，因此艺术的本质内涵就是人和社会系统自我控制的信息流，它的载体和媒介就是艺术符号。我们可以把一个艺术品看作是一个艺术符号系统，它是艺术信息的发生器。在个体的艺术行为中，艺术信息全面地调节着人的机体、感官和神经系统，调节着感知、情感、意志的结构，它使感觉、理解、情感、想象等心理功能协同作用，感性与理性、肉体与精神和谐统一。因此，个体的艺术行为是身心的全面享受。在社会的艺术活动中，艺术信息全面地调节着政治、道德、社会心理等系统，提高社会系统的凝聚力，使社会系统朝着自己的目标发展，所以社会的艺术活动是社会系统控制的深层机制。这就是艺术的双重控制原理。总之，在系统论看来，艺术既不是客观现实的摹体，也不是心灵的幻象，而是连接人与自然、精神与物质的符号，它传输人和社会系统进行通讯控制的信息。艺术作为一种存在，它是人类创造的存贮这种信息的符号体系。

那么什么才是艺术符号？它的具体形态是什么？有人认为艺术符号就是作品所描写的形象，这种理解是不准确的。因为一个作品的符号体系不仅包括艺术形象，还包括其他因素，而且也不是所有的艺术形象都具有艺术符号的性质。艺术符号的具体形态应该是艺术形象揭示出来的具象与抽象统一的特征。比如，《离骚》通过精湛的艺术手段所表现的"苦恋的情操"，《长恨歌》浓墨重彩所描绘的那种至死不渝的爱情心态，《红楼梦》的爱情故事背后所隐藏的那个在窒息的社会黑屋里进行变态的人性追求的不屈灵魂，等等。如果我们深入地考察一下优秀文艺作品盛传不衰的内在机制，我们就可以获得一个重要的启发：一个作品的生命力并不是来自作家对当时社会现实的政治的、道德的评价，不是来自它所表达的某种社会意识形态，也不是作品再现生活的具体性所带来的认识价值，而是来自作家调动艺术手段生动揭示出来的人类生活和心灵的某种特征。那些伟大的作品，无不是沉入到社会历史意识的深层结构中去，敏锐地发现并成功地表现某种蕴含着深刻的哲理、心理内涵的社会历史特征。这种特征，由于它具有很高的概括性，能够激发人们的联想，启发人们与自己的经验和情感进行平行比较；这种特征，由于它是社会历史之光投向的焦点，具有凝聚性，它留下了广阔的理解和阐释的空间；这种特征，由于它是事物存在状态的典型样式，是力的结构范型，因此它可以被想象力扮演为各种具体形态。总之，这种特征具有明显的想象的指向性、理解的弹性和意义的广延性。它是一个开放的结构，能够吸附各方面的审美要求。它犹如一个光点，吸引着各种人群的注意，它好像一个圆心，每个人的心灵都可以从自己的侧面找到与之相联系的游丝。从这里可以看出，文艺作品内容与形式统一所呈现的某种人类生活和心灵的特征，正是艺术作品存贮审美信息的符号，它引发着欣赏者的象征表现活动。对艺术的这种符号本质及其结构的揭示，将使我们的认识深入到艺术本体的深层结构中去，从而使传统的艺术本体论发生深刻的变革。

二、系统理论改变了艺术认识论的逻辑结构

艺术审美活动是怎样的一种精神过程？审美活动中主客体的关系如何？这是一个与艺术本体论相联系的艺术认识论的核心问题。由于过去把艺术的本体看作意识形态的形式，因此人们就把艺术审美活动看成是精神反映的过程，而直接套用哲学反映论的逻辑框架来解释艺术审美现象。反映论基本上是一种外因论，认识主体与认识客体的关系呈现单向的客体决定论的模式。当我们把艺术审美活动看成是精神反映过程，那么在生活与艺术、作品与欣赏者的关系中，我们就必然贯彻客体决定论的原则，艺术家和欣赏者的主体性就在这种逻辑结构中消失了。过去文艺理论教科书中的一系列重要命题，诸如题材决定论、真实是艺术的生命论、现实主义主流论、世界观决定创作方法论、内容决定形式论、政治标准第一论等，都表现出强烈的单向决定论的逻辑倾向。尽管它们也注意到反映主体的能动性问题，但由于没有摆脱客体决定论的逻辑框架，这种能动性就只能是被客体所决定的有限的反作用力。这种所谓能动的反映论丝毫不能挽救主体性的失落。我们可以把过去文艺理论教科书对反映的能动性的阐述简化为逻辑推理的三段式：文艺是客观生活的反映；优秀的文艺是客观生活本质的反映；因此艺术家的能动性就是深入地揭示客观生活的本质。很明显，这种逻辑行程忽略了艺术对生活的创造，艺术家的主体性仅仅表现为思维从客体的现象到本质的接近，表现为对客观现实反映得更准确、更真实、更概括、更

典型，因而更强烈、更带普遍性而已。而这几种“更”只是数量的概念。那么，从生活到艺术岂不只是量的变化吗？这种误解常常导致生活与艺术的庸俗类比。在艺术接受理论方面，过去的文艺理论教科书也是遵循客体决定论逻辑的，比如，我们总是把艺术的魅力理解为作品单向的感染力，因而企图从作品的客观因素来寻求艺术感染人的原因，企图寻找作品中某种不变性因素来解释某个作品的永恒魅力的问题。我们总是把艺术欣赏看成是认识，认为艺术接受过程就是对作品内容的反映。因此人们往往在读者与作品之间寻找线性联系，荒谬地指责那些与古典作品产生共鸣的人灵魂深处有一个地主资产阶级的独立王国。同时也在作品内容与社会效应之间寻找直接的因果关系，把社会现实问题归咎于艺术作品的描写。这些荒唐的做法正是遵循客体决定论逻辑的结果。

从表面看来，过去的文艺理论教科书也强调人的能动性，可是它仍然未能摆脱机械论的思维惯性，这里的关键在于如何理解主体与客体的关系。过去的文艺理论教科书离开人的实践这一基础，而套用哲学本体论中物质与精神关系的原理来解释艺术审美活动。这样一来，审美客体就被当成直观的客体，而不是实践的客体。作为审美主体的作家或读者则被理解为一块白板，其作用仅仅在于反映审美客体中那些预先存在着的内容。艺术审美过程也就被理解为一种单向的活动，而纳入客体决定主体的线性因果逻辑之中。这正是旧唯物主义的逻辑思路。艺术审美系统的确存在着主体与客体的矛盾，它常常诱使人们在这种矛盾中寻求因果关系，因而在考察艺术审美活动的性质时容易陷入因果决定论的思维模式而不能自拔。有些同志以为用能动的反映论解释艺术审美过程就是坚持了唯物辩证法，殊不知他们仍然滑进了机械唯物论的陷阱。

马克思主义唯物辩证法纠正了客体决定论的偏颇，用人的“物质实践”而不是从物质本身来说明所有的精神现象。在实践结构中，主体与客体应理解为一个互相作用的联合体，一切精神现象的产生以及主体与客体自身都应在这种联系中得到说明。人的主体性不仅表现在从现象进入本质的反映的能动性，更重要的是表现在主体对客体的改造和创造上。客体对主体的规定和制约，恰恰是在主体对客体的创造和规定中实现的。而主体创造和规定客体，同时就是主体被客体所规定和制约。在艺术审美活动中，主体的文化心理结构与客体的美学结构是互为前提、互为因果、相反相成的。艺术审美活动实际上就是马克思所说的人创造环境，环境也创造人的实践过程在精神领域中的复演。因此，艺术审美活动不仅是一种反映活动，更是一种创造活动，是反映与创造的统一。

那么反映与创造这两种精神活动如何在审美过程中统一起来呢？系统论在辩证法的主客体对立统一思想的基础上，进一步揭示系统的整合机制。一个自组织系统不断从无序走向有序，它的基本原理就是整合作用，即把系统的各种要素整合进某种统一的结构中去。系统论认为，认识活动是人与自然、精神与物质相互作用的整合运动，人对外界信息的感受以及信息的加工处理（即思维）是人体内外，进而神经细胞、脑细胞之间的一系列质、能、波动的传播、相干、调谐、反馈、共振等过程。在这过程中，主体不是单纯被动地接收客体的信息，而是主客体双向建构的。这就是说，一个自组织的开放系统必须不断监控自己的状态和条件，它要求从外界输入足够数量的自由能，来抵消系统自身不断产生的增熵，因此系统就必须具有自我控制的反馈回路，来分析感觉，并把它们与贮存在系统内部的代码进行比较，然后对感官知觉作出评价。这种过程就是认识的内化和外化的统一。即一方面是客体（客体信息的因果决定性）对主体的制约，并转化为主体的结构和状态，另一方面是主体（生命的目的性）对客体信息的选择，并转化为客体的结构和状态。或者说，一方面客体发出的信息被主体精确地破译，并进行同型转换，另一方面主体的感受系统从内在的目的性出发处理并向客体发出信息。现代心理学对知觉的研究表明，人对周围世界的反映，不仅以对外部信息的生理知觉过程为前提，而且以主动地把这些信息转换为可以被理解的知觉印象和概念结构的过程为前提。知觉的结构一方面是外部信号作用的结果，另一方面又是主体选择的结果。通过这种主客体的双向建构过程，就把客体的因果性和主体的目的性统一起来，就把反映与创造、认识与价值统一起来。这一切都是在人这一高度发展的自组织系统的整合作用下实现的。

系统论的整合论启发我们，必须把艺术审美活动当作审美主客体复杂的整合过程来研究，必须摆脱传统的单向的客体决定论的逻辑框架，而贯彻主客体双向建构的逻辑方法。艺术的认识论就不仅是关于主体（审美意识）对客体（现实关系）的反映论，而且是审美主体与审美客体的整合论。一切艺术审美现象都应在主客体的双向建构的逻辑框架中得到说明，从而重新确立艺术规律的范畴。

那么，艺术审美活动的整合机制是怎样的呢？让我们先从一些通俗的实例来看看审美关系是如何建立的。比如，书页里一片萎黄的叶子或一朵褪色的花，孤立起来看是不美的，但如果它是你当年热恋的爱人送你的爱情的信物，那么你就会格外珍爱它，激发起你的审美情感。这是为什么呢？原因就在于这片叶子或这朵花与你的内在价值尺度发生了联系，它们成了你的爱情经验的符号，从而激发出爱的记忆和情感，因此你就与它们建立了审美关系。在这种过程中，外界事物由于主体人的价值取向被抽象成为标志人的某种内在价值尺度的符号，从而激发起人的象征活动。所以一事物所产生的审美效应，实际上是这一事物的象征功能。比如，月亮之所以是美的，主要是因为月亮的阴晴圆缺与人间的悲欢离合发生了联系，月亮柔和的光色与女性温柔的特质发生了联系。这就是说，月亮这一实体已转化为标志人间的悲欢离合和女性的温柔性格的符号，从而引起观赏者的象征表现活动。又如罗丹的雕塑《欧米哀尔》，它的形象非常丑陋，诉诸人的感官的只能是一种不快感。但由于这个雕塑融进了艺术家对人间畸形变态的沉思和对人类不幸的深刻同情，因此它成为标志人类崇高的人道主义感情的符号。从这些例子不难看出，在审美关系中，客体不是直接走向主体，进入主体的结构，而是被抽象成为符号，通过符号中介作用于主体。从主体这方面看，它也不是直接走向客体，进入客体的结构，而是经过一番自我的超越，即超越现实关系和现实意识，用全面人性（即人的本质的全面发展）的价值尺度去评价客体。艺术审美活动只能发生在一个具有审美个性的人身上。总之，艺术审美系统是通过上述两个基本过程来实现其整合作用的：一是客体事物的符号化，也就是艺术家通过典型化手段以及一切艺术技巧，把描写对象改造成表现一定情感和经验的感性形式（即艺术形象），使之成为标示人类某种价值的符号；另一个是主体人的完善化，也就是艺术家进入全神贯注的创作心境甚至迷狂状态，以摆脱庸俗的势利之心，用审美意识和审美个性观照世界，自由地处理对象，因而情感获得升华，人格得到陶冶。这两种过程是两种超越：一是超越对象的实体性，它是借助于人的思维抽象的作用来完成的；二是超越主体的现实关系、现实意识，这是借助于人的联想和情感升华等心理功能来实现的。在艺术审美活动中，主客体正是通过这样两种微妙的过程扬弃自身，进行逆向转化和建构，从而整合为一个具有更高组织程度的系统。在这个系统中，人的本质充分对象化，人在对象上面确证自身。而自然也充分地人化，最大限度地表现出自然的属人的特性。这实际上就是在精神领域中实现的人与自然的一次接近，一次和谐。人类正是在这种主客体的整合运动中体验着与对象融合和谐的精神自由的愉悦的。很明显，这种整合机制不能用“反映”的概念来表述，只有用“象征”的概念才能概括艺术审美活动中双向建构的本质。

三、系统方法为艺术认识论提供新的方法模型

如上所述，我们把艺术的本体界定为一种符号体系——一种传输审美信息，调节人的生命与社会系统的精妙装置，把艺术审美活

动看成是人类的高层次象征行为——主客体交换信息，双向建构，从而在更高层次上实现融合统一的整合过程。这样一来，我们就要相应地变革艺术认识的方法论。

传统的科学思维方法是建立在二项式逻辑结构的基础上的，即把世界区分为互相对立的二体，然后进行非此即彼的判断或寻找线性因果联系。比如把世界区分为物质和精神；把人区分为肉体和灵魂，然后寻找它们之间的关系。在这个问题上，由于人们的认识不同，便形成唯物主义与唯心主义、机械论与唯灵论的斗争。过去流行的文艺理论教科书也是采取这种二体的处理方式来总结艺术的规律的。它首先建立一系列对立的范畴；如美—丑、真—假、善—恶、喜剧—悲剧、生活—艺术、作品—读者、内容—形式、政治标准—艺术标准……然后对它们进行非此即彼的判断或寻找线性因果关系，所有的艺术规律都是在这种二项式结构中进行阐释的。正因为这样，在艺术认识史上也经常进行各执一端、互不相让的争论，而在这种似乎势不两立的斗争背后，我们却不难看出争论双方在观念内容上的互补性以及在思维方式上的一致性。

这种二体处理方法来源于近代科学的思维方式。整个近代工业文明时期可以说是牛顿力学统治的时代。牛顿是从二体问题来着手关于力的研究的，即首先研究两个物体之间的相互作用。牛顿的“力”的概念就是表示在“二”个具有不可入性的“粒子”之间出现的相互作用，因此，“力”具有二体性。经典物理学就用引力与斥力的对立统一来解释世界的运动过程，把各种物理现象都归结为不变的引力和斥力。牛顿的作用与反作用原理即一分为二的观念支配着人们的头脑，世界的对立统一的二项式结构便成为人们思维难以逾越的逻辑框架。但是随着自然科学的发展，经典科学的思维方式已经面临着挑战。统计力学把概率论引入物理学，直接冲击了牛顿的二体问题方法论。相对论和量子力学更是动摇了牛顿力学的根基。当认识深入到亚原子层次时，牛顿力学的二体处理方法就显得无能为力。物质的亚原子单元是非常抽象的实在，具有两重性。它们有时呈现波动性，有时则呈现粒子性，这取决于我们如何去看待它们。因此自然科学家经常对着这种二重性的奇妙现象感到困惑。它对传统的思维方式是个严重的挑战。这种二重性困惑在文艺理论研究中更是屡见不鲜。比如，艺术既是意识形态，又是超意识形态的，如果不承认这一点，那么我们如何解释优秀艺术作品超越意识形态对立而具有普遍魅力的现象呢？艺术是生活的反映，但纯客观地再现生活却产生不了艺术；艺术要求给人以真实感，可是艺术的创造性却又恰恰表现在对生活反映的误差和变异上；叙事小说的典型人物是作家创造的产物，可是越是创造得成功的人物越是具有自己独立的性格逻辑，甚至违背作家的意愿自行其是；艺术必须有技巧，但是只有消除了技巧的痕迹，“天然去雕饰”才是好的艺术；文学欣赏必须借助于语言，但如果执着于语言的意义却又无法领略艺术的个中三昧……这些二律背反的命题常常使我们的文艺理论研究陷于两难的境地，正像物理学家一样，在原子实验中向自然界每提出一个问题，自然界的回答总是一个悖论。

现代系统方法则摆脱了二体的处理方式，而强调多样统一的整体性。即在肯定多样性的前提下研究它们的联系方式，寻找主客体整合运动的中介结构，从“二”的思维方式进入到“三”的思维层次。传统的机械论方法是以世界的分立性为前提的，而现代系统方法则是以世界的互立性为基础的。自然科学的发展使人类对世界的认识愈来愈趋同于普遍联系和全面发展的辩证法，人们的思维更加注重世界的整体性。强调整体性与强调统一性是不同的。整体性是在多样性的前提下强调各差异面的结构联系，寻找各种因素的结构方式及其整合的信息中介。而统一性则是对立面的统一，在二极对立中研究双方的联结和转化。传统的“客体—主体”的链条没有包括作用客体与感受作用的主体之间的信息中介，这种认识结构是不完备的。而在现代系统方法中，信息中介是个关键性的概念。它在认识结构中具有相对的独立性，是一种不同于主体和客体的特殊要素。这种要素在本质上包含着能使它与认识结构中的对立两极都具有相似性的特质。因此它能把对立二极联结起来，使认识系统实现其整合功能，而消除认识的二重性困惑。从这里可以看出，现代系统思维是一个三项式结构。信息中介的引入使主客体的关系格外复杂起来，彻底打破了它们之间的线性因果律。这种方法论无疑是一个动态模型。现代系统方法的灵魂是秩序的控制和组织的优化，因此它的方法论必然是突出整体化途径的研究，即揭示实现系统整合作用的隐秘的中介结构，而抛弃非此即彼的独断论和因果决定论的线性观。

艺术现象的本质特征是多样统一性，如果用二体方式来处理，必然陷入形而上学的机械论泥坑。而现代系统方法为我们提供了新的方法模型，它强调多样统一的整体性，因此它能比较完备地描述艺术现象所体现的辩证法。这种方法论的要点是：把一切艺术现象和艺术过程都看成“主体——信息中介——客体”的三项式结构，着力揭示隐秘的中介及其通讯机制，从而对系统运动作出非线性描述。下面，我们试以文学欣赏系统的描述为例，说明现代系统方法论的特征。过去文艺理论教科书把文学欣赏看成认识的活动，把艺术的魅力看成作品对读者的直接感应，因此人们对艺术永恒性问题的探讨总是在作品与读者这两端中寻找其根源。有的在审美客体（作品）中寻找艺术永恒性的原因：或者认为文艺作品的形式因素变化缓慢，容易引起各个阶级、民族和时代的欣赏者的共同美感；或者认为作品反映了时代的本质，所以具有永久的认识价值；或者认为作品表现了一种普遍的人性和人情，所以能引起超阶级的共鸣；等等。而有的则在审美主体（读者）身上寻找艺术不朽的解释：或者认为人是一切社会关系的总和，不同阶级的人毕竟共同生活在同一社会环境中，因此总有某些相通的地方；或者认为统治阶级的思想就是一个社会的统治思想，不同阶级的人对文艺作品产生共鸣是他们接受社会的统治思想影响的结果；或者认为感情具有相对独立性，不同阶级的成员在思想观念上虽然是对立的，但某些情感却可以相通，如此等等。很明显，这种种解释都是在“作品—读者”这样一个二项式结构中进行的，都表现出强烈的线性逻辑的倾向。它们都不能完满地解决艺术永恒性的深刻原因，无法消除艺术既有阶级性又有超阶级的功能这样一个二重性的困惑。现代系统方法引导我们摆脱“作品—读者”的线性因果结构，通过寻找它们的信息中介来揭示艺术欣赏系统的通讯机制。文艺欣赏是一个审美再创造的系统，每一个真正的欣赏者都不是被动地接受作品的观念内容，而是借助于作品所提供的审美意象，经由联想和想象的作用，表现自己的情感。古人常常把对某些文艺作品的欣赏称为“借他人酒杯，浇心中块垒”，这是许多人都有的经验。这种现象说明了在文艺欣赏中读者已经把作品改造成为表现自己的经验和情感的媒介，即象征符号。比如，外国谚语所说的“一千个读者就有一千个哈姆雷特”，这是因为莎士比亚作品中的哈姆雷特形象已经过渡为这“一千个读者”进行审美再创造的共同媒介（成为一种抽象的符号），每个读者都在借助它重建自己的情感表现的对象。这个读者重建的渗透着他特有的个性色彩的哈姆雷特意象才是他的情感的真正对象。他的情感和经验就倾注在这个重建的审美意象上，或者说这个重建的审美意象传达了他内在的经验和情感。这种微妙的心理过程实质上就是在读者与作品之间隐蔽发生的象征活动。在这过程中，读者经过心灵的抽象作用悄悄地扬弃掉作品形象的具体观念内容，把作品形象改造成为具有一定抽象性的象征形式（符号），然后激发读者的联想和想象活动，把自己内在的经验和情感表现出来，从而重建审美意象。这个被抽象了的，能够激发联想和想象的象征形式（符号）就是文艺欣赏系统的信息中介。因为它具有感性形象的形式，且具有象征功能，是抽象性与具象性的统一体，所以我们称它为“象征图像”。它是在文艺欣赏中经过欣赏者群体共同的审美再创造产生的集体表象。这种“象征图像”一方面具有客体的性质，因为它虽然扬弃了作品的具体观念内容，但保留了艺术形象的感性特征的形式，另一方面它又具有主体的性质，因为它作为一种特征框架能够容纳读者各自的经验和情感内容。比如大家熟悉的所谓“阿Q相”就是这里所说的“象征图像”。它是从鲁迅的《阿Q正传》中来的，但又不像《阿Q正传》中的阿Q形象那样具体和确定（小说所提供的阿Q形象的任何一个细节都是不可更替的），而是经过某种抽象的“奴性人格”的特征符号。正是这个“阿Q相”在激发着各个读者联想起生活中类似的人和事，在这种心理过程中读者的经验和情感获得对象化。在这里，“阿Q相”成了联结《阿Q正传》中的阿Q形象与读者的经验、情感的中介，通过这一中介，各色各样的读者都能与阿Q形象建立象征联系。总之，在文艺欣赏中，主客体正是以“象征图像”为信息中介进行双向建构，整合为一个完整的艺术审美系统的。它借助抽象和表现这样两种精神能力，把“内化”和“外化”两种方向相反的心理过程统一起来。也就是说，一方面读者经由心灵的抽象作用，把作品的艺术形象主观化（内化为自己内心的意象），另一方面读者又经由表现的程序（联想和想象的作用）把自己的经验和情感客观化（移入到作品形象之中）。用信息论的术语来说，“内化”就是大脑对外来信息的编码，而“外化”则是输出信息的译码。读者的大脑好像一架超级计算机，它不断通过编码和译码使作品的符号结构与读者的心理结构之间进行审美信息的交换，构成一个艺术审美的自动控制系统。每一次文艺欣赏实践都是根据审美主体的个体性和审美环境的变异性重建审美系统的过程。一个作品之所以具有永恒的魅力，就是因为这个作品具有高度的自调节能力（即排除引起系统振荡的随机性，维持审美系统再生的能力），能够与各类读者不断重建审美系统。从这些简单的分析可以看出，现代系统方法是一种动态模型，它克服了传统思维的独断论和线性观的缺陷，能够更有效地描述复杂微妙、变化莫测的艺术世界。

以上我们从三个方面粗略地论述系统理论与方法对艺术认识论的启迪。毋庸赘言，系统理论与方法对文艺理论批评的意义决不仅限于具体方法的借用，而且可以改善我们的思维素质，提高我们的研究水平。随着系统理论与方法运用的深入，它必将为完善和发展文艺理论批评作出更大的贡献。

（原载《文艺争鸣》1988年第4期）

文明的极地——诗与数学的统一

这是由系统科学方法论引起的思考。在当前文艺批评方法论变革的讨论中，不少同志把系统方法的引进看作一种新的批评流派，却忽略了系统科学方法论在人类文明发展史上的深刻的革命性。这种革命性表现在：它不仅将推动科学自身的综合，而且还将促进艺术与科学的大综合。诗与数学的统一正是艺术与科学的对立统一运动的必然逻辑，这是人类文明发展的最高阶段。系统科学方法论可能就是通往人类文明极地的一座桥梁。我想通过这个问题的讨论，把系统科学方法放到人类文明发展的大趋势中来思考，从而认识它的价值和意义。

从直观来看，诗与数学是两条道上跑的车，相去十万八千里，谈论它们的统一，似乎是无稽之谈。但是，我们的先哲早就指出过诗与数学的奇妙的同一性。毕达哥拉斯派曾说过：艺术作品的成功要依靠许多数的关系。德国的哲学家斯宾格勒更明确指出：他从精确优美的古希腊人体雕像中看到了毕达哥拉斯、欧几里得；从西方配位、重组群乐曲旋律中听到笛卡儿、牛顿、莱布尼茨、欧拉、拉格朗日、拉普拉斯、达朗贝尔、高斯。我们不妨这样说：诗（艺术）的本质是数学（科学），而数学（科学）的本质则是诗（艺术），它们是人类智慧的两种典型形式。大家熟悉的艺术形式美的规律，如黄金分割律以及对称、和谐、杂多统一等，不都是一种数学关系吗？狄德罗的“美在关系”说，也提示了美的数学原理。著名的中国古诗《西洲曲》的句子联缀方式体现了倍尔三角形中数的生成规则：每排的最后一个数是下一排的第一个数字。数学体现了简与繁、有序与无序的辩证统一，体现世界内在的多重的奥妙联系。它所追求的目标正是宇宙的和谐——美。有一篇文章曾总结了数学的四种美学特征[①]，不是没有道理的。数学与诗都是高度抽象与高度具体的统一，它们都能简中孕繁，“一”中寓“万”。比如，在数学中，四色定理就是一百多亿个逻辑判断的囊括，在艺术中，“一千个读者就有一千个哈姆雷特”；数学与诗所追求的目标都是把握混沌的“一”，把握宇宙的本原、世界的神秘性，数学是客观规律的某些普遍形式的描述，是自然程序性的某种简单明洁的呈现，而艺术的意蕴也是指向这种普遍形式和自然程序的感受和顿悟；数学的发现与诗的创造都必须依靠直觉。正因为诗与数学具有这样一些奇妙的同一性，因此，当科学家在纷乱的世界图景当中看到某种秩序、某种和谐性，他也就看到了世界的美，他就是一个高度理性化的诗人。而当艺术家通过敏锐的感官感受到世界的美时，他实际上就发现了世界的某种秩序、某种和谐性，他就进入了科学的境界，他也就是一个直觉的科学家。它们的不同只在于：诗是用感觉经验的形式传达人类理性思维的成果，而数学则是用理性思维的形式描述人类的感觉经验。艺术是以美启真，科学是以真求美，方式不同，实质则一。

诗与数学的这种奇妙的同一性，来源于人类的两种基本的思维方式——艺术思维与科学思维的同一性。人类把握世界的方式经历了一个巨大的逻辑圆圈。在原始时代，人类对世界的把握是融科学的方式与艺术的方式于一体的。希腊神话在今天的人看来是幻想的艺术，但在古代的希腊人眼里，却是一幅幅真实的世界图景。中国

---

① 见《福州大学学报》1982年哲学社会科学专刊。

古代的后羿射日的神话不正是人类征服自然的科学活动的萌芽写照吗？可以说，神话是原始人类对世界审美观照的产物，也是他们对世界的神秘性进行科学探求的产物。原始绘画，既是原始人的审美创造，也是他们的实践符号；原始舞蹈既是艺术的活动，又是实践动作的复演，是农耕或狩猎的实验。在原始人那里，艺术的活动与科学的活动是不可分的，审美的方式就是认识的方式，认识的方式也即审美的方式。这就是说，在原始人那里，诗与数学是没有分化的，是浑然一体的。人作为审美的主体，同时也是知识的主体。但是，人类在实践活动中，由于对客观事物的直觉反映所形成的类化意象，逐渐分化为物象、艺象和灵象，随着生产力的发展和分工的精细化，它们就分道扬镳，各自独立发展为科学、艺术和宗教，人类把握世界的那种浑整的思维方式，也就逐渐发展为科学思维、艺术思维和宗教思维。于是，人类知性中的世界便陷于离散的组合状态，同时又使人类对世界的认识变得更加精细和深入。但是，当人类对世界的复杂性达到详尽、深刻的了解之后，就能用简洁的形式重建对世界和谐性的认识，而这就是对世界的审美的把握了。因此，人类进入理性的自由王国，也就是进入了审美的王国。这时，科学与艺术就复归统一了。总之，人类的文明经历了两次分化和两次综合。第一次分化是艺术与科学的分化，第二次是艺术自身和科学自身的精细化。第一次综合是艺术自身的综合——音乐化，以及科学自身的综合——数学化，第二次综合则是诗（艺术）与数学（科学）的统一，这就是人类文明的极地了。一个完整的人，一个充分发展的个性，既是一位天生的艺术家，又是一位天生的科学家。大脑两半球的分化，是为了适应人类实践活动分化的需要，而随着人类分工的消除，大脑两半球的功能协调必然迅速发展起来。因此，完善的人类大脑，必然是两半球的整体功能高度发展的大脑，这从许多天才人物身上都可以看到这一点，完善的人类文明也应该是艺术与科学统一的文明。人类从审美——认识的浑整的思维方式开始，经过艺术与科学两种思维方式的分化，最后又复归为认识——审美的方式。人类对世界的把握，就是从艺术通向科学，再由科学通向艺术的。这也许是一种不可抗拒的逻辑力量吧！

人类社会发展到今天，已开始出现第一次综合的趋势，即科学自身的综合与艺术自身的综合。当今世界上各门学科的高度分化又高度综合，自然科学与社会科学的汇流，已是世人瞩目的现实。而各门艺术的互相渗透以及综合性艺术的发展，也充分展示出艺术形式综合的进程。在这种综合的过程中，尤其值得注意的是各种学科的数学化和各门艺术的音乐化现象。有人统计，国外发表的科学研究成果中有六分之五是属于定量分析。1980 年联合国教科文组织关于科学研究主要趋势的调查报告就明确指出：目前科研工作的主要特点是所有各门学科的数学化。随着科学的发展，数学自身也在发展，从分析数学到随机数学、模糊数学，数学工具在不断改进和完善。数学不仅能描述机械运动形式，而且能描述生命运动形式；不仅能描述低级的生命运动形式，而且可以发展到描述高级的生命运动形式。艺术现象这一复杂、神秘的“灰色系统”也一定可以用数学的工具来揭示其运动规律。在行列式理论中做过卓越贡献的英国数学家西尔维斯特是这方面的先驱者，他曾经写了一篇论文《诗的规律》，试图对莎士比亚的十四行诗进行研究分析。近年来，国外用数学方法研究文学艺术已经成为很时兴的现象，有些人运用电子计算机来辨析作品的风格，鉴别作品的版本，取得初步的成果。很明显，科学数学化的进程正逐步从自然科学向社会科学、人文科学推进。人类必将能够用数学的方法揭示世界的神秘性，重建世界的和谐秩序。在这种过程中，数学将越来越具有美的特质。另一方面，各门艺术的音乐化也在迅速地发展，即使是像小说这样的用文字来传达信息的再现性文学艺术，也开始出现向音乐化靠拢的趋向。音乐化的最突出表现是内容的情绪化和表现的象征化。所谓情绪化，就是艺术家的审美思辨从面向外部世界转为面向内心世界。他们致力于揭示人类心灵的奥秘，笔触向着人的内心掘进。于是作品的内容富有强烈的主观性和情绪色调，而成为用线条、色彩或语言文字等符号传达的人类情绪的优美旋律。所谓象征化，就是艺术家不再刻意追求对现象世界的写真，转而追求对题材的超越。他们所选用的题材已不再执着于自身的时空意义，而指向更加辽阔的理性世界，暗示难以言说的事物本体，引发幽深隐约的韵味。以上这两个方面正是音乐的重要特征。因为音乐是时间的艺术，它是情绪在时间中滚动的表现，音乐的本质就是一种象征，是人类情感的符号。此外，现代小说的心理时空、立体结构等艺术手法，都是加强小说艺术的音乐性效果的重要手段，一切艺术的音乐化，将使它越来越理性化、超验化、抽象化，从而逐渐接近于数学的本质。总之，科学的数学化与艺术的音乐化是当今世界文明发展的两大潮流，它们最终又将互相渗透、交叉、汇流以至融合，使科学与艺术复归统一。人类文明的“正史”时代就从那里开始。

诗与数学的统一，归根到底是统一在符号性上。诗与数学本质上都是符号。数学是揭示隐秘的物质世界运动规律的符号体系，它把物质世界符号化，从而对世界的质与量的关系达到精确的把握，重建世界的和谐性。而艺术则是披露隐秘的精神运动规律的符号体系，它使人“复现自己、直观自身”，从而完善和提高人类的本质。总之，艺术和科学都是人类创造出来的符号系统，是人类认识世界和改造世界的工具。艺术是人的内部自然的符号，科学是人的外部自然的符号。这两种符号系统随着人与自然的统一，即人与自然的对立的真正解决，就统一在一起。这就是人类的理性时代的奇迹。

在人类文明进化的新的伟大历史进程中，系统科学方法是时代的加速器。它的精髓就是辩证综合，在分析基础上的理性综合。它是人类智慧成熟的标志。系统科学方法论将为人类文明的大综合提供优越的思维工具，一方面，它以其模式化特征与数学接壤，另一方面，它又以其有机整体观念而与审美方式相通。系统科学方法论将作为接通艺术与科学的桥梁，而呈现出伟大的历史价值，也只有说在这样的高度上，才能真正洞察到系统科学方法论的生命力。

（原载《文学评论》1985 年第 4 期）

第二辑 艺术生命与象征

艺术生命的秘密

——关于文学永恒性问题的思考

文学的永恒性问题曾经是一个人们忌讳的敏感问题。尽管有些人不愿从理论上承认它，但优秀的文学作品具有永久的生命力，却是无可辩驳的事实。这就迫使人们去思考它，解释它。回顾新中国成立三十多年来的有关讨论情况，可以得到一个初步的印象，人们对这个问题的探讨，主要从两个途径进行，第一种途径是在作品中寻找不朽的原因，由此提出几种解释：一是认为文学作品中的形式因素发展缓慢，且有明显的继承性和普遍性，容易引起不同阶级、民族、时代的读者的共同美感；二是认为文学作品只要真实生动地反映了时代生活的真实，就具有永久的认识价值，文学的不朽魅力就存在于它的永恒的认识价值之中；三是认为文学作品的内容如果表现了普遍的人性和人情，这个作品就能不朽。第二种途径是在读者身上寻找不朽的根据，由此提出几种解释：一是认为人是一切社会关系的总和，社会关系除了阶级关系外，还有非阶级的关系，人们毕竟共同生活在同一社会环境里，在利益、需要等方面也有许多共同的地方，因此不同阶级的人也能进行思想感情的交流，这是文学普遍性、永恒性的基础；二是认为统治阶级的思想就是社会的统治思想，不同阶级的人思想上互相渗透、互相影响，某一阶级成员对不同阶级的作品产生共鸣，实际上是接受另一阶级思想影响的表现；三是认为艺术是感情的领域，而感情具有相对独立性，不同阶级的人虽然思想观念互相对立，但在感情上却可能相通。

以上种种解释，曾经展开颇为激烈的争论，但如从方法论上考察，争论各方却有一个共同点，它们都企图寻找一种不变的因素，以某种客观存在的不变性来解释文学作品不朽的生命力。这种研究方法是建立在这样一个认识基点上的：艺术魅力的产生是按照刺激→反应的公式进行的，也就是说，作品的某些美学因素作用于读者，读者心里就引起相应的美感反应，就像一块石子投入湖中激起一阵涟漪一样。因此，艺术魅力的普遍性和永恒性现象就只能在刺激物和反应主体两个方面寻求解释。从上述认识基点出发，必然推导出这样的结论：一个作品既然能打动不同阶级、不同时代的读者的心，就说明这个作品包含着某种能打动不同阶级、时代的读者的属性。于是，剩下的只是对这种客观存在的不变性的不同解释了。但是，上述刺激→反应的公式是机械论的公式，企图用某种不变性来解释艺术生命力的方法显然是违反辩证法的。生命在于运动，一个作品的艺术魅力是一个复杂的生成过程，因此，我们必须到艺术生命力的运动形式中去寻找它的不朽的秘密。

艺术的生命力是审美系统中主客体对立统一的运动形式，孤立地考察审美客体一方或审美主体一方，无法完满解释这种运动本身，而必须深入考察作品艺术生命的运动过程，揭示这种运动的内在机制。优秀作品具有普遍、永恒的魅力，这种魅力绝不是这些作品预先具有的能够消融阶级、民族、时代的隔阂的一种神秘力量，而是在文学欣赏实践中建立起来的审美系统超稳定结构的功能特征。

文学创作与文学欣赏是方向相反的两种审美创造。文学创作把生活形象改造成作家的经验与心灵的表现形式，而文学欣赏则把作品的艺术形象改造成读者的经验与心灵的表现形式。作为作家的创造物，文学作品无疑是一种观念形态，是具有审美形式的特殊精神产品，是物态化的审美意识。但是，文艺欣赏是审美再创造的系统，每一个真正的欣赏者都不是被动地接受作品的观念内容，而是借助于它所提供的经验和情感的形式进行审美再创造，来表现自己的经验和情感。在这里，欣赏者实际上是把作品当作表现自己的经验和情感的普遍形式（一种广义的符号）来利用的。这就是古人所说的“借他人酒杯，浇自己块垒”，这几乎是文学欣赏的普遍现象。凡是能引起共鸣的作品实际上都起着唤醒读者的经验和激发读者的情感表现的作用。在这里，文学作品获得了符号的性质。因此，在文学欣赏中，文学作品具有二重性，即一方面它是一种具体的意识形态，另一方面它又是超意识形态的抽象形式，即符号。

为了进一步弄清文学作品的这种二重性，我们必须考察文学作品的传达系统。毫无疑问，文学作品是对作家的生活经验和思想感情的传达，文学活动就是通过这种传达而实现的人与人之间的交流。文学作品的传达系统包含着三个子系统：一是概念逻辑体系，二是艺术形象体系，三是表现形式体系。它们分别给读者的神经系统传输三种类型的信息，即语言信息、形象信息和形式信息。这样，文学作品的传达过程就具有三个层次：一是概念逻辑的传达，它传达作家的理性思考，作用于读者的理知世界，以其确定性的概念和推理形式充实读者的智力。这种传达是以告知的方式来实现的。二是艺术形象的传达，它传达作家的经验和情感生活内容，作用于读者的情感领域，唤醒那些尚未成形的、难以言喻的经验和情感，使其成体和获得表现。这种传达是以象征的方式来实现的。三是表现形式的传达，它传达作家的生命运动形式，作用于读者的生理—心理结构，起着调节读者的生命运动形式的作用。这种传达是以暗示的方式来实现的。

总之，文学作品就是通过告知、象征和暗示这样三种方式共同完成传达任务的。在这个传达系统里，三个层次的信息传递过程是各不相同的。在第一个层次，作家的理性思考的内容是以显露的、确定的概念逻辑的形式出现的，它可以直接作为读者知性的加工材料，无须借助其他中介。在第三个层次，作家的生命运动形式与读者的生命运动形式是直接对应的，作品的表现形式就是读者直觉的对象，因此也不需要借助其他中介。这就是说，上述两个层次的传达过程，信息通道是畅通无阻的，前者是以语义信息提供自由选择，后者是以两种运动形式的直接契合来吸收信息。但是，第二个层次的传达过程，情况就不同了，作家与读者之间的对话交流不是直接的，它们中间横着一个中介——形象体系。于是读者就必须通过对形象体系的意义的把握才能与作家会意交心。这个形象体系是作家观念内容的外壳，但它所包含的意义域是宽泛而模糊的。读者要接近作品内在的观念内容，就必须超越形象体系的不确定性。因此，读者就要调动自己的经验存贮和想象功能来理解和补充它。而当读者这样做的时候，他们实际上已经把作品的形象体系作为表现自己的经验和情感的媒介。从这里不难看出艺术交流活动的实质：一方面是作家用形象符号系统作为外壳巧妙地包裹着自己所要传达的观念内容，呈现给读者；另一方面，读者为了超越形象符号系统的不确定性，却把它作为生发自己的经验和情感的外壳，即表现的媒介。这就是说，在文学欣赏中，文学作品实际上已经成了读者进行审美再创造的契机和触媒。正因为这样，一个作品的审美意象所提供的语义信息量并不是最重要的，更重要的是它所提供的审美再创造的空间到底多大。一个作品的符号性越明显，越能激发读者的审美再创造，那么读者就越能超越观念的疏远性，实现与作家的经验和情感的交流。总之，正是因为文学传达系统的上述特殊性，文学作品才具有观念性与符号性统一的两重性特征。弄清文学作品的这种两重性，是理解优秀文学作品的普遍性和永恒性的关键。

在文学创作和文学欣赏中，文学作品的两重性是沿着相反的方向互相转化的。具体地说就是：作家运用一定的艺术符号反映生活和表现思想感情，从而创造出具有审美意义的作品（观念形态）。符号性就消融在观念性之中（一个优秀的作品必须让读者看不到人为痕迹）。这就是符号性向观念性的转化，手段向目的的转化。这样，文学作品诉诸读者的就是一种创造出来的观念形态，而读者在文学欣赏中则又把艺术形象转换成表现自己的经验和情感内容的符号。这就是观念性向符号性的转化，目的向手段的转化。文学作品一进入审美系统之后，它就经历这种转化，而且只有首先转化为符号，才能被众多的读者所利用，以沟通人与人之间的心灵。优秀文学作品具有普遍、永恒的魅力，其秘密就存在于观念性向符号性转化的运动之中。

在文学欣赏这个系统中，作品、读者、环境，是三个主要的结构元素。文学欣赏的过程就是这三者的协调运动，在这种运动中文学作品才获得生命力。但是，审美主体的心理结构是因人而异的，其中最基本的则是阶级的、民族的和时代的差异。因此，作家与读者之间在经验和思想感情上会产生巨大的分化。文学作品作为作家的观念形态，与读者的观念世界本质上具有疏远性，前者很难直接成为后者情感的对象。欣赏者总是以能否满足自己情感的需要为准绳来选择欣赏对象的，对人的情感需要毫无关系的事物，人们对它就毫无美感可言。只有那种能成为人的情感对象的事物，才可能引起人的美感。可以说，“感情只是向感情说话”（费尔巴哈语）。而文学作品要成为读者情感的对象，就必须在欣赏系统中实现元素的互相过渡，使作品与读者获得同一性。这种过渡的可能性就在于文学作品的二重性特征，即观念性与符号性的统一。观念性是作品这一系统元素的个体性，符号性则是它的普遍性。作品进入文学欣赏系统后，必须扬弃它的观念性，成为读者审美再创造的媒介，作品才能向读者过渡，成为读者情感的对象。这就是说，作为观念形态的文学作品，必须首先过渡成为激发读者展开经验联想和情感表现的符号，读者借助这种符号的媒介重新创造一个渗透着读者自己的观念内容的审美意象。这个新创造的审美意象才是读者情感的真正对象。外国谚语所说的“一千个读者就有一千个哈姆雷特”就充分表现了这种过渡。在这里，莎士比亚作品中的哈姆雷特形象，已经过渡为这“一千个读者”进行审美再创造的共同媒介（成为一种普遍性的符号）。每个读者都在借助哈姆雷特形象的普遍性形式重新创造自己心目中的哈姆雷特意象。这意象才是各个读者情感的对象。由此可见，莎士比亚创造的哈姆雷特形象所蕴含的观念内容并不是直接成为读者的对象，这个形象在文学欣赏中经历了上述过渡之后才与读者构成同一性，而成为文学欣赏系统中的一个有机元素。这种过程是十分隐蔽的，无法用直观的方法来揭示，而必须借助辩证思维。

谈到这里，我们就可以回到开头所提出的问题：为什么文学作品具有阶级性、民族性和时代性，但又可能超越阶级、民族和时代而产生普遍、永恒的魅力。从上面的分析可以看出，这种矛盾现象乃是导源于文学作品的二重性。文学作品作为观念形态，无疑要打上阶级的、民族的、时代的烙印，但在文学欣赏中，它经过扬弃过程，由观念性向符号性转化，成为读者进行审美再创造的共同媒介。因为符号具有工具的性质，正如语言可以为不同阶级、不同时代的人所利用一样，优秀文学作品的符号性能够使它成为不同阶级、民族和时代的读者表现自己经验和情感的共同形式，因而能超越它自身观念内容的局限性，具有普遍、永恒的生命力。总之，文学欣赏的基本运动形式是：文学作品在空间横向和时间纵向上不断被读者群体改造成各自的经验和情感的表现形式（符号）。因此，优秀作品的普遍、永恒的生命力，归根到底是文学作品的符号性的普遍、永恒的功能。

如上所述，在文学欣赏中，文学作品的性质发生了微妙的变化，即由观念性向符号性的过渡。这种过渡使作品能够超越自身观念内容的个体性的局限，成为激发读者群体进行经验联想和情感表现的普遍形式。因此，作品与读者就建立一种特殊的联系，即作品成为读者经验和情感的象征。所谓“象征”，它的基本含义是用某种知觉或想象的图像标示或暗示某种不可见的意蕴。但这里指的不是一种艺术手法，而是作品与读者的一种联系方式。这种“象征”联系方式具有如下一些特点：首先，象征联系的建立是以结构特征的相符度为基础的，而不求质的完全契合。比如松树象征豪情，竹象征正直的人格。在这里，松树与豪情、竹与正直人格都具有不同的质，但在力的结构上却是相对应的（松树的壮阔、伟岸的形象与豪情的特征相似，竹的笔直凌霄的形态与正直的人格在结构特征上相对应）。其次，象征者是具体的图像，而被象征者则是难以言喻的意蕴。第三，象征活动往往是不自觉进行的，是在凝神观照的条件下，经由想象和联想的中介直接产生的，而不是通过推理性过程实现的。总之，象征与比喻、寓意等都是一种异质同构的联系，但它们有不同的特点。比喻与象征的区别比较明显：比喻是意义性的，即用人们熟悉的具体事物使被比事物的意义显露出来，而象征则是精神性的，是为了激起某种精神反应。寓意与象征也不同，寓意是“过渡性的”、明显的，它标示某种与它不相干的东西；而象征不是过渡性的，也是不明显的，它没有失掉自身有意义的本质。寓意表示得直接，它唯一的职能是传达某种意思；象征首先是自身，其次才是暗示出某种意蕴。在文学欣赏过程中，作品与读者建立起来的基本联系也是异质同构的。这是因为，作品的内容是作家在特定情境下的审美感受，它是个体性的。由于阶级、民族、时代以及个人经历和气质的差异，读者的观念世界与作品的观念内容必然是异质的，读者的心灵并不是像一面镜子一样毫无保留地反映作品的观念内容，同一作品很难与不同的读者建立同质的联系。但是，由于作品在欣赏过程中发生了观念性向符号性的过渡，符号是一种普遍形式，因此它就与读者群体的审美心理普遍建立一种结构的对应关系，这就是异质同构联系了。它是文学欣赏过程中建立的普遍联系，因此我们就借用“象征”的概念，以此来揭示文学欣赏中主客体辩证运动的原理。

现在让我们看看文学欣赏的实际情况。在一些优秀的文学作品的欣赏中经常可以遇到如下几种现象：一是艺术形象在日常生活中的流行和借代。例如冈察洛夫塑造的奥勃洛摩夫形象成了一切怠惰、害怕变动和无力从事任何有益的实际工作一类人的代名词。列宁曾说过：“俄国经历了三次革命，但仍然存在着许多奥勃洛摩夫，因为奥勃洛摩夫不仅是地主，而且是农民，不仅是农民，而且是知识分子，不仅是知识分子，而且是工人和共产党员。”在这里，奥勃洛摩夫的形象实际上已被抽象为一种性格模式，然后由联想作用而引起一系列的类比。二是意蕴延伸。例如《马克思与世界文学》中曾谈到，马克思同意海涅如下的观点：“每一个时代，在其获得新的思想时，也获得了新的眼光。这时，他就在旧的文学艺术中看到了许多新精神。”马克思补充说：绝不应该把这种新的解释看作“歪曲”，看作对一种理论创建时或一部作品产生时建立的不变准则的背离。列宁在《列·尼·托尔斯泰》一文里，谈到续承托翁的文学遗产，目的在于使人民“振奋起来对沙皇君主政府和地主土地占有制进行新的打击”，在于“去推翻资本主义，去创造一个人民不再贫困，没有人剥削人的现象的新社会”。这些思想并不是托尔斯泰作品中原有的，而是从托翁作品中对俄国社会的深刻反映所蕴含的意蕴中延伸出来的。这种延伸表面看来是一种推理活动，实际上是建立在托翁作品中真实生动的艺术形象激发出来的经验联想这一基础上的。三是情感共鸣现象。这是文艺欣赏中最常见，几乎人人都有过的体验。但是共鸣现象是怎样发生的呢？过去人们一般认为共鸣是情感的契合引起的，但我认为它只是情感的异质同构联系的表现，是建立在象征联系基础上的读者对作品的肯定性情感反应。以上三种现象就是文学欣赏中审美主客体的异质同构联系的三种表现。这种在文学欣赏过程中建立起来的异质同构的象征联系就是文学的普遍性和永恒性的根本原理。

文学欣赏过程中象征联系的建立是以读者的象征欲求和作品的象征功能为基础的。

首先，象征欲求是人的一种本能。原始人类就创造了丰富的神话故事来象征他们对宇宙人生的各种神秘感受。人类创造了大量的艺术品，在某种程度上也是满足象征表现的需要。每个人身上都积累着许多潜能（潜在的心理能量），这些潜能具有一种外射的倾向，时时都在寻找着表现的对象，这就是心理学所说的对象性原理。对象一旦找到，人就与它建立象征联系，并通过这种途径与对象进行信息交换，这就是象征表现活动。比如一个小女孩，当她的心头浮起一种母爱的情绪体验时，她就顺手拿起一个小枕头，把它当成自己的孩子，抱它、亲它、抚摸它，甚至独自与它对话。这种现象应当怎样解释呢？我认为这种游戏的实质是人类本能的象征性行为，这个小女孩在用小枕头象征她内心潜藏的母爱的情绪体验，小枕头是母爱的对象。她就通过这个对象实现自己情绪的升华，也就是通过与对象的信息交换实现情感的自我协调。这是儿童身上表现出来的一种自调节能力。小女孩的这种行为我们叫它象征表现活动。人的一生中不断在形成着两种生活积累：一种叫实践经验，一种叫内心体验。它们在没有被外部刺激所触动时，静静地躺在大脑仓库里，储存在大脑皮层的某一部位。但是，当某一外界事物与他的经验和情感在结构特征上相似，便可能成为他的对象，建立起象征联系，并展开象征表现活动。在文学欣赏中，这种象征表现包括艺术形象的概括性所触发的联想活动和艺术情景的暗示性引起的情绪表现和升华。前者类似古文论所说的“兴”，后者类似宗教活动所产生的心理反应。因此，从读者这个角度看，象征的含义又是指一种表现活动，是读者在作品形象的诱导下进行经验联想和情感表现的心理运动过程。人们常说的“触景生情”，实际上就是目中所触之“景”，成为他心中隐含之“情”的象征，因而激发出经验的联想和情感的表现（包括深层的情绪反应）。“触景生情”的过程就是象征表现的过程。因此从广义上说，对一部作品的欣赏、感动、共鸣，也是一种“触景生情”的过程。只不过所“触”之“景”不是自然界的事物，而是艺术形象、艺术境界而已。在文学欣赏中，艺术形象激活读者的意象运动，从而在读者的心灵中重新构造一个象征世界，并以此为契机，展开经验的联想和情感的表现。因此，一切真正意义上的文学欣赏，都包含着象征表现活动。过去有所谓“使情成体”的说法，文学欣赏确有一个“使情成体”的过程，但只讲了一半。因为读者除了展开情感表现活动之外，还展开经验的联想。相对于

“使情成体”的借用，后者我们可以姑且称为“经验完形”。

其次，象征功能是优秀作品的一种重要功能。所谓象征功能就是诱发读者的经验联想和情感表现的功能。从这个基本意义上说，一切优秀、深刻的作品都是人类生活和心灵的象征。也就是说，它们都能成为读者的生活经验和情感活动的诱发剂、暗示力或表现媒介。实际上，艺术的创造和欣赏，都是人类通过艺术品来“能动地现实地复现自己，从而在创造的世界中直观自身”（马克思语）的活动。优秀的文学作品无异是一幅幅作家绘制的人生境界和精神境界的象征图像，使欣赏它的人在这上面直观自身的本质力量。

优秀文学作品的象征功能有其深刻的内在根据，这就是艺术的根本特性。从艺术哲学的角度看，文学的特征表现就是以个别反映一般、指向一般。它使生活的本质内容和必然规律具象化、浓缩化，反过来又成为本质内容和必然规律的象征图像。文学作品的具体内容都是个别的（特殊的一个人物、一段生活经历、一个场景），但这种个别只有当它暗示出或代表着（也即象征着）某种普遍性的意蕴，才能引起读者的兴趣和共鸣。正是这种象征性，才使读者对作品神往、倾心，产生灵魂的颤动。从艺术社会学的角度看，文学作品所描写的一切典型关系，正是特定历史时代人类的社会风貌和时代精神的标志。通过这些典型关系所构成的图景，人们可以看到历史的面影。因此，文学又是社会历史的象征化。从艺术心理学的角度看，文学作品又是物态化了的人类心灵。文学创作和文学欣赏都是人类的一种象征表现活动，是人类情感的对象化、符号化、物态化。即使是艺术形式，它的美感产生的心理基础也是它的象征暗示功能。如果说绘画、雕塑、音乐等艺术品是人们可感觉的象征形式，那么，文学作品则是想象中的象征形式。

总之，优秀的文学作品具有象征的功能，也就是说它能与不同的欣赏者建立异质同构联系，激发他们展开经验的联想和情感的表现，这就表现出作品的生命力。反之，一个作品如果缺乏象征功能，不能激发欣赏者的经验联想和情感表现，这个作品就缺乏生命力。

所以，艺术的生命力实际上就存在于作品的象征功能之中。

我们说优秀文学作品在文学欣赏中成为欣赏者的象征符号，激发欣赏者进行经验的联想和情感的表现，那么，这种经验联想和情感表现是否是纯粹个体性的？也就是说，欣赏者对作品的态度是否各取所需，象征表现活动是否各行其是？如果是这样，艺术的功能便是纯粹随机的、偶发的现象，那么人类如何能通过艺术来交流思想？艺术的凝聚力又在哪里？艺术的社会调节作用岂不成为一句空话？艺术魅力的群体发生问题也就不存在了。情况当然不是这样。我们揭示了文学欣赏中的象征表现的原理，阐明艺术的生命力存在于艺术的象征功能之中的秘密以后，就要进一步研究象征表现的群体性、社会性，把艺术魅力作为一种社会现象来看待，这才能真正解决艺术魅力的群体发生问题。

应当承认读者的象征表现活动是个体发生的行为，其象征表现的具体内容，在质上和量上是千差万别的，不同个体的审美感受具有瞬息万变的动态特征。但由于人是一切社会关系的总和，每个欣赏者都不是完全孤立的，个体的欣赏活动会融汇到社会性的群体欣赏实践的洪流之中。每个欣赏者从一个作品中所激起的经验联想和情感表现都带有社会的指向性。这就是说，审美个体的感受是异中有同的。所谓“一千个读者就有一千个哈姆雷特”，这只是在强调美感差异性的一面，但实际上差异之中又有普遍性。这“一千个哈姆雷特”的意象是有共同性的，这不仅因为它们都受着莎士比亚作品的规范，而且还因为它们都体现着某种共同的社会指向性，每个读者都朝着同一方向进行哈姆雷特形象的审美再创造。因此，优秀作品的典型形象或意境，往往成为相对稳定的社会群体的共同象征形式，激起社会性象征表现活动。所谓“共同象征形式”，不仅指优秀作品能激起不同的欣赏者个体的经验联想和情感表现，成为他们各自在其中“再现自己，直观自身”的“镜子”，而且主要是指它能激起欣赏者社会性的经验联想和情感表现，成为群体的“类本质”的象征。欣赏者不仅在作品中看到自己作为个体的面貌，而且看到自己作为社会群体的面貌。鲁迅谈《红楼梦》时所说的那段话“单是命意，就因读者的眼光而有种种：经学家看到《易》，道学家看到淫，才子看到缠绵，革命家看到排满，流言家看到宫闱秘事……”，就强调了不同个体的象征表现的差异性的一面，强调在作品中看到自己的特殊面貌的那一面。但是，这不同的读者如果能摆脱世俗观念的羁绊，真正进入欣赏的状态，那么他们也能在《红楼梦》中共同看到一种社会情绪，即对中国文化的既嫌恶又感伤的复杂情绪。《红楼梦》作为封建社会的一曲挽歌，确能激起不同读者某些社会性的经验联想和情感表现。这才是我们所说的文学象征性的主要表现，也是我们在探寻艺术魅力的奥秘时要着力把握的东西。如果忽视了这一点，那么艺术魅力便是纯粹个人的审美经验，文学欣赏便真的成了个人在杰作中的冒险，成了不可言传也无须言传的神秘体验，我们探寻艺术魅力也就毫无意义。这当然是十分危险的。

优秀的文学作品作为社会性的经验和情感的象征形式，是在长期的社会性的文学欣赏实践中形成的。在群体的欣赏活动中，这些富有生命力的作品与人们建立了比较稳定的象征联系，因而成为相对定型化的象征形式。比如阿Q典型成了奴性人格的象征形式，就是一个典型事例。此外，中国古代文学中有许多典型，如诸葛亮、曹操、关羽、林冲、李逵、孙悟空、猪八戒等，都成为社会性性格的象征形式而活在人们心中。在抒情诗里，则是它的情感范型成了社会情感的象征形式。如曹操的《短歌行》是慷慨悲凉的象征；屈原的《离骚》是志士仁人对祖国的苦恋情操的象征；白居易的《长恨歌》是失落的爱情的象征；马致远的《秋思》是羁旅之思的象征……正是因为这样，优秀的文学作品就不仅具有疏导、陶冶人的情操的功能，而且还具有一种凝聚力，它能够把人们的情感引向社会的目标。

优秀文学作品的象征功能，就是它们的符号性的具体表现。在这个意义上说，优秀作品往往成为社会性的象征符号。社会性象征是优秀作品与欣赏者联系的中介，通过这个中介，优秀作品才能超越时空的限制，与不同阶级、不同民族、不同时代的读者获得沟通，进行信息交换。因此，艺术魅力的普遍性并非来自作品的某种客观属性（比如作品描写了超阶级的人性、人情），而是来自文学欣赏中的象征表现运动。也即作品与读者建立异质同构联系，并且逐渐形成相对稳定的社会性象征符号，从而获得超越自身的功能。所以，艺术魅力的普遍性，归根到底是象征运动的普遍性。这种现象类似于人的生命现象。生命在于运动。人的生命并不是身体上固有的一种神秘物质，而是一种机能运动。原始人不能理解这一道理，所以产生灵魂的猜想，以为灵魂附体，人才有生命，灵魂出窍，人就变成没有生命的躯壳。这当然是错误的观念。艺术也具有生命的机能，它的不朽的生命力存在于机能性的象征运动之中。文学作品的内容具有明显的意识形态性质，然而优秀作品却能超越意识形态的各种分化和隔阂，而产生普遍和永恒的魅力，这确乎是一种令人迷惑的奇特现象。但是，当我们引进“象征”的概念以后，这种现象不是可以得到清晰的说明了吗？

我们说文学作品的生命力是一种象征的机能运动，那么它的内在机制是什么呢？这就要进一步探讨文学欣赏的象征机制。上面曾经说过：欣赏者的观念世界与作品的观念内容之间，本来是疏远的，尤其是阶级性、民族性、时代性的差异扩大了这种疏远性。但在文学欣赏中，由于优秀作品能与欣赏者建立起异质同构联系，使欣赏者展开象征活动，因此这些作品就成为欣赏者感情的对象。很明显，优秀文艺作品并不是直接地成为各个欣赏者感情的共同对象，而是通过一个共同的中间环节进行过渡。这个中间环节是什么呢？就是象征图像。

那么，什么叫“象征图像”呢？所谓“象征图像”，就是在文学欣赏中经过欣赏者群体共同的审美再创造产生的具有象征意义的意象。它是在作品的具体艺术形象的基础上创造出来的相对稳定的社会性集体表象。因此，“象征图像”具有如下几个特点：一、它是社会性的集体表象，而不是欣赏者自己悬拟的审美意象。也就是说，

"象征图像"是欣赏群体共同创造的，一旦形成之后，它就成为各类读者共同的象征形式。二、它是在比较长期的欣赏实践基础上形成的，因而是相对稳定的集体表象，而不是欣赏者随机产生的审美意象。它能够激发各种不同的读者进行某种定向联想。三、它是在作品艺术形象的基础上形成的，既与原作品的形象有密切联系，又与它不完全相同。它不是某个欣赏者任意凭空想象出来的。我们举个例子来说明：比如"阿Q相"就是这里所说的"象征图像"。它是以"精神胜利法"为特征的社会性集体表象。所谓"阿Q相"，是从鲁迅的《阿Q正传》来的，但又不完全等同于鲁迅笔下的阿Q形象，它是"精神胜利法"这一精神特征的符号。这个符号不是抽象的，而是一种表象。每个读者在欣赏《阿Q正传》时，都会留下"阿Q相"的影子。人们一闭上眼睛就会有一个隐约朦胧的影子浮现在眼前，这个影子在每个读者脑中大致相仿，所以说是集体表象。这个集体表象是社会实践创造的、相对稳定的。说它相对稳定，是指它不像人们欣赏其他作品时随机产生的审美意象那样闪烁不定，而是具有明确的特征含义。只要一提起"阿Q相"，大家的想象力都归向同一特征，因此脑中所浮现的表象大抵相仿，但它又不像鲁迅《阿Q正传》中的阿Q形象那样具体和确定（因为小说所提供的任何一个细节都是不可更替的）。这种"象征图像"的建立是富有生命力的文艺作品的共同特征，平庸的作品一般不可能出现以上的现象。

文学作品的艺术形象一般可以分为两类：一是叙事文学作品的人物性格及其环境，一是抒情文学作品的意境。因此从整体看，文学形象可以分解为性格和情态两部分。性格形象是人的客观生活的反映，它是人物的语言、动作、事件、场面等构成的。情态形象是人的内心生活的反映，它是由情势和氛围构成的。所有的文学作品提供给读者的表象无非是性格表象和情态表象这样两种。优秀作品的性格表象就转化为读者生活经验的象征，情态表象就转化为读者心灵的象征。性格表象对应于读者的形象记忆，唤醒读者经验中的感性形象积累。情态表象对应于读者的感情记忆，唤醒读者内在生活的感情积累。

由于读者与文学作品之间是以“象征图像”为中间环节来建立感情联系的，因此，一个作品生命力的大小，关键在于“象征图像”的普遍性、永恒性的程度。我们说阿Q典型活在人们心中，这“阿Q”实际上已经不完全是《阿Q正传》中的那个阿Q形象了，而是读者群体共同创造的精神胜利法的“象征图像”，它普遍成为不同阶级、不同民族、不同时代的读者的经验和情感的表达形式，这就是阿Q典型的生命力的具体表现了。

从以上分析可以看出，文学欣赏是作品与读者以“象征图像”为中介建立异质同构联系的过程，那么这一过程具体是怎样进行的呢？

在一般人看来，文学作品的欣赏活动只是一种单向的刺激→反应的过程，读者无非是从作品中的人物、故事或情感表现中得到一种精神上的满足和愉悦感。但实际上并不是这样，而是审美主客体的辩证运动过程。从信息论的观点看，则是一个信息交换过程。这种信息交换具体表现为内化（抽象）与外化（表现）的辩证运动。那么，什么是“内化”与“外化”呢？这是两种方向相反的心理过程。所谓“内化”，就是读者经由心灵的抽象作用，将作品的艺术形象转化为自己内心的意象，即“象征图像”。所谓“外化”，则是读者把自己内心的经验和情感意味经由表现的程序（即联想和想象的作用）移入到作品形象之中，使这形象成为自己的经验和情感的表现形式，即“象征图像”。比如，我们认真读了《阿Q正传》之后，脑子就会浮现出一个以“精神胜利法”为特征的“阿Q相”的模糊影像，这就是“内化”了。与此同时，我们又会联想起生活中各种“阿Q相”的表现形态和自己身上的阿Q式的思想行为，因而引起反省和思考，这就是“外化”。又如我们欣赏屈原的《离骚》，心中浮起一种苦恋的情调。这种情调弥漫于我们的整个心灵，我们仿佛与诗人融为一体；我就是屈原，屈原就是我，屈原的《离骚》就好像唱出了我心中的苦闷和不平。这就是“内化”与“外化”辩证运动的完整过程。因此，“内化”与“外化”是一个过程的两面，它们以“象征图像”为联结点。也就是说，“内化”是把作品的客观形象转化为欣赏者的主观意象（即象征图像），而“外化”则是把欣赏者内心的经验和情感客观化。简单地说，“内化”是作品形象的主观化。“外化”则是欣赏者经验和情感的客观化。从信息论观点看，“内化”就是大脑对外来信息的编码，而“外化”则是输出信息的译码。欣赏者的大脑好像是一架超级计算机，它不断通过编码和译码使作品的美学结构与欣赏者的心理结构进行信息交换。这种信息是一种特殊的信息，即审美信息。当然，信息的交换过程是看不见的，但它是一种客观存在。

在“内化”与“外化”的辩证运动过程中，起决定作用的心理机制是抽象和表现。所谓“抽象”，就是通过“求同法”（即在一类事物当中抽取共同的因素）和“求异法”（即在一类事物当中抽取不同的因素）来把握现象当中比较稳固的本质的或规律的方面。因此，“抽象”是一种扬弃：一方面抽取现象之间一般的、必然的、规律性的东西，一方面舍弃个别的、偶然的、非规律性的东西。所谓“表现”，就是潜在经验和内心体验通过外物（形象）获得一种形式。人的经验和情感中有一些是经过语言分解和确定的，有些则是未经语言分解和确定的“极其模糊的一团”（威廉·詹姆斯语），它们平时潜藏在记忆仓库里，文艺作品的综合性意象将它唤醒，使它获得形式，这就是“表现”。艺术的一种特殊的功能，就是象征人的难以言喻的经验和情感，使它获得传达的机会。所以“表现”也可以说是“使情成体”。

那么，“抽象”和“表现”的具体过程是怎样的呢？先谈“抽象”。人们在欣赏文学作品时，只要他是真正意义的欣赏，那么实际上他的心灵必须在某种程度上超越实用的领域，而在对艺术形象的凝神观照中进行象征表现。在这里，他已经无意中经历了一个心灵的抽象过程。也就是从现实需要中抽象出来。经过这种抽象的过程，欣赏者从作品中获得的表象便转化为只供人静观欣赏，舍弃了实用价值、只保留其审美价值的，包含着某种意蕴的象征符号。所以，

“抽象”是一种复杂的扬弃过程，舍弃艺术形象的实用价值元素保留它的审美价值元素；舍弃艺术形象的物质性媒介，保留它所标示的观念（意蕴）。此外，还有另一种抽象，就是舍弃艺术形象中的某些枝节和个别的内容，保留能显示本质的形象特征和意蕴。这种有取有舍的心理过程，就像古人所说的：“得其精而忘其粗”“视其所视，而遗其所不视”。总之，抽象的过程包含着上述两种扬弃。“表现”也有两种：一是浅层表现，指的是社会性经验和情感的传达。具体心理过程是：由联想唤醒记忆，引起共鸣，从而在意识领域中得到一种证同的愉悦。二是深层表现，指的是潜意识的象征。具体心理过程是：由直觉激活潜意识中的情绪，引起升华，从而在无意识领域中得到一种需要满足的愉快。前者是心理补偿，后者是情绪升华。表现的结果，一是强化原有的健康的理性情感，一是诱导潜在的情欲升华为情操。它们起着陶冶、净化灵魂的作用。

以上所谈的文学欣赏中象征表现的心理机制，我们可以简化为如下图表：

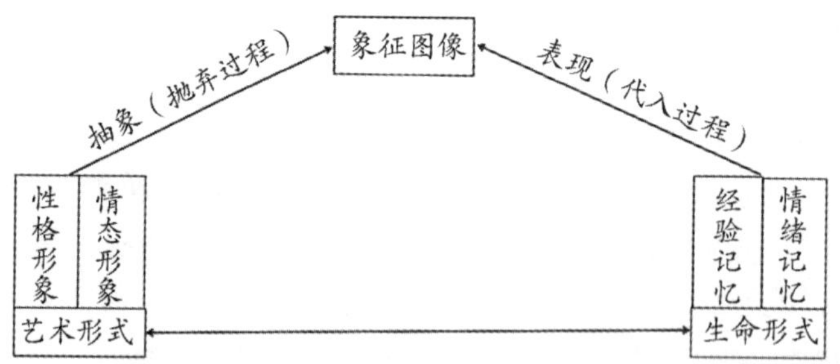

文学欣赏实践建立起来的审美主客体的这种辩证运动过程，就是艺术魅力的普遍性和永恒性的秘密和内在根据。古今中外那些流传不衰的优秀作品，就是在这种运动中显示它们不朽的生命力的。正因为这样，所以我们称它为艺术魅力的群体发生模式。

前面说过，艺术魅力的生成是系统运动的结果。这个系统包含着三个因素（子系统），即作品、欣赏者、审美环境。魅力的生成必须以这三者的协调统一为前提。但是要达到这三者的协调统一，必须具备苛刻的条件。因此艺术魅力是随机的、动态的结构。但是，我们又要看到：一个优秀作品的艺术魅力又能超越随机的、动态的个体发生的范围，而建立一种持久的、稳定的社会发生模式。这是人们研究艺术魅力所面临的复杂性。在文学发展的历史进程中，我们常常会被许多作品的此起彼伏、兴衰变化的变幻莫测的现象弄得眼花缭乱，似乎艺术的命运完全受制于时代环境，艺术的普遍性和永恒性是无稽之谈。但是，我们在这种变幻莫测的动态发展中，不是可以看到：有些作品经得起时代潮流的冲刷，永久保持着它的生命力吗？在如草木一般荣枯的文学作品群中，确实存在着一些相对稳定的因素。这就说明，文学发展的过程，既表现了时代决定论的原理，也存在着自调节的机制。过去我们在考察文学与时代历史环境的关系上，投以很多的注意力，而在研究文学欣赏自身的规律方面却做得较少。也就是说，我们更多地用时代环境决定论原理来说明艺术的作用，而较少探讨优秀作品不朽生命力的自调节机制。

谈到这里，似乎已经回答了优秀作品产生普遍的、不朽的艺术魅力的原因。但是，人们还会问，为什么有的作品具有这种自调节机制，而有的作品则缺乏这种机制呢？这也许是揭开艺术魅力之谜的最后一道难题了吧？

艺术生命力的自调节机制——象征机制，实际上就是一种排除引起系统振荡的随机性、维持审美系统动态平衡的能力。而排除随机性，就是舍弃系统中各要素的偶然性和个体性，寻求普遍映系的过程。因此，这是一种自我抽象的能力，从作品来说，就是它要具有超越作品内容自身的具体性，而指向形而上境界的力量，这就是艺术的启示力。它的作用就是激发欣赏者的联想和想象，对作品进行审美再创造。从控制论的观点看，审美再创造就是根据审美主体的个体性和审美环境的变异性而在个体水平上重建审美系统的过程，在每一次文学欣赏活动中，每一个欣赏者都在通过审美再创造来重建审美系统。实际上，一个作品在每一次欣赏活动中都面临着一次考验：由于审美主体和审美环境的变异而出现的审美系统的解体（也就是说这个作品无法产生共鸣）。人们正是通过审美再创造的活动来克服这一危机，重建审美客体与审美主体、审美环境协调统一的审美系统。由于这种重建才使这一作品进入审美系统的超稳定结构（具有普遍性和永恒性）。从这里可以看出，作品内容的启示力是作品艺术生命自调节机制的契机。

作品的启示力来自内容的概括性、典型性和深刻性。平庸的作品停留在社会生活的表面现象的摹写，咀嚼着个人身边小小的悲欢，它只有直接现实性的品格，而缺乏普遍性的品格。因此，它是一种自我封闭的结构，与变幻莫测的社会意识的汪洋大海缺乏有机的联系，不可能产生丰富的启示力。而那些伟大的作品，则沉入到社会历史意识的深层结构中去，善于发现并成功地表现那些蕴含着深刻的哲理、心理内涵的社会历史特征。这种特征，由于它具有很高的概括性，所以能够激发人们的联想，启发人们与自己的经验和情感进行平行比较；这种特征，由于它是社会历史之光投射的焦点，具有凝聚性，因此它留下广阔的理解、阐释的空间；这种特征，由于它是事物存在状态的典型样式，是力的结构范型，因此它可以被演绎为各种具体形态。总之，这种特征具有明显的想象的指向性、理解的弹性和意义的广延性。它是一种开放性结构，能够吸收各方面的审美要求。它犹如一个光点，吸引着各种人群的注意；它好像一个圆心，每个人的心灵都可以从自己的侧面找到与它相系的游丝。这样的作品就不仅具有直接现实性的品格，而且具有普遍性的品格。也就是说，它既是特定时代、民族、阶级的社会生活内容的反映，又具有某种普遍性的哲理、心理的深刻意蕴；它既是特指的，又具有抽象的泛义；它既包含着作者具体的本意，又是暧昧的、多义的。总之，它是历史具体性包裹着的真理。

历史是一条奔流不息的大河。平庸的作品只是舀出河面的一瓢水，把它从长河中孤立出来，时过境迁，很快化为陈腐。而伟大的作品却沉入长河的深处，显示历史河床上河水冲刷留下的痕迹，它将永远启示人们对它上面流动的长河进行沉思。千古不朽的作品往往是那些具有最深刻的启示力的作品。

（原载《当代文艺探索》1985年第2期）

文学作品的审美层次与文学欣赏的心理过程

欣赏优秀的文学作品，犹如品尝佳茗。开始看到茶色、闻到茶香，如果进一步细细品尝，就能舌下生津，一种隐约淡远的甘甜耐人寻味，口中久久留下余香，令人神清气爽。优秀的文学作品就包含着由浅入深的审美层次，它为读者提供了咀嚼、寻味的充分余地。文学欣赏的心理过程，就是根据文学作品的审美层次进行的。

从文学的根本性质来看，我们似乎可以说：文学艺术是人类心灵透射出来的历史之光，因为它具有美的形式而成为人们的审美对象。具体说来，首先，文学属于美的领域，它具有审美的形式。一部作品如果不具备美的形式，不能给人以审美的愉悦，就不能称为真正的文学。而文学的美是通过语言文字、韵律、节奏、结构等因素的有机组合表现的。这些形式因素间接唤起感性的文学形象（想象的而非视觉的形象）。其次，文学的美不同于某些艺术美（如装饰图案等），不是“纯粹美”，而是一种“依存美”，它包含着丰富复杂的历史内容，是特定时代、特定阶级、特定民族的现实生活的反映，是历史的折光。最后，历史的内容不是直接进入作品，而是经过作家的审美感受世界的过滤、催化和再生的过程。因此它渗透着人类心灵的甘泉，涂满作家个性心理的色彩。它包含着某种特定的心理、哲理内涵，而这种内涵是深藏不露的意蕴。在文学欣赏中，它像涓涓的细流悄悄流进读者的心田，不知不觉地影响着读者的深层心理。这种意蕴具有超越时空的普遍性，它使作品在读者心目中成为象征的形式而被吸收和改造，读者即以自己的不同心境和处境而代入不同的经验内容。因此，我们可以把它叫作“象征意蕴”。能够长期流传、脍炙人口的文学作品，必然具有某种超越时空的象征意蕴。这是优秀的文学作品超越国界、传世不朽的最内在的秘密。就这个意义上来说，文学的最高技巧，乃在象征暗示。

从上面简单的说明，我们就可以大略看出文学作品的审美层次的基本面貌：文学作品的文字、韵律、节奏、结构等形式因素，是欣赏者最初接触到的审美因素，通过审美感官可以直接感知。在感知各种形式因素的基础上，读者借助想象力唤起了某种艺术形象。这是文学作品审美结构的第一个层次。而文学作品的形象体系总是指向、暗示一定的历史内容，这就构成了文学作品审美结构的第二个层次。最核心的层次是作品的象征意蕴，它隐藏得最深，必须在深入把握作品的历史内容的基础上，才能逐渐领悟。三者构成从小到大的同心圆。这就是文学作品提供给读者的审美的层次结构。它虽然是无形的，是对作品的一种抽象，但细心的读者在欣赏过程中却可以感受到它的存在，这种抽象可以帮助我们对文学欣赏的由浅入深的复杂过程进行整理和分析。

总之，优秀的文学作品都是通过优美的艺术形式和丰富深刻的历史内容的有机统一，把人的生命感，把人类生活中潜藏着的心理哲理的意蕴，生动地揭示出来，给人类的精神生活提供一种超越时空的象征形式。所以金圣叹说“世间妙文，原是天下万世人人心里公共之宝”，并认为王实甫的《西厢记》正是“向天下人心里取出来”，“写出普天下万万世无数苦心力学人满肚皮眼泪来”（《读第六才子书〈西厢记〉法》），才使那些具有相同或类似经历的人为之感动。这些话当然有文学超阶级论的味道，但是，如果我们仅就优秀文学作品包含着某种象征意蕴，因而使这些作品在作为历史的意识形态的同时，还具有一定的超越功能这个意义上来说，那么，这些话还是符合实际的。

现在，我们分别对各个审美层次进行一些说明。

先看第一个层次：文学作品的各种形式因素都可以构成相对独立的形式美，如色彩美、音乐美、雕塑美、建筑美等，都能独立地给人以感官的愉悦。但各种形式因素的主要功能是唤起文学形象，传达某种意义内容。所以文学作品的形象，除了文字形象外，还有结构形象、韵律形象，节奏形象等。这些形象都不是视觉形象，主要是想象形象，它们不能提供读者直接的观照，只能激发读者的想象力，间接地唤起生活表象。所以，人们把文学作品的形象叫作意象。

再看第二个层次：这个层次包含着客观的社会生活内容和作家主观的理解、评价这两个方面。但它们不是一般的生活内容和主观评价，而已经是审美化、情感化了的。也就是说，作品中的社会生活内容是经过形象化、典型化的过程，已经渗透着作家的审美情感。而作家的主观评价也不是直接说出，而是隐含在形象之中，是伴随着情感活动的审美评价。所以，这一层次之所以具有审美的意义，不仅在于它被包裹在美的形式中，而且它本身就是一种审美因素，是一种人格美、情操美、道德美、理性美。这个层次在文学作品的审美结构中显得很突出，这是文学与其他艺术种类不同的地方。文学美的依存性最大，内容最宽广，理性色彩最浓厚，与政治、伦理、哲学、宗教等意识形态的关系最为密切。正因为这个原因，文学美被人误解最多，扭曲、异化得最严重。人们经常把这个层次从整个审美系统中抽离出来、孤立起来加以对待，而与一般的生活内容和社会思想等量齐观，忽视它的审美化、情感化的特殊本质。许多理论上的混乱和误解都是从这里引起的。因此，我们要强调这个层次自身的审美价值，欣赏者必须用审美的态度和观点去感受和体验。

最后再看第三个层次：所谓象征意蕴，用一句最简单的话来说，就是文学作品中形象或意境的象征意味。从作品的角度看，它是潜藏在作品的具体内容中的某种人生精义或人性、人情最隐秘、最深刻的秘密。从作者的角度看，它是作者所表现的深刻的社会人生观念或情感范型，是一种具有高度概括性的人生感受。总之，这是一种哲理和诗情。它的存在使作品具有丰富的启示力，能引起读者最广泛的联想，而使作品的形象或意境成为读者生活和心灵的象征形式。这种象征意蕴并不是作者明白说出的，而是一种“无言之言”，是作品内在的意味。作品的象征意蕴看起来有点玄虚、神秘，实际上并不是虚无缥缈、无法把握的所谓“神性”，而是有其依托和形迹的。依托就是事物的特征表现，形迹则是从这种特征抽象出来的核心观念。

应当看到，优秀作品的特定历史内容和作家的具体感受本身并没有不朽的魅力。因为随着社会生活的变迁，人们注意和兴趣的中心是不断转移的。因而，作品特定的历史内容和作家具体的生活感受，便会逐渐消失其激动人心的力量。比如，在粉碎“四人帮”后的两三年内，像《班主任》《伤痕》《于无声处》这样一些作品，曾经扣动过亿万人的心弦，其社会反响的强烈程度甚至超过了历史上某些杰出的文学名著。而当我们的国家进入四个现代化的建设时期，社会心理发生了很大变化，这些作品的特定的时代内容，就缺乏先前的那种巨大魅力了。但是，如果作品的内容隐含着某种深刻的哲理心理内涵，即象征意蕴，那么情况就大不一样了。由于作家反映生活、表现情感十分生动和深刻，能够从生活的表面现象深入到事物的内在特征，而且这种特征具有巨大的普遍性和典型意义，类似于类型、概念那样的东西，因此，读者在感受这种特征时，很容易把本来活生生的特征抽象为某种观念形式。例如，鲁迅在《阿Q正传》中成功地刻画了阿Q不顾客观上节节失败的事实，而在自欺中谋求自尊心的满足、精神上的得胜这样一种特征。它在小说中有许多生动的表现，是活生生的，它被表现得非常鲜明、深刻，在生活中具有普遍性，因此，人们很自然地把它抽象为“精神胜利法”这一观念形式。这种抽象主要是由有权威的评论文章作出的，一旦获得群众的普遍认可，它就相对定型化了。这就是象征意蕴的具体形态。这时，作品的象征意蕴就由无言转化为可言，也就是由不具备语言形式的抽象存在变为具备语言形式的具体存在。有的优秀作品的象征意蕴还不具定型化的具体形态，但读者在欣赏过程中一般都自发地进行某种抽象。只要作品所表现的特征是鲜明、深刻的，那么，读者的抽象一般说来是相近的，能够形成自为的定型。这种从具体的、活生生的特征中抽象出来的观念形式，有时就在生活中流传开来，成为某个典型性格的“共名”或某种情感状态的代号。它们使这些作品的形象或意境以简化的形态在群众中广泛流传，并且具有最大的启示力。人们只要想起它，某个典型性格的面貌或某种心境就在心中浮现，并有力地启发读者进行无穷无尽的定向联想和想象。读者的生活经验和感受，就借着这种观念形式的暗示活跃起来。

从这些简单的分析中可以看出：象征意蕴的基本性质是作品内容的典型性、深刻性。象征意蕴的依托是特征表现的鲜明性，它的表现形态则是从这种特征抽象出来的、能够超越作品自身特定历史内容的局限性而指向无限的暗示性的核心观念。总之，象征意蕴是文学作品触发读者联想、想象活动的媒介，是使文学作品具有不朽生命力的一种活跃的基因。一个作品如果只是在编织离奇曲折的故事，停留在对生活现象的摹写或表现上，而缺乏某种象征意蕴，那么，这个作品就是肤浅平庸的。文学作品的象征意蕴本质上是作家的生活感受原型，即作家在实践中感受到的生活的基本意义、人生的真谛。它的产生是主体心理与客观社会生活内容在实践中的统一。象征意蕴体现着历史的逻辑（必然性）和人类心理的逻辑（必然性），包含着人类生活的哲理和心理的共同规律。它是艺术内容中最深刻、也是最基本的因素。这是作家对生活有了深切体验之后获得的，是历史在主体的感性世界中积淀的成果。

一部优秀的文学作品的象征意蕴、原则上都可以把它抽象为某种观念形态。比如，《诗经·蒹葭》的象征意蕴，我们可以把它抽象为浪漫主义企恋；《诗经·将仲子》的象征意蕴，可以概括为人类感情与理智冲突的内心戏剧；而屈原的不朽名篇《离骚》，我们则可以用"追求者的苦恋"来表述它的象征意蕴；等等。但是，这种抽象、简化的处理就像给一个有生命的人起一个名字，它仅起符号的作用，而作品的全部丰富性和生动性都消失了。所以，对象征意蕴进行观念形式的抽象只是一种手段、一种过渡，而目的则是无穷尽地领略作品的内在生命。严格说来，象征意蕴是优秀作品的不可言说的本体界，读者只能接近它，却不能穷尽说明它。通常人们所说的"艺术之妙，只可意会，不可言传"，指的就是作品象征意蕴的这种特性。至于作品的形式和具体内容都是可以言传的。所以，象征意蕴是优秀作品的一种内在贯注的生气和灵魂、风骨和精神，是作品的最高旨趣和精神价值。这些都是只能细细体味才能逐渐领悟的。我们应该把它们看成文学内容的特征性、深刻性、典型性的完美和谐的表现，看成是作品中最动情的因素，看成触发读者想象力的介质。这样，我们就不会把象征意蕴看成是可以用严格的定义界说的东西了。

既然象征意蕴是这么玄妙的、形而上学的东西，那么，为什么它有审美价值呢？这是因为象征意蕴并不是以抽象的哲学概念的形式存在着，而是融在形象内容之中的意味，是一种生气、灵魂、旨趣。它是使作品的艺术境界得以无限延伸的因素。同时，象征意蕴是作品内在的生命，文艺欣赏是以自我的生命去接近艺术的生命而在对象中肯定自身本质的过程。总之，象征意蕴是文学作品获得美感作用的最强大的、最永久的力量，是作品最高的审美层次。

上面对三个审美层次分别作了简要的说明。三个审美层次的确具有相对独立的审美价值，都可以相对独立地给人以审美的愉悦。正因为这种相对的独立性，所以在具体作品中，这三个审美层次往往表现出不平衡的状态。比如，有的作品有相当精美的形式，但内容比较贫乏；有的作品形式比较粗朴，但内容却比较丰富深刻；而有的作品的内容与形式结合得还比较协调，但内容缺乏深度和典型性，因而虽然获得一时的喝彩，却没有长久的生命力。还有些作品，内容初看颇感真切，也能感人，但缺少韵味，没有回味的余地；而有的作品初看似乎平淡无奇，或者隐约朦胧，但细加揣摩，却可发现它隐含着作者对人生的深刻感受，如此等等。以上各种复杂情况都是由作品的三个审美层次之间不平衡关系造成的。同时，也正因为文学作品具有相对独立的不同审美层次，因此欣赏的过程才可以确定为不同的步骤。但是，不同的审美层次都是处于统一的审美系统之中，它们互相依存、相辅相成，不可分割。比如，形式粗糙，形象零乱单薄的作品，其内容的审美素质也会降低。而内容的审美价值不高，即使形式技巧非常讲究，整个作品的审美价值也不可能高。作品的内容如果缺乏一种更为内在的神韵，缺乏深刻的典型性，这个作品便是平庸速朽之作，内容的花哨，形式的游戏，都是无济于事的。在优秀的文学作品中，三个审美层次则是高度和谐地统一在一起。正因为这样，文学欣赏又是一种完整的心灵活动的过程。文学作品审美结构的这种层次性与整体性相统一的特征，使文学欣赏的步骤既可分又不可分。划分是相对的，主要是为了说明问题的方便，实际的欣赏活动则是很难加以区分的。因此，我们讲文学欣赏的步骤，切不可以为文学欣赏活动是可以在时间上加以分割，可以单独进行的阶段性行为。重要的是，我们从这种区分中可以看出，文学作品的审美素质并不是混沌模糊的东西，而是一个具有一定层次结构的系统，层层递进，一层比一层隐蔽，一层比一层深刻。因此，文学欣赏的过程，是一个逐渐深入、寻幽探胜的过程。

在这种认识的基础上，我们就可以根据文学作品的三个审美层次的相对划分，来确定文学欣赏的三个互相联系的步骤：形式的把握与形象的感受，内容的理解与体验，意蕴的探究。那么，这三个步骤的具体心理内容是怎样的呢？

文学作品的审美结构与欣赏者的心理结构如果获得同步，文学欣赏活动就得以顺利地进行。这时，欣赏活动的心理过程是这样的：第一步，形式的把握与形象的感受。欣赏者主要是调动审美的直觉力（对意象的而非视象的直觉）去观照作品的文字、结构、韵律、节奏等所构成的形式美及其意象美（形式美的观照叫外视，意象美的观照叫内视）。其心理活动主要取知觉印象的心理形式，获得的是一种趣味性，一种感官情绪的愉悦。这是文学欣赏的入门，一个人如果不能感知文学作品的形式美和意象美，那就根本谈不上所谓文学欣赏了。通常所说的艺术分析，这是帮助人们对文学作品的形式美和意象美的感知。第二步，内容的理解与体验。欣赏者主要调动理解力去把握作品的具体历史内容，把自己的经验和知识融入对作品内容的理解、联想和思考。其心理活动主要取想象、理解、思维的心理形式。欣赏者所获得的是一种历史感和理性的满足。这是文学欣赏的深入。如果欣赏者不能融入经验和知识，那么，他的欣赏活动就只能像小孩看图画一样，停留在初级审美活动的水平上。第三步，意蕴的探究。欣赏者主要调动情感体验能力去领略、体味作品的象征意蕴，并触发广泛的联想活动，用自己的情感体验去补充它，从而在对象的观照中看到“自己”。这时，欣赏者的心理活动主要取顿悟的形式，他似乎受一种作品之外的力量所统治，从而获得无穷的暗示性。假如欣赏者缺乏丰富的情感体验，那么他就很难在对象中实现自我的发现。因此，一个文学欣赏者需要遍赏人间的情味，使自己的深层心理富有活力。他要执着人生，热爱生活，敢于在生活的海洋中拼搏。这样，他就能获得各种人生体验，能够体味文学作品中丰富复杂的情味。我们往往有这样的经验，当心灵进入完全的欣赏状态时，我们会不自觉地在审美注意中把作品中的主角当作自己的替代。而在诗歌中，则把抒情主人公作为自己的化身。即用他们的眼光看世界，用他们的情感态度去体验生活。这时，文学作品实际上已成了欣赏者心灵的象征形式了。于是，欣赏者的深层心理的活力就借着作品的象征意蕴的触发突破缺口，得到升华。这是一种深层情绪反应，欣赏者不一定能意识到。比如，我们看了悲剧的表演，流了很多泪；或者看了喜剧的演出，大笑几阵子，看完之后心满意足地回到家里，躺上床感到很好睡。它的效果是潜移默化的、不知不觉的。这是文学欣赏的最后完成，这时我们对作品便达到了更高的直觉。

总之，文学欣赏的心理过程是沿着如下的路线进行的，即直觉——理解、想象——领略——更高的直觉。前一个直觉是初级的，后一个直觉是高一级的心理活动，即斯宾诺莎所谓的“直觉智境”，这是一切人生经验和知识所构成的终极大彻大悟于全体的境界。《红楼梦》里的林黛玉进贾府之前，就听说她有一个“顽劣异常”的表哥叫贾宝玉。进府后又听见王夫人的一番介绍，忽然听见通报：“宝玉来了!”黛玉暗想：“这宝玉不知是怎样个惫懒人呢!”不料进来的却是一位“青年公子”，他“面若中秋之月，色如春晓之花”，黛玉一见这位风貌不凡的宝玉时，竟大吃一惊，心想：“好生奇怪，倒像在哪里见过的，何等眼熟……”这种现象我们在生活中有时也可以遇到。到底应该怎样解释呢？我认为可以从心理学的角度获得答案，这就是因为宝玉的形象暗合黛玉潜意识中贮存的“意中人”的范型。这种范型的建立是以童年时代“美”的印象为基础的，也与她在长期生活中心所向往的模特的积淀有关。在文艺欣赏中也有类似的现象。当我们进入欣赏胜境时，不知不觉中会感到作品的境界“似曾相识”，会发现自己原来与作者“心有灵犀一点通”。所以，真正意义上的文学欣赏，实际上就是在审美对象世界中找回自己，这可以说就是文艺欣赏的极致了。一个人如果深层心理的活力很活跃（比如，他经历各种挫折，饱尝人世的辛酸，有丰富、深刻的人生体验和人性感受），那么，他对文学作品的象征意蕴就会产生特殊的敏感，就能深入体味作品中最微妙之处，而获得深深的共鸣。从这里可以看出，文学欣赏的过程是一个从低级向高级发展的心理运动过程。

（原载《福建论坛》1985年第1期）

诗味新解

中国古代文论常常用“味”这个词来表达诗歌的美学特征，什么“韵味”“滋味”“风味”“余味”“真味”“情味”“趣味”“意味”“神味”“兴味”……都是以舌头对食物的味觉感受来形容人们在欣赏艺术作品时所获得的难以言传的价值体验。当人们阅读一部低劣平庸的作品时，即贬之曰“乏味”或“淡乎寡味”，而赞美一部优秀的作品时，则常用“趣味盎然”“余味无穷”等词。中国古代文论把欣赏艺术称为“品味”“体味”“研味”“嚼味”“寻味”“玩味”等。于是，“味”便成了中国传统文学批评中的重要范畴。

那么，艺术的“味”到底是一种什么东西呢？让我们先来分析一个简单的例子，这就是人们所熟悉的王之涣的《登鹳雀楼》：“白日依山尽，黄河入海流。欲穷千里目，更上一层楼。”这首诗按字面意义可以翻译成：“太阳就要落山了，黄河朝着大海流去。如果要看得更远，就请再登上一层楼吧！”这种翻译没有改变原诗的字面含义，但却失去了诗味。这是为什么呢？因为原诗语言结构发生了变化。可见这首诗的“味”不在于它的语义内容，而在于它的“结构”，即它的简练、整齐、匀称的语言形式以及它的节奏和韵律所产生的功能和效果。首先，原诗的语言组合方式能产生一种与日常会话间离的效果，从而形成语言的隐喻性，引发读者由物理世界的登高远眺联想到心理世界的登高远眺，由现实的境界进入人生的境界。其次，它的节奏和韵律造成一种特殊的语音效果，从听觉上强化诗的隐喻效果。第三，诗的前两句是写实，后两句是议论，一实一虚，它们的结合构成意义的“张力场”，从而激发读者对形而上意蕴的追求。总之，这首诗的语言结构打乱或抑制了读者对语言的指称性和表意性的期望，产生了超越语言符号的新功能，因此使人觉得有“味”。古人写诗，常常是一唱三叹，通过重复的手法造成字面义之外的韵味，这纯粹是语言结构本身的功能。朱光潜先生在《谈读诗与趣味的培养》一文中谈了自己的阅读经验：“记得我第二次读外国诗，所读的是古舟子咏，简直不明白那位老船夫因射杀海鸟而受天谴的故事有什么好处……后来明白作者在意象音调和奇思幻想上所做的工夫，才觉得这真是一首可爱的杰作。”这种阅读经验的变化有力地说明了艺术的“味”来自作者的匠心营构。从这里可以看出，艺术作品的“味”并不是或主要不是作品所传达的语义内容，而是来自作品“结构”所产生的意义。

关于艺术作品的意义，我们不妨作出如下区分：艺术形象所再现的客体的内容就是艺术形象的指称意义；由艺术形象蕴含的因果性而联想起某种经验或推导出某种观念内容，这就是艺术形象的逻辑意义；艺术形象的整体（结构）特征所隐喻或暗示的精神意蕴，这就是艺术形象的结构意义。比如李白诗《玉阶怨》：“玉阶生白露，夜久浸罗袜。却下水晶帘，玲珑望秋月。”从字面意义看，这首诗描写了一组动态的镜头。“玉阶”是玉砌的阶梯，指明地点是在富丽豪华的宫闱。“生白露”指明时间是在秋天时节。“夜久浸罗袜”说明女主人公已经等到深夜，露水浸湿了罗袜。但最终没有等到她所盼望的人，只好放下水晶帘，呆呆地望着一轮玲珑的秋月。从诗中隐含的逻辑关系可以看出，这是一位贵妇人对其意中人的等待和期望，表现了封建社会妇女的深深怨苦和诗人的深切同情。但是，当我们的心灵沉入诗的境界，我们就会联想到自己生活的经验，感受到一种哀怨的情绪。这时，诗中那种艺术境界就会转化为一种渴求挣脱摧残人性的此在而升腾到彼岸世界的超越感和自由意识。从这里可以看出，一个艺术作品的意义，通常可以用三种方式的提问去追寻。第一个提问是："这个作品描写了什么?"第二个提问是："这个作品揭示了什么或说明了什么?"第三个提问是："这个作品有什么更深层的意味?"回答了这三个发问就基本上把艺术作品的意义说清了。第一个问题针对艺术形象的再现性，第二个问题针对艺术形象的表意性，第三个问题针对艺术形象的表现性，它们就是艺术作品价值的三个基本层次。伊瑟尔在《阅读活动·审美响应理论》一书中把文学本文的意义区分为"语言所表达的东西"和"语言所揭示的东西"两种，这是从读者接受的角度来区分的。"语言所表达的东西"也就是文学文本自身传达出来的意义，而"语言所揭示的东西"则是读者接受过程创生的意义，它实际上包含了上述第二和第三种意义。

我们认为，从考察艺术价值的角度看，重要的是区分艺术的认识意义和审美意义。上述艺术形象的指称意义和逻辑意义都是艺术形象的语义，是艺术形象自身直接传达出来的意义，古文论称为"言内之意""象内之旨"。这是艺术形象的符号功能的产物，是一种符号意义。符号是在一事物代表或指示另一事物的关系中产生的，当某一事物作为另一事物的替代物时，某一事物就成为符号。同样的，一个艺术形象指称某一现实事物或某种观念时，这个艺术形象也就变成符号了。过去流行的文艺理论的重要命题"文艺是生活的反映"就包含了两层含义：一是艺术是社会生活中真实存在的事物、事件或过程的再现，二是说艺术是关于社会生活的本质概念的表达。这两种含义均把艺术看作客观事物或观念内容的符号。这是在认识的层面描述文艺本质的理论。艺术形象的指称意义和逻辑意义是认识活动的产物，因而它所提供的主要是认识的或道德教化的价值，而非审美的价值。只有艺术的结构意义才是艺术的审美价值所得以产生的关键。因为它不是艺术形象直接指证出来的语义内容，不是一种“言内之意”“象内之旨”，而是欣赏者通过形象整体的直观，引发生命的表现活动而领悟到的精神意蕴，它是艺术形象表现性产生的功能效应，是“形式表现”活动的产物。它是古文论所说的“言外之意”“象外之旨”。这就是艺术的“味”。

几乎一切优秀的作品都具有超越语言和形象的特征。超越语言，就是语词具有表层含义之外的重旨复义；超越形象，就是艺术形象具有诱导欣赏者进入形象背后的具有哲理普遍性的人生境界功能。比如鲁迅散文《秋夜》中有这样两句：“墙外有两株树。一株是枣树，还有一株也是枣树。”语言的表面含义只是说明墙外有两棵枣树，但它的表达方式产生了一种言外之意，透露着作者的内心单调、腻烦的心绪。又如古诗句“红杏枝头春意闹”，古人评道：“著一闹字，而境界全出。”这就是说，这首诗的形象不仅再现了大自然的春天百花竞放的景象，而且指向欣欣向荣、生机勃勃的人生境界。这都是语言或形象的整体结构特征的隐喻性和暗示性功能。艺术作品的这种超越语言和形象的特性就是艺术的“味”。一个作品是否具有这种超越语言和形象的特性，是艺术的质量优劣、水平高低的关键。

关于艺术的超越语言和形象的特性，中国古代美学有过深刻的阐发。人类很早就能运用图像来表情达意，所谓“圣人立象以尽意”是也。当人类用图像来表达自己的思想观念时，图像就成为认知符号，它逐渐演变为文字。而当人类用图像来表现情感体验时，图像就成为审美形式，它慢慢演变为艺术。所以，“立象以尽意”是朝着两个方向发展的。用图像来表情达意就必然产生“言”“象”与“情”“意”的矛盾。老子认为，“大音希声、大象无形”，人为的一切形象形式都不足以载道表意；“信言不美，美言不信”，语言的真与美是难以调和的。那么这个矛盾如何克服呢？庄子提出“得鱼忘筌”“得意忘言”的理论，也就是把语言仅仅作为一种过渡性媒介，目的是透过语言的外表去领略世界人生的真谛。但是庄子并没有真正解决如何“得意”的问题。刘勰提出要到文外去寻义：“夫隐之为体，义生文外”“隐也者，文之重旨者也”“深文隐蔚、余味曲包”。

“重旨”就是“复意”，即文内之意与文外之意。钟嵘《诗品》评阮籍的《咏怀》诗云：“言在耳目之内，情寄八荒之表。”这都是对文艺超越语言和形象特性的描述。在这种美学思想的基础上，唐代就形成了明确的超象理论。唐中期编纂《河岳英灵集》的殷璠，在选取唐人前朝诗歌作品时，特别欣赏那些具有超象性的篇章。皎然《诗式》集中标示了以兴象为主的超象美学观。他说：“取象曰比，取义曰兴，义即象下之意。”这就接触到超象性的关键是象征，“象下之意”就是形象的表象性激发产生的。司空图继承殷璠和皎然的超象美学观，把超象性视为艺术的“全美”境界，主张“超以象外，得其环中”“不着一字，尽得风流”，就是要超越题材外象而进入普遍性的人生境界，在文字表面含义的背后求得形而上的精神意蕴。一句“得其环中”就揭开了艺术超象性的秘密。“环中”一词来自《庄子》，指上下门槛承受门轴的洞孔，司空图用来比喻艺术作品所提供的审美再创造的空间。《庄子·齐物论》说：“枢始得其环中，以应无穷。”这就是说，门的枢轴插入上下“环中”才能转动自如，所以“环”的作用就在于虚空。“超以象外，得其环中”，就是要超越诗中描绘的具体形象，凭借艺术的“空白”和“不确定性”引发自己的想象，进行再创造，从而领悟诗中隐喻和暗示的精神旨趣。因此，优秀艺术的超象性就是象征表现的产物，艺术的“味”也就是艺术作品的象征意义（意蕴）。

从以上简要的分析，我们可以得到关于“味”这一概念的内涵的几点基本认识。首先，“味”是一种结构意义，即艺术的整体结构特征所隐喻或暗示的精神内涵，这是结构的功能质，是艺术家匠心营构的产物。其次，“味”是一种超象性存在，是“言外之意”“象外之旨”，这是一种形而上的哲理和诗情，是一种生命的体验，它很难用概念加以表达。一个作品的“味”不能到语言和形象的表层含义中去寻求，而必须透过语言和形象的表层想象其情状，领悟其旨趣。第三，“味”是欣赏者象征表现活动的产物，也即它是艺术形象激发欣赏者生命主体性内涵的对象化，从而使欣赏者的心灵进入某种精神境界而获得某种情趣意蕴。因此，我们在一个作品中感受到的“味”，是通过形象的直觉达到的体验，而不是通过概念思维（推理和判断）从形象中抽象出来的认识内容。一个人如果缺乏审美直觉能力，即使再好的作品摆在面前，他也无法感受到其中的“味”。第四，“味”作为艺术形象整体结构的功能指向人的生命感受，它与理性认识有着本质的区别，它是浑整的而非分析的，它是形象的而非概念的，它是情绪体验性的而非符号认知性的，它是在“形式表现”中生成的主体性内涵。总之，我们是从艺术的“形式表现”特性的角度来理解作为艺术的审美价值形态的“味”的内涵的，把“味”看成是审美结构的功能效应。

过去人们大多是从认识内容的角度来理解艺术的“味”的内涵，认为艺术的“味”就是艺术形象的概括性或多义性，是与艺术的情感内容和意境密切相关的，是由含蓄蕴藉或曲笔等艺术手法造成的。这都是用艺术作品的认识内容的特殊性来解释“味”的现象。这种理解是与古文论关于“味”的权威解释不尽相符的。中国古代美学家在阐释“味”的概念内涵时有时也包括由含蓄等手法造成的“重旨复义”这一含义，但他们大多把“味”纳入“兴”的美学的框架，从“兴味”的角度理解“味”，也即“味”是由“兴”这一艺术特性决定的，“兴味”这一概念最能反映古代美学对“味”的内涵的理解。而从认识内容的特殊性角度理解“味”的概念，实际上并没有真正触及艺术的“味”，它主要是解释艺术作品意义系统中的逻辑意义（附加意义）这一层次。文艺理论中有所谓“直观本质”的说法，这就是把艺术的审美价值看成是一种特殊的认识价值，是通过直观的方式认识事物的本质，那么，艺术的“味”也就是直观中的本质了。但是，事物的本质是思维抽象概括的产物，它表现为概念范畴，人们如何直观这种抽象的概念呢？直观是对感性形象的凝视观照，它是把对象“看作像”什么，而不是“看作是”什么，是从属于意向的。那么人们如何能通过直观去把握对象的客观本质呢？这都是说不通的。实际上艺术欣赏并不是什么“直观本质”，不是在形象中认识到生活的本质，而是在“形式表现”活动中使人的生存状态与物的存在状态获得同构契合。人们在艺术欣赏中常常从形象观照中领悟到某种人生真谛，这似乎就是从形象中获得的一种认识，其实这只是一种误解。实际情况是，艺术欣赏中直觉领悟的内容并不是思维从形象中抽象概括出来的认知意义，而是艺术形象激发欣赏者的想象和情感，从而唤醒、汰选、聚拢积淀在大脑中的人生经验和情感体验，再升华为一种新的经验和体验形式。这在人们的感觉中就表现为一种非概念的领悟。它与认识的差别在于：它是主体已有信息的新组合，而认识则是对客体信息的加工。康德在《判断力批判》中说：“我所了解的审美观念就是想象力里的那一表象，它生起许多思想而没有任何一特定的思想，即一个概念能和它相切合。因此没有言语能够完全企及它，把它表达出来。”[①] 从这段话可以得到两点启发：一是艺术的“味”是艺术形象引发生成的，它是艺术形象的功能属性；二是艺术的“味”是非概念的，具有不可表达性。康德对艺术特性的揭示是深刻的，但他囿于认识论的思路，从认识论的特殊角度解释艺术的特性，因此他并没有真正解决艺术的非概念性与认识的概念性矛盾。艺术的审美价值绝不是用认识的特殊性能够说清楚的。

另一种情况是，有人把艺术的“味”看成是一种价值实体，看成是一种“终极实在”。贝尔在《艺术》一书中提出了艺术是一种“有意味的形式”的著名论点。他认为，一切艺术品的“共有的性质”，就是“有意味的艺术”。在各个不同的作品中，线条、色彩以某种特殊方式组合某种形式或形式间的关系，激起人们的审美感情。这种线、色关系的组合，这些审美的感人的形式，就是“有意味的形式”，它是一切视觉艺术的共同特征。不仅如此，贝尔还进一步认为，那些隐藏在事物表象后面的并赋予不同事物不同意味的某些东西，“就是终极实在本身”。在这里，贝尔把艺术的意味解释成与人

---

① 康德：《判断力批判》上卷，商务印书馆 1964 年版，第 10 页。

类没有利害关系的事物表象背后的终极的实在，即有意味的形式。这种解释是具有神秘主义色彩的循环论证。实际上，艺术中的“味”并不是一种价值实体，而是一种价值体验，它不是存在于形式本体之中，而是存在于审美主客体的关系之中，是形式的表现性诱发主体的象征表现活动的生成物。如果有什么“终级实在”的话，那么它就是人类在长期的劳动实践中形成的审美心理积淀。这种积淀在形式的诱发下获得表现，而变成心理体验性的“味”。“味”是一种体验，是对审美活动中主客体的象征关系的体验。“味”不是纯客体的属性，也不是纯主体的感受，而是客体属性的主体感受形态，或者说是欣赏者知觉到的艺术形象的表现性特征。从客体角度看，“味”是作品的形象表现性（象征性）的特征，一个作品能够激发欣赏者的想象和情感的活动，具有象征表现的功能，就是“有味”的标志。从主体角度看，“味”是欣赏者对作品的象征性产生的感觉效应或情感效应。一个欣赏者能在感觉上感受到，在情感上体验到一个作品的象征表现的愉悦（乐趣），这个作品就被认为是有“味”的。

（原载《文史哲》1992 年第 6 期）

论文学的象征性

艺术，这是一个亲切而又神秘的字眼。文艺是什么，这是与“人是什么”一样古老的谜。形形色色的文学定义都有自己的道理，但都没有把文学的本质内涵穷尽。文学的世界是一个变幻万千永远流动的世界，它没有固定的边界，也没有静止的终点。文学的本质就是文学出现之后的自我规定，要寻找一个包罗万象、涵盖古今的文学定义实际上是一种徒劳。正如马克思所说的：“人是人的最高本质。”同样的道理，文学的本质也只能在文学的存在中寻求解释，它是通过典型的、优秀的文学作品集中表现出来的。文学作品的美学品位正是文学本质实现程度的外在标志。最优秀、最富有审美价值的作品，总是最充分地表现出文学的本质特征。因此，在方法论上首先要坚持从具体的艺术特征入手来理解文学，具体研究那些优秀作品成功的秘密，从中领悟文学生命的真谛。

中国人喜欢用“味”这个词来表达对文艺作品的审美感觉，如“韵味”“滋味”“风味”“余味”等都是以舌头的味觉比附欣赏文艺作品的审美快感，文艺欣赏活动也被称为“品味”。“味”便成为中国古典文艺批评的重要范畴，外国文化学家由此把中国文化称为“食品文化”。那么什么样的文学作品才是有味的呢？从古代文论的大量论述中可以看出，所谓有“味”的作品大致有两种类型：一是有境界的作品，即艺术形象能够升华出某种具有普遍性的人生境界和审美氛围，具有耐人揣摩的“象外之境”；二是有意味的作品，即艺术形象隐含着它自身之外的意义，具有让人玩味的“言外之意”。这两种类型的作品都能够超越艺术形象自身的意义，而具有丰富、深刻的表现力，它们的区别在于超越的途径不同：前者是通过由表及里的体验进入“象外之境”，后者是通过由此及彼的联想把握“言外之意”。总之，所谓艺术的“味”就是作品内在的深刻的意蕴、隐约的指归。它是一种强大的指向性、深刻的启示力，指向作品形象之外的广阔深邃的世界、无限延伸的时空，启示人们去联想、去追索、去领悟人生的深层意蕴，从而获得心灵解放的感受。这就是艺术的表现性特质。

一个作品有没有深邃的“象外之境”或丰富的“言外之意”，这确是它的艺术质量高低好坏的关键。艺术所追求的东西，其核心就是宏大深邃的人生境界和精神价值，就是贯通古今世界的人生哲理。这种人生的指向性和哲理的启示力乃是艺术的命脉。

文艺史的大量事实证明，一切优秀的、富有生命力的作品都具有上述的这个重要的品格。我们且以如下三个不同类型的作品为例作一简要的说明。第一个例子是白居易的《长恨歌》。这是一首抒情味很浓的叙事诗，它讲述的是一个非常凄婉动人的爱情故事，但用的是历史上唐明皇与杨贵妃在马嵬兵变前后的一段史实作为题材外壳。尽管白居易创作这首诗时主观上有讽谏、劝诫封建统治者不要沉湎女色、荒废朝政的动机，但由于诗人成熟的审美个性和高超的艺术功力，使这首诗客观上超越了题材的表面意义，精彩地展示了人类真挚、纯真的爱情心态，弘扬人类身上一种极有价值的精神品性——对美的执着追求。这种纯情的爱和执着的追求正是这首诗的题材所指向的人生境界，也是这首诗魅力之所在。在创作过程中，诗人偏狭的历史眼光被他面对爱情的悲剧而产生的永恒遗憾的感情融化了。只要用审美的心灵去感受，就不会把《长恨歌》当作历史来读，而是当作人间真挚爱情的象征来体验。第二个例子是中国现代小说、鲁迅的《阿Q正传》。由于人们执着于反映论的文学观念，过去评论家对这篇小说的分析大多偏重于它的认识价值方面，认为它是辛亥革命的一面镜子，是对农民革命的一次形象化的总结。这种分析显然无法说明阿Q典型的深邃内容和永恒普遍的魅力。尽管许多人试图解释阿Q典型的普遍性永恒性问题，但大多是从阿Q形象的思想内涵和阶级归属的复杂性入手，而很少有人从阿Q典型的表现性角度去理解它超越阶级、超越民族和时代的原因。然而只有从文学的表现性这一基本品格出发，才能有效地说明阿Q形象的复杂功能现象，这就是各个阶级、各个时代、各个民族的读者都能通过与阿Q形象的特征建立异质同构联系，在它上面找到自己的影子的原因。阿Q形象虽然是晚清时期中国一个闭塞乡村的落后农民形象，但它已大大超越它自身的规定性而获得一种普遍性意蕴。它不仅象征当时社会流行的民族失败主义的变态情绪，而且象征中华民族的性格——一种长期受奴役而形成的变态反抗、精神胜利的畸形的集体深层心理。而它的世界性审美效应则在于它的哲理启示力，它使人们领悟世界的一种深刻存在——荒诞性以及随之而来的人性扭曲的必然规律，这是一种震撼灵魂的人类深刻的悲剧性。我们如果看不到阿Q形象的这种表现性，就看不到《阿Q正传》的真正价值。仅仅把阿Q说成是落后农民的典型，岂不是把这个不朽的创造降低为一般的艺术形象？第三个例子是外国当代戏剧、贝克特的《等待戈多》。这是荒诞派戏剧的代表作，它采用寓言象征的方法，明确隐喻人类的生存状态——荒诞性。我把它的隐喻内涵归纳为“四种喻”，即两个流浪汉是人类的象征，波卓和幸运儿是历史的象征，戈多和小孩是人类理想和愿望的象征，小路和树是空间和时间的象征；“三种空”，即空话、空忙、空等；“两个字”，即一个苦字、一个无字；“一种道”，即人生彻悟之道。可以看出，这个戏剧作品是用形象来隐喻存在主义的人生观念，是一个哲理指向性非常强的作品。它之所以产生世界性影响，就在于它表现了当代西方世界对自身生存状态的整体性沉思，把西方人的人生体验升华为一种哲理。它以直接的隐喻性集中体现了艺术的核心品格。

上述析例表明，优秀的文学作品由于它超越了题材外象的局囿，通达深邃的人生境界，由于它超越内容的表层认知意义，升华出某种普遍性哲理，所以它具有强大的生命力。优秀的文学作品都毫无例外地具有言外之意、象外之旨、韵外之致，也即都具有诗意特征。现在的问题在于，这种表现作品诗意特征的指向性和启示力是怎样产生的。过去的文艺理论都认为，艺术的生命力来源于作品题材的概括性，是由于作品内容反映了生活的本质，传达了某种真理性认识。按照这种看法，艺术形象成了观念的图解、真理的例证，完全是过渡性的、手段性的东西，那么它与哲学中的形象描述或寓言以及科学中的挂图又如何区分呢？钱锺书在《管锥编》中对《易》之象与《诗》之象曾做过非常精辟的辨析，艺术形象不同于哲学中的形象在于它是自足性的、目的性的存在物。如果把它们视为等同，那么我们就无法解释为什么主题先行，从观念出发无法创作出有生命力的作品。艺术形象的功能是作为观念的图解、真理的例证还是作为直观的对象，引发体验的媒介，看来这是区分真假艺术的试金石。我们认为，艺术形象的审美价值不在于它本身内容的概括性和典型性，不在于它传达了什么样的认识内容，而在于它所蕴含的激发机制。也就是看它能在多大程度上与欣赏者建立异质同构联系，激发人们的联想和情感体验，从而获得主体内涵的表现。这是人类在对象上面“直观自身”的精神活动。这种激发机制不是来源于艺术形象的认知内容，而是艺术形象的外观形式的特征。艺术形象的激发机制类似于符号象征的功能，所以我们把这种激发机制称为“象征”。那么文学作品最核心的东西，就不是我们通常所理解的“主题思想”，而应该称之为“象征意蕴”。因为“主题思想”是可以用概念表述的，是认知思维的产物，而艺术中所蕴含的只是一种“潜在的思想”，一种需要读者的体验、补充、创造才能获得的“意味”，是通往“共相”的中介，实际上只是对读者的联想和体验的定向。

在这里，我们有必要进一步区分“象征意蕴”与“本质”两个概念。“本质”是对事物的一种抽象，是人的理性思维从众多的偶然现象中抽取出来的必然性，它已经舍弃了事物的外象，成为仅存于人的思维中的有限规定。所谓文学反映了生活的本质，就具体的作品来说，指的就是题材的意义，它来自作家对生活的抽象的认识，然后用形象的手段（而非概念的手段）传达出来。而“象征意蕴”则不是题材的意义，而是形象整体特征的一种指向性，它存在于题材之外，靠人的想象力和情感体验去把握。它不是对象的一种限定，而是形象潜在的表现性与人的精神发生作用后产生的价值生成物。过去的文艺观念认为，文学是社会生活本质的形象反映，那么，文学也就成了一种特殊的（形象的）认识。如果从象征的角度来理解文学，文学乃是人类创造的一种结构，这种结构是人类用来体验人生价值的一种特殊的象征符号。也就是说，文学的意义和价值不是再现了客观世界，使人获得对现实人生的认识，而是借助客观世界提供的形象材料重新创造一种结构，激发人们进入另一个世界（虚构的世界）去体验人生的价值。文学的创造不是为了求索客观世界的奥秘，而是为了追求主体内在的心理平衡。把文学看成是反映社会生活本质的特殊认识形式，实际上是对文学的深刻误解。从最基本的性质看，文学作为一种本体存在，它与其他艺术种类一样，都是人类生命自由运动的同构物，是人类生存的精神替代品。艺术的世界是人类创造的用来标示自己的生命形式和生存状态的象征的世界。

一谈起“象征”，人们很容易从这个词的习惯用法去理解它的含义，以为这是在鼓吹象征主义的艺术手法，或者是强调艺术内容的寓言性而排斥它的写实性。这是一种习惯性误解。“象征”这一概念可以有三种用法：一是指一种艺术技巧，与“隐喻”的含义差不多；二是指一种创作方法或文学流派，与“现实主义”“浪漫主义”相对举；三是作为一种哲学概念，指的是人与世界的异质同构联系的方式，是基于人的符号化思维和符号化行为的文化现象。我们是在第三种含义上使用“象征”概念的。所以我们讲文学的象征性不是指文学作品的纯粹客体属性，而是指文学与人生的关系属性。也就是说，不管作品是运用象征手法的，还是纯粹写实的，就它对人生的关系而言都是象征的，作品对生活的反映都必须转化为象征，作品本体就是人生的象征形式。在这里，“象征”的概念多少具有借用的性质，即根据“象征”的本意，借用它来描述文学与人生的异质同构关系的基本性质。很明显，这是一个广义的哲学概念。

人与世界的关系大致可以分为以下三个层次：第一个层次是意识对存在的反映关系，包括认知反映、情感反映和评价性反映三个方面内容，它构成人类的认识活动，是传统的哲学认识论的研究对象。第二个层次是现实主体对自然客体或社会客体的实践关系，这是一个自然的人化与人的对象化的双向过程，它构成人类的物质生产活动以及阶级斗争和科学实验等活动，是历史唯物主义的研究对象。第三个层次是符号对意义的象征关系，它构成人类的符号活动，是意义论哲学的研究对象。我们应该从人类活动的角度来理解“象征”，它指的就是通过一个具体感性的直觉形式指向一种宏大而深邃的意蕴，并诉诸主体的想象力和情感，使其心理潜能获得外化的精神活动。一切包含着深刻意蕴的直观形式都可以称为象征形式，一切建立在主客体异质同构联系基础上借助主体想象力进入客体的无限内容，从而使主体心灵获得表现和升华的精神实践活动都可称为象征活动。在象征活动里，对象成为表现主体内涵的形式，主客体就被整合为内容与形式的关系系统而处于一种和谐统一的状态。所以，象征活动是主客体的整合运动，是人与自然系统的建构，象征的境界是主客同一的自由境界，是人与自然的神交和对答。

文学与其他艺术种类一样，是人与世界关系的中间物。它完整地包含着人与世界关系各个层次的内容，是人与世界和谐统一的自由境界的象征。文学本体以意识对存在的反映为起点。作品的内容就是一个由再现、表现和评价构成的三维结构。但是，经过媒介系统（艺术形式）的创造这一实践环节（这是一种物质传达），文学的意识内容就物质化、符号化了，成为一种经验实在。那么它对于人的价值就不在于它的反映性，而转化为一种象征性的价值形式。所以，文学本体是基于反映和实践的象征符号系统。人类正是以这种创造的象征符号系统为中介，把客体现实与主体精神沟通起来，实现人与世界的微妙的对应交流。人们通过这种象征符号的隐喻功能，激发想象和情感的积极活动，使自己的精神进入人生的深层、宇宙的本体，获得主客同一、物我两忘的体验。这就是文学审美活动的内在本质。所以，文学艺术不是通过对客体规律的思维把握（即认识其必然性）而获得理性的自由，而是通过象征符号的创造超越客观必然性的桎梏，全身心通达自由的境界。这是我们与过去的文艺本质论的根本分歧。

把“思想的形象化”误认为文学的本质，这种文学观念是根深蒂固的。从黑格尔、别林斯基到普列汉诺夫，他们不断用严密的逻辑论证把这种文学观念理论化，使它一直被沿用。高尔基更明确地提出：艺术是把真理形象化。他说：“文学的任务是反映和描绘劳动生活的图画，把真理化为形象——人物的性格和典型。”这种艺术观念的理论基础是以一般认识论代替艺术的本质论，这与艺术本身的认识功能是密切相关的。但是这种观念实际是远离文艺的审美本质的，也与马克思的美学思想相背离。马克思是从人类活动，即实践的角度来理解审美的本质的。马克思的“自然的人化”与“人的对象化”的理论是人的实践本体论，它不等于审美本质论，其涵盖面要比审美本质论大得多，但它对揭示审美的本质却有巨大的方法论意义。整个人类活动就是“自然的人化”与“人的对象化”的双向建构的大系统，审美活动正是这个大系统运动在人类精神实践领域展开的特殊形式，所以马克思把艺术活动称为“生产”。艺术审美不同于人类其他活动的地方在于它是客体的形式对自由个性的象征关系。通过这种象征的中介使人获得主客和谐的自由体验。这里包含着两种超越：一是超越对象的实体性，使之形式化、符号化；二是超越主体的现实个性，使之升华为自由个性。我们可以把审美活动系统简化为如下关系。

客体对象 —（知觉的简化抽象作用）→ 自由形式（符号）⇌（象征）

自由个性 ←审美理想的升华作用— 主体人

从这里可以看出，审美活动是主客体的一次接近和交流，或者叫双向建构，但它是以自由形式对自由个性的象征为中介的。而象征关系的建立是以人的知觉的简化、抽象作用和审美理想的升华作用这两种心理功能为基础的。所以，审美活动是以形式象征机制为中介的“自然的人化”和“人的对象化”的运动过程的特殊形式。由于中介环节的不同，便决定了审美与认识的不同性质，审美活动应该界定为客体形式对主体内涵的象征，而不是意识对存在的反映。反映活动是建立在心物二元对立的基础上的，而在艺术中则不存在心物的二元对立，恰恰是心物的契合和主客的交融。从表层看，文学是对生活的反映，因为文学作品中的表象材料都是从现实生活中汲取来的，但是，这些表象材料不是联系于客体、指称客体的，而是联系于主体、表现主体内涵的。文学的根本目的不是为了认识现实生活，而是用生活提供的表象材料构造一个象征的世界，作为主体内涵的表现形式。因此，反映只是文学的初级本质，也即它只提供文学审美活动的基础，而不构成文学的审美质素自身。从审美的角度看，文学与生活的关系并不像科学与自然的关系那样是一种指称性的同态对应，而是一种同构相关。文学汲取生活的表象材料只是为了创造一种结构，并借这种结构的激发，使主体内涵获得表现。从生活到艺术不是一种同态转换或位移，而是表象的提纯、形式的凝聚、象征的创造。在这里，表象材料已经失去与其客体的直接联系，它与客体的吻合程度已变得不重要，重要的是它是否包含着象征激发机制。这是一个由反映转化为象征的过程。如果我们不是拘泥于一般认识论的视角，而是从人类活动的角度来考察文学，我们就不难发现文学的象征本质。从这里可以看出，关于文学本质的思考首先必须实行从认识论向实践本体论的哲学转移。

从“文艺反映论”到“文艺象征论”的转移，这是文艺观念的一次重大的变革，它包含复杂而艰深的理论课题，必须经过深入的研究和艰苦的论证，这篇短文仅仅是提出问题，并进行提纲挈领式的阐述。

（原载《学术月刊》1990年第3期）

象征理论及其审美意义

“象征”这个术语运用得非常广泛，它的概念内涵十分丰富和驳杂，人们对它的理解往往出现歧义，用法上也容易产生混乱，因此至今未能对“象征”概念作出一个统一的、明确的规范。我们首先必须对“象征”的概念和各种象征理论进行一番清理。

“象征”概念最通常的理解是指艺术表现方法。《辞海·文学分册》把“象征”定义为“文艺创作的一种手法。指通过某一特定的具体形象以表现与之相似或相近的概念、思想和感情”。这个定义既不准确，也太狭窄。即使在文艺学的范围内，这种理解也仅指狭义的“象征”，而没有把创作方法和流派现象意义上的象征包括在内。而实际上“象征”这一术语的运用已远远超出文艺学的范围，在语言学、心理学、人类学、宗教学、美学等各种学科都广泛地使用。广义的“象征”是一个文化人类学的概念。象征现象普遍存在于人类生活的各个领域，在人的语言，心理和行为等方面都有所表现，包括原型象征、宗教象征、心理象征、社会象征、艺术象征等类型，情况相当复杂。那种一谈起“象征”就把它简单地认作一种艺术手法或特殊的艺术流派，无疑是偏狭的。

“象征”，英文为“Symbol”，这个词具有复杂的含义，当它用于逻辑学、语言学、符号学等学科时，一般译作“符号”，用在宗教学、艺术学、文学理论时，则译为“象征”，所以在英文里“象征”与“符号”是通用的。卡西尔的巨著《象征形式哲学》也就是符号哲学，他的名言“人是符号的动物”有的译为“人是象征动物”。黑格尔《美学》关于“象征型艺术”的论述、萨特《想象心理学》对“象征”的分析，他们所理解的“象征”概念也都是“符号”的意思。《韦氏英语大字典》对“象征”一词的解释是：“‘象征’系用以代表或暗示某种事物，出之于理性的关联、联想、约定俗成或偶然而非故意的相似；特别是以一种看得见的符号来表现看不见的事物，有如一种意态、一种品质，或如一个国家或一个教会之整体，一种表征；例如，狮子是勇敢的象征，十字架为基督教的象征。”[①] 这个定义包含两个要点：首先它强调以一种看得见的符号来表现看不见的事物；其次，它指出符号与意义之间的约定俗成的关系。汉语中的“象征”一词原意指的是形象征验的活动，即所谓“纪百事之象，候善恶之征”，这是“象征”一词的词源。它发端于原始宗教的“物占”，即以物象预兆和征验某种神秘的观念内容，或以神物为征验，或以常物为征验。这是古人不了解事物发展的内在原因而企图以超现实的神秘观念对它加以解释的表现。我国的《易经》就是一本“纪百事之象，候善恶之征”的描述和研究物象征验的著作，它研究如何通过各种各样的物象变化来推知事物的发展规律，预测人事的吉凶祸福，即所谓“观象知变”。《易经》可以说是原始象征活动的理论总结。《周易·系辞》曾用“其称名也小，其取类也大”来描述古代的象征现象。三国时代的哲学家王弼把这种“其称名也小，其取类也大”的现象进一步概括为“触类可为其象，合义可为其征”，“象征”这一术语就被明确地提出来。原始象征活动，是建立在物象与观念内容之间的联想基础上的。客观物象与想象的观念内容之间在人的心理上建立起某种特殊的联系，这种源于原始宗教生活的联

① 引文转录自姚一苇：《艺术的奥秘》，漓江出版社1987年版，第140页。

想，由于成千上万次的不断重复而逐渐被强化并在人的心理上相应地建立起牢固的暂时神经联系，成为一种自发的、条件反射式的习惯性联想，因而积淀为深层心理的内在模式。这就是形象表现的心理模态，它是“象征”这一文化现象的起源。在物象引起观念内容联想的同时，还伴随着强烈的感情活动。这正是原始象征的特点。这种由原始宗教生活积淀而成的心理模态，正好符合诗歌艺术本质的要求，即将主观的思想感情客观化、物象化的要求。这样，宗教性的形象征验就逐渐转化为诗歌创作的表现形式，并且自然而然地被普遍地接受。客观物象就不再引起宗教性神秘观念的联想，而成为诗人的主观情怀的寄托，这就是艺术的“象征”。作为一种艺术表现方式的“象征”，就是用某种感性形象表现（隐喻、暗示）某种人生意蕴或生命情调，从而使人的生命本质内涵获得对象化。从这里可以看出，汉语的“象征”概念指的是形象表现，与英文的“Symbol”略有区别。这种区别大致说来有如下几个方面：第一，英文的“象征”是一种认识论的概念，是指认识的手段和方法；中文的“象征”本意是一种本体论的概念，指人的一种活动方式，即形象征验活动，一种原始的宗教活动，它是原始人的感觉世界方式。第二，英文的“象征”概念强调的是其意指性，中文的“象征”概念强调的是其隐喻性、暗示性，即表现性。第三，英文的“象征”概念，内涵侧重理性的思维活动，中文的“象征”概念，内涵侧重于感性的体验活动。这种细微的区别是与东西方的文化背景不同相关联的。实际上，这种区别正是“象征”概念内涵的两个侧面。总之，西方人偏于从符号的角度理解象征，因此“象征”是认识论和语言学的范畴，而中国人偏于从表现的角度理解象征，因此“象征”是人类学本体论的范畴。符号是形象客体的属性，表现则是人的主体行为；符号的意义是约定俗成的，单义的确定的，表现的内涵则是创造生成的，是多义不确定的。在使用“象征”这一概念时，对它的概念内涵的两个侧面必须细加区别。

“象征”是一个历史性概念。它的内涵在历史发展过程中不断丰富、拓展和变异，形成了十分宽泛的特征。象征理论存在着三种基本类型：第一种类型是中国古代文论中“兴”的理论。最早提出“兴”这一概念的是《周礼·春官》：“太师教六诗：曰风、曰赋、曰比、曰兴、曰雅、曰颂。”但没有对之作出界说。到了郑玄的《周礼·太师》注才对“兴”的概念作出解释：“兴见今之美，嫌于媚谀，取善事以喻劝之。”“兴者，托事于物”，意思是指一种婉转的表达方式。历史上关于“兴”的几种比较有影响的解释是：刘勰《文心雕龙·比兴》云：“兴者，起也。……起情，故兴体以立。”这是把“兴”理解为引发情感的艺术手法，孔颖达的《毛诗正义》云：“兴者起也，取辟引类，起发己心。”所谓“兴”就是把所要表达的事理寄托在物象上，用相似的东西引发内心的感受，这也是把“兴”作为表情达意的方法。朱熹《诗集传》云：“兴者先言他物以引起所咏之词也。”这种解释与孔氏稍有不同，孔氏强调寄托功能那一面，朱氏强调引发功能那一面，总之，这三种权威性的解释都是把“兴”看作诗歌的表现方法，包含了两层意思：一是发端。即起头，借来起头的事物是诗人的一个实感。二是象征隐喻，即所谓“起情”“起发己心”，指的是用感性形象来引发内心情感的表现，这种形象就是象征。所以“兴”这一概念虽然不完全等于“象征”，但包含着“象征”。古代诗歌中“兴”的运用，除了少数是作为纯粹的发端外，大部分兼有发端与象征两种功能，有的则纯粹是一种象征。“兴”作为一种艺术表现方法主要是象征手法，所以中国古代文论关于“兴”的各种阐发可以看作是象征理论的一种形态，把象征作为修辞技巧或艺术表现方法来研究，这是一种“象征”的表现方法理论。

第二种基本类型是黑格尔等人的象征理论。黑格尔是公认的对象征进行过系统研究的人，他从哲学和艺术史的角度对“象征”进行了深刻的阐述，建立了一整套对后代产生深远影响的象征理论。黑格尔是把象征行为作为人类精神自我运动（理念的发展）的阶段，从认识论的角度来考察的，因此他把象征看成是一种思维方式、认识方法。黑格尔指出：象征源自“完全沉没在自然中的无心灵性

（不自觉性）和完全从自然中解放出来的心灵性这二者之间”。所谓“无心灵性”指的是人的主体意识尚混同于原始自然，还不能独立地、自为地把握外界自然物象。所谓“解放出来的心灵性”则是指人的主体意识逐步摆脱了原始的直接的自然状态，开始觉醒并寻求普遍性的观念。这种心灵发展的中间状态就是象征型艺术思维萌生的温床。很明显，黑格尔把象征看成是“理念的感性显现”的初级阶段的思维特征。他正是从这里出发把象征型艺术看成是艺术史的第一个发展阶段。他在论述象征型艺术时，曾以贬抑的口吻指出：在艺术表现中，抽象的观念常常无法为自己找到一个吻合的感性形象。于是，这种抽象的理念在诸多自然现象中徘徊不定、骚动不安。它最终只能将自己勉强黏合于某些形象上，甚至不惜歪曲，割裂、夸张形象的自然形态，从而使它提升到理念的位置。所以黑格尔认为象征型艺术是一种不成熟的艺术，必将为古典型艺术所代替。黑格尔对艺术发展阶段的划分是建立在他的客观唯心主义哲学体系的核心范畴“理念”的自我运动的基础上的，是从认识论的角度论证艺术的发展的，所以他把艺术的象征作为一种认识方法或思维方式来考察。黑格尔对象征型艺术的贬抑、对古典型艺术的推崇，无疑包含着他在审美观上的偏见，但他对象征思维的论述却深刻揭示了这种思维方式的特征。我们可以把他上述的那段话理解为：象征是主体处在沉醉与超越之间的一种精神状态，即一方面沉浸在对象之中，处于“无我”的“物我同一”的体验境界，另一方面，主体又在这种自由体验中超越了现实自然的束缚，获得自我解放的愉悦。这正是象征思维的精神特征。黑格尔还说：象征“要解决精神怎样自译精神密码这样一个精神的课题”。在这里，黑格尔进一步明确把象征解释为“精神自译精神密码”的精神自我运动，把它作为唯心主义哲学认识论的课题。

第三种类型是当代象征理论。20世纪以来，西方哲学、美学和文论掀起一个象征研究的热潮，形成一个很有影响的派别。美学史学者吉尔伯特和库恩在《美学史》中指出：“约在1925年开始了象征符号理论的统治地位”“象征概念开始成为人们注意的中心。对艺术是直觉表现或艺术是想象这种定义的讨论，或对美是客观化快感这种定义的讨论，让位于人们以独特和奇异的力量来确立象征和符号的意义的讨论。”在哲学、美学方面，代表人物有卡西尔、苏珊·朗格等人，在文论方面，有瑞恰慈、弗莱、布拉克墨尔、勃克等人。当代的象征理论已超越了原来的方法层面而进入本体层面，也就是说，当代的象征理论不仅把象征看成是一种表现方法或思维方式，而且把象征当作人类的文化行为，当作人类的存在方式来研究。卡西尔认为，人是象征的动物，符号化思维和符号化的行为是人类生活中最富于代表性的特征。他认为人的特点就在于象征活动，象征是人类特有的文化行为。卡西尔就是在这基础上建立起他的文化哲学。西方现代派文论家则认为：外界事物与人的内心世界存在着对应契合关系（这个观点与中国古代的“天人感应论”不谋而合），山水草木便是向人们发出信息的“象征的森林”，我们所面对的世界乃是符号建构起来的世界，对人来说，它是象征的存在。勃克还提出“象征行动论”，他认为，人是一个“制造象征的动物”，而文学艺术是一种象征行动，因为诗虽不同于现实行动，却与之平行，诗是现实行动的征象。因此，艺术家的创作实际上是把现实行动中难以解决的，给予象征性的表现。于是，文艺作品就是一种“象征的戏剧”。在这里，勃克显然是从人类学本体论的角度来理解象征的。总之，现代象征理论是从更广阔的视野考察人类生活中的象征现象，它把人类创造的整个文化都看成是象征。

上述三种类型的象征理论分别在表达方式、思维方式、存在方式等三个层面上展开自己的论述。中国古代文论中“兴”的理论在诗歌的修辞技巧和表达方式层面上揭示了象征的本质和特征，它是语言层次的象征现象的理论总结。黑格尔的象征理论则是认识论意义上的象征理论，它在人类思维方式的层面上揭示了象征的本质和特征，它是心理层次的象征现象的概括。现代象征理论则把象征看作一种人类行为，从人类的存在方式的层面揭示象征的本质和特征，这是文化层次的象征现象的理论阐释。这三种类型的象征理论对人类生活中普遍存在的象征现象的认识是逐步深化的，视野逐步拓展。

在表达方式这一层面上考察象征，象征只是一种语言现象。这种现象源于语言与体验的对立。在语言中只有一般的东西，但体验却是非概念的，体验内容是纯粹个人的内心状态，难以用概念明晰表达。语言的认知性与体验的非概念性之间存在巨大的鸿沟。人类在表达思想感情的过程中，深刻体验到语言的痛苦，人们感到有许多经验和情感是无法用语言概念表达的。这是因为人的体验的多维性与语言概念的单维性的矛盾。所以，人类要表达难以用语言表达的内心体验，就必须设法突破认知语言的限制，采用隐喻、暗示、联想、对比、烘托等一系列手法，来表达那些难以言传的思想感情。文学所表现的就是这种独特的内心体验，所以必须大量使用象征的手法。作为语言现象的象征，具体表现为具有隐喻或暗示功能的语象，比如《诗经·关雎》："关关雎鸠，在河之洲。窈窕淑女，君子好逑。"这里的"关雎"就是象征；又如杨炼的诗句"中国，我的钥匙丢了"，这里的"钥匙"也是一种象征。象征作为一种表达方式是对语言局限性的一种超越，是人类为了克服情感体验的多维性与语言概念的单维性的矛盾的产物。

在思维方式这一层面上考察，象征则是一种心理现象。象征思维方式是通过想象和情感体验把握对象的隐秘内涵的心理过程，也就是我们通常所说的"形象思维"。在科学认识活动中，人们是通过抽象概念和逻辑推理的方式把握对象的本质和规律的，但在艺术审美活动中，形象与意蕴之间不是靠推理活动来联结的，而是借助联想和想象而获得沟通。所以这是不同于科学认识活动的心理过程。

在存在方式这一层面上考察，那么象征又是一种文化现象。比如神话、宗教、仪式、游戏等都是一种象征。在这类活动中，形式化客体引发主体潜意识的表现，这是人类谋求主客体和谐的一种生存方式。这种生存方式是一种人生境界，即象征境界，它是主客体融合交流的体验性的心理场，是心理紧张系统通过想象的重建趋向于平衡的运动状态。勒温的拓扑心理学认为，人的心理现象是一种整体性的“空间”现象。这一“空间”包括一个活生生的、有着自己的意志和情欲、需求和愿望的人和围绕着这个人并对这个人的心理施加影响的环境。它们的相互作用构建成一个心理生活的“空间”，这就是“心理场”。所以，一个“心理场”就是一个由人与环境构成的情景。它在人身上形成一个“心理紧张系统”，心理活动就是在“场”内进行的心理紧张系统的运动，这种运动趋向于人与环境紧张关系的和缓和解决，它主要通过两种途径获得这种解决：一是通过实践行为达到目的的实现，一是通过联想、想象、幻想等活动取得一种替代性的心理满足。后一种活动方式就是象征。

历史上各种类型的象征理论分别在不同的层次上考察象征现象，揭示象征现象的本质和特征，并赋予“象征”概念以不同的内涵。从这里可以看出，“象征”是一个多层次的、动态发展的概念。“象征”本是一种表达方式，这是一种不直接说出，而通过形象的隐喻和暗示功能，激发人的想象和情感体验，从而达到交流目的的方式。但由于这种表达方式是建立在对形象的直觉领悟的基础上，它直接培养出在感性形象中洞察隐秘内涵的思维定式，接受者必须努力透过象征形象领悟某种隐秘的内容。因此，这种表达方式内在地包含着一种相应的思维能力，即直觉思维能力，伴随着这种表达方式的运用，就形成一种象征的思维方式，即借助联想、想象和情感体验把握形象背后的意蕴的认识方法。同时，因为象征的运用和解悟过程是一个直觉、理解、联想、想象和情感体验等诸种心理能力综合发挥作用的过程，它的目标是把象征形象与象征意蕴沟通起来，象征形象仅仅是一种激发机制，它直接引起主体积极的表现活动，通过这种活动，主体生命进入物我同一、主客互渗的体验状态。这样，象征就成了人类谋求主客体和谐统一的文化行为，成为人类的一种生存方式。

总之，“象征”顾名思义就是“形象表征”的意思，即用具体的感性形象表征某种抽象的精神意蕴。这一表述包含了两层基本含义：

第一，作为象征体必须是形象的，是诉诸感官的感性形象，而不能是抽象的概念符号；第二，象征体具有表征功能，而不是指称性的，也就是说，形象内在蕴含着某种精神意蕴，因此形象成为这种意蕴的外在征象。象征是人类的一种精神方式。宽泛地理解，它是一种与概念表达相区别的精神方式。凡是用具体的感性形象来表征抽象的精神内容的方式都是象征的方式，凡是能表征某种精神内容的形象就是象征形象。包括用形象的符号喻示特定的观念内容的符号象征，比如花是女人的象征，十字架是基督的象征，红灯是禁止通行的象征，竹是正直人格的象征等。因此，西方文论家认为外界事物与人的内心世界存在着对应契合关系，山水草木便是向人们发出信息的“象征的森林”。在他们看来，一切物象都是象征的，整个表象世界就是一个象征的世界。卡西尔进一步指出：象征思维和象征行为是人类生活中最富于代表性的特征，并且人类文化的全部发展都依赖于这些条件。人类为了交流，就必须寻找交流的媒介，寻找抽象内容的载体，寻找标示意识内容的物质性替代物，寻找运载观念内容的工具。而人们找到的媒介和手段主要有两种：一是概念符号，一是感性形象（物象或图像）。当人们要传达客体的内涵和状态时，就用概念符号来指代和替代客体，它引起的是认知活动；当人们要表达主体的内涵和状态（包括观念、情感、心绪、领悟等）时，就用感性形象来表征，它引起的是象征表现活动。认知活动的基本特点是符号指称性，它具体指称一个客体，象征活动的基本特点则是形象表征性，它不具体指称一个客体的意义，而是表征主体的观念和情感内容。比如，我们在一盆菊花盆景上写下“菊花”，这是一个概念符号，它指称花盆中真实存在的菊花，把人们的精神导向对菊花属性的认识。但画家画了一幅菊花图，他突出菊花的外在形态的某种特征，这就不是为了指称具体的菊花，而是为了表征画家的某种观念或情感，它把人们的精神导向表现活动。但是形象有两种类型，一种是证明性的，它确指某种特定的概念，它的存在就是对这一概念的一种“证明”。这类形象应称为“图式”，属于非表征性形象，“图式”是表象与知识概念的重合，表象是知识概念的图解，“图式”中的概念可以在感性直观中直接被指证出来，表象只表明是什么。这种“图式”实际上也是一种认知符号，与概念具有同等功能。另一种形象是类比性或表现性的，它并不确指特定的概念，而是指向超验的精神内涵，即通过感性形象表征抽象的意蕴。它一方面具有自足的感性具体性，以诉诸人们的知觉感受，另一方面又具有理性的抽象性，以引发人们对它的意蕴的把握与扩展。由于它没有确指某种意义，而只是一种不确定的表征，必须依靠人们的联想、想象和情感去领悟，因此，它的意义是不可穷尽的，它是一个“意义生成系统”。只有这种形象才是象征性形象。这就是说，并不是所有的感性形象都是象征，只有那种类比性或表现性的形象才是象征的。证明性形象是认知图式，类比性或表现性形象才构成象征。

不管是作为表达方式的象征，还是作为思维方式的象征，或者作为存在方式的象征，它们都有一种内在的一致性。这就是：通过感性形象对抽象的精神内容的表征作用引发主体的联想、想象和情感体验，从而达到对世界人生的隐秘内容的领悟。这是人类的文化行为，是人类掌握世界的一种基本方式，我们称之为隐秘“象征方式”。用最简练的语言来表述，就是古文论所谓的“托物明志”。这里的“物”就是客观的物象，“明”就是表达或显现，“志”则是主观的情志，即主体的生命内涵。“托物明志”就是用具体感性的物象来表征主观的情感（主体的精神意蕴），它是“象征”这一概念的基本内涵。如果把“象征”看成一种表达方式的话，那么它不是我们通常所理解的那种认识内容的表达，而是情感的表达、生命的表达，准确地说就是生命的表现。因此，“象征方式”也就是人的生命对象化的方式。“象征方式”在语言领域中体现为一种修辞技巧或语言表达方法，在认识领域中体现为一种特殊的不同于概念认知的思维方式，即所谓的“形象思维”；而在社会生活领域则体现为一种社会活动方式。

“象征方式”作为与概念认知方式相对应、相区别的形象表征的方式，是人类生活中普遍存在的一种文化方式。人类不仅创造一套概念符号以对客体现实进行思维加工，而且凭借审美意象或艺术形象以直观自身生命的价值。它们是人类在物质实践基础上发展起来的两种基本的精神能力，是人类精神生产的两种基本类型。前者导致科学认识活动，后者导致生命表现活动。它们构成两种不同的文化形式：一种是知识体系（包括科学知识和意识形态），这是人类认识活动的成果，是思维对客体存在的反映；另一种是象征文化（包括艺术、宗教或仪式），这是人类生命表现活动的成果，是主体内涵在客体形式中的表现。知识体系是联系于客体的，它是客体存在的符号化，是客体存在内化的逻辑形式；而象征文化是联系于主体的，它是主体生命内涵的形式化，是生命本质力量对象化的感性结构。人类通过知识体系反映外部世界，同时又通过象征文化来直观自身。它们构成人类基本的文化存在。只有从人类文化构成的高度才能真正弄清象征的本质。

以上把“象征”看成是人类的一种基本的精神方式、一种文化行为。这种宽泛意义上的“象征”包含着两种含义：一种是指符号方式，它导致符号认知活动，它的最大特点是类比性；另一种是指表现活动，它导致生命的对象化，它的最大特点是隐喻性和暗示性。前一种含义的象征称为比喻性象征。比喻性象征的象征体与象征义之间的关系是类比性的、比附性的，例如鹰是权力的象征，鸽子是和平的象征，鹰与权力、鸽子与和平的关系是由约定俗成建立起来的类比关系，它是表象与观念的复合结构。由于表象与观念的联系，具有历史文化积淀而形成的稳定因果性，因此通过习惯性联想就能获得形象表征的观念。黑格尔认为：这种象征与其说有真正的表现能力，还不如说只是图解的尝试，在这种类型里，抽象的理念所取的形象是外在于理念本身的自然形态的感性材料（原注：例如原始民族用自然的木块或石头象征神，或是这木石虽经加工，但还是非常粗糙的，显不出他们的神的概念），形象化的过程就是从这种材料出发，而且显得束缚在这些材料上面。一方面自然对象还是保留它原来的样子而没有改变，另一方面一种有实体性的理念又被勉强黏附到这个对象上面去，作为这个对象的意义。因此这个对象就有表现这理念的任务，而且要被了解为本身就已包含这理念。”的确，许多象征具有比喻的性质和功能，它是用形象来喻指某种观念内容。比喻性象征以观念的联想为特征，这种观念联想有的是约定俗成的，具有固定形式，有的则是在特定的语境中产生的不确定的联想。它与比喻不同的地方主要有两点：一是比喻的两造同时出现，喻体与喻指是并列的，容易看出；而象征则隐去喻指，形象自身就是象征，意义就包含在形象之中。二是比喻的两造之间是依靠相似点联系起来的，而象征体与象征义则是依靠主体的联想活动才联结起来的，也就是说比喻的喻指是给定的，而象征的意蕴则是主体创造的，是生成的。这种比喻性象征主要是作为一种表达的方式，交流思想感情的手段，所以它大量出现在语言中。这是象征的初级形态。由于它与比喻相似，所以有人把它看成一种特殊的比喻。布鲁克斯把它称为“有机比喻”或“结构比喻”，更经常的是称之为“功能性比喻”，而一般的比喻则称为“说明性比喻”。美学家尼尔班则认为：比喻在我们用它来体现一个其他方法所无法表达的观念内容时就变成象征。从比喻性象征现象可以看出：凡是象征作为一种表达方式、交际手段，以达到认知的目的，这种象征都是比喻性的。严格说来，这不是真正的象征，而是象征与比喻两种手法的重合。

另一种含义的象征即表现性象征。这种象征不是用形象去喻示某种观念内容，而是用形象构成一种隐喻性、暗示性情景，激发人们的想象和情感体验。刘熙载《艺概·诗概》云：“山之精神写不出，以烟霞写之；春之精神写不出，以草树写之；故诗无气象，则精神无所寓矣。”这就是表现性象征的事例。所谓“山之精神写不出，以烟霞写之”，不是以烟霞去喻示山，而是通过烟霞的描写构成一种暗示性情景，让人们凭借对烟霞形象的直观去感受、体验山的气势和韵味，从而让自己的生命与山融为一体。“春之精神写不出，以草树写之”，“草树”作为一种象征，就是“春之精神”的一种境界，它使人们透过欣欣向荣的草树形象感受到春天生机勃勃的气氛，从而调动起生命的青春活力。这就是一种表现性象征。在这种类型的象征中，象征体与象征义的联系不具因果性，它是一个“表象—情感”系统。象征体没有明确的喻指，没有指称确定的观念内容，而是提供一种“意义的空域”。因此它主要不是引起观念的联想，而是激发主体的想象和情感，让主体心灵自由驰骋和创造，从而使主体生命的内涵获得表现，这种象征能随着主体的情景的不同而产生不同的指向性和启示力。正像劳·坡林所形容的：“象征好像蛋卵石，它的光能在慢慢转动的不同角度下放射不同的光彩。”[①] 比如月亮，对于中国传统文化中的知识分子来说就是一个复杂的、开放的、动态的象征。月有阴晴圆缺，因此月亮是人间的悲欢离合的象征；月光澄澈光明，因此它又是人的心地纯清的象征；月光如水，境界空濛，因此月亮又象征人的迷离仿佛的情调；月光阴冷，因此月亮还象征人的凄凉心境。“海上生明月，天涯共此时”，月亮的意象负载着无尽的离愁别绪；“清光此夜中，万古望应同”，月亮的意象又寄寓着难言的古今之叹。这些都是月亮形象的特征表现性构成的象征，这是一种高级形态的象征。

这种表现性象征方式就是审美意义上的象征。类比性象征方式引起的观念的联想，是具体表象向抽象观念的推进和升华，这是认知思维的活动，是认识表达的方式，因此是从属于符号认知活动的。表现性象征方式引起的是主体的想象和情感体验活动，是心灵沉入表象世界之中，进入客体，拥抱客体，实现心物同一，主客互渗，从而获得生命的表现。也就是说，这种表现性象征通过形象的隐喻和暗示性引发主体的心理建构活动，从而通向人的内心世界的隐秘，通向生命的底蕴。它似乎是指向客体的意义，其实却是指向主体的内涵。这种象征把艺术形象与人的生命价值联系起来，把有限与无限联系起来，把内容与形式联系起来，把客体与社会联系起来。这

---

① 劳·坡林：《诗的象征意义》，《世界文学》1981年第5期。

种象征就不是认识表达的方式，而是人的生命对象化的方式。因此它具有审美的意义。我们认为，应该在“表现性象征”这一含义上来理解艺术的象征，在艺术审美领域中谈论“象征”，不能把它理解为比喻性的，而应该把它理解为表现性的。这就是说，所谓“象征”就是通过感性直观形象隐喻或暗示某种精神意蕴的方式。“象征”用作名词，指的就是表现性形式，用作动词，含义与“隐喻”“暗示”相近。任何具有隐喻性或暗示性的形象都可以称为“象征的”，一切用感性直观形象隐喻或暗示某种精神意蕴的方式都是一种象征方式，所有运用这种方法引发主体内涵表现的活动都是象征活动。象征内在地包含着主体的表现活动。因此，“象征”既是标明形象的特性的概念，又是一种功能概念，同时它还是一个活动的概念。

这是我们对艺术审美意义上的“象征”现象和“象征”概念的基本理解。这种理解是沿用中国传统“兴”的美学思想的。“兴”就是兴起、引领、诱导、激发的意思，也就是通过感性形象来激发自己内在的生命冲动，这是偏于从形象的功能角度立意的；“象征”指的是用形象隐喻或暗示精神意蕴，这是偏于从活动方式的角度立意的。“兴”与“象征”是可以相通互换的，“象征”就是一种“兴象”，“兴象”也就是“象征”。我们主张从“兴”的含义的角度理解“象征”概念，因为这样理解的“象征”就不是一种认知表达方式，而是激发主体生命对象化的机制。这种理解是切合艺术审美的本质规律的。“兴”是“以心为主”，但又是“从物出发”，是在心物契合交流的状态下生命表现的活动，这正是艺术审美活动的本质。类比性象征（或称比附性象征）是一种原始的、初级的象征，发展到艺术的象征则已是表现性的象征了。从类比性象征到寓言象征，再到神话象征，这就是象征从初级向高级发展的一条线索，在这种发展中，象征的符号认知因素逐渐减弱，而表现性因素逐渐增强。而在艺术中也存在着这样的线索，艺术也就在这种发展的历程中臻于成熟，逐渐展露出其审美的本质。表现性象征正是艺术审美本质的集中体现。西方有些符号学家谈到艺术的象征性时，也注重象征的表现性和体验性，这是符合艺术的实际情况的。他们使用的“符号”概念，实际上已改变了“符号”的原有含义，而成为一种借用的概念。他们对“象征”的理解已与中国“兴”的概念相去不远了。

艺术审美意义上的象征都是从感性形象的直觉开始的。所有的知觉都是动力学意义上的知觉，它是外部力量对机体的入侵，推翻了神经系统的平衡而引起心理场的对抗倾向的一种结果。形象的显明特征是一种强化刺激，强烈地刺激着大脑皮层，打破神经系统的原有平衡态，使心灵处于某种动势，形象的特征作为一种“力的结构模式”，是一种具有方向性的抽象框架，这种抽象框架具有很强的吸附性，吸附各种经验表象去充实这个空间，并能激发人的想象力去重建这个空间。因为它具有方向性，所以它在我们的知觉中就表现为一种隐喻性和暗示性，这实际上是形象特征的“力的基本结构模式”的功能效应。由于形象具有这种功能效应，因此大脑皮层引起强大的扩散活动，从而使人的心灵进入某种幻觉状态，生活在想象的表象世界之中。这时，人的经验和情感就被调动起来，并在想象的重建过程中获得对象化。人的想象可以形成实际并不存在的表象，这已为心理学的实验所证明。这是想象力的创造活动的根基。美国心理学家默里创立的主题理解测验（又称 TAT 测验），要求被试者观看若干幅内容模糊的图画，然后指述图画中的故事。由于图画画面模糊不清，被试者叙述的故事带有很大的想象性，常常是因人而异的。实际上，图画本身并无明确的含义，被试者只能在图画的构图特征的诱导下在内心重构自己的想象表象。这个测验对理解艺术审美的象征表现性的本质很有帮助，在形象特征的隐喻性或暗示性激发下展开的想象活动实际上是在借助自己过去积累的经验的情况下进行的，而且伴随着相应的情感。所以想象活动本身就包含着表现。这是形象的结构特征唤起人的大脑皮层的场效应。

阿恩海姆在《艺术与视知觉》一书中说：“按照格式塔心理学家的试验，大脑视皮层本身就是一个电化学力场。这些电化学力在这儿自由地相互作用着，并没有受到像在那些互相隔离的视网膜接收器中所受到的那种限制。在这个视皮层区域中，任意一个受到的刺激都会立即扩展到临近的区域中去。”这是对象征现象的一种生理学的解释。尽管我们对象征的生理的心理的过程了解还很少，但它是形象的特征引发的主体的一种生理—心理活动，是没有疑问的。从这里可以看出，象征活动是从形象的感知开始，经过知觉的抽象作用把形象转化为特征图式，从而激发联想和想象的活动，并在这种活动的催化下，主体生命进入一种体验状态，产生相应的情感反应。这是一种“感知——抽象——幻觉——联想和想象——情感反应”的连续性心理活动的链条。在这过程中，人的生命本质力量获得了对象化。任何一个象征都引起主体表现活动，象征方式内在包含着主体的表现。因此，象征实际上只是一种激发机制、一种激发主体生命本质力量对象化的机制，它是形式表现活动的中介。

（原载《学术月刊》1993 年第 3 期）

“特征图式”——艺术超越性的本源

优秀的艺术作品都具有一种“超越于作品形象的直接刺激”、引向深邃的人生价值的体验的性质（即超象性），它是超越艺术形象的具体性、经验性、认知性的东西，是艺术的超越时空的普遍价值的源泉，是艺术生命本源。这种超象性存在是艺术存在的超验层次，是潜藏于艺术形象背后的抽象感性结构。艺术作品的这一深层结构是艺术家的最伟大的发现和创造。

艺术存在的这种深层结构早就引起美学家和文艺理论家的注意。中国古代文论中关于艺术的“超象性”的描述，是对艺术的深层结构的最早探讨。波兰哲学家、美学家英伽登在分析文学作品的层次结构时，指出了文学作品存在着“形而上性质”的层面。韦勒克、沃伦合著的《文学理论》则把它说成是“存在于象征和象征系统中的诗的特殊的‘世界’”。前几年又有人写文章探讨艺术形象的抽象框架。这些都是对艺术存在的深层结构的有益探索。但是，中国古代文论中“超象性”理论带有神秘性，而英伽登、韦勒克和沃伦等人的说法则偏重于从艺术客体属性的角度理解艺术的超越性问题。我们认为，要从艺术的象征性角度来理解艺术存在的超验层次，把它看成是审美主客体的特殊关系的形式。这种形式，我们称之为

“特征图式”，即客体的特征与主体的图式的统一体。它就是艺术超越性的本源。

所谓图式，是指一种心灵图式，是从康德和皮亚杰那里借用来的概念。康德哲学用“先验图式”这一概念来解释人类认识能力的内在结构。康德认为在人类的认识活动中存在着一个联结现象和概念的中介，这就是“图式”。它“一方面与范畴相一致，另一方面又与现象相一致，这样才能使前者可能应用于后者，这个中间表象必须是纯粹的，这就是说没有任何经验内容，同时它必须一方面是知性的，另方面是感性的，这样一种表象便是先验图式”（《纯粹理性批判》）。这就是说，“图式”既不是事物的形象，也不是经验的概念，而是介于这两者之间的一种感性结构。它是事物的抽象，但还没有上升为概念，只是该事物的结构样式。它是感性的对象，但又不是事物的具体形象，而是事物的抽象结构样式。例如狗的“图式”不是任何一只狗的具体形象或图画，也不是概括一切狗的特性的“狗”这一概念，而是具有一般狗的特性的四足兽的构图。康德把图式视为主体先天具有的心理形式，指出人的认识活动存在着图式这一中介，这是重大的发现。以后，皮亚杰进一步用“认知图式”这一概念揭示认识主体与客体之间相互作用的机制，这种“认知图式”是一种动态的功能结构，它能够区分作用于主体的各种刺激和由此产生的感觉，并对客体信息进行整理、归类、创造和改造，将它们整合到自身结构中，从而，主体对客体的刺激作出反应。皮亚杰的“图式”类似于索引卡片，它对环境信息进行分类，把人所感知的事物，按其共同特征编成各个组，像卡片那样储存在大脑中，然后对外来信息进行归类，进而进行同化和顺化，人的认识就是主体与客体的同化与顺化的双向建构。皮亚杰澄清了康德的先验图式的神秘唯心色彩，正确地指出了图式的发生学渊源，强调了认识过程中主体建构的能动性，这是深刻的辩证法思想。康德揭示的是人类认识的静态结构，“图式”是表象与概念的中介；皮亚杰揭示的是人类认识的动态结构，“图式”是主体与客体的中介。

诚然，康德和皮亚杰的“图式”概念都是认识论意义上的范畴，但它却具有方法论的普遍意义。康德和皮亚杰都通过“图式”概念揭示人类认识活动隐藏的中介，从而在解决认识活动的复杂微观机制的问题上迈出了关键性的一步，他们的成功为我们提供了一个重要的思路：要揭开艺术审美活动之谜，也应该着力去寻找艺术审美活动的隐秘中介。既然人类的认识活动领域存在着“图式”这种抽象的感性结构，那么人类的情感意志活动领域也一定存在着某种“图式”结构。“图式”作为人类在长期的历史实践中积淀形成的心理结构，不仅是认识活动的中介，而且是一切对象性活动，包括审美活动的中介。“图式”结构应该说是人类心灵活动的普遍特性。因为人的心理活动带有整体性特征，认识活动和情感意志活动实际上是不可分的，现实中不存在纯粹的认识活动或纯粹的情感意志活动，它们总是交融在一起，构成统一的心灵活动，所以图式结构不可能只存在于认识活动之中，而且它是整体的心灵活动的特性，这种心理活动的抽象结构应该称之为“心灵图式”。

康德和皮亚杰在揭示人类认识活动的中介结构——“图式”时，实际上已经涉及一切对象性活动的整体性的“心灵图式”结构了。人类的审美活动是一种整体性心灵活动，包括认识活动和情感意志活动，因此审美活动的中介——“心灵图式”就包括认知经验“图式”和情感意志的体验“图式”。在认识活动中“认知图式”必然上升为概念，认识活动才算完成，所以“认知图式”是一种过渡性中介，而在审美活动中“心灵图式”不是上升为概念，而是外化为作品的结构样式而成为直观的对象。所以“心灵图式”是一种纯粹中介。这就是说，人的心灵活动存在着某种抽象的“图式”结构，它是各种经验和体验类型的结构式样，是个体的、随机变化的具体的经验和体验的原型结构。比如，每一个人的每一次爱情的经历都有不同的体验内容，所以爱情生活是变幻莫测、无限丰富的，但是凡爱情的体验总有一些共同的东西，如柔情、体贴、迷狂、排他、苦乐参半等，这就是爱情体验的普遍心理结构，即原型结构，这种原型结构就是爱情体验的心灵图式，它是各种具体的爱情体验的抽象结构式样。又如，当人面对着强大的环境压力和其他异己力量的进攻而无法克服时，往往会出现各种方式的变态反抗行为，如自打嘴巴，当面妥协，背后牢骚，夸耀先前的骄傲，自我欺骗，转移发泄对象等，但各种各样的变态反抗行为和心理都有某些共同的特点，我在分析阿Q形象时归纳为三条：退回内心、泯灭意志、二重人格，这就是各种变态反抗现象的基本结构，也就是一种经验“图式”。人类丰富多彩、变幻莫测的物质生活和精神生活中存在着一些基本的经验和体验的类型结构，如爱国主义、英雄崇拜、爱情、友谊、命运感、沧桑感、生的欢乐、死的恐惧等，这是一种普遍性的抽象心理结构，是人类深层心理结构的基本模式。它的存在使人类无限丰富、随机变化的经验和体验“万变不离其宗”。犹如世界上的万事万物，社会生活的瞬息万变的现象都可以抽象出一些基本的物理化学结构和几种社会结构形态一样。所以，“万变不离其宗”的“宗”其实就是事物或现象的基本结构类型，就人类的心灵活动而言，就是一些普遍性的“心灵图式”。

人类的心灵活动存在某种经验和体验的图式结构，这个问题早已引起一些心理学家的注意，荣格的原型理论是这方面的出色研究，但荣格把它归结为潜意识结构，并纯粹从心理学角度加以说明，这是荣格的理论局限性。其实，人类的“心灵图式”并不是什么神秘的东西，它是人类的社会实践活动的基本结构的心理积淀物，即实践活动的一种心理内化形式。对它的科学解释，不能局限于心理学的知识，更重要的是要从人类的历史实践的角度加以深入地论证。从实践的角度去看，所谓“心灵图式”并不是什么原始人类的集体无意识的先验结构，而是人类社会实践的建构，它在人类的历史实践中产生并随着实践的发展而发展。它不是静止的结构，而是不断生成的结构，它也不是无意识的结构，而是意识与无意识的综合体。这种“心灵图式”是潜藏于具体的经验和体验背后的抽象精神形式，但它不是一般的经验和体验的抽象形式，而是那些与人类的生存关系最为密切的具有普遍性的经验和体验的基本类型，它构成审美心理的深层结构。总之，“心灵图式”具有三个特点：一是人类经验和体验的抽象结构；二是一些带有普遍性的人类生活中基本的经验和体验的抽象结构；三是潜存于具体的经验和体验这种精神现象的背后，是人类深层的心理结构。从这里可以看出，我们所使用的“图式”概念在某种意义上说是一种借用，它已经不同于康德和皮亚杰的“认知图式”。

康德的“图式”是一种既具象又抽象的心理存在，皮亚杰的“图式”则是主客体双向建构的产物，它们共同构成图式概念的两种基本内涵，图式概念表明：人的认识对象是主体构成的，在这过程中起作用的是一种既抽象又具象的中介结构，它不仅是认识关系，而且是人类的一切对象性关系的内在机制的秘密所在。人类的感知觉把握艺术对象也是一种心理建构过程。艺术存在离开人的感知觉只是一堆毫无意义的物质性材料而已，只有经由感知觉的建构，艺术存在才成为人的对象。艺术存在是一种结构性存在，它作为对象，是客体的艺术结构与主体的心理结构的遇合和整合。艺术作品的物质媒介经过知觉完形和经验整合而生成艺术幻象，这种艺术幻象是否是艺术的终极存在呢？客体的艺术结构与主体的心理结构是否还有更深层的遇合和整合呢？过去的文艺理论并没有进行这方面的探究，康德、皮亚杰的“图式”概念启发我们，成功的艺术作品在艺术形象背后也潜藏着一个抽象的感性结构，这就是人类在历史实践中建构起来的具有普遍性的“心灵图式”。它是人类的经验和情感的类型结构，是人类心灵的张力式样，是人类历史实践的层积物。

弄清了“图式”这一概念的内涵，那么“特征图式”这一范畴便不难理解了。一个作品所描写的艺术形象，所呈现的整体性艺术图景或作品的形式结构如果具有某种鲜明的特征性，这种特征表现了人类的某种普遍性的经验和情感的类型，那么我们就说这个作品提供了人类的某种“心灵图式”。因为这种抽象的“心灵图式”是通过艺术作品的具体形象或整体艺术图景，或作品的形式结构等的特征外显出来的，所以叫作“特征图式”。“特征图式”者，即艺术中的特征所表现的人类“心灵图式”也。它是一个作品的题材外象背后的一种抽象的感性结构。“特征图式”是艺术作品的形象形式的特征与人类的“心灵图式”的契合物，它是审美客体的艺术结构与审美主体的心理结构遇合和整合的结果，是审美主客体双向建构的产物。“特征图式”实质上是某种普遍性的人类经验和情感体验的类型结构，即“心灵图式”，但这种“心灵图式”不是直接用概念语言表达出来，而是通过作品的形象形式的特征表现出来，成为一种可供直观的对象，所以它是艺术作品的存在层次。总之，“特征图式”是一种客观化的人类普遍性的经验和体验类型，人们从艺术作品的形象形式的直观中可以把握到这种“特征图式”。简言之，“特征图式”就是优秀艺术作品的形象形式的特征表现出来的人类某种普遍性的经验或体验的心灵图式。这个定义包含四层含义：首先，“特征图式”是一种心灵图式，包括经验或体验的图式，而不是认知图式。其次，“特征图式”是人类生活中某种具有普遍性的“心灵图式”，而不是一般的世俗的日常经验或情感。第三，“特征图式”是艺术作品的形象形式特征表现出来的“心灵图式”。第四，“特征图式”是隐藏在题材外象背后的抽象感性结构，是优秀艺术作品的深层结构，而不是所有的艺术作品都具有的。

康德、皮亚杰的“图式”概念是指认识主体的一种心理结构，而“特征图式”则是艺术作品的存在层次。前者是认识的中介结构，后者是艺术存在的客体结构。我们借用“图式”这一概念来指称艺术的深层结构，是因为“图式”概念具有内在的双重含义，即它既是具象的，又是抽象的，既具有主体性，又具有客体性，“图式”概念的这种双重内涵正好可以准确地描述艺术深层结构的特性。艺术的“特征图式”就是一种既抽象又具体的存在。说它具体是因为它的表现形式是作品的形象形式的鲜明生动的特征，这是一种感性客体，是可以直观的对象；说它抽象，是因为它的内涵是某种普遍性的人类“心灵图式”，这是一种抽象的深层心理模式。“特征图式”

既不是作品所表达的抽象的思想观念，如过去文艺理论所说的“主题思想”之类，也不是一种可以直接感知的实体存在，另一方面，艺术的“特征图式”既是客体的艺术结构，又是主体的心理结构。它一头连着主体，即它表现了主体的内涵，另一头连着客体，即它以作品客体的形象形式特征为自己的存在方式。“特征图式”既不是纯粹客体性的艺术形象特征，也不是纯粹主体性的“内心图式”。总之，“特征图式”是一种兼有抽象与具象、主体性与客体性的二重性的特殊的艺术存在层次。它是客体的形式合生命目的形象形式的特征，又是主体合规律的“心灵图式”。它是感性化的经验和情感的抽象框架，又是普遍化（即抽象化）的具体生动的特征。

“特征图式”作为艺术作品的客体属性，它是欣赏者艺术知觉的抽象物，又是欣赏者进行象征表现的“空框”。它超越具体的、个别的艺术形象，但又没有上升到概念，是一种抽象的具体，因此它能联结艺术形象的个别与普遍、抽象与本质、有限与无限、感性与理性等各种对立的范畴。同时，由于它是诱发欣赏者象征表现的“空框”，因此它又能成为审美主客体的中介，通过“特征图式”，审美主客体才能达到真正的和谐统一。优秀艺术作品的一切复杂的、神秘的现象，都隐藏在“特征图式”之中。艺术创造本质上就是特征的发现与表现，这里的关键是寻找某种与人类的普遍性“心灵图式”相契合的对象特征并把它表现为鲜明生动的形象形式特征。从理论上看，“特征图式”是艺术形象整体的特征所表现的人类普遍性的“心灵图式”，或者说是艺术作品中包含着人类普遍性“心灵图式”的形象特征，它是客体的形象特征与主体的“心灵图式”的契合物，但是，“特征图式”作为艺术存在的一个层次，落实到具体的艺术作品，又是一种什么东西呢？我们如何来把握它？“特征图式”不是作品的艺术形象本身，我们无法从作品的具体描写和所塑造的具体形象中指证出来，它不是作品的具体“实在”而是一种超验的存在。但是，它又不是过去文艺理论所说的“主题思想”，不是一种纯粹的思维抽象物，而是一种感性的存在。

“特征图式”的具体存在方式就是艺术形象的整体框架的特征，即艺术形象整体的独特的结构样式。这不是思维抽象的产物，而是知觉抽象的产物。所谓知觉抽象，即知觉过程中无意识地忽略一些感觉因素而强调另一些感觉因素。例如到商店去选购服装，当你选中一种比较适意的款式，但又感到它的颜色不大合适，要换一件款式相似而颜色不同的服装时，这就意味着你已经很自然地把款式从服装的实际物象中抽象了出来。如果要在不同尺寸的同一款式中加以更换，那么在这里就忽略了它们在空间质上的不同，即各部分实际尺寸的不同，而只是保持了它们在空间结构关系的相似性。原始绘画和儿童画中，其表现形式都具有一定的抽象性质，这种形式的产生并不是经过概念的思考提炼出来的，而是直接由记忆表象形成的，这是由于人的知觉首先侧重整体关系的把握。它是人类长期社会生产实践的结果，构成了一种人类学的特质，以人的生理素质形式而遗传下来，只有在人类社会的环境中才能后天地逐渐形成这种能力。阿恩海姆发现了视知觉具有一种简化原理，即人的眼睛倾向于把任何一个刺激式样看成已知条件所允许达到的最简单的形状，把各事物的结构特征尽可能由一个结构特征来包含，把一事物的复杂特征用尽可能少的结构特征去组织成有秩序的简化的整体。这个规律普遍地存在于艺术创造、艺术欣赏之中。由于人的知觉力倾向于对对象的整体关系框架的把握，所以欣赏者能够轻而易举地把握到审美对象的整体结构特征，只要这种特征能够有力地表现人类某种普遍性的经验或体验，那么欣赏者就立即从特征中感受到这种经验或体验，这时，欣赏者的知觉所把握的就是“特征图式”了。对于人的知觉来说，“特征图式”是间接的对象，但知觉对它的把握却带有自发性和无意识的特征。一个训练有素、具有一定鉴赏力的人，都能在艺术欣赏中准确地领悟优秀作品潜存的“特征图式”，并以此为起点展开象征表现活动，从而实现灵魂的冶炼和人格的重建。

作为“特征图式”的存在方式的艺术形象的结构样式，在不同类型的作品中具有不同的形态。

在那些以塑造人物性格为主的叙事作品中，“特征图式”主要表现为主人公的性格结构的特征。比如，鲁迅小说《阿Q正传》中的主要人物阿Q是一个具有极为鲜明生动的特征的形象。这个人物的心理活动、语言和行为方式都是非常独特的，甚至十分怪异的，它们随着小说情节的展开和发展，形成一个性格的“特征环”。这个“特征环”的标志可以表述为“退回内心、泯灭意志、二重人格”，而这正是病态社会铸成的奴性人格的模态。因此，我们说阿Q形象的背后存在着一个奴性人格的“特征图式”。又如塞万提斯的《堂·吉诃德》塑造了一个以复兴骑士精神为使命的“滑稽而又可悲的英雄”堂·吉诃德，他把乡下少女想象是自己仰慕的公主，把自己投宿的破旧的乡间小客店当作富丽堂皇的贵族城堡；他战风车、闹磨坊，与幻觉中的假想敌“英勇作战”，因此他遭受严重的挫折，度过许多意想不到的危难。这一系列反常的行为和滑稽的性格的基本特征就是主观与客观的分裂，个人行为与社会环境的对立。这是一种违逆历史趋势的背时人格的模态。当一个人陷入盲目性，违背历史发展趋势而行动的时候，他就必然表现出堂·吉诃德的特征。因此说《堂·吉诃德》提供了背时人格的“特征图式”。有些叙事作品虽然也塑造了鲜明生动的人物形象，但其艺术力量主要来自它的故事情节，这类作品的“特征图式”主要表现为作品情节构架的特征。比如曹禺的《雷雨》，这是一出震撼人心的悲剧，它的悲剧力量主要来自它的尖锐戏剧冲突所构成的情节。整个情节发展的总趋势是：各种人物无论善恶或强弱都无可抗拒地走向悲剧的深渊，仿佛有一种无形的、神秘的力量在主宰着人们的命运。周朴园那样强悍、精明，繁漪那样热烈和执拗，四凤那样善良和美丽，侍萍那么小心谨慎，周冲又多么天真幼稚，他们每个人都逃不脱死亡与苦难。而悲剧的根源并不是来自其中任何一个人，甚至也不是直接来自周朴园或繁漪，这是典型的命运悲剧，与希腊的命运悲剧如《俄狄浦斯王》《美狄亚》等是一脉相承的。这种情节构架的特征表现的是人的命运感，即人类对无法支配的异己力量的恐惧和探索，这是人的经验的基本模式。只要自由与必然还存在鸿沟，只要世界上还存在着未被认识的领域、无法控制的异己力量，人们就会产生命运感。因此《雷雨》的情节构架隐含着具有普遍性的命运悲剧的“特征图式”。

抒情类作品或表情艺术的“特征图式”则表现为意境的特征。例如柳宗元的《江雪》：“千山鸟飞绝，万径人踪灭。孤舟蓑笠翁，独钓寒江雪。”诗中展示的是一幅寒江独钓图：在那寥廓、冷寂的世界里，有一披蓑戴笠的渔翁独自垂钓，他不畏严寒，在这广漠的背景下，孑然挺立，仿佛要以自己渺小单薄的身体来与整个世界抗衡。诗人把“孤舟”“独钓”的渔翁形象放到“千山”“万径”的广阔背景上来表现，使整首诗的意境形成强烈的比照：用“千”“万”这样的复数反衬“孤”“独”这样的单数，以突出“世人皆醉，唯我独醒”的孤高自许；“千山鸟飞”“万径人踪”是生动热闹的世界图景，但这一切都“绝”了，“灭”了，归于虚无，化为沉寂，衬托出经历人世纷扰之后，寻求超脱，复归宁静的旨趣；渔翁所处的环境是一个大雪覆盖、没有生命活动的酷寒世界，但他却不畏严寒，孤舟独钓，这种对比凸显了诗人敢于与恶势力抗衡，保持人格独立的情操。同时，这首诗的结构采用层进聚焦的手法，镜头由远而近，层层推进，最后集中到渔翁独钓的形象上，而渔翁形象在中国传统文化中是“淡泊落拓”的象征。人们从《江雪》一诗的这种意境特征中可以强烈地感受到孤高自许、遗世独立的情趣，而这正是失意的封建士大夫的情感范型，它构成了《江雪》一诗的“特征图式”。又如马致远的小令《天净沙·秋思》：“枯藤老树昏鸦，小桥流水人家，古道西风瘦马。夕阳西下，断肠人在天涯。”它由十二个并列的语象构成一幅“漂泊生涯”的人生图景，浸透着一种深沉的游子情怀。第一句用“枯藤”“老树”“昏鸦”三个语象构成晚秋黄昏的衰败景象，贯穿着“凄惶”的情感基调。第二句由“小桥”“流水”“人家”三个语象组成一幅安恬、静谧、离世索居的生活画面，贯穿着孤寂怅惘的情调。第三句又是“古道”“西风”“瘦马”三个语象凸显一个浪迹天涯的游子形象，贯穿着漂泊无依的痛苦感受。“夕阳西下”的景象触发游子的归思，可是漂泊者仍然远在天涯，空自断肠。这最后两句直接写出游子的感伤。整首小令的意境以秋日黄昏的萧瑟景象衬托游子漂泊的感伤情绪，这是典型的游子心态，它能引发人们类似的生活经验，诸如远离家乡的体会、异国羁旅的滋味、不被理解时孤独自处的心情等。我们可以把这首小令的“特征图式”表达为“游子漂泊的感伤”。

还有一类是抽象艺术，它没有再现性的形象，也没有情节，甚至也谈不上什么意境，它的“特征图式”的存在方式则是形式结构的特征。最典型的是建筑艺术和书法艺术。建筑的立体结构、书法的线形结构给观赏者提供的是一种力的式样，这种力的式样如果与人的某种生命运动、情感运动同构，能够强烈地唤起观赏者自身生命感的活动或情感运动，那么它的形式结构的特征就是一种“特征图式”。书法艺术以其线条结构的特征表现了人类的经验和情感的基本模式，诚如宗白华先生所论：“中国古代商周铜器铭文里所表现章法之美，令人相信仓颉四目窥见了宇宙的神奇，获得自然界最深妙的形式的秘密。”“通过结构的疏密，点画的轻重、行笔的缓急……就像音乐艺术从自然界的群声里抽出乐音来，发展这乐音间相互结合的规律，用强弱、高低、节奏、旋律等有规律的变化来表现自然界社会界的形象和内心的情感。”（《中国书法中的美学思想》）因此，书法艺术的线条美便成为人类的情感意兴和生命运动的象征。至于建筑，在它的实用功利价值背后，也存在着一个超乎实用价值的深层表现性结构，它那独特的建筑风格体现着民族的精神和心意状态。李泽厚对中国的宫殿建筑与西方的宗教建筑的一段比较言论最能说明问题：“各民族主要建筑多半是供养神的庙堂，如希腊神殿、伊斯兰建筑、哥特式教堂等等。中国主要大都是宫殿建筑，即供世上活着的君主们所居住的场所……于是，不是孤立的、摆脱世俗生活，象征超越人间的出世的宗教建筑，而是入世的，与世间生活环境联在一起的宫殿宗庙建筑，成了中国建筑的代表。从而，不是高耸入云、指向神秘的上苍观念，而是平面铺开、引向现实的人间联想；不是可以使人产生某种恐惧感的异常空旷的内部空间，而是平易的，非常接近日常生活的内部空间组合；不是阴冷的石头，而是暖和的木质，等等，构成了中国建筑的艺术特征。”（《美的历程》）西方某些现代派艺术，如抽象绘画或抽象雕塑，也是以抽象的几何结构或造型，来表现西方人对世界荒诞性的基本感受模式。它们的“特征图式”就直接表现为非具象的形式结构的特征。

以上我们根据艺术作品不同类型的特点分别说明艺术作品的“特征图式”的各种具体形态，这不是对艺术本体存在的深层结构的分类，而是一种例证式的说明，目的是为了帮助人们理解“特征图式”这种超验的存在。这就是说，我们在把握一个具体作品的“特征图式”时，首先要准确把握该作品的人物性格，情节构架或者意境和抽象的形式结构的整体特征，这种把握不是依靠思维的抽象，而是依靠审美直觉的领悟。如果该作品的艺术形象或艺术图景的整体特征表现了某种普遍性的“心灵图式”，那么这个特征也就是该作品的“特征图式”了。在这里，“特征”与“心灵图式”是重合的。因此，当我们描述这个“特征”时，我们实际上是在阐释这个作品所表现的“心灵图式”，而当我们在表述一个作品所表现的“心灵图式”时，我们又是对该作品的特征进行概括和升华。比如：我们在分析阿Q的性格特征时，不正是在展示一种普遍性的奴性人格吗？而当我们用“奴性人格”的概念来表述《阿Q正传》所表现的“心灵图式”时，不也是对阿Q的性格特征的抽象概括吗？这就是说艺术形象整体的结构样式直接就是人类心灵的某种结构样式。我们只要准确地把握了作品的人物性格、情节、意境或形式结构等方面的特征，也就把握了作品的“特征图式”。

但是，“特征图式”本质上是人类普遍性的“心灵图式”，即人类具有普遍性的经验和情感的基本结构，有人把它称为“经验共通感”。这种基本结构并不是人类先天具有的“先验结构”，而是由人类实践的结构内化而成的“精神结构”；它也不是由一时一事引发的具体心理内容，而是超越时空和具体情境的心理形式；不同时代的艺术家往往用各自不同的艺术形象和艺术图景表现同一类型的“心灵图式”，这便形成艺术作品的各种“母题”。这种现象有着深刻的心理学根源。钱锺书先生曾对中国古典诗词大量表现“登高使人愁”主题的现象进行了深刻的剖析。钱锺书说“客羁臣逐，士耽女怀，孤愤单情，伤高望远，厥理易明”。但是，“若家近在山下，少不识愁味，而登陟之际，无愁亦愁，忧来无向，悲出无名，则何以哉?”钱锺书先生从人类深层心理方面寻求解释：

> 虽怀抱犹虚，魂梦无萦，然远志遥情已似乳壳中函，孚苞待解，应机棖触，微动机先，极目而望不可即，放眼而望未之见，仗境起心，于是惘惘不甘，忽忽若失。李峤曰：“若有求而不致，若有待而不至”……情差思役，寤寐以求，或悬理解，或构幻想，或结妄想，佥以道阻且长，欲往莫至为因缘义谛。

“远志遥情”，而又“欲往莫至”，这是人类的精神追求与感性生命的局限性的冲突，它是人类精神痛苦的一种基本类型。人们在登高时，“极目而望不可即，放眼而望未之见”，这种情境与“远志遥情”“欲往莫至”的冲突同构，因此便会“仗境起心”，引发一种“惘惘不甘，忽忽若失”的精神痛苦。这就是“登高使人愁”的“心灵图式”。这种普遍性的“心灵图式”是与人类基本生活需要密切相关的，在长期的社会实践中建立起来的相对稳定的经验和情感的基本结构模式，它隐藏在丰富复杂的社会生活现象之中，需要艺术家用敏感的心灵和睿智的眼光去体验和发现，并用特征性的直觉造型把它表现出来。当一个作品的艺术形象或整体性艺术图景表现了这种普遍性的“心灵图式”，那么这个作品就存在一个富于表现力的结构，即“特征图式”，这个作品就具有无限的生命力。

那些具有永久生命力的艺术作品，内在都包含着一个不朽的灵魂，即人类普遍性的“心灵图式”。我们在欣赏这样的作品时，都能明显地感觉到有一种超乎题材意义之上的哲理和诗情，仿佛它们揭示了某种难言的人生奥秘，表达了一种永恒的情怀。其实它们只是提供了某一种经验式样或情感范型，这是一种抽象的心理形式，好像是某种心灵状态的标本。某种具象的公式。它是人类文化系统深层的密码。鲁迅的《阿Q正传》之所以深刻，并不是因为它塑造了一个农村雇农的典型，而是因为它提供了一个奴性人格的标本；白居易的《长恨歌》之所以感人，并不是因为皇帝与妃子的一段爱情悲剧值得同情，而是因为它展示了男女之间“生死恋”的心灵历程；李后主的词的永恒魅力，不是源于人们对一个亡国之君的悲叹哀怨情绪的共鸣，而是来自词所表现的怀旧、追悔的情感范型。作于公元前1世纪的维纳斯雕像，到了19世纪20年代初被发掘出来时，几乎使整个法国沸腾，许多人在观赏时流下了热泪。这并不是因为它具有了什么了不起的思想意义，而是雕像本身代表人类生命的一种姿势。至于那些千古传颂的诗句，无一不是表现了人类的某种历史积淀形成的文化心理结构。“路漫漫其修远兮，吾将上下而求索”代表了一种人生探索的意志；“但愿人长久，千里共婵娟”表达人生永恒的祝愿；“天长地久有时尽，此恨绵绵无绝期”，这是无穷遗憾的写照；“问君能有几多愁，恰似一江春水向东流”，这是无边愁绪的造型；“身无彩凤双飞翼，心有灵犀一点通”是两情阻隔的自慰；“同是天涯沦落人，相逢何必曾相识”是患难之中的互怜……它们都是艺术家发现的一个个普遍性的精神结构，犹如科学家发现了自然界的普遍规律或原理一样。

总之，艺术作品“特征图式”的存在方式是艺术形象的鲜明特征，即艺术形象整体的结构样式，这是欣赏者知觉抽象的产物，而它的实质内涵则是某种普遍性的人类的“心灵图式”，这是人类的历史实践积淀而成的抽象精神结构、心理形式。这两种结构的重合就是“特征图式”。因此，“特征图式”是一种具象化的精神结构，或者说是人类“心灵图式”的直觉造型。艺术家的创作就是把自己领悟到的某种普遍性的人类“心灵图式”转化为直觉造型，或者说是赋于某种抽象的精神结构以感性的外观。首先，“特征图式”是艺术存在的一个层次。在艺术存在中，内容转化为形式，而“特征图式”

正是内容转化为形式的最高表现，一方面它作为形式，直接就是内容，另一方面，它作为内容，同时直接就是形式。正因为这样，“特征图式”是艺术存在的本质的深刻体现。其次，“特征图式”是艺术存在的深层本质，一方面它是审美知觉抽象的产物，是艺术形象整体的抽象结构样式，这种抽象使它能与人类普遍性的经验和情感的基本模式相连，成为人类精神生活的基本结构。另一方面，它又是依存于具体的艺术形象，因此抽象的精神结构具有一种感性的外观，成为直观的对象。因此，“特征图式”是联结艺术本体与人的生命，统一艺术的物质特性与精神特性的中介。艺术的神秘性的永恒生命力的根源，最后都可以归结到“特征图式”的特性上。“特征图式”是艺术从个别走向普遍，从具体走向抽象，从有限通向无限，从感性的物质媒介通向理性的精神意蕴的真正秘密。

恩格斯在《自然辩证法》中对辩证的认识过程，作过这样的表述：“事实上，一切真实的，详尽无遗的认识都只在于：我们在思想中把个别的东西从个别性提高到特殊性，然后再从特殊性提高到普遍性；我们从有限中找到无限，从暂时中找到永久，并且使之确定起来，然而普遍性的形式是自我完成的形式，因而是无限的形式。”这段话说的虽然是哲学认识论的规律，但对我们理解艺术的生命力具有重要的方法论意义。人们之所以能从文学作品所描写的具体、感性的形象（个别）中领悟到人生的真谛（普遍），就在于有一个潜在中介在暗中起作用，这就是“特征图式”（特殊性），它是经过知觉的简化和抽象的作用而形成的，它使人们从有限中找到无限。因为“特殊在其自身中直接把个别和普遍两环节联合起来，在这种情况下，特殊便首先构成了中项。特殊由于它的规定性之故，一方面被包括（蕴含）在普遍的东西之下。另一方面，特殊对个别的东西也具有普遍性，又把个别的东西包括在自己之下。”“个别通过特殊，把自己和普遍连在一起，个别的东西不直接是普遍的，而要通过特殊；反之，普遍的东西同样不直接是个别的，也要通过特殊才使自己下降到个别。”当然，从个别提高到特殊再提高到普遍这一认识论的规律，在思维中和在审美中具体的表现方式（具体运动）是不同的，但在审美中也存在一个中介项，这一点与思维规律是一样的。文艺作品中隐伏着的“特征图式”既超出单纯的感性具体，又不同于抽象的概念，它作为中介项同时具有个别和普遍的二重属性，同时它还使作品超越了个别与普遍的直接同一。在文艺作品中，如果个别与普遍是直接同一的，也就是用具体感性的形象直接显示（图解）某种概念，那这种作品是不成功的、缺乏审美特质的，只有隐伏着某种“特征图式”（结构框架），才能通达无限。以感性的直接的现象方式来反映最普遍的规定，这是类比推理的逻辑本质，它只能导致图解主义。艺术审美的公式不是“表象——概念——表象”，而应该是“具体的感性形象——特征图式——无限生成的意蕴（象征意蕴）”，这个公式与辩证思维的“个别——特殊——普遍”相近似。

因此，“特征图式”在功能上类似于认识活动中的概念工具，我们甚至可以把它看成是人的生命感受的类概念。也就是说，一种“特征图式”代表了人类生命感受的一种结构类型。卡西尔曾认为，艺术给我们以对事物形式的直观，科学则给我们以种种概念和公式。他说：“有着一种概念的深层，同时，也有着一种纯形象的深层。前者靠科学来发现，后者则在艺术中展现。前者帮助我们理解事物的理由，后者则帮助我们洞见事物的形式。在科学中，我们力图把各种现象追溯到它们的终极因，追溯到它们的一般规律和原理。在艺术中，我们专注于现象的直接外观，并且最充分地欣赏着这种外观的全部丰富性和多样性。”卡西尔对科学与艺术的这种平行比较，对我们理解艺术中的“特征图式”是有启发的。

优秀的艺术形象包含着两种“一般”，一是认知意义上的“一般”，这是一种不可视的绝对抽象物，诸如主题、道德思想等观念内容，或某种属性或概念，这是一种思维的抽象物，是形象的指称性（语义内涵）和证明性即因果性（逻辑内容）的产物；一是审美意义上的“一般”，这是一种可以直观的形象特征，因为它表现了某种普遍性的人类“心灵图式”而成为“特征图式”。它是形象的抽象框架，是艺术直觉的真正对象，这是观赏者的知觉完形的产物。在创作前，“特征图式”是具体表象的原生细胞，从它那渗透着无限可能性的朦胧构体中，能繁衍出极其生动饱满的艺术世界的种种图像；作品形成后，它是我们艺术直观所把握的内在对象，通过它，我们摆脱了表面细节的种种羁绊，克服了偶然印象对我们的引诱，从而直达艺术世界的自由本质之中。在时光的流逝中，那些依附于形象的种种细节会被遗忘，而特征图式却始终保留在我们心中，成为我们回忆的唯一的范本，这特征图式又是我们艺术鉴赏中的潜在准则，决定了艺术体验和认同的基本方向。

正如概念具有无穷的例证性，即类推演绎的功能一样，“特征图式”也具有无穷的生发性，即象征表现的功能。“特征图式”是人类深层心理结构与艺术形象整体的特征的契合物，是一种凝聚了人类个体和群体的感性与理性、经验与体验、情感与意识、显意识与潜意识等内容的感性结构，是在对艺术形象的知觉抽象的基础上呈现于审美直觉中的具象—抽象形式。“特征图式”的这种特性，使它成为一座神秘的桥，把艺术本体与生命本体、感性与理性、主体与客体连接起来。它作为一种抽象的框架，能够包容和填充进各种具体的经验和情感内容，它作为一种感性的特征，能够激起深层心理的呼应与流动，唤起欣赏者自身的经验与情感的活动，在这种主客体双向流动与建构之中生成无限的象征意蕴。“特征图式”作为艺术存在的深层本体，作为艺术形式的抽象层次，是艺术永久生命力的内核，是艺术超越时代、民族和阶级的具体内容的形而上价值的本源。

从上面的分析可以看出，“特征图式”是隐藏在艺术形象背后的深层结构，是优秀的艺术作品的内在标志。如果说艺术品与非艺术品的分界线是能不能在人们的知觉中构成艺术幻象的话，那么，优秀艺术品与平庸艺术品的差别则主要表现在是否包含某种“特征图式”。一般的艺术作品都缺乏“特征图式”这种深层结构。只有那些优秀的、富有生命力的艺术作品才包含着某种“特征图式”，一个作品要提供某种“特征图式”，就必须具备两个基本条件：首先，这个作品的艺术结构是比较完美的，是一个高度自组织的系统，是复杂的多样统一体，不仅艺术形象是完整的、自我协调的、活生生的，而且具有某种鲜明的特征，能给予欣赏者以强烈的刺激。因此，艺术家必须善于发现和表现特征，要选择、强调、夸张形象的特征性。其次，这种鲜明的特征与人类某种普遍性的经验或情感形式具有同构性，能使欣赏者在直觉中领悟到某种普遍性的经验或情感，并激发起相应的联想和想象活动。如果不能接通这种普遍性的人类经验或情感，欣赏者就不能从具体的艺术形象和世俗中超越出来，因此，艺术家不能局限于自己狭小的生活经验，咀嚼身边小小的悲欢，而要具备高瞻远瞩的哲学意识，要有关注人类命运的博大胸怀，要有穿透人生底蕴的深邃眼光，要有洞察灵魂幽秘的悟性，那么艺术家的心灵才能接通人类的灵魂，触摸到人类生活普遍性的经验或情感的结构。

（原载《学习与探索》1992年第5期）

论艺术活动的特殊本质——形式表现

一

关于艺术活动的性质，有两种影响最大、流行最广的说法：一是“认识活动论”，即认为艺术活动是一种特殊的认识活动，是以形象为手段、以情感为中介的认识活动；二是“符号传达论”，即认为艺术是一种传达思想感情、交流思想感情的活动，因此它是一种符号行为，是社会交往的手段。这两种说法有一个共同点，就是过分注重艺术活动作为手段、工具、媒介的效能，而忽视隐藏在艺术活动背后深层的人类学目的性。它们不是从人类实践的角度考察艺术活动的本质，因此，它们看不到形式和形式创造的本体性。对于第一种说法，已有专文论述，本文着重对后一种说法进行一些辨识。

伟大的俄国文豪托尔斯泰有一著名的艺术定义：“艺术是这样一种人类活动：一个人用某种外在的标志有意识地把自己体验过的感

情传达给别人，而别人受到感染，也体验到这些感情。”[1] 这是一个影响相当深远的艺术定义，它触及艺术的情感特性和功能，比之那种把艺术活动视为认识活动的看法更加切合艺术的实际。但是，它强调的是用“外在的标志”来“传达感情”这样一种过程，强调的是艺术“传达”的功能，因此它仍然是一种“传达论”。托尔斯泰作为伟大的作家，他对艺术的理解是深刻的，他的《艺术论》对艺术本质的阐释有些是很精彩的，但是他对艺术所下的这个定义却是有缺陷的。既然是“传达”，艺术就不仅传达情感，也传达思想，说艺术传达情感显然是片面的。普列汉诺夫用“艺术也传达思想”来补充托翁的定义，无疑使“艺术传达论”变得比较全面。同时，这个定义中的“某种外在的标志”可以理解为“符号”。那么艺术活动也就成了符号认知活动，艺术作品则是情感的符号了。这就与符号论美学对艺术的理解不谋而合。苏珊·朗格就认为，传达就是赋予心灵图景以外在的形式，即给意象以名称，用形容词表明它的形状和特征。[2] 这与托翁对艺术的理解何其相似。

既然艺术活动是用符号传达情感的过程，那么艺术也就成了人们认识的对象。用符号传达情感首先必须把情感变为认识的对象，转换为认知的符号，而不是作为体验的对象。传达与体验实际上是矛盾的。一般说来，情感的交流是通过对类似情景的体验的方式重新唤起的。比如一个人体验到某种悲哀的感情，如果要把这种感情感染别人，他就必须设法重现他体验悲哀时的情景，使对方在对这一情景的体验中重新唤起悲哀的感情。一旦你把自己在特殊情景中体验到的悲哀的情感内容用符号传达出来，那么别人只能得到一个“悲哀”的概念，知道你是悲哀的，却不能感染到同样悲哀的感情。符号传达的不管是感情还是思想，它的性质都是一种概念，都是人们认知的对象。从这里可以看出，“传达论”与“认识活动论”对艺

---

① 列夫·托尔斯泰：《论创作》，漓江出版社 1982 版，第 16 页。

② 苏珊·朗格：《艺术问题》，中国社会科学出版社 1983 年版，第 67 页。

术本质的理解并没有根本的不同。它们都把艺术看成认识的形式，它们都是从认识内容的角度看待艺术本质的，都否定艺术形式的本体性。而且更重要的是，“符号传达论”并没有揭示艺术活动的审美本质。“审美”不等于“传达”。“传达”是社会交往的手段，是为了达到“传达”之外的某种目的，而不是为“传达”而传达，“传达”永远是为某种功利目的服务的手段。但是审美却是目的性行为，是人类在漫长的历史进化中逐步发展和完善的、与人类自身的生存与发展密切相关的生命运行的机制。审美不是一种手段，它自身就是目的，即它是生命自身的内在需要。审美具有无目的合目的性。这里的“无目的”包含两层意思：一是指没有意识到目的，二是指没有自身之外的目的。而“合目的”即合生命的目的，它是人的生命存在方式，或者说审美就是人的一种生活，是人的本性。正如马克思评论弥尔顿的《失乐园》时所说的那样：弥尔顿创作《失乐园》就像春蚕吐丝那样，是出于生命的一种需要。艺术的创造是人的生命的需要，简单用“艺术传达思想感情”是无法说明艺术的本质的。人们美化环境、装饰自身，难道是为了传达吗？那些装饰艺术、工艺美术，它又是传达了什么？文艺史上有不少事例可以说明，艺术的创造并不是为了传达。比如古人写作，有的藏之名山，秘而不宣；又如卡夫卡临死前交代朋友把手稿烧掉，这些说明他们的创作并非为了向别人传达他们的思想感情，而是生命的内在需求。即使是出于传达的动机而写作的，当他进入审美的高峰体验时，支配他的就不再是传达的动机，而是生命的冲动。贝尔说得好：“艺术家告诉我们说：实际上，他们创造艺术品并不为唤起人们的审美情感，而是因为唯有这样做他们才能将某种特殊的感情物化。”[①] 这就是说：艺术家内心有一种表现自己感情的强烈愿望，只有当他们把这种感情作为某种具体的艺术形式表现出来时，他们的本能欲望才能得到真正的满足。这是艺术家渴望在某种感性形式中对象化自己的本质力

---

① 克莱夫·贝尔：《艺术》，中国文艺联合出版社 1984 年版，第 34 页。

量的生命冲动。实际上，传达充其量只是作者的表层动机，创作的深层动力则是形式表现的冲动。对于艺术欣赏者来说，更是追求审美的享受，而不是被动地接受艺术家传达的思想感情。我们怎么能把“传达”看成艺术活动的本质属性呢？

上述关于艺术活动性质的两种流行的观点“认识活动论”与“符号传达论”，在当代西方似有此消彼长的趋势，即“符号传达论”取代“认识活动论”而成为关于艺术活动性质的主导观念。这是与西方哲学思潮从客体论向主体论的偏转紧密联系的。“认识活动论”偏重于从对客体世界的本质和状态的再现、反映、认识的角度理解艺术活动的性质；而“符号传达论”则偏重于从主体愿望、需要、情感的表达或传达的角度理解艺术活动的性质。当代西方流行的符号学美学和文艺理论就是“符号传达论”的发展。它们认为艺术是情感的符号，是内心世界的语言，是不可表达之物的表达，因此艺术活动就是人类的一种符号活动，一种交际行为，一种传达机制。它们虽然高度重视艺术符号的特殊性，对艺术传达的机制作了深入而精细的研究，但它们对艺术活动的基本认识和核心观念是“传达”，那么艺术与语言便没有本质的区别，艺术只是一种特殊的语言罢了。“符号传达论”把艺术活动看作人类的文化行为，这比之“认识活动论”似乎更切合艺术的特殊性，因此更容易为当代人所接受。但它仍然存在着明显的理论缺陷。加里·哈堡在《艺术与不可言传性：苏珊·朗格的牛津学派美学》一文中就批评了朗格的符号论美学，提出“避开内心情感与外在符号这对二元论范畴”的设想。[①] 作者认为，朗格对艺术本质的说明，只能得到一个悖论：艺术是不可言传之物的语言。这就是说：既然认为艺术是一种语言，就意味着艺术是对某种东西的言传；但另一方面又说艺术的对象是不可言传的，那又意味着艺术并没有言传某种东西，因此艺术就不是语言，这不是自相矛盾吗？一句话同时表达两个互相矛盾的含义就成了悖

① 胡经之主编：《文艺美学论丛》之二，内蒙古出版社 1987 年版，第 352 页。

论。哈堡进一步推论说：按照朗格的符号论，如果艺术要有意义或意味，那么它就必须通过映射或符号化某种别的东西来获得这种意义。这样一来，艺术作品在某种意义上被贬谪到次要的地位，作品之外的那个“意义”或作品所符号化的那个东西才是具有重要美学价值的东西。词语必须通过延伸到其他东西之上才能获得它的生命，艺术作品如果也以同样的方式获得它的生命，那就必然导致谬误。哈堡的这个批评是切中要害的。

符号论文艺学一方面把艺术的本质与人的生命联系起来，重视艺术的情感特性，另一方面又把艺术说成是符号，是特别的语言，这种自相矛盾的理论表达是符号论文艺学潜在的理论困难。“情感符号”的概念与“形象思维”的提法性质是一样的，表面上看，它们似乎是一种辩证范畴，实际上却是对艺术本质的自相矛盾的表述。哈堡提出“避开内心情感与外在符号这对二元论范畴”的设想，这是富于启发性的。但是他并没有找到解决符号论文艺学的理论困难的途径，这只有运用马克思主义的美学思想才能真正地解决。我们认为，理解艺术活动的特殊本质，必须紧紧抓住审美这一环。离开艺术活动的审美特性，就不可能正确理解艺术活动的特殊本质。应该承认，艺术活动具有认识客观世界、传达思想感情的功能，其本质不可能是纯粹、单一的。艺术活动作为人类活动系统的一个子系统，必然具有系统质，因此它具有与人类其他活动相联系的多种质的规定性。但艺术活动作为相对独立的活动类型，则具有与其他活动类型相区别的特殊的质，这种特殊的质就是审美。从审美这一特质的角度看，艺术活动应该定义为：**借助某种物质媒介材料创造出特定的表现性结构以引发人的主体性内涵对象化的一种实践方式。**它与一般物质生产不同的地方主要在于：它不是生产某种实用的产品，而是创造出非实用的媒介材料结构（艺术形式）。物质生产是“物品—功利活动”，而艺术生产则是“形式—表现活动”。如果我们把艺术活动看作一种生产的话，那么这种生产所使用的生产资料和工具就是物质媒介，其产品就是表现性结构，生产的目的是表现人的主体性内涵（一种精神价值）。艺术活动是一种以“形式表现”为特殊内涵的创造性活动。

二

艺术活动作为一种创造性活动，它的特殊本质的标志就是“形式表现”。“形式表现”不仅把艺术活动与一般的物质生产区别开来，也把它与科学认识活动划清了界限。科学认识活动也可称为“生产”，一种“精神生产”。但是艺术审美活动与科学认识活动却是性质根本不同的两种精神生产。它们的差别可以从各个方面去分析，这里仅仅比较一下它们在生产方式上的不同：科学认识活动是对约定的符号的操作，也就是卡西尔所说的“符号化活动”。它的目标是建立关于客体的概念符号体系，以实现思维对客体事物的本质和规律的逐步深入的认识和把握。而艺术活动则是艺术结构（形式）的创造，它用一定的物质媒介重新创造出一个“新的现实”“第二自然”，主体生命就在这种创造中获得对象化。整个活动的过程，主体全身心投入，感觉、情绪、欲望、感情、思维、想象力等全面调动起来，参与艺术的创作，它带有明显的感性活动的性质。在这过程中，主客互渗，人就在自己创造的形式中直观自身的本质，从而获得一种自我肯定、自由和谐的精神愉悦。这种创造更加接近物质生产，这是一种符合人的本质的自由的劳动。在这里，真正具有实质性意义的东西就是“形式表现”，即生命在创造的形式中对象化。这是艺术创造全部特殊性之所在。如果说科学认识活动的特征是概念认知的话，那么艺术审美活动的特征就是形式表现。概念认知只是思维的活动，而形式表现则是整个生命的活动，是物质创造与精神享受高度统一、感性与理性融为一体的全面的自由的活动。

“表现”是当代美学的一个重要概念。西方美学有着强大的“再现论”传统，到了当代，才向“表现论”偏转。因此，“表现”往往是在与“再现”相对立的含义上被广泛地使用的，标志着美学中主体性原则的确立或主观性倾向的强化。当代多数美学家都认为，表现性与艺术的审美特质具有非常密切的联系。他们毫不犹豫地断言，表现性是一切审美对象的特质，所有真正美的对象都是表现的，因而审美经验实际上也就是对于对象的表现性的一种经验。艺术作品作为审美对象在本质上必须是表现的，非表现的艺术是一个矛盾的术语。的确，情感的表现是艺术的特殊功能。从克罗齐、科林伍德、苏珊·朗格、阿恩海姆，以至杜威、桑塔耶那等都在不同程度上强调“表现”对于艺术的重要意义，并力求在审美经验的基础上对艺术的“表现性”向题作出自己的解释。

“表现”这一概念包含着两种具有内在矛盾性的含义：一种含义是指客体意义的显示、呈现。形式主义、新批评、结构主义、符号学等流派主要是在这种意义上使用“表现”概念的。他们从语言的“能指”与“所指”关系的角度来理解艺术的表现性。罗兰·巴特在解释文学的多义性时认为，文学有如时装，它们的含义都是不稳定的，它们的能指意义在于显示自己的功能，所以时装和文学的本质都是意指作用，而不是它们的意义。也就是说文学表现的不是符号所指称的对象的意义，而是符号本身所呈现的东西。桑塔耶那在《美感》一书中用专门的章节谈论“表现”问题。他给“表现”下的定义是：“事物这样通过联想而取得的性质，就是我们所说的它们的表现。”“所以，在一切表现中，我们可以区别出两项：第一项是实际呈现出的事物，一个字、一个形象或一件富于表现力的东西；第二项是所暗示的事物，更深远的思想、感情或被唤起的形象、被表现的东西”。[1] 很明显，这是偏重从客体自身的显示这一含义上来理解“表现”概念的。另一种含义是指主体情感的表达、投射或宣泄。

---

① 桑塔耶那：《美感》，中国社会科学出版社 1982 年版，第 132 页。

表现主义美学的表现观最能说明问题。克罗齐的直觉主义，就是力主表现说的美学，他认为直觉就是表现人的主观感情，直觉和艺术都是“抒情的表现”。克罗齐所说的“表现”指的就是情感的表达、投射。科林伍德的《艺术原理》从不同方面论述了艺术是感情的表现。这里说的“表现”就是感情的宣泄，或者说是有意识地借助某种形式来表达自我的情感。日本学者岩井宽是这样理解“表现”的含义的，他说：“总之，绘画、雕刻及其他一切艺术，其表现的目的不单单是为了美化装饰自己的环境，得到快乐，而是人类将内心深处存在的某种感情通过形象化、图案化的方式表达出来，以在自我心灵中得到某种慰藉。因此，艺术创作是人类本能精神的一种表达方式，是人在同外界接触、交流的过程中酝酿产生的一种精神活动。”① 很明显，“表现”在这里被理解为内心感情的表达方式。上述这两种理解形成两个极端，前一种含义的“表现”相当于“说明”“显现”的意思，后一种含义的“表现”相当于“抒发”“表达”的意思。

过去美学家谈论艺术的“表现”特性时都偏重于情感的表现，认为“表现即内在情感的外部呈现”②，这是与“再现论”相对立的“表现论”的共同特征。我们认为这样理解艺术的“表现”是片面的、狭隘的。实际上，“表现”活动包含有三个层次：第一个层次是由生物性的节律感应引起的生理能量的表现。比如看到红色感到热烈，看到绿色则变得冷静、安宁；听到号角和战鼓声引发战斗的激情，听到幽怨的洞箫则引起哀愁的遐思，等等。这种节律感应式的表现在音乐和书法欣赏中表现得最为突出。人们在欣赏音乐和书法艺术时，往往会从中感觉到生命的律动、气韵的飞扬，在很大程度上是一种节律感应现象。里普斯在《美感的移情作用》一文中认为，音乐的节奏就是乐音的高低急徐相继承续、错杂调和的关系，随着

---

① 岩井宽：《境界线的美学》，湖北人民出版社 1988 年版，第 2、38 页。

② 滕守尧：《审美心理描述》，中国社会科学出版社 1985 版，第 159 页。

这种关系的变化，音乐欣赏者身体内部所引起的象征性的生理力也随之起变化，而产生一种与音乐的节奏相对应的生理节奏。因此，一曲高而急的节奏，激发的是昂扬奋进的心境，而一曲低而缓的节奏，则引起悲伤郁结的情绪。这实际上是对节律感应式的表现的描述。这种表现是一种情绪性的反应，具有明显的生理特征。

第二个层次是由心理结构与审美形式的同构契合引起的情感和潜意识的表现，即通过审美关系中的“物我同构”，内在的、无形的、变化不定的情感状态或潜意识内容在对象形式中得到显现，变为可观照的东西。这个层次的表现已经不是情绪性的反应，而是情感外化的过程，理论家往往把它称为“移情”。它已经具有明显的社会关系内容。同时，它是主体的特定情感与对象形式的往返回流。比如当我们对柳树进行凝神观照时，我们心中会油然而生一种柔情；而在对挺拔的松树凝神观照时，我们又会感受到一种豪情。贺铸的《青玉案》：“试问闲愁都几许？一川烟草，满城风絮，梅子黄时雨。”这就是把“闲愁”这种感情外化为可见的景象，这种景象就是情感的表现。因为这种景象与闲愁的情感是同构的，所以具有闲愁这一情感的表现性。正如阿米尔说的“一片风景就是一种心情”。假如主体没有相应的情感体验，那么对象的形式也就失去那一情感的表现性。这种表现是主客体的一次碰撞和闪光。

第三个层次是由观念联想而引起的意识、观念、思想感情的表现。比如，文学中大量运用比喻的现象，即是这一层次的表现活动的有力例证。《诗经》中的《关雎》：“关关雎鸠，在河之洲，窈窕淑女，君子好逑。”就是通过雎鸠雌雄和鸣与男女欢爱的联想，来表达爱情追求的喜悦。《小雅·谷风》由风雨的骤至联想到人与人之间关系的反复无常，表达诗人对人生的一种理解。《王风·兔爰》以雉的陷入罗网来比附自己命运，表达诗人生不逢时的慨叹。这些都是古代诗人由观念的联想而引起思想感情的表现的生动记录。实际上，比喻就是一种“触类联想”，即形象与形象或形象与意义之间的同类相关引起的联想。比喻的运用就是通过这种“触类联想”来表达思想感情，这是形式表现的一种类型。在审美欣赏中，这种由“触类联想”引起思想感情表现的现象更是常见。比如我们欣赏一幅“梅花图”很容易联想起“凌霜傲雪”“不畏权势”“不畏艰难险阻”的人格典范，从而激发我们对革命前辈的高风亮节的景仰之情。这个层次的“形式表现”是一种自觉的、在意识层面上进行的表现活动。文学欣赏中的审美感受大多是在这一层次的表现活动所产生的效应。

过去多数美学家对这种“表现”现象的解释有一个共同的特点，即都是从人的生命特征、情感倾向、心理结构等主体方面的因素寻求解释，例如有的把这种现象说成是人的情感的自然倾向，有的认为人有一种表现欲，它是一种原始的冲动。席勒认为人类具有一种形式冲动的本能。弗洛伊德把艺术表现的实质归结为“里比多转移”、性欲的升华。日本学者岩井宽在《境界线的美学》一书中则从人的存在方式的角度解释形式表现活动。他认为：表现是人的存在方式的投影，是人思想感情的代言人和表达理想的方式，它的目的是使人从一种较低级的存在方式发展到较高级的存在方式。一句话，创作、表现与人类的自我生活方式有着密切的关系。在人所创造的艺术作品的表和里中包含了人的存在状况，以及人的存在状况与其所处时代、空间的关系。[①] 岩井宽把“表现”上升到人类的存在方式的高度来看待，这是可取的。因为“表现”既然是人类的存在方式，那么它就应该作为人类学本体论的范畴来理解，这与我们从人类活动的角度谈论“形式表现”是近似的。但是岩井宽把“表现”归结为人类共有的“存在表现欲”的生命本能，这无疑是唯心主义的观点。

格式塔心理学对“形式表现”的解释有了重大的突破。它认为，客观世界的形式如音响、色彩、线条等与人的内在心理结构之间存在着同构的关系，它们的契合对应就产生情感表现的现象。这种学说认为，艺术形式与人类情感的关系，实质上是一种力的基本结构

---

① 岩井宽：《境界线的美学》，湖北人民出版社 1988 年版，第 2、38 页。

模式的同构关系。当艺术形式体现的力的式样在性质上与人类的某种情感的力的式样趋于同构时，观赏者便会感到这种艺术形式就是某种情感的表现。这种解释把主体和客体联系起来考察，试图在这种联系中寻求“形式表现”的秘密，已经包含了辩证法的内容。不管它能否得到严格的科学的验证，它在方法论上的启发作用是不容忽视的。但是，格式塔心理学对形式表现性的解释仍然停留在心理层次上，充其量只是一种微观机制的探索。至于这种同构关系是怎样建立起来的，它与人的实践活动关系如何，这样一些问题都在它的理论视野之外。只有马克思主义的实践哲学才能真正洞察人类的形式表现活动的深刻根源。

实际上，形式表现活动是人类实践的一种特殊形式，是历史的生成。人类的形式感是历史的产物，人的形式抽象能力是在实践中形成的，它们都是在实践中主客体持续不断的相互作用逐渐建立起来的人的内在结构。外部世界的声、光、色、形、味、冷暖等物质形态因素与人的情感、想象等心理机制，建立了稳定的持续的联系，形成了五官感觉——情感——想象相互联结、往返流动的网络状的通道，这就是所谓的“异质同构”。比如人的视觉对象的表现性，人的视觉是有机体千百万年的生存斗争发展起来的对外界环境作出适当反应的手段，人所生活的世界的各种事物的形象、色彩、方向和位置等，与人的生存关系至为密切，人类通过视觉感受它们，并作出相应的趋利避害的反应。在这种生存斗争中，人类不仅发展了自己的视觉器官，而且与视觉对象的形式建立了相应的情感评价关系，或爱或憎或喜或悲。这种情感评价关系会在大脑中枢神经形成一种“动力定型”，它经过遗传基因的复制，代代相传。于是，人类的情感便与视觉对象的形式形成一种复杂的、动态对应关系，这就是视觉对象形式的表现。人类经过长期的生产实践和社会实践，逐步发展和完善能够把握更复杂、高级和丰富多样的表现形式的各种感觉器官，在这基础上人才具备能够欣赏音乐的耳朵，能够欣赏绘画的眼睛以及创造精美雕塑的双手。当人类能够进行自觉的形式表现活动时，人的生理感官才升华为审美感官。这样，眼睛和耳朵对于不同风格的绘画，不同旋律的乐曲，不同流派的雕塑以至不同体裁的文学，才能心领神会，倾心共鸣。

艺术审美中的形式表现活动虽然是在瞬间完成的，但这一瞬间包含着人类漫长的历史实践活动所形成的文化积淀。每个人都具有形式表现的潜能，而艺术家则对形式的表现性具有高度发展的知觉。这种高度的形式表现性的知觉既有先天的条件又有后天的实践经验和学习的因素；既有生物性的基础，又有历史文化的基础。但不管哪种因素，它们都是人类整体的历史实践的生成物。主客体的“异质同构”这一似乎是神秘的生命现象，完全可以在人类实践活动中得到解释。

由于“表现”这一概念存在着具有矛盾性的两种含义，在使用中常常存在歧义，甚至出现混乱。因此，我们必须对“形式表现”的含义重新作出规定。我们所说的“形式表现”不是形式对内容、现象对本质、符号对意义的显示，也不是指主观情感的符号化的表达或投射和宣泄，而是指：由于主客体的同构相关，因而客体形式引发主体内涵对象化的一种活动，是在形式（结构）创造和观照中进行的人的生命本质力量全面而自由的对象化活动。其次，它是人的对象化活动，是人类实践的方式，不是纯粹的心理现象，它是人类实践本性的一种表现，可以用人的社会实践去解释。第三，对象化包含着辩证的内容，因此，形式表现不是单向的运动，而是主客体交流的过程，是主客体的双向逆反运动，是主客体的相互生成，是人的本质力量在形式创造和观赏中的生成和重建。“形式表现”活动的前提是客体的形式（结构），但这“形式”，不是纯粹先验的存在，而是在活动中不断被创造的，因此它也是生成的。“形式表现”活动的过程是主体内涵的表现，但它不是纯粹主观的活动，而是为形式所规定，被形式所生成的活动。第四，“形式表现”的心理基础是主客体结构的同构相关，这种同构相关使主客体产生信息交换。第五，“形式表现”活动的必要条件是主体对形式的凝神观照，主体必须有相应的能力和审美态度，要处在“非功利性的情境”之中。以上五个方面是我们所说的“形式表现”这一概念内容的基本要点。很明显，我们把“形式表现”理解为人类实践的一种方式，理解为特殊方式的生产。我们把“形式表现”的概念看作“实践”范畴属下的一个子概念，并且赋予辩证的内容。总之，我们所说的“形式表现”，就是在形式的创造和观赏中人的自我建构、自我创造、自我构成的活动。

（原载《厦门大学学报》1999 年第 4 期）

第三辑 超越“反映论”范式

旧文艺学体系的哲学反思

三十多年来文艺战线的风云变幻昭示着一种令人困惑迷乱的局面：各种具体的文艺主张不管它们的对立多么尖锐，一概都是从一个共同的理论前提出发，它们都毫无例外引经据典，证明自己的主张是马克思主义的正确解释。比如，写真实和写本质、干预生活和干预灵魂、题材决定论与反题材决定论、英雄典型论与中间人物论、现实主义主流论与现实主义深化论等，都毫无例外地从马克思主义的经典著作中找到最初的根据。“文艺从属于政治，从属于一定的政治路线”“政治标准第一”等这些在今天看来不合适的提法不正是文艺的上层建筑性质的合乎逻辑的推理吗？我们甚至应该承认，那些极左的文艺主张也是从新中国成立以后我们确立起来的马克思主义文艺学体系顺理成章推导出来的。生活中美丑并生，理论上真理与谬误杂陈，这本来是一种正常的现象，但是，各种本质迥异的理论主张全部归附于同一个理论前提，这却是意识形态大一统的产物，同时也表明争论各方思维方法惊人的相似。今天，我们必须在哲学方法上认真地、系统地清理一下新中国成立以后建立起来的马克思主义文艺学体系的得失。

一、旧文艺学体系的基本思路

新中国成立以后建立起来的马克思主义文艺学体系（简称为旧文艺学体系）明显地留有苏联文艺学体系的痕迹。虽然它的历史功绩是不容否认的，但是，它的缺陷和失误也是无法否认的，尤其在新的文艺实践面前越来越暴露出它的空洞和无力。

为了更好地说明问题，我们以蔡仪的《文学概论》为例，进行一番具体的剖析。《文学概论》共九章，第一章“文学是反映社会生活的特殊的意识形态”和第二章“文学在社会生活中的地位和作用”可以划归为文学本质论。第三章是文学发展论。第四章“文学作品的内容和形式”与第五章“文学作品的种类和体裁”合为文学作品论。第六章“文学的创作过程”和第七章“文学的创作方法”归入文学创作论。第八章“文学欣赏”和第九章“文学批评”可以合并为鉴赏批评论或文学接受论。在这个体系结构中，文学本质论部分无疑处于核心和统帅的地位。第一章是从哲学认识论的角度阐述文学的本质，套用意识与存在关系的辩证唯物主义公式，得出文学是反映社会生活的意识形态的结论。第二章是从社会历史观角度论证文学的本质的，套用上层建筑与经济基础关系的历史唯物主义公式，得出文学是上层建筑的结论。很清楚，编写者把马克思主义哲学原理区分为辩证唯物主义和历史唯物主义两大部分，并以此为逻辑起点，形成文学本质论的两条逻辑思路：一是哲学认识论的思路，侧重于解决文学的性质和特征问题，相应地确立了“反映”“真实性”“形象性”“典型性”“语言艺术”等概念范畴；二是唯物史观的思路，侧重解决文学的地位和功能问题，并相应地确立了“阶级性”“政治性”“党性”“审美教育”等概念范畴。这两条逻辑线索贯穿始终，纵横交错地展开论述。它们的共同基础是唯物论的反映论，以后各章都是这种文学本质论的具体贯彻。第三章对文学发展进行具体的历史的考察，印证经济基础决定上层建筑的理论。作品论部分则是文学本质论的具体化，它贯穿一个基本思想，即文学作品是作家认识生活的产物，是一种认识的形式，并且，用一般认识形式的规律来阐释文学作品的构成和种类特性。在创作论部分，书中根据哲学认识论的基本原理，把文学创作过程界定为对生活的认识并表现的过程。因此，文学创作的规律就等同于认识的规律。最后的鉴赏批评论部分，也把文学欣赏的性质界定为认识活动，“必然遵循一般认识的规律和过程”“也要由感性认识上升到理性认识”，而文学批评则是对一定文学现象的认识和评价，是文艺界主要的斗争方法。以上就是蔡仪《文学概论》一书的主要内容和基本思路。

蔡仪的《文学概论》可以说是新中国成立以后十七年编写的最成熟、最有代表性的一本文艺理论教材。它是一个由马克思主义哲学教科书直接演绎出来的文艺学体系。这样一个体系长期以来被认为是正统的马克思主义文艺学体系，是对文艺问题的唯一正确的解释，它所确立的文艺观念长期支配着整个文艺学包括文艺理论、文艺批评和文艺史的研究。

现在，文艺理论界普遍承认旧的文艺学体系存在缺陷和不足，但是这种缺陷表现在哪里，认识却是很不一致，甚至是对立的。有一种意见认为，过去文艺理论研究的缺陷或不足就是：较少注意文艺的特殊规律，较多注意的是文艺作为意识形态的普遍规律。这种说法是似是而非的。我们认为，把文艺规律区分为特殊的和普遍的两个系列是不妥当的。特殊性与普遍性是一对对立统一的范畴，普遍性就寓于特殊性之中。凡是规律性的东西都既是普遍的，又是特殊的。说它是普遍的，是因为它在一定范围内具有普遍的适应性，说它是特殊的，是因为这些规律总是通过具体的运动形式表现出来，对于更大范围的事物运动形式来说，它又是特殊的规律。人们常常把文艺规律的层次性现象，误认为文艺领域中存在着文艺特殊规律与文艺普遍规律两个独立的规律体系，实际上，过去的文艺理论并不是对文艺特殊性重视不够，注意不多，而是对这种特殊规律的理解存在问题，这才是关键之所在。总的说来，过去的文艺理论基本上是在哲学认识论的层次上来解释文艺，而很少在审美的层次上来考察文艺。这就使他们的文艺本体观、文艺认识论和方法论都存在严重的缺陷，对文艺这一特殊的精神实践及其产品的理解在许多方面偏离了马克思主义，对文艺的本质和规律的认识发生不少错误。

二、旧文艺学体系逻辑方法的失误

从蔡仪《文学概论》的基本内容和思路可以看出，旧文艺学所论述的文学基本原理和文艺规律都可以归并为两个系列：一个系列是从文学是意识形态的前提出发，推演出“社会生活是文艺的唯一源泉”、生活决定艺术、真实是文艺的生命，文艺写真实就是反映生活的本质和规律，文艺典型就是反映生活的深刻本质的艺术形象；题材决定作品的价值，创作过程就是对生活的认识和表现的过程，典型化就是概括化与个性化的统一，作家的思维是寓于形象的思维。现实主义是创作方法的主流，文学欣赏是通过形象达到对社会生活的认识，文艺批评是科学认识活动等。另一个系列是从文艺是上层建筑这一命题出发，推演出一定社会的经济基础的性质决定这一社会的文艺的基本性质，经济是文艺发展的决定因素，文艺必须为经济服务，在阶级社会里经济基础具有对抗的性质，因此一切文艺都具有阶级性，都是为阶级斗争服务的，文艺必然成为阶级斗争的工具；而阶级斗争集中表现为政治的斗争，所以文艺从属于政治，必须为一定阶级的政治，为一定的政治路线服务，而无产阶级文艺必须自觉地为无产阶级革命斗争服务，要贯彻无产阶级的党性原则。

文艺的主要功能是政治思想教育，是寓教于乐。对于具体作品来说，政治决定艺术；对于作家来说，世界观决定创作，文艺欣赏往往成为阶级斗争的重要阵地，文艺批评则是文艺界斗争的主要方式，因此文艺批评必须坚持政治标准第一、艺术标准第二等文艺规律。总之，旧文艺学所确立的文艺本质论都是从马克思主义的哲学原理中直接演绎出来的，它的逻辑形式是演绎型结构。

这样一种逻辑思路，很明显是采用从一般到特殊、从哲学到文艺学的线性直推的逻辑方法，而不是从具体的文艺现象和文艺过程出发进行综合归纳，它只能建立起哲学文艺学的抽象体系。这个体系的许多范畴概念都具有抽象的哲学思辨的色彩。比如“反映”概念是旧文艺学体系的核心范畴，是这个体系的逻辑起点，但是旧文艺学对“反映”概念的理解，并没有超出哲学概念的范围，根本没有赋予“反映”概念以文艺学的特殊内容，严格说来不能成为文艺学体系的核心范畴。又如“形象”与“典型”，这是旧文艺学的重要范畴。蔡仪《文学概论》是这样解释“形象”与“典型”的概念的：“一方面由于文学要描绘社会生活的具体情景，于是文学的形象保持着生活现象的具体可感性，因而能使读者好像接触了现实的社会生活本身一样，如闻其声，如见其人，如临其境。另一方面由于文学的反映总是要通过作家主观意识的分析、选择、加工改造，于是文学的形象就体现着作家一定的思想观点和感情态度。也正因此，文学的形象就具有一定的思想倾向性。”也就是说，文学形象就是具有一定思想倾向性的具体感性的形象，这种解释没有超出哲学心理学的范围，与心理学中的“一般表现”这一概念相似。而文学典型则被解释为反映生活本质的形象：“文学形象既是对社会生活从现象到本质，从个别性到普遍性的具体反映，它就有可能描写出鲜明而生动的现象，个别性充分地表现它的本质、普遍性，使它具有突出的特征而又有普遍性的社会意义。这样的形象就是典型的或有一定典型性的。”这种理解与生活中的“典型”的概念又有什么不同呢？总之，过去文艺学所使用的重要概念，基本上都是未经改造、未经转化的哲学概念。把哲学概念直接搬到文艺学教科书中来，这样建立起来的体系必然是哲学化的文艺学。它不是从文学的本体出发、从文学的特殊性和自身规律入手，而是从一般哲学原理出发来构建自己的体系，充其量只能说是以文学为对象的哲学实证体系。

长期以来，我们养成了一种思维习惯，就是从马克思主义的经典著作中提取某些原理作为逻辑前提，然后据此进行“结合实际”的演绎推理。这种所谓“活学活用”的学风在思想理论界长期肆虐，已经深入到许多人的骨髓，积淀为民族的潜意识，在文艺理论界为害尤烈。有些以“马列主义”相标榜的文章就是这种学风的活标本。它们以为垄断了马列主义的某些普遍原理这个大前提，就可以一任逻辑的放肆，就可以无往而不胜了。过去的大批判的做法就是这样发展起来的。很明显，这种思维习惯是根本违背马克思主义方法论的。具体问题具体分析，这是马克思主义的活的灵魂，它要求人们认识事物时，思维必须深入到事物内部的矛盾运动中去，分析它的内在结构和功能，同时把该事物放到它的环境中进行综合的考察，从而全面把握该事物的本质和规律。马克思主义的指导主要表现为理论前提的确立和方法论的指导功能，而不能代替对特殊对象的认识，也不能简单地从这种正确的前提出发去推导对具体对象的认识。科学研究的绝对要求是，从普遍原理过渡到对特殊事物的认识，过渡到具体学科领域的结论，必须经过一系列的中介转换，必须经过艰苦的创造性研究的过程。马克思主义哲学是一种普遍原理，要把它变为文艺学的特殊原理，就必须建立文艺学自身的范畴，必须对文艺本体及文艺实践活动的内在机制进行深入的研究。如果不经过中介转换，就会犯简单化、教条主义的错误。旧文艺学体系恰恰就是在这里开始失足的。过去的文艺学不同程度地存在着藐视文艺的审美特性，而用意识形态的一般规律来代替文艺自身规律的倾向，这正是艺术教条主义的主要表现，也是旧文艺学体系在方法论上的严重缺陷。

三、旧文艺学体系认识论的缺陷

旧文艺学体系对文艺活动的本质的认识是紧紧围绕着“文艺是现实生活的反映”这一核心命题展开的，形成一种定型化的解释框架。这个解释框架是一种以艺术与生活的关系为纲的反映论模式，具体说来，就是以“反映”概念作为核心范畴和出发点，在“意识——存在”这个二项式结构中考察文艺的本质。把文艺活动的动态系统描述成客观的社会生活经作家意识的折射向文艺本体的流变过程，把艺术的创造看成是客观生活的移步换形，这就是旧文艺学体系的基本框架。

蔡仪《文学概论》开宗明义第一句就是：“文学是一种社会现象，是一种社会意识形态。作为社会意识形态的文学和客观社会的关系如何，这是文艺理论中一个最根本的问题。”这就为文艺学体系定下了认识论基调。文学和客观现实的关系成了旧文艺学体系的认识论的基本模式。我们可以把蔡仪《文学概论》对文学本质的全部论述归纳为如下三个层次：首先指出文学是社会生活的反映，社会生活是文学的唯一源泉，也就是肯定客观的社会生活是第一义的，而作为意识形态的文学是第二义的；第二层次，指出文学不是对生活的机械的复写，而是通过作家头脑对社会生活的反映，也就是肯定了反映的能动性；第三个层次，指出文学的反映不同于科学的反映，是以形象反映社会生活的，这就肯定了文学反映的特殊性。我们可以进而把这三个层次的内容简化为一个公式，这就是：客观的社会生活→（作家意识的折射）→文学（形象的反映）。这样一来，它的单向反映论的色彩就充分显露出来，原来这是一个机械唯物主义认识论的公式。只要简要引证一下蔡仪《文学概论》对文学创作过程的阐述，问题就可以看得很清楚。关于创作过程，该书是这样描述的："一个作家，在从事创作之前，就要有对于生活的丰富的经验，广阔的知识""而在进入创作过程中，作家还要为了文学创作的要求，不断地加深对现实生活的认识，加深认识它的具体面貌，使它在自己的心目中有更明显的映象；也要进一步认识它的本质规律，使它在自己的思想上有更广泛的普遍意义，使所认识的能成为一种完整的鲜明的艺术形象的总体，以至于能用语言明确地表现出来。这就说明，创作过程也主要还是对社会生活的认识过程。""只有在作家把他那种认识，把他在头脑里的艺术形象，用语言完整地表现出来了，才成为文学作品。因此文学创作过程，应该说是作家对生活的认识并表现的过程。所谓表现过程即是用语言把头脑里的认识表现于外，也即赋予文学的认识以外表的形式"。很明显，这里所描述的文学创作过程与一般的认识活动并无本质的不同，差别只在形式上，即文学创作是一种与形象结合在一起的认识，或即寓于形象的认识。文学创作过程就可以简化为"积累生活素材——→理性加工——→形象的表现"这样一个公式，这是文学本质论中的"生活→（作家头脑的折射）→文学"这一公式的具体化。

从上面的引述我们不难看出这种文艺本质论的特征，即强调艺术与生活的同态对应，强调艺术认识过程的理性特征，强调文艺规律与一般认识规律的共同性；缺少的是文艺活动中主客体辩证关系的内容，是对文艺活动的主体结构的研究，是生活与艺术互相转化的中介。它所依凭的不是马克思主义的主体实践哲学，而是旧唯物主义的传统观念，它寻求的不是艺术创造活动的内在机制，而是艺术与生活的对应原理。总之，它脱离了主客体的辩证法来阐释艺术活动的本质、结构及过程，客观上抛弃了马克思主义认识论的实践基础，因而它不可避免地要带上浓厚的机械唯物论的色彩。正如列宁所说的："形而上学的唯物主义的根本缺陷就是不能把辩证法（即主客体的辩证法，笔者按）应用于反映论，将辩证法应用于人的，即主体的认识活动的全过程。"旧文艺学体系正是在这里失足的。它在认识论上必然具有严重的缺陷，具体表现在如下三个方面。

第一，脱离人的主体性，孤立地考察文艺与生活的关系，把文艺活动理解为“意识—存在”的二项式结构，这就必然使人们对文艺本质的认识离开实践的基础，退回到旧唯物主义的轨道。

过去的文艺理论教科书很少去探索艺术创造主体的结构及其生理—心理的奥秘，几乎置艺术创造的内在机制于不顾，甚至把这方面的探索斥为唯心主义。对艺术创作中的灵感问题，对文艺作品表现人性、人情方面更是讳莫如深。另一方面，作品分析中对背景材料、作家的经历、事迹（本事）的强调，作家研究中对素材原型的热衷，文艺欣赏中对号入座现象的盛行等，都表现出一种强烈的倾向，热衷于寻求文艺内容与客观生活的直接对应，用生活事实去印证作品的内容。而文艺活动的主体性便成为文艺理论的盲点。

有些同志可能会辩解说：“旧的体系也强调作家反映生活的能动作用，这不就是强调了文学的主体性吗?”应该承认，过去的文艺学在论述文艺对生活的反映问题时，都一致地谈到了反映的能动性。但必须注意，它们所说的能动性始终局限于意识的能动性。如果说这也叫主体性的话，那么它只能说是意识的主体性，而不是实践的主体性，不是从事认识世界与改造世界的现实的人（个体存在与社会存在的统一）的完整意义上的主体性。意识能动性与人的主体性是两个既有联系又有区别的不同概念。意识的能动性是指意识对客观实在的反映过程中变异、超前或本质化等思维加工能力，它是相对于存在对意识的先行规定性而言的。人的主体性则是指人在实践活动中的自觉性、自主性和自由性等人类特征，是人的生命活动的功能。它是相对于客体而言的，是人类实践的范畴。

在文艺创造活动中，作家的主体性主要表现在那种仅属于个人的独特的审美感知图式及艺术表现力，这是作家在长期的创作实践中逐渐建构起来的。这种个性化的审美感知图式及表现力使不同的作家面对生活时具有不同的选择性和加工处理方式，因而形成各自不同的艺术领地。可以说，每个真正的艺术家都有一个只属于自己的艺术领地，只有在这个领地中，他才能如鱼得水，自由遨游，他的心灵才能放出灵智的光辉。大千世界，万象纷呈，只有那些与作家的审美感知图式相契合的东西才能被他的眼光烛照，才能被他的生花之笔所吸附，即“对本身自有价值，也就是本来具有诗意的材料，也须契合主观世界才被采用”。每个作家都有自己的兴奋点，都有自己独特的发现和表现，即使对于同样或相近的生活材料，由于个性的差异，也会有不同的加工方式和表现方式，从而使作品成为不同的艺术天地。例如李白与杜甫、鲁迅与茅盾，他们的笔底波澜乃是他们心灵的涌动，是从各自的独特感受出发，经过自己审美感知图式筛选后建构起来的小世界，它使“心灵的东西借助于感性化而显示出来”。

这种个性化的审美感知图式及表现力（结构）不仅在作家的意识层起作用，而且在潜意识层起作用（前者表现为思想、观点、倾向性的指导作用，后者表现为个性、气质、能力的制约）。因此，艺术世界的构成不仅是作家自觉的安排，而且是作家非自觉的指导的结果（这方面有大量的例子可以证明）。作家的非自觉意识的功能往往是艺术成功的一个不可忽视的因素。因此，**当我们谈到文艺创作的主体性，就必须承认文艺创造中个性的价值和非自觉意识的功能**。只有这样来理解文学的主体性才能正确把握文学主体性原则。当我们对艺术创造的主体性进行了上述的规定和说明之后，我们就可以看得很清楚，过去强调的认识的能动性并没有包括艺术创造的主体性的内涵，它单指意识层次的社会性的普遍观念、思想的指导作用，而把个性的价值和非自觉意识功能排除在外。

马克思主义认识论实质上是主体的实践论，它要求把人的认识放到人类实践结构中来考察，认为认识不仅是在实践活动的基础上产生的，而且本身就是实践的一个环节、一个组成部分、一种基本要素。在马克思主义看来，艺术活动实际上是一种精神实践，即作家通过主体实践能力把生活转化为艺术的过程，是主体改造客体使之符合主体尺度的精神创造过程。因此，文艺本质论问题归根到底是作家主体的实践论，而不仅仅是一个意识如何反映现实的问题。实践范畴是马克思主义认识论区别于旧唯物主义认识论的一个标志。旧唯物主义认识论的哲学错误集中表现在：仅仅把认识活动看成意识反映的过程，而不是人的主体实践过程。把人的认识看成纯粹主观的东西，看成抽象的观念形态，而不是看成现实的人的感性活动，看成社会实践的一个环节。因此，旧唯物主义的认识结构是“存在——意识”的二项式结构，主体性成了理论盲点。正如鲁宾斯坦所说：“在马克思以前的一切唯物主义看来，存在只表现在客体的形式中。因此主体就整个地交给了唯心主义。”旧文艺学体系正是套用旧唯物主义认识论公式来阐释文艺的本质，把文艺本质论归结为文艺与生活的关系论，实际上抽掉了艺术活动的实践基础和实际内涵。尽管他们也说“社会生活本质上是实践的”，但这里的“社会生活”只是文艺的反映对象，这句话只是表明文艺反映对象的实践性，而没有触及文艺创造的实践本质，没有把文艺创造本身也看成是实践的，因此他们就不可能把艺术本质放到实践结构中考察。这就必然陷入旧唯物主义的泥坑。

第二，抽掉艺术活动中主客体辩证运动的内容，抽象地谈论艺术对生活的反映，从而导致直观反映论的偏颇。

过去的文艺理论教科书基本上都是把文艺作品看成是社会生活的概括化、本质化的“映象”，把艺术创作看作是作家的理性思维对社会生活的再现。过去流行的“源于生活、高于生活”的命题，表明了人们的一个根深蒂固的文艺认识论观念：认识起因于社会生活客体，是社会生活客体在思维层次上的再现。所谓“高于生活”就是因为经过概括化和本质化的思维加工。过去文艺理论界普遍夸大题材的意义，追求文艺作品的逼真效果，推崇写实风格、鼓吹文艺的社会认识功能，这都是“反映即再现”这一观念的产物。当然，过去也讲“反映”的辩证法，但它指的是思维自我运动的辩证法，而不是主客体的辩证法，不是主客体的辩证运动。因此它并没有根本改变“反映即再现”的基本内涵。

按照马克思主义的要求，从认识论的角度考察文艺，就必须把文艺置于主客体的关系结构之中，这是以实践为基础的认识论的特征。承认文艺是现实生活的反映，这仅是在哲学本体论层次上对文艺本质问题的回答，是马克思主义文艺认识论的前提。反映是认识的基础，而认识的本质则是主客体的建构。“反映”这一哲学范畴是从心理学中的“映象”概念发展出来的，是建立在人脑对刺激的反映原理（即 S→R ）基础上的。如果我们没有赋予“反映”概念以新的含义，而在“存在→意识”的二项式结构中理解“反映”，那么它就与“再现”的概念差不多，它就不能作为艺术本质论的范畴。

旧文艺学体系在研究艺术创造过程时仍然沿用意识与存在的关系模式，把艺术本质论变成文艺与生活的关系论或者意识反映存在的过程论，这就把唯物主义文艺观引向机械反映论的泥坑。因为“存在第一性，意识第二性，存在决定意识”的唯物主义命题就转化为“客体第一性”的机械反映论的命题。所以，认识论一旦离开了人的自觉的、有目的的活动，离开了主客体的关系来考察人的认识的本质，唯物主义的反映论就陷入了机械论的泥潭，“反映”就成了客体物质世界在人的意识的投影（映象），成了人的大脑对客观世界的被动的摹写（再现）。事情就是这样微妙，真理与谬误只有一步之差，坚持了唯物主义的前提，如果有一个环节失误，也可能导致整个认识之车的倾覆。

问题的关键就在于，旧文艺学体系把意识的反映特性当成了艺术的本质，它们没有把艺术看成是人的一种活动，是实践的一个环节，抽掉了主客体相互作用的辩证内容，在“存在——意识”的二项式结构中谈论艺术反映问题，这就必然陷入旧唯物主义“S→R”的直观反映模式。

第三，忽视从生活到艺术的中介环节的研究，简单化地把文艺活动的动态系统描述成客体的位移，这就必然导致机械唯物主义的客体决定论。

蔡仪《文学概论》明确提出“创作过程是对生活的艺术的认识

并表现的过程”，而“所谓表现过程即是用语言把头脑里的认识表现于外，也即赋予文学的认识以外表的形式，使文学创作能够脱离作者的主观意识而成为客观存在的事物，叫一般人也能看得见它或听得着它，于是文学创作才得以成为社会的文化资料”，这段话可以代表这本书对艺术形式的性质和功能的总看法，这种形式观念并不是在从生活到艺术的中介环节的意义上来理解艺术形式的，而是在作家认识的表达这一意义上来理解艺术形式的。这就是说，艺术形式只是既成的艺术认识的传达媒介，而不是从生活（存在）到艺术（认识）的中介环节。这岂不取消了生活与艺术的中介吗？从生活到艺术的过程就只剩下意识加工的过程，而排除了形式创造的过程。该书明确提出：文学创作“关键在于形象的典型化”，这就是在意识领域内使客体事物本质化，即通过集中概括等思维能动性，去粗存精，去伪存真，由此及彼，由表及里，显示事物的内在意义。这种显示尽管不是用概念的形式，而是用感性形象的形式，但都是本质化的过程。那么这种典型化，就只能是客体事物的移步换形而已。这就难怪像“题材决定论”“生活决定论”这样一些机械唯物主义的客体决定论色彩很浓的命题一时被奉为真理而成为流行观念了。因为生活与艺术既然不是两种不同的价值世界，而是客体的移步换形，那么生活至上、客体决定就成了逻辑的必然。

有些人会辩解说，艺术典型化就是从生活到艺术的中介。不错，典型化是一种中介，但它只是一种意识中介，典型化作为一种集中概括的思维加工方式，它所造成的只是一种认知。它通过对生活现象的选择、类比、综合等思维程序，以显示生活现象隐含的本质。但是真正意义的文艺创作不同于科学活动，它远不是要追求对生活本质的认知。作家的主要任务是为自己的感受和体验赋形，为这种感受和体验寻找一种完美的直观形式。而当他这样做的时候，他已经进入艺术形式创造的领域。如果这也叫典型化的话，那么这种典型化已经与通常所理解的典型化大不相同，准确地说，这是艺术形式的创造。按照通常的理解，典型化实际上是艺术抽象。我们以蔡仪《文学概论》的表述为例，书中说："杰出的作家则能概括生活现象的本质特征，而加以典型化，创造出既有具体、生动而突出的个别性，又有充分地表现重大意义的普遍性的典型形象。"这就是说，所谓典型化就是概括生活现象的本质，然后通过具体的形象来显示这种本质。它接着说："文学创作既要以具体形象摹写社会生活的面貌，并揭示社会生活的本质，就需要典型化。"它对人物形象典型化的论述就说得更清楚了："人物形象的典型化，主要是概括一定阶级的、一定人群的性格的本质特征而具现于一个人物身上。"并引用高尔基的一段话说："假如一个作家能从二十个到五十个，以至几百个小店铺老板、官吏、工人中每个人的身上，把他们最有代表性的阶级特点、习惯、嗜好、姿势、信仰和谈吐等等抽取出来，再把它们综合在一个小店铺老板、官吏、工人的身上，那么这个作家就能用这种手法创造出'典型'来——而这才是艺术。"很清楚，这是一种用形象符号来表达的思维抽象的方法，别林斯基称之为"寓于形象的思维"。这样理解的典型化只是对生活的一种认知方法，艺术形式的创造则融于这种认知方法之中，失去独立的功能，它只能用一些外在的形象符号为作家的抽象思维穿上一层外衣，而不能创造出有生命的艺术品来。真正的艺术创作是一种形式的创造活动，而作家的生命、情感、意蕴就蕴蓄、充盈于其间，艺术形式与内容是一种肉体与灵魂的关系。

问题的关键是：我们如何理解艺术形式的性质和功能，是把艺术形式看作生活本质的传达媒介呢，还是看作艺术创造的实践中介？说得通俗一点就是：艺术形式是思想的外衣还是生命寄寓的肉体？如果是前一种理解，那么艺术形式是一种纯粹的手段，是从属于内容的附属物，而不是从生活到艺术的实践中介，它的任务只是忠实地传达某种既成的认识。所谓艺术，就成了符号化了的认识，而一切意识的东西都"不外是移入人的头脑并在人们头脑中改造过的物质性的东西而已"。艺术与生活也就完全等价了。如果是后一种理解，那么艺术形式则是与内容直接同一，无法分离更张的因素，它直接参与作家的艺术创造过程，形式的发现和创造就是对反映对象及其意蕴的超越，就是一种新的价值的生成。只有经过艺术形式的创造，内在的精神意蕴才成为可以直观的生命体，这种生命体是一种完全不同于它的原型的新的价值世界。这种过程类似于生命的孕育，艺术形式的创造不是给作家认识的“婴儿”穿上一件外衣，而是母亲对一个新的生命的孕育。正是由于艺术形式的创造，才使生活与艺术成为两种不同的价值世界。只有把艺术形式看成是从生活到艺术的中介，把艺术看成是作家通过这种中介孕育的新生命，看成是作家创造的与现实世界不同的新的价值世界，才能避免陷入客体决定论的机械唯物主义的泥坑。

上面我们简要地分析了旧文艺学体系在认识论上的主要缺陷。这些缺陷都是机械唯物主义认识论固有的弊病，它充分说明了旧文艺学体系并没有从根本上摆脱旧唯物主义的影响。这当然是违背编写者的初衷的。他们虽然找到了辩证唯物主义的抽象前提，却未能化为他们的智慧和眼光，因此无法把辩证唯物主义原理贯彻到艺术本质的考察和艺术创造过程的描述当中。这里的症结在于，他们没有真正弄清楚马克思主义的认识论与旧唯物主义认识论的根本差别在哪里。旧唯物主义也承认存在第一性，意识第二性，意识是存在的反映，但它把认识看成纯粹主观的东西，直接地把意识对存在的反映看作是认识的本质。旧唯物主义认识论之所以是机械的反映论，也不是因为它否认思维的能动作用，否认理性的加工过程，而是它不懂得人的认识是在人的有目的、自由的活动（即实践）的基础上发生的，是在主体与客体的交互作用的过程中实现的，因而它不懂得在“实践——认识”的循环往复的总过程中考察认识的本质，仍然沿用“存在→意识”的结构来解释认识产生的全部秘密。马克思对认识论的主要贡献是：把人的认识放到人类活动（实践）的基础上来考察。他不是把人的认识仅仅看成人脑对客观事物的被动反映，而是把认识看作实践的产物。看作主客体通过中介相互作用的结果。人的认识是在人变革现实的实践中获得的，实践不仅是人的认识的基础和动力，也是人的认识的过程本身，直截了当地说：认识论也就是实践论。所以马克思的唯物主义被称为实践的唯物主义的，它的最大特点就是把哲学从纯粹思辨的领域拉回到现实的社会实践的土地上。而当我们这样做的时候，作为社会实践主体的现实的人就成为我们思考的中心和主线。这时，如果我们不是纯粹抽象地而是具体、现实地理解哲学的基本问题，即思维和存在的关系问题，那么就应该把它具体化为主体的人与外部世界（包括各类客体）的关系。而对认识本质的考察就必须在主客体的关系结构中进行，主客体的关系问题就成了认识论的核心问题。那么，在认识论领域中，“存在→意识”的二项式结构就必须转换成“主体——中介——客体”的三项式结构，必须在这个三项式结构框架中来揭示人类所有认识活动（包括文艺认识）的秘密。但是，旧文艺学体系却离开实践的唯物主义的这种思想原则，在阐述文艺活动时恪守“存在→意识”的二项式结构，坚持以文艺与生活的关系为纲，把文艺本质论搞成文艺与生活的关系论，在这种思维框架中来谈文艺对生活的反映，生活变成了一种直观的客体，反映也就等同于直观式的再现，进而把文艺活动的动态系统描绘成客观的社会生活向文艺本体的流变过程，导致形而上学的客体决定论。旧文艺学体系就是这样一步步地陷入机械唯物论的泥坑的。

旧文艺学体系是从认识的角度考察文艺的，把文艺看成是作家以一定的世界观为指导对社会生活的真实的反映。在这种理解中，我们可以从理论上把文艺本体分为两种基本要素：一是生活的真实图景，二是作家的主观评价。所以文艺本体就具有两种属性：一是知识的属性，这是反映的客观性方面；二是思想的属性，这是反映的主观性方面。文艺本体就是知识与思想的集合体。许多文艺理论文章明确地把真实性和思想性作为我们文学必备的两种素质，把追求真实性和思想性作为文艺创作最重要的原则。这种文艺本体观念使人们特别推崇文艺的教育作用和认识作用。当然，过去也谈到文艺的美感教育作用，但它是着眼于文艺表现方式的特殊性的，也即这种作用是由文艺的传达媒介产生的，它是文艺本体的外在形式的功能，而不是文艺本体内在结构的功能，因此这不是文艺的主要功能，而只是一种辅助功能。蔡仪的《文学概论》是这样说的："文学的特殊的美感教育作用，是和文学通过形象反映生活的特点分不开的。文学的形象，一方面好像客观的社会生活现象一样，是具体可感的；另一方面又体现着作家的思想感情，有思想倾向性。"接着又说，"读者阅读作品时接受了这样的形象，就好像接触现实生活本身一样，如见其人，如临其境，同时也在不知不觉之中受到它的思想的影响和感情的感染，从而得到一种精神上的满足和愉快，这就是优秀作品的美感教育作用。"这里说得再清楚不过了，文学本质就是用形象包裹着的知识和思想，文学的作用就是通过形象的感受间接产生的教育作用和认识作用。尽管编写者也企图把文学的作用统一起来，纳入美感功能系统之中（这是这本教科书与别的教科书相比有所改进的一个明显事例），但由于它是立足于文艺表现手段的特殊性来谈文艺的美感作用，所以文艺的审美功能便被当成通往认识和教育功能的辅助性的桥梁。在这种文艺功能的理解当中，审美价值完全被排除在文艺目的性范畴之外，而成为帮助实现文艺的教育作用和认识作用的辅助性价值。正因为这样，所以这本教科书只用很少的篇幅简明地谈到文学的美感作用，并把美感作用明确规定为培养鉴赏能力，提高艺术修养这样一个狭小的范围，这显然是对艺术的审美功能的极其狭隘的理解。

总之，我们长期奉行的是形象化的知识—思想这样一种文艺本体观，完全排除了审美价值论的思路，这样，我们所建立起来的文艺价值观念只能是"认识—教育"的社会功利论。这是一种偏离文艺审美本质的庸俗的文艺价值观念，它引导人们对文艺采取急功近利的态度。这在文艺与政治的关系问题上最集中地表现出来。新中国成立以来"左"的教条主义的文艺思想愈演愈烈，以致发展到畸形的"阴谋文艺"的顶峰，最大的教训就是简单化地理解文艺与政治的关系。这种简单化主要不在于文艺领导部门对文艺工作的粗暴政治干预和某些提法、口号的偏颇，而是来自一种根深蒂固的非审美的政治功利主义的文艺价值观念。它长期支配人们的头脑，直至今天仍然是一种主导观念。如果我们具体考察一下那些阐述文艺与政治关系的文章就可以发现两个特征：一是完全撇开艺术形式，单纯着眼于作品的思想内涵，把作品内容抽象为思想概念，然后进行政治性的诠释，似乎文艺作品只是一些思想材料。这就把文艺作品等同于宣传品，把艺术政治化了。这是过去对文艺作品进行粗暴的政治批判的那种做法的思想根源。二是完全忽视文艺与政治关系的情感中介，把政治与艺术看成是直接的线性的关系。实际上，政治对艺术的影响是通过作家情感的中介起作用的，而艺术对政治的作用也是通过读者的情感中介产生的。正因为有这个情感中介，文艺与政治的关系才表现得非常复杂而曲折。但是旧文艺学体系在论述文艺与政治的关系问题时，几乎没有触及这个情感中介，更不用说深入地研究了。这样必然会把非常复杂的问题看得非常简单和肤浅了。这个特点是过去流行的“文艺从属于政治”“政治决定艺术”等理论的思想根源。

恩格斯针对当时的简单化、庸俗化地对待马克思主义的倾向，曾说过这样一段话：“青年们有时过分看重经济方面，这有一部分是马克思和我应当负责的。我们在反驳我们的论敌时，常常不得不强调被他们否认的主要原则，并不是始终有时间、地点和机会来给其他参与交互作用的因素以应有的重视，但是，只要问题一关系到描述某个历史时期，那情况就完全不同了，这里就不容许有任何错误了。可惜人们往往以为，只要掌握了主要原理，而且还并不总是掌握得正确，那就算已经充分地理解了新理论并且立刻就能够应用它了。在这方面我是可以责备许多最新的‘马克思主义者’的，这的确引起过惊人的混乱。”在我们行将结束本文的论述时，读一读恩格斯的这一段话，我们将会感到格外亲切。

（原载《社会科学战线》1995 年第 6 期）

艺术非意识形态论

艺术作品与一般的意识形态作品是两种性质上根本不同的存在。区分这两种不同的存在，是认识艺术本质的关键。那么，艺术作品与意识形态作品的本质区别是什么呢？我们认为，它们的区别在于其载体的性质和意义不同。艺术作品与意识形态作品都具有感性物质形式，但在意识形态作品中，感性物质形式是传达意义的符号，是一种纯粹的手段和工具，没有独立存在的价值。意识形态作品是一种意义和符号的联合体，意义是它的本体，符号是一种工具。因此，意识形态作品是一种符号性存在。但是艺术作品却不同，它的物质形式构成审美感知的直接对象，具有独立存在的意义，是人们的感性直观的客体，是审美价值的本原，是艺术的本体。艺术作品就是一种可以诉诸审美直观的感性物质媒介材料的结构体。因此，我们可以把艺术称之为结构性存在。

“结构”这一概念所指称的并不是某种独立存在的实体事物，而是指称事物的具体存在方式。它是一个形式范畴，是抽象的概念，因此“结构”总是依存于具体的物质事物或精神现象，而具体化为物质结构或精神结构。符号与结构是事物两种不同的存在状态，两种不同的功能实体。它们的区别主要有如下几个方面：第一，符号是一种“能指——所指”的联合体，这种潜在的逻辑关系把人们的注意力从自身的特性引向它所指称或描述的外在世界或意义世界。比如我们看见十字路口的红灯，会立即联想到“禁止通行”的概念，而不会去观赏它的红颜色。因此，符号具有认知性，可以成为认识的工具。而结构则是一种独立的自足体，它的自足性把人们的注意力引到自身的特性上。比如一幅红色的绘画，我们会被它的红颜色吸引住，进行凝神观照，从而唤起热烈的、温暖的、激动的等感觉。结构具有直观性、体验性，可以成为直观、体验的对象。第二，符号的物质载体是一种纯粹的记号，它已经被抽象化了，它的物质性或感性，即质料是一种临时的、偶然性的替代物，具有假定的、可替代的性质。比如，黑色是哀悼的符号，但哀悼也可用白、黄、绿等颜色。因此，符号所使用的物质材料的独特性是非本质的，它是一种纯粹的媒介手段，只有传达意义的作用，一旦意义表达出来了，它就可以被舍弃，此即“到岸舍筏，得鱼忘筌”之谓也。而结构的物质载体则是它的存在自身，它的感性特征恰恰是它的生命之所系，物质载体的结构特征就是它的价值之所在，结构体就是组织起来的物质系统或者具有一定形式的感性存在物。物质载体就是一种本体性存在，它的创造具有头等重要的意义。物质载体的任何变动都可能损害结构或使结构体发生质变。第三，符号所表达的意义内容是外在于符号的物质载体的东西，是一种抽象的符号意义，它一般表现为确定性的概念，靠联想和思维获得。而结构的意义则是结构体自身的具体内涵意义，这种内涵意义是不确定的，是主体生成的产物，它靠感觉和体验获得。第四，符号与意义的联系是由约定俗成的习惯建立起来的，这种意符关系是间接的、暂时的关系，它们是可以分离的；而结构与意义的联系则是建立在主客体的异质同构关系基础上的，是一种直接的、必然的联系，它们的本质是一种质形关系，而质形是直接同一的。在符号性存在中，符号转化为意义，形式转化为内容。而在结构性存在中，意义转化为结构，内容内在于形式。第五，符号的价值在于符号的指称喻义功能，在于符号之外的那个意义世界，它只联系于客体，来源于客体。因此符号要力求“透明”，力求不留痕迹，使人们忘记它的存在以求把人们的注意力集中到符号所指称的事物或意义上。而结构的价值则在于它的具体感性的结构特征的表现力，即它的结构特征引发人的情感和想象活动的功能，它联系于主体，根源于主体，因此它特别重视自身的自足性和感性特征，力求把人们的注意力引向自身的结构上来，进行直觉观照，以产生主客体的同构效应。上述关于符号与结构的区别当然不是绝对的，在某些情况下只具有相对的意义，即同一客观存在的事物或现象，当我们关注它的意义和内容时，它就成为一种符号，而当我们关注它的外观形象和形式时，它就成为一种感性结构体。

艺术作品的物质实在作为一种载体具有符号与结构的二重性，它既具有传达一定语义内容的媒介符号性，又具有诉诸人们感性直观的本体结构性。人们既可以把它当作符号，形成认识活动，也可以把它作为直观的对象，引发审美体验，形成审美活动。而艺术作品之成为审美的对象，就在于艺术作品的物质载体已经从符号过渡为一种自在的结构，成为一种直觉形式。比如书法作为艺术是由飞动的墨线构成的，它具有符号指意的功能。但是在审美中，这些墨线已经不是作为文字符号供人读解，而是作为纯粹的线条结构供人们去直观，从那飞动的墨线的力的结构和动态样式中感受到一种生命的力量和韵律。人们欣赏书法艺术时，只是凝神观照线条的结构，而不在乎其文字符号传达的语义。那些墨迹线条的符号性已经消融于它的精美的结构之中。如果把书法作品作为文字符号，它就不是艺术，而是一种认识工具了。又如文学作品，它是由语言符号组成的系统，传达丰富的观念内容。但是人们对文学作品的欣赏，就不是停留在对语词符号的读解，而是借助奇妙的想象力，把语词转换成文学形象进行审美观照。作家在文学创作中把语词的表意功能抑制了，而强化它的造型功能，这便为欣赏者的审美转换提供了必要的条件。高尔基认为：“美”是各种材料——也就是声调、色彩和语言的一种结合体，它赋予艺人的创作以一种能影响情感和理智的形式。这里所说的“结合体”就是艺术作品的媒介材料结构。

综上所述，意识形态作品的物质载体是一种符号，它的本体是符号所传达的意识、思想、观念的内容，而艺术作品的物质载体则是艺术的存在本身，它是审美直观的对象，是艺术的本体性存在。但是艺术的审美本质又不是表现在艺术品的物质载体的物理属性上，而是表现在直接媒介材料的结构上。作为审美对象的艺术品就是一种媒介材料的结构体，而媒介材料的符号性已经消融在其结构之中。我们强调艺术是一种结构性存在，意在说明艺术品的物质实在虽然是艺术的本体性存在，但真正表现艺术品的审美存在本质的不是物质实在自身的物理性质，而是物质实在作为媒介材料的结构。媒介材料的结构才是真正的艺术存在。

过去文艺理论一般都把艺术归入意识形态范围，与其他意识形式混为一谈。如果谈他们的区别，也只是从它们的表达方式的差异方面去谈。这种混淆根源于从符号性及其语义的性质这一角度理解艺术的偏颇，根源于未能把符号性存在与结构性存在区分开来的理论上的粗枝大叶。这使我们想起波普的“三个世界”的理论。波普认为世界存在可以一分为三，即客观实在的物质世界、主观的精神世界以及由各种文化产品构成的既非物质又非精神，但又兼有精神与物质二重性的第三世界存在。波普的这一理论构想对于打破传统哲学的心物二元对立的机械模式，深入地理解世界的本质具有重要的方法论的启迪。但是波普的三个世界的划分仍然是不够精细的，他没有把艺术产品与意识形态产品区分开来，这不能不说是理论上粗疏的表现。我们认为，艺术与意识形态作品是两种性质不同的存在，艺术是结构性存在，意识形态作品是符号性存在，不能不加以区分。因此，波普所说的第三世界（世界三）应该一分为二。这样一来，三个世界就变为四个世界。我们用下列图表（见下页）表示四个世界的划分：

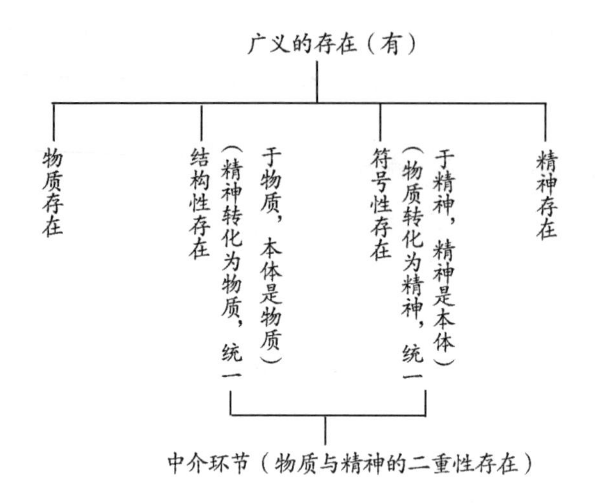

（逐步抽象、物质性逐渐减少）

的确，艺术作品的特殊本质在于它是一个媒介材料的结构体。当代美学家 J. H・兰德尔指出：“结构是一切意思和意义的基础，所以，没有结构，任何东西都不存在，都不可以设想。”他以一首交响乐为例作了如下分析：“所有这些不同语言的表现——谱写出的交响乐，演奏出的交响乐，录制的交响乐，复制的交响乐，听到的交响乐——共有的是这样一个东西！它使我们能够说，每一种语言表现出来的都是同一首交响乐，它使交响乐成了‘这一首’，而不是其他的。确定这首交响乐的是一种特殊的结构，无论这首交响乐是以什么方式表现出来的，只要没有这种结构，它就既不可能是‘这一首’交响乐，也无法被设想为这首交响乐，也不可能通过任何语言被表达为这首交响乐。这结构就是‘这一首’交响乐的特有结构。这一结构虽然以不同形式表现，包含在不同的材料里——纸上的字迹、塑料上的纹路、各种乐器产生的空气振动，电流中的音频强弱、复杂的听觉的时间序列等，却又不等于以上任何一种物质的结构。……它是‘这首交响乐’的结构……这就是我们在这首交响乐中理解的、认识的、领悟的、掌握的东西，它就是这首交响乐的基本存在。”兰德尔这里所说的交响乐的结构指的就是交响乐的直接的物质媒介——音响系列的组合方式。每一首交响乐都有自己独特的音响组合方式，因此每一首交响乐的结构都是不同的。这“结构”就是交响乐的存在自身，至于它的间接的物质载体是什么无关紧要。也就是说，这音响是从乐器上发出来的，或从收录机里传出来的，或者记录在乐谱上的，它们的音响组合方式都是相同的。很清楚，这“结构”并不是物质实体自身，而是对物质实体的抽象，但它又不是一种精神现象，而是具体的物质媒介（比如音响）的存在方式。它看不见、摸不着，但它确实存在着，在物质媒介中直接表现出来，可以为人所感知。

兰德尔的这段话对我们理解艺术是一种结构性存在有着重要的参考价值。他虽然没有对艺术的“结构”下一个明确的定义，但他对“结构”所作的描述却为我们理解艺术的“结构”提供了重要的线索。首先，他认为每一个真正的艺术品都存在着一个独特的结构，它使每一个艺术品与任何别的艺术品区分开来，成为“这一个”。因此它是艺术品的基本存在，是艺术欣赏者理解的、认识的、领悟的、掌握的东西。其次，这种结构可以用不同的形式来表现，它包含在不同的物质材料中，如纸上的字迹、塑料上的纹路、各种乐器产生的空气振动、电流中的音频强弱等，却又不等于以上任何一种物质载体。第三，它是艺术品的一切意思和意义的基础，对于艺术来说没有这种结构，任何东西都不存在，都不可设想。这三点恰恰是艺术的结构性的三个特征。

这种包含在具体的物质材料中，却又不等于物质材料自身的艺术审美“结构”确实有点不好理解。有的西方文论家干脆称之为“神秘的结构”。那么，我们应该如何理解这种艺术审美的“结构”呢？有的美学著作把艺术的物质媒介区分为直接的与间接的两种：直接构成艺术形象的物质媒介称为直接物质媒介，如音乐的音响，绘画的线条、色彩，舞蹈的躯体动作，雕塑的物质材料造型等。不直接构成艺术形象的物质材料称为间接物质媒介，如乐谱、乐器，演员的歌喉，绘画所用的画布、画框、画笔，舞蹈演员的躯体等等。

这种区分看似繁琐，其实对理解艺术的本质是必要的。看来，艺术的物质载体包含两个方面：一是艺术品的承载物本身，二是构成艺术形象的媒介材料。比如文学，它可以存在于文学书籍中，也可以存在于口头传说或艺人说唱中，文学书籍是由纸张和铅印的文字符号构成的，口头传说是由人的发声构成的，它们是文学艺术存在的两种不同的承载物，但是构成文学形象的物质媒介则是文字符号。上述兰德尔所说的交响乐，可以存在于纸上的字迹、塑料上的纹路、各种乐器产生的空气振动、电流中的音频强弱等各种物质形式中，但构成音乐形象的直接物质媒介则是音响。为了把这两个方面区别开来，我们不妨分别给它们以不同的名称，前者可称为物理载体，后者可称为媒介材料，它们共同构成艺术作品的物质实在性。我们所说的艺术的"结构"指的是媒介材料的结构。

艺术的这种"结构"是对艺术品的物质性的超越。苏珊·朗格曾指出："每一件真正的艺术品都有脱离尘寰的倾向。它所创造的最直接的效果，是一种离开现实的'他性'。"[①] 朗格所说的是艺术虚象的非物质性，但也可以用来说明艺术的结构性特征。所谓"离开现实"，就是超越物理世界的物质性。比如，舞蹈所创造的形象并不是舞蹈演员本人的躯体、演员的服装、舞台地板、灯光照明或其他物质设备。"虽然它包含着一切物理实在——地点、重力、人体、肌肉力、肌肉控制以及若干辅助设施（如灯光、声响、道具等），但是在舞蹈中，这一切全都消失了。一种舞蹈越是完美，我们能从中看到的这些现实物就越少。"[②] 朗格对此的分析是很有说服力的。又如绘画，它是由画布或纸、颜料、木炭或墨水等物质材料构成的，但绘画形象却是超越这些物质材料的物理性才产生的，越是完美的美术作品，越要让人忘记它的构成材料的物理存在。的确，艺术作品都具有物质实在性，但真正的艺术则是超越物质实在性的存在，这种

① 苏珊·朗格：《情感与形式》，中国社会科学出版社 1986 年版，第 55 页。

② 苏珊·朗格：《艺术问题》，中国社会科学出版社 1983 年版，第 5 页。

存在就是艺术的“结构”。“结构”是艺术作品的物质实在过渡为艺术虚象的中介，通过这一中介，艺术作品超越自身的实在性而转化为审美的存在。这种“结构”是艺术的本体性存在。它是实在的，因为它存在于感性物质之中，但它又超越其物质实在性，因此它又是虚的。它既实且虚，又虚又实。

艺术的创造归根到底就是“结构”的创造。明代戏剧理论家王骥德在《曲律》中从作曲谈到一般为文的规则时说：“作曲，犹造宫室者然。工师之作室也，心先定规式……而后可施斤斫。作曲者，亦必先分段数，以何意起，何意接，何意作中段敷衍，何意作后段收煞，整整在目，而后可施结撰。此法，从古之为文、为辞赋、为歌诗者皆然；于曲，则在戏剧，其事头原有步骤……”这里说的虽然是关于文章的布局，是指狭义的结构，但认为艺术创作“犹造宫室者然”，却接触到了艺术存在的“结构”本质。从这里可以引申出来，艺术创作之所以要遵循一定的法则规式，最根本的原因就在于艺术创作就是运用一定的媒介材料营造某种“结构”，或者说，艺术作品就是艺术家营造的某种结构体。那些抽象的艺术形式，如抽象绘画、抽象雕塑，它本身就类似于几何结构，是道道地地的“结构”体。即使是具象的、写实的作品，也不是纯粹的复制物，而是包含着艺术选择或创造而产生的“结构”。奥斯本对此作了分析，他说：“艺术家们的确是经常选择有着内在审美情趣的对象和场景，或者用审美形式的基本原理来构成静物画主体，然而当用颜料描绘这些对象和场景时，却需要作出修辞和选择。至少，当一个三维的对象被再现在一块二维平面的画布上时，必须放弃二维的对应，以便给三维的暗示留出空间。用色彩再现的写实主义甚至更不确定……媒介中所固有的这些写实主义的限制，不可避免地要引入艺术作品自身的形式和结构的特性，因此，艺术作品就不可能是简单地对所描绘对象所作的镜子似的反映。”这里明确指出了写实作品的结构性，这正是艺术与纯粹复制品的分野。再现性的艺术仿佛是把再现对象的整体打碎，然后把各种碎片组合在一个全新的结构之中，成为“第二现实”。或者说，艺术所再现的对象总是处在一定的秩序之中，这秩序是作者赋予的、作者创造的，它是客体对象的结构形式化。

艺术作品是由三个基本要素构成的，即再现的对象（题材）、艺术家的主观评价（情志）、题材和情志的组织方式（结构）。在艺术构成的三个要素中，结构是主导的、决定性的因素，题材与情志在艺术作品中实际上是一种抽象的存在，它们只有构成一定的结构才是现实的艺术存在。它们不可能独立地成为审美的对象。比如把作品所采用的生活题材从作品中抽离出来，成为一些生活事件的碎片，或者把作者的主观情志抽出来用语言符号直接加以表达，它们能成为审美的对象吗？显然不能。只有把它们转化为独特的媒介材料结构体，才能成为感性直观的对象，成为审美的对象。而且，有些抽象艺术没有再现的对象，也不表达某种思想情感内容，而只是一种纯粹的几何形体结构，但也不失为一种艺术。可见，艺术品构成的三个要素中，如果缺乏前两个要素，艺术仍然成立，但如果缺乏“结构”这一要素，艺术就不复存在了。在艺术的内容和形式的关系中，语义内容可以直接影响其形式结构，但若从审美的角度看，更重要的是形式结构直接影响作品的审美内容。

艺术作品的这种“审美结构”是严格意义上的艺术的本体，是艺术的具体存在方式。每一个完成了的、成功的艺术作品都有自己独特的、完全个性化的、不可重复的自我协调的“结构”。它是一种有机的生命形式，具有不可入性。也就是说，它的任何局部或细节变动都可能对整体造成损害，它就是艺术的存在本身。这只要引用德华·戈特沙尔克在《典型结构》一文中的一段话就足够说明问题了，他说：“任何一种完成性结构，不管是简单的或复杂的，都像包含有完成性结构的艺术品那样，是具有个性和不可重复的。你要把丁托列托任何一幅画的构图再现出来，你就必须把画家用众多的形式描绘出来的一切形象，一切线条和色彩加以摹制，你就必须把发生戏剧性相互关系的全部人物都加以再现，因为，他们也同样参与作品的总的结构。当画家把他们画进去的时候，哪怕只改变一个形象，例如，把丁托列托的《奴隶的奇迹》或《圣马可的奇迹》中有力的圣马可的形象换成一个毫无生气的小人物的形象，全部人物形象的结构就会明显改观。只要改变某个人物，如把基督和刽子手的位置对调一下，整个悲剧的结构就会骤变。为要再现绝对饱满的作品的完成性结构，就要绝对饱满地再现全部作品。改变一个特征，就意味着立刻破坏从这个特征产生出来的表现关系或再现关系，从而改变画家赋予自己作品的完成性结构本身。”这段话很有说服力地论证了艺术作品的“审美结构”的本体性特征。这种作为本体存在的“审美结构”是直接唤起人们的审美经验的东西，因此，它是真正的艺术审美对象。

谈到这里，我们有必要再一次明确申明：我们试图用“结构”这一概念来描述艺术的本体存在，指称艺术的审美对象，把艺术看成结构性存在，这是理解艺术存在本质的关键。苏珊·朗格在艺术本体研究中使用“幻象”概念描述艺术存在的本质，过于强调主观心理因素，具有心理主义倾向，而形式主义文论把艺术的本质归结为形式结构，又过于强调客体形式因素，具有自然主义倾向。我们认为，用“结构”概念描述艺术存在的本质，可以避免上述的两种倾向。我们不像形式主义文论那样把“结构”看作形式范畴，而是把“结构”作为艺术的本体范畴，它是艺术的全部复杂性和神秘性的深刻根源。因为“结构”是一种非常特殊的存在，它既虚且实；既抽象又具体；既是主观的，又是客观的；它依存于物质材料，但又超越材料的物质性；它是确定的，但又是不确定的。“结构”是一种真正中介性质的存在，它是“非此即彼”的思维方式永远无法理解的，而艺术不正是这样吗？中介性质的存在是一种二重性存在，表现为“既是又不是”的逻辑结构。艺术本质的复杂性、神秘性就是这种中介性引起的，它可以在“结构”的特性中得到解释。抓住了“结构”，也就抓住了艺术的复杂性和神秘性的秘密。

（原载《学术月刊》1995年第1期）

“艺术形象”辨

人们往往把具象艺术的“象”与“艺术形象”的概念混同起来，这是一种误解。实际上，具象艺术的所谓“象”是一种视觉图像，它只是构成艺术形象的单元。而“艺术形象”的概念指的应是经过审美转换的“意中之象”，它是艺术作品在欣赏者心中展现的完整的景象和境界，是欣赏者心神沉醉的幻觉世界。因此艺术形象又可称作艺术境界。具象艺术的视觉图像类似于物象，是由媒介材料造成的虚的物象，苏珊·朗格把它称为“虚象”。而艺术形象则与物象的性质不同，它不是一般的知觉形象，而是一种“意中之象”，即心灵重构的幻觉中的形象，苏珊·朗格把它称为“幻象”。苏珊·朗格关于“虚象”与“幻象”的区分具有重要的理论意义，不仅可以避免使用“形象”这一概念可能引起的歧义，而且对理解艺术的本质很有帮助。“虚象”本是一种物理现象。物理学对“虚象”的解释是：物体发出的光线经反射或折射后，如为发射光线，则它的反方向的延长线相交时所形成的象称为“虚象”。如我们在放大镜、显微镜或望远镜等光学仪器中所观察到的物象都是放大的“虚象”。最常见的“虚象”是在镜中看到的镜象、自然界的彩虹、海市蜃楼、水面的倒影等。朗格从物理学中的“虚象”得到启发，认为艺术作品的视象也具有“虚象”的性质。苏珊·朗格引入“虚象”的概念主要是为了说明艺术的“非真实性”，即艺术中所有的“象”都是非物质性的、非模仿性的，即虚构的形象，并在此基础上论证艺术的真实性。幻象（illusion）有“错觉”和“幻觉”的意思。苏珊·朗格所说的“幻象”或“基本幻象”“主要幻象”，指的是一种特殊的具体的经验领域，它隐匿在“虚象”的后面，是艺术作品的第二个层次。朗格说：“每一种艺术都能引出或招致一种特殊的经验领域，而这种特殊的经验领域事实上也就是某种特定的现实形象。……我曾把这特殊的经验领域称之为‘基本的幻觉’”。[①] 这种“特殊的经验领域”是经过主观心灵重新建构“转换”而成的特殊表象，它是主客体的统一、感性和理性的统一，是审美活动的中介环节。苏珊·朗格的“幻象”概念主要是用来说明艺术的中介性质以及各门艺术的特征，认为它既不同于艺术的表层图像，又不同于艺术的深层意蕴，而且每一门艺术都有自己的基本幻象，这种基本幻象是每一门艺术的本质特征。苏珊·朗格关于“虚象”和“幻象”的理论具有丰富的内涵，这里不作详细评述，我们只是借用这两个概念来帮助区分艺术中的视觉图像与艺术形象。我们认为具象艺术与抽象艺术的区别只是在于有无视觉图像，具象艺术是有形有象，在视觉中显现为图像，而抽象艺术则有形无象，即在视觉中有图形但无图像，或者有声无象，如音乐。这里表层的视觉图像的有无，对于艺术审美来说并不是决定性的，艺术是否再现生活形象并不直接决定艺术的价值。从本体意义上说，艺术的存在只是一种媒介材料的结构，这种“结构”在艺术审美活动中直接生成转换成艺术形象，不管是抽象艺术还是具象艺术，都必须经历这种转换。

中国古代文论实际上已经接触到艺术形象的生成转换问题。古代文论用“观物以取象”“立象以见意”“境生于象外”来描述艺术构思、艺术传达和艺术鉴赏的过程。“观物以取象”的“象”指事物

---

① 苏珊·朗格：《艺术问题》，中国社会科学出版社1983年版，第76页。

形象（物象）、“立象以见意”的“象”指视觉图像或想象中的视觉图像（语象），“境生于象外”的“境”才是我们所说的艺术形象。从这种描述中可以看出，“象”这一概念实际上包含了三种不同性质的“形象”：一是指“物象”，这是自然事物的外观形状，它是由物体反射出来的光在视网膜上构成的形象，是一种“实象”。“观物以取象”，就是艺术家要认真观察自然事物的各种形象，从中发现那些富有特征性的物象，以此作为创作的素材。二是指“图像”，这是由媒介材料构成的视觉形象，是物的“虚象”。“立象以见意”，就是通过一定的物质媒介构成某种视觉图像，以表达某种意义。三是指“境象”，这是艺术作品媒介材料结构整体在心灵中生成的幻境，它是“人心营构之象”。叶维廉说过：“中国诗的意象，在一种互立并存的空间关系之下，形成一种气氛，一种环境，一种召唤起某种感受但不将之说明的境界，听任读者移入境中，并参与完成这一强烈感受的一瞬之美感体验。”这种描述适合于一切艺术种类。所以我们把它称为“境象”。因为这是一种境界、一种形象整体。只有这种“境象”才是艺术形象，是完成了的艺术形象，所以通常说艺术鉴赏是艺术创作的真正完成，因为到了鉴赏阶段，艺术形象才真正确立起来，真正生成。“境生于象外”，就是说艺术形象是由视觉图像唤起的幻象，这就是艺术形象的生成。可见，艺术形象并不是艺术作品客体呈现的可视的图像，而是这种可视的图像之外，由欣赏者的心灵重构的幻境。严格说来，通常所谓的“艺术形象”实际上就是“意境”或“境界”。“境生于象外”一句话就揭示了艺术的生成转化的本质。

由于艺术的“结构”有两种类型，即抽象结构和具象结构，因此，由“结构”转换生成的艺术形象也可分为两种：一是结构幻象，一是象外之象。所谓“结构幻象”，就是媒介材料结构形式直接唤起的“幻象”，抽象艺术的艺术形象就是这种“结构幻象”。抽象艺术是由某种媒介材料（如线条、色彩、物体、声音等）组合成的纯粹结构形式，它不再现任何生活形象，没有构成具体的图像，而只是一些抽象的几何图形或音响序列。当它作为审美对象时，会在审美知觉中产生某种幻觉，形成某种幻象。比如有节奏起伏的波纹线会形成海浪的幻象，观看人民大会堂门前顶天立地的圆柱，会产生一种升腾的幻觉，中国宫殿式建筑的飞檐会唤起腾飞的幻象。《显微镜下细看污染中的美》一文记述道："云的催化实验中所形成的雪花"，颇似天然琥珀，"带有气泡的雹块横切面"，令人想到敦煌的飞天形象，"后院的尘土"宛如朵朵郁金香，"雨滴中的针状硫酸晶体"恰似团团粉蝶。[①] 这是典型的"结构形式的幻象"的事例，它们是由物质微粒结构幻化成的。如果说装饰艺术、建筑、抽象绘画还是有形可视的话，那么，音乐则是纯粹"无形"的艺术。音乐，只是乐音的运动结构，但它也能唤起某种幻象。音乐的旋律、音色、曲调、和声等都是一种乐音的结构式样，音乐就是通过它们引发某种特定意象的。

这里所描述的就是《田园交响曲》的音乐形象，这种音乐形象就是乐音的结构在欣赏者的审美知觉中产生的幻象。关于乐音的结构与音乐形象生成的关系，戚廷贵在《艺术美与欣赏》一书中有一段对《雨打芭蕉》的分析很能说明问题，兹摘引如下：

> 《雨打芭蕉》是广东音乐具有代表性曲目之一，它很能好地使用音乐语言，塑造了感人的音乐形象。……曲调一开始，就以十六小节明快开朗的音调展现出芭蕉鲜绿摇曳多姿的形象。紧接着，用短促的顿音表现淅沥小雨开始打在芭蕉上，发出清脆的滴嗒声；忽然，骤雨到了，一个长的变徵音颤奏出雨打芭蕉的急递气氛。接下来，以平和的旋律描摹了芭蕉怡然自得的姿态，在乐音徐疾相间。滴嗒小雨和滂沱大雨反复出现时，芭蕉依然婆娑摇舞。最后，全曲以最高音及稳定的节奏刻画出芭蕉在暴雨中巍然屹立、更加威严艳丽的神态，并以两个强的主

---

① 见《交流》1986年第4期。

音乐来结束全曲。[①]

音乐不能直接描绘形象，但它仍然能塑造音乐形象。这种形象是典型的结构幻象。康定斯基倡导“无物象的表达形式”，即主张绘画抛弃对客观物象的描绘，而通过色彩、线条和形体在空间中组成的所谓“结构”或“构图”来表现人的内在感情和精神。他认为这是艺术的最真实、最完善也是最基本的表达形式。这当然是走极端的做法，但是，“无物象的表达形式”也能塑造艺术形象，因此也是艺术创造的一种可行途径。其实，中国的书法艺术早就走的是这条道路。书法并不再现客观物象，而只是笔墨线条的动势结构，它通过笔墨线条的掘动挥运的速度、力度和节奏韵律直接唤起欣赏者的幻象，造就艺术的意境。

另一种艺术形象类型是“象外之象”，也即媒介材料的视觉图像（构图）间接生成的幻象，这是视觉图像的整体在人的心灵中呈现的虚幻的艺术境界或氛围，因为它不是媒介材料直接构成的，而是由视觉图像转换生成的幻象，所以称为“象外之象”。画家吴冠中谈到在巴黎留学时的一次经历：“我当学生时有一次画女裸体，那是个身躯硕大的中年妇女，坐着显得特别稳重，头较小。老师说他从这对象上感到的是巴黎圣母院。他指的是中世纪歌谛克建筑的造型感。”[②]在那位美术老师的眼中，身态肥硕、头部娇小的女裸体形象朦胧地幻化成巴黎圣母院形象，这就是“象外之象”，是女裸体的稳健而又轻盈的形体结构特征生成的幻象。这位老师能看到“象外之象”，正是他具有审美感受力的证明。同样的道理，具象艺术能不能生成“象外之象”是至关重要的，这种“象外之象”才是具象艺术的艺术形象。罗丹的著名雕塑《思》是一座大理石雕成的少女头像，底座是一块粗大的石头。葛赛尔在讲解罗丹的雕塑《思》时，把《思》的艺术形象描绘出来：雕像周围的虚空变成弥漫的“梦想的气氛”，

① 戚廷贵：《艺术美与欣赏》，吉林人民出版社 1984 年版，第 105 页。

② 《绘画的形式美》，见《美术》1979 年第 5 期。

头额上帽子的边缘，变成了“梦想的羽翼”，而底座的粗糙石头成了沉重束缚着人的枷板。这一切都是雕像的构图造成的虚幻的艺术意境。实际上，“象外之象”归根到底也是一种结构的幻象，只不过它不是媒介材料的结构形式直接唤起的幻象，而是由视象转换的幻象。具象艺术的审美价值主要不在再现性的视觉图像上，而在于视象的抽象结构。这种“结构”是知觉抽象的结果，而且是对视觉图像的扬弃或超越。这种现象在日常生活中经常可以遇到，比如走进某人家的客厅，立即可以从客厅的整体布局获得某种印象，或者是“华丽的”，或者是“典雅的”，或者是“粗俗的”等。这种印象的获得来源于客厅的陈设和安排，即各种物件所组成的结构形式，它们的形体、色彩在整体空间中的特定关系，而无须留神每一件物品的具体形象，甚至当你认真地注视每一件物品时，那种初始的印象反而消失。对形象的结构的感知恰恰要扬弃或超越具体形象本身。总之，这种由视象结构生成的幻象或幻境才是具象艺术的真正意义上的“艺术形象”。

当然，我们并不否认具象艺术的再现功能。但是，我们必须指出：具象艺术的魅力主要不是来自视象的再现功能，而是结构的表现功能。罗丹认为：生命的幻象是由于好的塑造和运动得到的。最能说明问题的是下面这个例子：罗马时代的批评家斐罗斯屈拉塔斯说：“如果我们用白粉来画一个印度人，他看起来将是非常黑的。这是因为他那扁平的鼻子、僵硬的卷发、厚实的下颚、闪闪的眼神，都说明他是一个印度人，从而使你把他看成是黑色的，如果你知道你怎样来使用眼睛的话。”[①] 这个“非常黑”的印度人形象是由结构的表现性转换生成的一种幻象。画面上呈现的是白粉笔画成的白色的印度人的视觉图像，但那“扁平的鼻子、僵硬的卷发、厚实的下颚、闪闪的眼神”等的图像结构特征却使人产生“非常黑”的幻觉。可见，白粉笔画的印度人图像与“非常黑”的印度人幻象是两种不

① 伍蠡甫主编：《西方文论选》上卷，上海译文出版社 1986 年版，第 134 页。

同性质的形象，我们通常所说的艺术形象就是这种“幻象”，它是由图像的结构生成的。

我们认为，弄清艺术形象的幻象性质是非常重要的，它可以解释一系列文艺理论上的误解和难题。塑造成功的艺术形象，关键不在于真实地再现客体事物的本来面目，而在于能否创造出一种成功的艺术结构，使欣赏者把它转换生成为生动活泼的艺术幻象，他所描绘的再现性图像可以是片断的、不完整的、残缺的、简略的、静止的，只要它们能转换生成为连续的、完整的，具体生动的、富有生命特征的艺术幻象就可以了。从审美的意义上说，艺术的创造并不是对生活的再现，而是结构的发现和创造。法国印象派绘画大师莫奈，年轻时有一次在田野漫步，突然发现眼前的一切与往日所见大不相同。他眼前的田野，不再是覆盖着青草和树丛的坚硬地面，而是一幅由光影和色彩交织而成的画面（结构图像）。这就是结构的发现。这个发现，促使他日后倾向于印象派，创造出诸如《布日瓦的塞纳河》《阿尔让特之秋》《清晨的鲁昂大教堂》等著名的风景画。正因为艺术创造是结构的创造，所以画家对形体、色彩、线条的形式特别敏感，音乐家对曲调、节奏、旋律、和声的变化感受特别灵敏。中国艺术不重写实，而重写意。写意就是创造出某种结构，具有抽象性的一种结构。具象艺术与抽象艺术在深层本质上是完全相通的，它们的艺术形象都是由“结构”生成的幻象。

在艺术中“结构”是第一性的存在，而艺术形象则是“结构”派生的，正如荀子所说的“形具而神生”，形体具备了，神态也伴随而生。艺术创造也是这样，艺术家创造了形式结构，那么富有生命感的艺术形象（幻象）也就产生了。媒介材料结构的创造在先，而艺术幻象的产生在后，艺术幻象是第二性的，艺术的本体则是“结构”。人们常说“艺术形象”是艺术的基本存在方式，是艺术的本体，“艺术形象”是客观社会生活的反映，这其实是文艺理论的一大误解。艺术的本体存在实践上就是人工创造的艺术媒介材料的结构体，而艺术形象则是这种“结构”在人的知觉（或想象）中生成的审美幻象。它不是纯粹客体存在，而是审美关系的生成物；它不是一种感觉的映象，而是心灵性的“幻象”，它是一种心理事实。如果说它是一种“反映形式”的话，那么，准确地说，它是艺术作品的媒介材料结构的反映，而不是客观社会生活的反映。作为艺术的第一性存在的艺术媒介材料结构就不是什么“反映”了，而是艺术家创造的形式。当然，艺术家大脑中的审美意象是社会生活的反映，但审美意象还不是艺术存在，只有把艺术家内心的审美意象转化（外化）为某种艺术媒介材料的结构时，艺术品才产生出来，它是艺术实践的产物。只有这种物质化的艺术媒介材料的结构体才是艺术的存在方式本身，才是感性的直观的对象。它是艺术的审美价值的本源，决定着艺术的本质和价值特性。它在欣赏者的知觉（或想象）中生成审美幻象，即艺术形象，进而唤起欣赏者的审美经验、审美情感。什么样的“结构”就生成什么样的幻象，就具有什么样的审美价值。一方面，艺术家内心的审美“意象”外化为艺术媒介材料的特定“结构”，它是艺术创作的终点，另一方面，艺术媒介材料的特定“结构”生成为审美“幻象”，它是艺术欣赏的起点。艺术媒介材料的“结构”作为艺术创作和艺术欣赏的中介环节，是艺术的真正的存在。艺术创作是从精神到物质，从认识到实践，而艺术欣赏则是从物质到精神，从实践到认识，这是一种方向相反的运动，而连接这两个过程的只能是物质实践的形式，即艺术媒介材料结构。我们可以把艺术的“结构”的中介性简化为下面的图表：

审美经验→意象→艺术的“结构”→幻象→审美经验。也即艺术创作→中介→艺术欣赏。

艺术媒介材料的“结构”在抽象艺术中表现为线条、色彩、造型、音响等抽象形式，称为“结构形式”，而在具象艺术中，则表现为一种再现性的视觉图像，称为“结构图像”（构图）。不管是“结构形式”还是“结构图像”，只有转化为艺术形象（审美幻象），才有审美价值可言。否则，抽象的“结构形式”只能给人以某种纯粹的生理性反应，比如匀称的曲线给人以运动的感觉，红色给人以热烈的感觉等，这还不是真正的审美经验。而“结构图像”更是只有符号认知的作用，那些不能生成为审美幻象的视觉图像，无非是一种挂图或标本而已。我们认为，不能成功地转化生成为审美幻象的“结构形式”或“结构图像”，严格说来都不能成为真正的艺术品。尽管它也能引发某种生理的或心理的感受，具有某种特殊的符号认知作用。在这方面，西方现代美学理论和艺术实践的确存在某些混乱现象，有些美学家和艺术家把形式的表现性推到极端，以为只要是具有表现性的形式就是艺术的形式，就具有审美价值，因此一味追求奇特、怪诞、丑陋的形式，而不管艺术接受者能否理解，能否把它们转换生成为审美幻象。应当承认，这些奇特、怪诞、丑陋的形式，的确能使观者产生某种生理的或心理的反应，如烦躁、惊愕、恐惧、骚乱等感受，但不能一概把这些感受都当成审美经验看待。把形式的表现性推到极端，还会产生把日常物品与艺术品混同起来的倾向。据悉西方有人把便器和无缝钢管照搬到美术馆展出，以为就是一种艺术品，这就是明证。任何物品都有一定的形式，而形式本身就具有潜在的表现性，如果任何物品只要搬到美术馆展览就变成了艺术品，那么还要艺术家呕心沥血、苦心经营地创作干什么？康定斯基倡导“无物象的表达形式”，这在理论上是有合理因素的，甚至可以说他对艺术本质的理解是深刻的。艺术的本体就是一种媒介材料的结构，至于这种结构是否呈现为再现性的视觉图像则是无关紧要的。但是，“无物象的表达形式”如果根本不能转换生成为审美幻象，那就不是成功的艺术形式了。即使是西方现代派的名作，有的因为使用了太多的特殊符号，阻碍了中国的观赏者将其转换为审美幻象，那么它的审美价值也要大打折扣。有些古典诗词也是因为用典太多，阻碍审美幻象的生成而削弱其审美价值的。我们认为，艺术作品是否具象，这是无关紧要的，但艺术作品的媒介材料结构能否转换生成为审美幻象，则是艺术能否成功的关键。在这个问题上，中国古代文论的“神似”说和中国艺术的“写意”传统，倒是比西方现代美学理论和艺术实践高明一些。西方人往往从极端的

“再现论”跳到极端的“表现论”，而中国人则比较一贯地坚持再现与表现的交融统一。这里的关键是对艺术形象的本质的理解。正因为艺术形象的本质是艺术媒介材料结构的“幻象”，因此，媒介材料结构能否生成为审美幻象，便具有超越再现与表现的意义。

（原载《江海学刊》1994年第6期）

内容与形式新论

内容与形式是认识论的一对范畴。人们在观察和分析具体事物时，把对象分析为内含的东西以及这些内含东西的存在方式、表现形式这么两个侧面，并进而探讨这两个侧面的相互关系，从而认识事物的本质。内容和形式的区分是纯粹思维的抽象，客观事物本身则是浑然的整体，人们实际上无法把客观存在的事物分割为内容与形式两个部分。但是这种思维的抽象却是认识的必要工具。因为认识活动是一种思维操作的过程，认识主体在思维中把对象的要素进行分解，并上升为概念，然后运用概念的工具把握事物内部的结构、关系和矛盾运动诸方面，使思维从现象深入到本质，从初级本质深入到更高一级的本质。在认识过程中，不使用知性思维方法，不使用概念范畴的工具，是无法达到对事物本质的认识的。

现有的文艺理论著作和文章在阐释艺术作品时，一般都沿用认识论的内容与形式的关系范畴，把艺术作品区分为内容和形式两个部分，然后分别从内容方面和形式方面，或者从它们的关系性质方面阐释艺术的特性。哲学界已有公认的关于内容和形式的定义：所谓内容，就是构成事物的一切内在要素的总和；所谓形式，则是把内容诸要素统一起来的结构和表现内容的方式。但文艺理论著作和文章在具体使用和理解“内容”和“形式”这一对范畴时，实际上却是非常混乱的。这种混乱表现为两个方面：一是对“内容”和“形式”的概念含义理解的混乱。关于“内容”，有的把它理解为作品的题材或素材，有的理解为作品的各种构成要素的总和，有的理解为作品表达的思想感情，有的则理解为艺术形象的本质意义，等等。关于“形式”，有的理解为作品的结构方式，有的理解为作品的存在方式即艺术形象体系，有的理解为作品所使用的媒介手段，有的理解为作品创作的方法体系，有的理解为作品的体裁格式，等等。有的甚至把“内容”和“形式”的概念理解为“写什么”和“怎么写”，各有各的说法，没有一个统一的规范的定义。二是对内容与形式关系理解的混乱，有时把内容与形式的关系说成是相互依存的，不可分离的，不存在无内容的形式，也不存在无形式的内容，失去了一方，另一方也不存在。但有时又把内容与形式说成是不平衡的，是相对独立的，甚至是可以分离的。比如有人把内容与形式的关系比喻为人和衣服的关系，或者比喻成酒与酒瓶的关系，那么，它们不就是可以分离的两种东西吗？有一种说法认为内容是不稳定的，随着时代的变化而变化，而形式则是相对稳定的，因此主张对过去时代的艺术作品，批判其内容，继承其形式。诸如此类的提法和主张实际上都是把内容与形式看成是可以分离的。另一方面，在抽象谈论内容与形式的辩证关系时，主张内容决定形式，形式从属于内容，为内容服务，似乎艺术家在创作时先有了某种要表达的内容，然后再去寻找某种适当的形式，一旦找到了适当的形式就达到内容与形式的统一了。但是，在具体阐释艺术作品的价值时，却又反对“题材决定论”和“主题先行论”，不得不承认艺术表现是决定艺术品成败得失的因素，这又陷入了形式决定论的泥坑。关于艺术作品的内容与形式问题，过去文艺理论界曾经展开过许多争论，这种争论大多是由于理解上的混乱引起的。

这种混乱现象说明了，人们在分析艺术作品的构成时，只是简单地移用认识论的“内容”与“形式”的范畴，而没有进行文艺学的转换，也就是说，人们仍然在认识论意义上理解和使用“内容”和“形式”的概念，而没有根据艺术的审美特性对它们作出新的规定。在讨论“内容”与“形式”的含义和关系问题时，层次的观点是非常重要的，不同层次上的“内容”与“形式”，其含义是不同的，在某一层次上是形式的东西，在另一层次上则是内容，反之亦然。高一层次的“内容”和“形式”，在低一层次上，它们又分别都有自己的“内容”和“形式”。过去在这个问题上的混乱，大多是由于层次缠绕引起的。当我们接触到艺术的“内容”和“形式”问题时，肯定要澄清过去文艺理论在这个问题上造成的混乱，重新对艺术的“内容”和“形式”的含义和关系问题作出新的规定和阐释。我们认为，只有从艺术形象（结构幻象）的二重性入手，才能真正从审美的意义上理解艺术的内容和形式问题。这就是说，从审美的意义上看，所谓艺术的内容和形式实际上就是艺术形象（结构幻象）内在的那种二重性，即审美内涵与审美形式的二重性。而不是像过去文艺理论教科书所说的那样，把作品的题材、主题、人物、情节、环境等要素归为“内容”，而把语言、结构、体裁等要素归为“形式”。

上面已经说过，对“内容”和“形式”这两个词的含义可以做各种各样的理解，但是，作为一对哲学范畴，一般只能从两个层次来理解它的概念内涵：一是从事物的本体存在层次来理解。任何客观存在的事物都是内容与形式的统一，“内容”就是构成事物的质料、要素或内含的东西，“形式”就是事物的存在形态，包括结构方式、外观形态、样式等含义。在这个层次上，内容与形式的关系是一种内在质料与外部形态的关系，简称“质形关系”。按照通常的理解，艺术作品的内容就是生活题材或再现对象，而“形式”则是艺术形象，因此，人们就把抽象艺术说成是没有内容的“纯粹形式”，这当然是片面的理解。二是从认识形式的层次来理解。人类的所有认识形式即认识成果都具有自己的内容和形式，都是内容和形式的统一。认识内容就是人脑对客观存在的反映而形成的意识、观念、思想等，而形式则是表达这种认识内容的媒介符号。在这个层次上的内容与形式的关系就是意义内涵与表意符号的关系，可简称为“意符关系”。按照这种理解，艺术作品的内容就是作品的主题思想，它是艺术家的头脑对客观生活反映的产物，而艺术作品的形式则是传达媒介、手段和技巧等，它们构成作品内容的符号体系。

上述两个层次上的内容与形式的关系性质是根本不同的，质形关系是一个存在物的两个方面，它们互相依存，互为表里，一方以另一方的存在为前提，失去了一方，另一方也就不存在，它们之间根本不存在谁主谁从、谁先谁后、一方决定另一方的问题。意符关系则不同，意义与符号是一种外在的、暂时的联系，它们具有相对的独立性，同一种意义内容，可以用不同的符号来传达，同一种符号也可以表达不同的意义内容，而且意义先于符号、选择符号、决定符号，意义是本体，符号则是手段，是为表达一定的意义内容服务的。对这两层次的内容与形式作出区分是很有必要的，它可以避免理论上的混乱。人们是在哪个层次上理解艺术的内容与形式，这关系到如何理解艺术的本质问题。旧文艺学体系由于受制于传统认识论的思路，一般都是从意符关系的含义来理解艺术的内容与形式的，这从大量文艺理论著作和文章对文艺作品内容与形式关系问题的表述中可以清楚地看出这一点。它们对内容与形式关系问题的阐释一般都包含了如下几个要点：一是内容在先，形式在后，认为文学创作总是先有内容，然后再决定采用怎样的形式来表现它。二是内容与形式相对独立。在具体作品中它们是不平衡的，因此提出“内容是无产阶级的，形式是民族的”这样的公式，要求文艺批评要贯彻“政治标准第一，艺术标准第二”的原则。三是内容决定形式，政治决定艺术，认为思想内容是第一位的，艺术形式是第二位的，只要思想内容是革命的、进步的，艺术形式粗糙一点也是应该肯定的、鼓励的。四是内容是随时代生活的发展不断变化的，而形式则是相对稳定的，主张对待古典和外国的文学遗产要批判其内容，继承其形式。从这些要点可以看出，它们是把艺术的内容与形式的关系视为意符关系的。

把艺术作品的内容与形式的关系理解为意符关系，这就把艺术与科学混同起来了。别林斯基曾经说过："哲学家用三段论法，诗人则用形象和图画说话，然而他们说的都是同一件事。政治经济学家被统计材料武装着，诉诸读者或听众的理智，证明社会中某一阶级的状况，由于某一种原因，业已大为改善，或大为恶化。诗人被生动而鲜明的现实描绘武装着，诉诸读者的想象，在真实的图画里面显示社会中某一阶级的状况，由于某一种原因，业已大为改善，或大为恶化。一个是证明，另一个是显示，可是他们都是说服，所不同的只是一个用逻辑结论，另一个用图画而已。"① 这段话说得很清楚，文学艺术与哲学社会科学的区别只在于所使用的符号手段不同，而内容和性质则是一样的。过去的文艺理论教科书一般都是把这段话作为经典言论来引述的，足见他们是臣服别林斯基的观点的。过去流行的那个文学艺术的定义（"文学艺术是反映社会生活的意识形态"）也充分说明这一点，都是把文艺与科学的区别仅仅看成符号手段的不同：科学的反映是抽象的，形成概念和理论，而文学的反映则是具体的，形成形象及形象体系。它们都是符号化的意识、观念和思想，差别只是符号形式的不同。仅仅从符号手段的不同来区分艺术与科学，根本没有触及艺术与科学的不同本质，把艺术的内容与形式的关系理解为意符关系，必然把艺术混同于科学。

艺术与科学的区别表面看是使用的符号媒介的不同，实际上却是存在方式的不同，艺术与科学是两种性质不同的存在。在科学中，形式仅仅是表达内容的符号，而在艺术中，形式则是本体，是艺术的存在自身。只有把艺术与科学看成是两种性质不同的存在，才能从本质上把艺术与科学区分开来。钱锺书先生对诗之象与《易》之象的精彩的辨析具有重要的启发意义："《易》之有象，取譬明理也，

---

① 《一八四七年俄国文学一瞥》，《别林斯基选集》第 2 卷，上海译文出版社 1979 年版，第 429 页。

‘所以喻道，而非道也’（语本《淮南子·说山训》）。求道之能喻而理之能明，初不拘泥于某象，变其象也可；及道之既喻而理之既明，亦不恋着于象，舍象也可。到岸舍筏、见月忽指、获鱼兔而弃筌蹄，胥得意忘言之谓也。词章之拟象比喻则异乎是。诗也者，有象之言，依象以成言；舍象忘言，是无诗矣，变象而言，是别为一诗甚且非诗矣。故《易》之拟象不即，指示意义之符（sign）也；《诗》之比喻不离，体示意义之迹（icon）也。不即者可以取代，不离者勿容更张。”[①] 这段话包含了三个层次的含义：一是哲学著作描绘形象只是一种手段，目的是为了阐释某种哲理，人们一旦掌握了这种哲理，就可以舍弃形象。而文学艺术作品的形象描绘则是目的自身，也即艺术的任务就是塑造形象，形象就是艺术的本体存在，因此不能舍弃。二是哲学著作的形象与内容是可以分离的，同一种内容可以用不同的形象比喻来表达，而文艺作品的形象与内容是不可分离的，改变了形象就改变了作品的性质。三是哲学著作的形象是指示意义的符号，是传达思想的媒介，而文艺作品的形象则是艺术的存在方式，是内容的外在表现、外部形态。这三层含意指的虽然都是哲学著作与文艺作品的形象的不同性质，实际上却揭示了哲学、社会科学与文艺作品的内容与形式的不同含义及其关系性质。从这里可以看出，文艺作品的内容与形式不是一种意符关系，而是一种质形关系。过去流行的文艺理论著作和文章从意符关系这一层次来理解文艺作品的内容和形式，这显然是文艺理论的一大误区。这一失误是文艺创作公式化、概念化和文艺批评的庸俗化、实用主义等不良倾向的直接根源。

文艺作品内容与形式的关系，正确的理解应该是一种质形关系。韦勒克主张用“材料”和“结构”的概念来取代“内容”和“形式”的概念。韦勒克认为，传统的内容与形式的二分法弊病很多。它把一件艺术品分割成两半：一边是抽象的、粗糙的内容，一边是附加

---

① 钱锺书：《管锥编》第1册，中华书局1979年版，第12页。

于其上的、纯粹的外部形式。然而，在实际的艺术品中，内容和形式的分野却是很难确定的，如果把作品的题材，比如作品叙述的事件，当作内容，而把这些事件的组织方式看成形式，那么一部作品的美学效果就不存在于它的内容之中，这样就发生了麻烦。因此，韦勒克设想，如果把所有没有什么审美关系的因素（如尚未构成艺术品的素材）称为“材料”（material），而把一切已具美学效果的因素称为“结构”（structure），这样就可以克服内容与形式二分法的矛盾。韦勒克的这一设想具有积极的意义，它比之内容与形式的二分法要明确得多，可以避免内容与形式二分法造成的一些混乱。但是韦勒克的这一设想是针对文学作品谈的，他把“材料”仅仅理解为生活素材，即写进作品的生活事件或再现的对象，这种理解只适用于解释再现性的艺术，而对非再现性的艺术则完全不适用，因为非再现性艺术并不直接采用某种生活素材，没有具体的再现对象，那么非再现性艺术岂不成了一种“纯粹的结构”了吗？从这里可以看出韦勒克关于“材料”与“结构”二分法的新设想，至少在概念内涵的规定上有问题。我们认为，不管是“内容”与“形式”的二分法还是“材料”与“结构”的二分法，目的都是为了更好地揭示艺术存在的内在矛盾性，即艺术的辩证内容，从而深入地认识艺术的本质。“内容”与“形式”是一对辩证法的范畴，它是人们认识事物的思维工具，世界上的一切事物和现象，包括客观存在的事物和人的认识本身，只要成为人的认识的对象，原则上都可以在思维中把它们区分为“内容”与“形式”的对立统一的范畴。但是，不同对象的内容与形式的内涵及其关系性质是不同的。因此，问题的关键不是不能把艺术作品区分为“内容”与“形式”的两种范畴，而是如何理解艺术作品的“内容”与“形式”的含义及其关系性质。我们认为，“内容”与“形式”这对范畴的内涵具有两个最基本的层次：一是意符关系，二是质形关系，而艺术作品不同于科学著作，它不是认识形式，而是一种创造物，是“第二自然”的存在，艺术作品的“内容”与“形式”应该理解为“质形关系”。

那么，艺术作品的“质形关系”的具体内涵是什么呢？表现性艺术作品的“质”就是艺术媒介材料，比如书法，就是那飞动的笔墨线条，音乐就是乐音，而“形”就是这些媒介材料的组织方式，即“结构”。但是再现性艺术作品则比较复杂，它除了自身的现实存在之外，还有一个虚幻的非现实的存在，这就是它所再现的那个世界。因此，再现性艺术作品的“质形关系”就具有双重含义：一重是指构成作品现实存在的艺术媒介材料（比如文学作品是语言，绘画是线条和色彩）与其“结构”方式，另一重是指构成作品虚幻存在的生活素材与外观形象（指视觉图像，包括想象性图像，即语象）。后一重含义的“质形关系”是前一重含义的“质形关系”派生出来的，因为艺术作品所再现的世界并不是外加上去的东西，而是媒介材料及其结构在人们的知觉中构成的，因此，再现性艺术作品的“质形关系”归根到底也是媒介材料与其结构的关系。但是，再现性艺术作品的价值在很大程度上取决于它所再现的那个世界，或者说，与它的再现对象是紧密联系的。人们往往透过艺术媒介材料的“结构”看到了它所再现的那个世界，那个世界的生动图景吸引着人们，使人们的心灵沉浸于其中，从而唤起审美经验。当人们的心灵进入它所再现的那个世界之后，人们往往忘记引他进入那个世界的“摆渡人”——媒介材料的“结构”。人们在再现性艺术作品中直接看到的就是它所再现的那个世界的“图像”，而它自身的媒介材料结构则隐匿于“图像”的背后。因此，尽管从归根结底意义上说，再现性艺术作品的“质形关系”实际上也是媒介材料与其结构的关系，但处于主体地位的则仍然是生活素材与其“图像”的关系。如果我们不作具体分析，而把再现性艺术作品的这双重含义的“质形关系”笼统地称作“材料”与“结构”，那就仍然有可能造成混乱。

当我们弄清了艺术作品的内容与形式的具体涵义之后，我们就可以进一步分析它的特点了。作为艺术作品“内容”的“质”显然是一种抽象的存在，而“形式”则是艺术的存在方式，它才是艺术的具体存在。这就是说在艺术中抽象的“质”是以“形”的方式存在着，“质”内在于“形”，消融于“形”，过渡为“形”。作为一个具体的艺术品，总是一种浑然一体的感性存在，内容已经转化为形式，这是艺术作品成为审美对象的基本前提。过去文艺理论都讲内容与形式的统一，但是怎样统一呢？并没有作出明确的回答。我们认为，内容与形式的统一，并不是指内容找到一个合适的形象符号来表达，而是指内容转化为形式。也就是说，艺术家创造了一个审美的“结构”，使自己想要表达的内容消融于其间，那么，内容也就变成了形式。同时，正因为这样，这个“结构”也就内在地蕴含着某种意义，于是形式本身也就是内容。我们先从艺术媒介材料与结构这一层含义来看内容向形式的转化。孤立的媒介材料本身是不具有审美价值的，只有当它按一定的方式组合起来成为一种有机的结构时，才可能成为审美的对象。绘画所使用的色块和墨线不可能单独成为审美的对象，是艺术家把它们神奇地组合成某种精妙的结构才使它具有一种审美的功能。雕塑所使用的大理石有什么美可言呢？是雕塑家那灵巧的双手使它变为一种生动的造型，才使它焕发出美的光芒。这种作为审美对象的绘画和雕塑，已经不是胡乱涂鸦在画布上的色块、墨线和自然形态的大理石，这些媒介材料已经过渡为某种独特的“结构”了。同样的大理石可以雕成各种不同的艺术品，这里起决定作用的就是它的结构造型，大理石本身的价值已经被否定，它消融于一定的造型结构之中。（作为媒介材料的大理石已经转化为、过渡为那一件件不同的雕塑品的造型结构。）这种大理石的特殊的造型结构就是这件雕塑品的存在自身。假如我们仍然把它当成普通的一块大理石，那只是因为我们没有把它当成艺术品看待，而不能证明它没有完成内容向形式的转化。雕像一旦完成，它就是一种创造出来的大理石的精巧“结构”。这种特殊的具体的结构形态决定着这件雕塑品的审美价值，至于它是用什么材料造成的则是无所谓的，可以用大理石雕成，也可以用石膏铸成，甚至还可以用泥土塑成，它们都是同一件雕塑艺术品。对于这一件具体的雕塑艺术品来说，它的存在就是一种“结构”，各种媒介材料都纳入这个“结构”之中，转化为这个“结构”。人们欣赏雕塑艺术作品时，面对的就是这种“结构”，而忘记了它是由什么材料造成的。这不正是内容过渡为形式吗？再从生活素材与图像这一层含义来看内容向形式的转化。再现性艺术作品都选取生活中的事件、人物、场景等作为素材或者再现了某种客观的事物现象，并且在选取和再现中体现了艺术家的倾向和主观评价，这就是作品的内容，但是这种素材或再现对象以及渗透于其中的艺术家的主观评价并不是孤立地存在的，它们是以完整的视觉图像（或想象性图像）呈现在观赏者的面前，这种图像就是作品的形式。孤立的生活素材或再现对象只是一种抽象的存在，比如我们把一篇小说所叙述的事件和人物抽象出来，它就成为一篇小说的梗概，这种梗概就不是小说本身了，而是这篇小说的抽象。在具体作品中，生活素材或再现对象已经转化为浑然一体的具体感性的图景或图像。一个小说家可以选取发生在不同时间和地点的事件和人物原型，但经过作家的构思、创造已经变成一种艺术图景。一幅画可能是对某一现实事物的写生，但那写生的对象已经转化为视觉图像。艺术摄影最典型地说明了这种转化。摄影总是有实物对象的，它是最典型的再现艺术了。但是它通过角度的选择、光影的调配、暗房技术的处理，它所再现的实物已经变成一种全新的图像了。我们说它是全新的图像，是因为这种图像已不是再现对象的物象，而是艺术家创造的艺术图像。人们欣赏摄影艺术，已经不是欣赏它所再现的对象的美，而是那个创造出来的图像的美。不美的实物经过摄影艺术家的再创造可以变成美的图景，即使是一片优美的风景，在以它为对象的摄影艺术照片中也变成一种全新的审美形式，风景的美本身已经经过一次否定，转化为新的形式美。如果只是真实地再现那片自然风景的美，就不是摄影艺术作品，而是普通的照片了。只要是艺术，它所使用的生活素材或再现对象，都经历一次自我否定，消灭自身的规定性，而转化为形式（图像）。

总之，不管是表现性艺术作品还是再现性艺术作品，也不管是从媒介材料与其结构的含义来理解内容与形式，还是从生活素材与图像的含义来理解内容与形式，只要它们进入审美系统，成为审美的对象，艺术作品的内容都转化为形式，过渡为形式，这就是艺术作品的内容与形式统一的真正含义。当我们把一个具体的文艺作品（艺术存在）分解为内容和形式两种要素时，那么，具有审美价值的不是抽象的内容，而是感性的形式，内容则内在于形式，转化为形式。艺术审美的对象就是这个融彻着内容的形式。说得极端一点，审美对象就是形式，除了形式便一无所有了。这里必须声明两点：第一，我们不是说艺术作品没有内容，不需要内容，而是说内容已经内在于形式，转化为形式，或者说，人们在欣赏艺术时，已经自觉或不自觉地扬弃了（不是抛弃）内容，而直观其形式（那个把内容包含于其中的形式）。第二，我们所说的“形式”不是指纯粹的技巧手段，也不是指过去文艺理论教科书所说的语言、体裁、格式（过去文艺理论教科书所说的“结构”准确地说是一种文学格式）这些东西，而是指媒介材料的“结构”或“结构图像”（构图）。这两点声明意在说明，我们不是在提倡形式主义，而是在澄清一个被人们深深误解的理论问题。人们对艺术（尤其是对语言艺术，即文学）的诸多误解，在很大程度上是根源于对艺术形式的误解，人们受认识论思路的影响，总是倾向于把艺术形式当成符号手段来理解，而看不到或不愿承认艺术形式的本体性。“美在形式”这一命题在美学界已经被相当多的人所确认，但在文艺理论界一般是被排拒的。我们认为，如果赋予“美在形式”以正确的含义，那么这一命题同样运用于艺术审美的领域。当然，艺术作品不是纯粹的审美对象，它还包含着认识的内容，具有认知的功能，但艺术作品的审美价值则无疑是“在形式”。鲁迅的散文《秋夜》中的那个陈述句“一株是枣树，还有一株也是枣树”的文学味，不正是来自它的重复的语言形式吗?《诗经·采采芣苡》的审美价值并非因为它记述了采莲子这件事，而是它那特殊的语言结构所呈现的富有生活情趣的劳动图景。艺术的“美在形式”并不说明艺术作品没有内容或不需要内容，而是指艺术美的欣赏是对形式的直观，而作品的内容已经转化或升华为形式了。抽象艺术被认为是“没有内容”的“纯粹形式美”，对它的欣赏无疑是对其形式的直观，这是不必多说的。即使是具象艺术，它有再现的内容，对它的欣赏同样也是对其形式（图像）的直观。我们在齐白石的《虾》画中首先看到的是什么“思想”吗？显然不是，而是虾的图景，我们在达·芬奇的名画《蒙娜丽莎》中看到的也不是资产阶级的人文精神，而是那深邃迷人、意味无穷的微笑的影像。那内容已变成感性的图像呈现在观赏者的直觉面前，这才是艺术的审美。内容转化为形式，过渡为形式，这正是作为审美对象的艺术作品的内容与形式的特殊关系，也是艺术与科学在内容与形式关系问题上的重要区别。在科学中，恰恰是形式转化为内容，过渡为内容，即符号表达意义（符号必须否定自身，消灭自己的规定性，才能实现对意义的传达）。科学著作的阅读，就是对符号传达的意义的理解，这就是符号转化为意义（内容）的过程。艺术审美是一种“见”的过程，科学认识是一种“知”的过程，这是人类的两种性质不同的活动。科学与艺术的内容与形式的关系，就在“知”与“见”的分野中表现出不同的统一形式。“知”的对象是内容，所以形式转化为内容，统一于内容。而“见”的对象是形式，于是内容转化为形式，统一于形式。艺术与科学在内容与形式关系上的这种微妙的区别，主要是由艺术与科学的不同目的和活动性质引起的。透过这种微妙的区别，我们可以看到艺术与科学的不同本质。

既然艺术作品在创造过程中内容转化为形式，过渡为形式，那么艺术作品的真正的审美存在就是形式。艺术作品的形式（我们再重复一句：形式指的是艺术媒介材料的“结构”及“结构图像”）就是艺术审美存在的本体，**形式是一切艺术审美之谜的谜底**。我们要认识艺术的审美本质，就要抓住艺术形式这个关键，要深入研究艺术形式的功能特性及其与内容矛盾转化的机制。只有在这里我们才能找到进入艺术幽秘殿堂的真正入口。

现在，我们可以看得很清楚了：艺术作品的形式是艺术审美的真正起点。在这个起点上，内容内在于形式，转化为形式，它以其自足、自律的存在，召引着艺术欣赏者的情感和想象力的自由活动。正是由于这种活动，主体的经验（包括知识经验和情感体验）积极地投入，艺术形式便转换生成为艺术幻象（艺术形象）。在这种转换生成的过程中，艺术形式重新获得一种内容，即心灵自由活动的经验，或者说人的主体性内涵获得对象化的愉悦体验，通常称为审美经验。这种“内容”已不同于上面所说的艺术作品的内容，它是欣赏者创造的或赋予的“内容”。这样，艺术形象（幻象）本身又是一种内容与形式的统一体，这是另一个层次的内容与形式的关系，它才是艺术的审美内容与形式。为了把这两个层次的内容与形式区别开来，我们在表述上称前者为艺术存在的内容与形式，称后者为艺术的审美内容与形式。因此，从审美的意义上谈论艺术的内容与形式，就必须着眼于艺术形象（结构幻象）内在的那种二重性，而不能从认识论意义上来理解艺术的内容与形式。过去在谈论艺术作品的内容与形式问题时造成的混乱，正是因为在使用“内容”与“形式”的概念时，没有完成从哲学向文艺学的转换。

我们认为审美意义上的艺术内容与形式，就是艺术形象内在的二重性，这就是说艺术形象既是内容，又是形式。说它是内容，是因为艺术形象作为一种结构幻象本质上是人的经验的构成物，是特殊的经验样式，即情感、想象力自由活动获得的经验的样式，艺术形象可以说是一种实实在在的审美经验，或者说审美经验，也就是你的心灵进入幻象世界中所看到的一切。说它是形式，是因为艺术形象是结构形式生成的幻象，结构形式是艺术形象的外在的感性形态。那种心灵自生的幻象比如梦的幻象，或服用致幻剂引起的幻象，这是一种心理幻象，而不是艺术形象。艺术形象是一种结构幻象，它是依存于结构形式的，结构形式是艺术形象的现实的感性形式。正因为这样，我们说艺术形象是内容与形式的二重性存在，内容是审美主体的内在经验，它构成艺术形象的主体性，形式是艺术客体的感性结构，它构成艺术形象的客体性。因此，艺术形象一头连着主体，一头连着客体，它又是主体与客体的二重性存在。我们以书法艺术为例。唐代孙过庭《书谱》曾用“鸿飞兽骇之姿，鸾舞蛇惊之态，绝岸颓峰之势，临危据槁之形”比喻书法的艺术形象，书法艺术本身没有再现“鸿飞兽骇之姿，鸾舞蛇惊之态”，这无非是欣赏者的幻觉形象，这种幻象实际上是书法艺术欣赏者的主体经验投射的结果。一个完全没有“鸿飞兽骇”“鸾舞蛇惊”的直接或间接经验的人就不可能作出这样的联想，不可能产生这样的幻象。但是这种主体的经验内容是依存于书法作品的飞动的笔墨线条及其和谐结构之中，飞动的笔墨线条及其和谐结构就是幻象的现实存在的形式，这就是说“鸿飞兽骇之姿”既是主体经验内容，又是书法作品笔墨线条的结构形式，是两者的整合构成的新的存在。艺术形象就是主体经验内容与客体审美形式的直接同一，或者说艺术的审美形式（由媒介材料和生活素材转化而来）在艺术欣赏中与主体经验内容相结合，转换生成为艺术形象。艺术形象是主体审美经验之象，或者说是有象的主体审美经验。

现在的问题是审美经验是否是审美对象的构成因素？我们认为不是，它既不是现实生活内容的再现，也不是结构形式内在的含义。现代派雕塑，莫尔的《母与子》，仅由两块不规则的一大一小的球体组成，大的圆球有一处凹陷，对着小圆球，并略向小圆球倾斜；而小圆球则是完满的，平衡直立，两个圆球之间构成某种非平衡的张力关系，它们代表了母与子之间的关系。在这个雕塑中，两个圆球与现实中的母亲和儿子不存在再现的关系，也没有直接传达母与子的关系内涵，如果没有标题的提示，很多人看不出它们是代表母亲和儿子的。这两个圆球是两个立体的几何图形，它本身并没有表达任何的语义，我们不可能从上面读出什么思想来。“母与子”的语义内容是作者外加上去的，不是几何图形本身传达出来的。因此，人们往往称抽象艺术是一种没有内容的纯粹形式。所谓“没有内容”只是指没有认识内容，但有另一含义上的内容，这就是它的媒介材料。至于人们观赏这个雕塑艺术品时产生的审美经验则不是这个雕塑艺术品内在的构成因素，因此严格说来它不能称为“内容”。人们欣赏云南石林的“阿诗玛”，情况与欣赏莫尔的《母与子》有点类似。那个称为“阿诗玛”的观赏对象其实只是一块粗糙的大石头，只有站在一个特定角度去看它，才像个人。但是它却引起一段美丽动人的传说，这个“阿诗玛”的故事其实是当年那个富有艺术天赋的艺术家观赏这个景观时的审美经验。那么，我们能说它是那块石头的内在构成要素吗？显然不能！抽象艺术没有再现客观对象，所以我们对它的审美感受不是从再现对象中得到的，抽象艺术也不传达什么语义内容，所以对它的审美感受也不是从观念联想中获得的。人们对抽象艺术的审美感受是在抽象形式中直觉出来的，是在抽象的结构中直接体验到的。由于这种直接性，所以人们往往产生一种错觉，仿佛审美经验是抽象形式中固有的内容。实际情况是这种审美经验是艺术形式激发出来的主体内涵，它存在于人的记忆和潜意识之中，借着对形式的直觉观照而获得对象化，因此这是一种功能效应。审美经验不能称作审美对象的“内容”，而只能说是艺术的结构形式的功能，即结构的表现性引起欣赏者的体验和领悟活动。这样，在审美关系中，艺术作品内容与形式的关系就转化为结构与功能的关系。如果说，艺术创作过程是艺术家的审美经验转化为艺术结构，即内容转化为形式，那么，艺术欣赏过程则是艺术结构唤起审美经验，即结构产生功能。上面说的是抽象艺术的情况，那么具象艺术呢？具象艺术具有再现性，能传达一定的语义，它们构成具象艺术作品的认识内容。但是，人们欣赏具象艺术品所获得的审美经验并不是作品的认识内容，而是欣赏者主观感受到的一种“味”。那么这种“味”到底是什么东西呢？是作品引发出来的主体经验，它也是一种功能意义。艺术作品的“味”仿佛是作品内在的成分或要素，其实是作品的审美结构引发出来的欣赏者的趣味。而个人的趣味是千差万别的，所以在同一作品中不同的欣赏者感受到的“味”也不一样，这就是有力的说明。这种“味”不是来自对象本身的属性，而是来自再现性图像的结构。比如，某人照了一张相，把脸部的各种细节都真实地再现出来了，他又请艺术家画了一张素描，只有很简单的几笔线条，但神态毕现，那么你是喜欢照片还是喜欢素描呢？你一定会认为那张素描更有“味”。可见这个“味”不是来自再现对象（某人）本身，而是来自素描的线条结构，它是线条结构的表现功能。中国艺术美学重神似，轻形似，正说明古代美学家深谙艺术的审美价值不是来自再现对象，而是来自结构的表现性这一艺术奥秘。又如王之涣的《登鹳雀楼》：“白日依山尽，黄河入海流；欲穷千里目，更上一层楼。”按字面的意义我们可以把它翻译成：“太阳就要落山了，黄河朝着大海流去，假如要看得远，就再登高一层楼吧！”这样的翻译应该说是准确的，但却没有诗味，可见这首诗的诗味不在于它的语义内容，而在于它的结构，即它的简练、整齐、匀称的语言形式及其节奏和韵律。首先是这种语言组合方式产生与日常会话的间离效果，形成一种隐喻性，使读者由物理世界上登高远眺联想到人生境界的追求攀登；其次是它的节奏和韵律凸显这首诗的语音效果，从听觉上强化读者对诗的隐喻感受；再者是虚与实的结合构成意义的张力场，加上“太阳”“高山”“黄河”“大海”这样一些崇高美好的语象构成一种恢宏的境界和豪壮的氛围，能够引发崇高的情感体验，构成人生追求的象征。从这里可以看出，再现性艺术作品的审美经验也是艺术结构的功能效应，但是再现性艺术具有再现与表现的双重功能，因此，它既是一种认知文本，又是一种审美文本。

上面我们对审美经验的功能性质进行了论证，说明在审美关系中，艺术作品的内容与形式的关系已经转化为结构与功能的关系，这是艺术存在走向人的生命存在的关键。出于审美经验的功能性质，那么艺术形象便是结构与功能的统一体。上面已经说过，艺术形象是一种二重性存在，它既是内容，又是形式，而这种“内容”实际上就是艺术结构的功能意义，它是艺术结构对人的生命主体性内涵表现的产物。这样通过艺术形象的转换生成，艺术存在就与生命存在接通了。原来是没有生命的物质结构、物质媒介形式，就这样获得生命内容，成为人的生命的表现形式。于是艺术存在也就具有了生命特征。

艺术作品的生命特征归根到底就是艺术形象的生命表现性，即与人的生命同构契合的效应。优秀的艺术作品表达人的生命感受，比如文学艺术的基本母题就是人类经验的基本范型；优秀作品都贯注着艺术家的生命，成功的艺术形象看上去都是栩栩如生，充满着生命活力，这种生命的幻象是艺术家和欣赏者的生命感受的双重投射；更重要的是，优秀的艺术作品都是与人的生命同构的，是人的生命的形式。这表现在艺术具有整体性、有机性、生长性，恰与人的生命同构契合。生命现象就是有机体的整体性功能现象，基本的生命活动就是有机体的每一个器官，每一个细胞所经历的那种不断消亡和不断重建的过程，它表现为一种生长性。艺术品也是这样。任何优秀的艺术品都是作为一个统一的整体而存在，每一个构成要素都过渡为系统整体，都不能脱离整体而独立存在。在艺术中，每一种成分都是有机联系的，构成相干效应，任何一部分都不能更替和损伤。艺术作品还包含着生命生长性形式，如音乐的呈现、展开、重复、加强，戏剧冲突的发展、展开、激化、解决，小说的开端、发展、高潮、结局等。艺术品与生命体同构的最典型表现是节奏。人的生命是有节奏的运动，艺术品也具备节奏的模式，如音乐、舞蹈中的节拍，诗歌的诗行与韵律，戏剧情节的张弛，静态艺术（如绘画、雕塑等）的笔触的行止、线条的断续、色彩的参差、布局的疏密和气氛的浓淡等。它们构成了艺术中的生命运动的特征。这种同构性使艺术与人的生命形成一种天然的表现关系。在这基础上，艺术的结构形式才能与人的经验内容获得融合，艺术形象生成的过程才变成人的生命的主体性内涵转化为形象的过程。艺术形象是一种中介物，它把艺术本体结构与生命本体结构这两个奇妙的同构体联系起来，使艺术的结构成为生命的表现形式。

（原载《文学研究》1993年第2期）

评流行的文学功用观

长期以来，人们谈论文学的社会作用，一般都把它区分为教育作用、认识作用和美感作用三种。这种提法把文学的社会作用看成是多元的，文学可以独立地发挥三种不同的作用。而教育作用和认识作用也为科学所具备，文学的特殊性似乎仅仅在于美感作用这一点上。对于人类生活来说，教育的任务显然更为迫切和重要，于是，教育作用自然而然被视为文学的主导作用，美感作用便降为从属的地位，仿佛只是提高教育作用的点缀品。到了极左思潮泛滥时期，人们就避而不谈美感作用了，文学只被允许起政治教化的作用，充当所谓“阶级斗争的工具”，而走上了死胡同。从这里可以看出，从文学社会作用的区分到文学教育作用主导论，再到文学工具论，这是合乎逻辑的发展。这就向人们提出一个问题：把文学的社会作用区分为教育、认识和美感三种，这种提法是否准确、科学？对这种长期流行的文学功用观，我认为有重新探讨的必要。

应当看到，真正的文学作品并没有提供严格科学意义的认识。文学作品中的形象不是客观事物的直接映象，因此它不是感性认识的形式；文学形象也不是一种概念，因此也不是理性认识的形式。文学只是提供像实际生活那样具体、生动的观照对象，作家的认识溶解在艺术形象之中。因此，尽管文学作品是作家对生活认识的产物，但它不是以认识的形式出现的。鲁迅的《祝福》提供了一幅惊心动魄的封建社会人吃人的生活图景，但没有作出“封建制度是吃人的制度”的结论。读者必须借助分析、综合的理论思维才能获得这一结论。文学所提供的生活图景与实际生活具有同样的意义，都是人们认识的来源，而不是一种认识的形式。文学作品展示的是经过作家再造的生活，它具有间接的现实性，是幻想中的存在。它使我们“看见”“感觉”到某种暗示现实的东西。也就是说，文学作品给予我们的是可以直接感受的“感觉”的形式，而不是认识的形式。正因为这样，人们从中可以获得各种不同的认识。比如鲁迅评论《红楼梦》时说：“……单是命意，就因读者的眼光而有种种：经学家看见《易》，道学家看见淫，才子看见缠绵，革命家看到排满，流言家看见宫闱秘事……”① 这种情况不是由于理解程度不同而产生的认识差异，而是从同一作品中得到性质不同的认识。同时，作家的认识与欣赏者的认识也往往不一致。曹雪芹写《红楼梦》是为封建社会唱挽歌，而今天的人民阅读《红楼梦》却获得否定封建制度的批判性认识。这种情况在科学著作中是不存在的。阅读科学著作时，读者的认识与科学家的认识是基本一致的，这中间只可能产生理解的深浅程度上的差异，而不可能产生性质不同的认识。从这里可以看出，文学并不具备科学那样的认识价值。

再说，文学作品所展示的生活图景都是虚拟的。艺术的真实不是自然形态的真实，而是意识的真实，是在读者心理上产生的一种艺术的说服力。因此，人们很难从文学作品中得到多少精确的、有根有据的关于政治、经济、历史等方面的知识材料。抒情诗、抒情散文等文学样式不用说了，就是像长篇小说那样广阔地展示社会生活面貌的文学样式，主要目的也不是提供知识，而是对社会生活作整体化、综合化的审美展示。诚然，恩格斯曾说过：他从巴尔扎克

① 鲁迅：《集外集拾遗·〈绛洞花主〉小引》。

的《人间喜剧》所得到的知识比从当时的历史学、经济学、统计学等专业著作加起来的还要多。但这话是针对现实主义文学反映社会生活的深广程度，以及它所选用的形象素材的真实可靠性超过资产阶级伪科学著作这样一个特点而发的。如果离开这话的特定含义，以为恩格斯主张文学具有科学那样的认识意义，甚至超过科学的认识价值，那就错误了。科学的任务在于发现、总结、阐明复杂的事物现象内在的规律性，为人们提供某种知识、理论或原理，帮助人们完成从感性认识到理性认识的飞跃。文学的任务不是传播知识成果，而是把生活典型化、审美化，造成人类的审美形式。艺术家把他用一定艺术手段创造出来的符合社会进步目的的审美形式传达给社会，为人们提供社会实践的某种楷模，培植实践活动所必需的品格和精神境界，帮助人们完成从理性认识到革命实践的飞跃。总之，人类在整个认识——实践的过程中，经历着两个飞跃：一是由感性认识到理性认识的飞跃，一是由理性认识到实践的飞跃。科学的作用偏重于达到前一个飞跃，艺术的作用偏重于达到后一个飞跃。正因为这样，文学永远不能代替科学的认识，而不管科学多么发达，人们对客观世界的理性认识多么完善，也永远无法取消文学。

如上所述，文学不能如科学那样提供精确的、有根有据的知识，不具备科学那样的认识价值，那么，这是否说明文学对人类的认识活动没有意义呢？当然不是！文学有助于人类对世界的审美把握，这是一种带有感性特征的认识活动。它具有两个特点：首先，它带有认识主体的感情色彩和个性特征，是一种人情化、人格化的认识。因此，它一定合情，却未必合理。其次，它没有确定的概念范畴作为基础，人们从文学作品中得到的认识一般表现为说不出明确概念内涵的领悟，显得若明若暗，很难用一句准确的话语来表述，但又印象十分深刻，愈回味愈有味。因此这种认识具有只可意会、难以言传的特点。比如，我们通过《红楼梦》对封建社会的认识，就不是一种纯理性的判断，读者对封建社会的认识是环绕着宝黛爱情的悲剧命运这一中心，伴随着强烈的爱憎感情，整个心灵都受到震动，从内心深处感受到宝黛爱情的美和摧残人性的封建制度的丑。读者从《红楼梦》中虽然很难获得关于封建社会本质的确定概念，很难获得关于封建制度特点的明确答案，但封建制度的本质特征却在读者灵魂深处留下不可磨灭的印象。从这里可以看出，艺术的认识是一种特殊的认识。

同样的道理，文学作品对人的教育也是一种特殊的教育。它主要体现在对人的性情的陶冶，使人确立美的信念和高尚的道德情操，而不是表现在对人进行某种思想观念的灌输，使人得到理智的启发和提高。艺术通过欣赏者的审美体验，使人对世界抱一定的情感态度，影响人的一切精神能力，激发人们把真、善、美的东西作为完整统一的生活理想去追求。艺术虽然不是论证某种思想，但它帮助人们形成健康高尚的精神面貌——信念、道德、品质和感情。艺术正是借此执行着思想的职能，发挥教育的作用。艺术对人的精神世界的影响是综合性、整体性的，没有一种社会意识形态能像艺术那样对人的整个精神世界发生影响，对人的整个思想感情体系产生教育作用。诚然，有些文学作品也给人们提供政治的、伦理的或宗教的观念，但这不是艺术的主要任务，不是艺术教育作用的主要表现。我们要将艺术品区别于运用某些艺术手段的宣传品。这种宣传品是以传播某种政治的、伦理的或宗教的思想观念为宗旨的，艺术手段只是为了使这种思想观念更加生动、更易为人接受。这种宣传品尽管有艺术的因素，但不是真正的艺术品。如果文学的主要作用是提供某种政治的、伦理的或宗教的一般观念，那么它将大大落后于政治学、伦理学或宗教学。过去，有些人要求文学配合政治运动，宣传某种政治口号或政治思想，这是违反艺术规律的愚蠢主张，它只能产生图解式的、公式化的、概念化的东西，而不可能产生真正伟大的作品。

诚然，文学可以帮助人们达到对生活的审美把握，可以陶冶人的性情，进行情感教育，可以给人以审美的愉悦，这三者在性质上是有区别的，但必须明确指出，在一个作品中，这三者是不可能分离的，是综合发挥作用的。我们不能将它们分割开来，认为文艺作品能够发挥独立的教育作用或认识作用。有人说：大部分古典文学作品的思想内容在今天已经没有现实的教育意义，只有认识的作用。有人说：大部分山水诗对今天的读者只有美感作用，这些说法都是错误的。古典名著《红楼梦》写的是封建时代的生活，它的思想基础是民主主义性质的，当然不可能对今天的读者灌输马克思主义的世界观。但它给人以强烈的感染，促进人们对真、善、美的追求，确立光明必然压倒黑暗、民主必然战胜专制的信念，这难道不是教育作用吗？许多山水诗富有创造性地描绘了存在于人类生活中的自然美，激发人们对祖国大好河山的热爱，净化人的灵魂，这难道不也是对人们的一种教育吗？可以说，任何优秀的文学作品都具有审美认识、情感教育和娱乐三者统一的社会功用，而不存在如有些人所说的那种只有单纯的认识作用或审美作用的作品。这与科学的情况是不同的。有的科学著作是以提供资料、传授知识为其任务的；有的科学著作则以传播理论、进行思想教育为宗旨；有的科学著作采用某些艺术手段，能给人以美的享受；有的科学著作则高度抽象，给人以深邃的思想。它们都能独立地完成各自的任务。但文学却不可能独立地发挥其教育作用或认识作用，把文学的社会作用分割为教育作用、认识作用、美感作用是不够科学的。倘因此对作品进行分类，根据这三种作用的大小不同来判断作品的社会价值的高低，那更是不妥当的。

既然文学的审美认识、情感教育和审美愉悦这三者是不能分离的，是统一在一起的，那么，它们是如何统一起来，综合发挥作用的呢？我们认为，它们是统一在审美的领域，通过情感的环节发生作用的。这就是说，如果离开审美活动的范畴来观察文学的认识性和教育性，那就不可能正确理解文学的社会功能；如果离开情感这一环节，文学就不能发挥它的社会作用。

根据心理学的研究，人类的实践活动包含着三个要素：知觉、情感状态和肢体动作。人用五官感知外界事物，获得对外界事物的知觉，由知觉产生一定的情感状态，然后由情感状态引起一定的肢体动作。所以情感状态是由认识到实践的中介（或过渡），没有这个中介，人的认识，不可能过渡到实践动作。一般说来，人对某种真理的认识，不能马上变为对某种真理的实践，而必须先具备这种实践所必需的情感状态。否则认识归认识，实践归实践，认识和实践动作不能发生相应的联系，这样就会出现言行不一的现象，或者出现不情愿的、勉强的、被迫的实践动作。文学正是作用于人的情感领域，改善人的情感状态，潜移默化地改造人的整个灵魂，从而制约、影响人的行为，完成从认识到实践的飞跃。正如毛主席在《在延安文艺座谈会上的讲话》中所说的，艺术“使人民群众惊醒起来，感奋起来，推动人民群众走向团结和斗争，实行改造自己的环境”。文学通过情感的环节影响人的实践能力，这就是文学社会功用的最显著特征。

由于在人类活动中，情感总是从知觉到肢体动作的中介（或过渡），因此，情感既与知觉相联系，又与肢体动作相联系。也就是说，情感既有认识的意义，又有行动的意义。因为，人的情感状态可以使人对事物的认识不是停留在一般的感知上，而是上升到审美的高度去把握事物的本质特征。人的情感状态又可以直接造成人的行动。文学作用于人的情感领域，改善人的情感状态，因此，文学就既有帮助人们达到对事物审美把握的认识性，又有塑造人的灵魂、影响人的行动的教育性。

从以上简单的分析中可以看出：文学的认识、教育、愉悦三种性质都是就审美活动这个特殊领域而言的，都是作用于人的情感，都离不开文学的美感作用。一部文学作品倘不能给人以美感，那么它的一切社会功用都无法实现。所以，美感作用是文学社会作用的中心，认识性、教育性、愉悦性只是文学美感作用的三种因素，它们统一构成文学美感作用的具体内容。就这个意义上说，我们认为文学的社会作用就是美感作用。

那么这种说法会不会走向唯美主义艺术观的泥坑呢？我们认为

不会。首先，我们要把“美”的概念与“形式美”的概念区别开来。一个艺术品能够给人以美感，不仅需要具备形式美，更重要的是要具备内质美，而“美”就是“真”与“善”的形象。因此，凡是“美”的东西，它一定具备“真”和“善”的特性，不真或不善的东西一定是不美的。很明显，艺术中“真”与“善”的内容就构成艺术的内质美。这种美的特性就是艺术的“真”与“善”的标志。我们所说的美感就是指艺术作品中“真”与“善”的形象给人们情绪上的感染。因此，文学的美感作用，正确地理解就决不仅仅指对人的愉悦作用，而且包括促使人们对生活进行审美把握以及陶冶性情，进行道德情操教育的作用。具体一点说，就是：文学的内质美（即“真”与“善”的形象）作用于人的情感，引起人们的激动和共鸣，唤起优美、崇高的思想感情，从而使人们不知不觉中怀着一定的情感态度看待生活、认识生活，自然而然地、潜移默化地接受某种道德情操、精神品质的教育，整个精神世界得到升华，同时又给人感官的愉悦，达到休息、娱乐的效果。它们共同构成文学作品的美感作用，满足人们精神上和感官上的美的要求。这样的文学功用观与那种单纯追求形式美、追求感官刺激的唯美主义的文学功用观，怎能同日而语呢？

综上所述，我们认为：第一，文学与认识、教育的职能，固然有某种特殊关系，但性质上不同于科学的认识和教育的作用。在谈文学的社会作用时，笼统地使用“认识作用”和“教育作用”的提法是不够准确的。第二，认识性、教育性与愉悦性在具体的文学作品中是不可能分离的，是统一在一起综合发生社会作用的。把文学的社会作用人为地分割为教育作用、认识作用和美感作用三种，也是不妥的。第三，文学的认识性、教育性和娱乐性都统属于审美的范畴，离不开美感这一基础。所以，文学的社会作用实际上就是美感作用。只有充分发挥文学的美感作用，才能取得文学的社会效果。

我们认为这样来理解文学的社会作用，不仅不会走向唯美主义的邪道，而且可以避免受到庸俗社会学的艺术观的欺骗。庸俗社会学的艺术观总是漠视艺术的特殊规律，轻视文学作为生活的审美形式的特性，企图把文学混同于科学，降低为一般的宣传工具。我们强调文学的社会作用的核心是美感作用，正是为了使文学与一般意识形态区别开来，与一般的宣传品区别开来，使作家真正按照艺术的特殊规律进行创作，使文学在社会生活中充分发挥特有的功用。新中国成立后编写的某些文艺理论教科书和有关文章，把教育作用说成是文学社会作用的主导，使许多人以为只要有教育意义的东西就是好作品。许多作者忽视文学的美感作用，放弃对艺术性的追求，孤立地追求所谓的教育效果。于是，违反艺术的规律，在文学作品中写哲学讲义，唱政治高调，甚至把标语口号式的东西冒充为艺术。其结果正与作者的本意相反，既不能给人以美的享受，也不能达到有效的思想教育目的。假如作者的出发点不是为了教训人，而是为了把最新最美的精神食粮贡献给人民，为了追求最好的审美效果，那么，他们不仅会在形式上力求精益求精，使之臻于完美，而且在内容上也会深入开掘，表现生活中最新最美的事物和情感，达到美的形式与美的内容的统一。这样的作品就不仅能给人以审美愉悦，而且也能发挥最好的教育人、塑造人的效果。人民正需要这样的文学。

（原载《福建论坛》1981 年第 1 期）

关于“政治标准第一”的几种论证的商榷

——二论文艺批评的标准

为什么“政治标准第一”会被人们确认为不能怀疑、不可动摇的普遍原则呢？最重要的原因恐怕是我们的文艺实际上被当作政治宣传品，当成阶级斗争的工具，以致人们不能越出文艺必须作为政治的附庸这个界限来观察文艺现象，把常然当成必然，把某个时期实际存在的现状当作普遍规律。另一方面，文艺理论家、批评家也对“政治标准第一”作过许多论证，使人们的头脑牢固地树立了一些不正确的观念。因此，要真正确立科学的文艺批评标准，有赖于从理论上和实践上彻底解决文艺与政治的关系；同时，必须认真总结文艺批评实践正反两方面的经验，澄清人们对文艺批评的一些传统观念。本文仅就过去对“政治标准第一”的几种论证进行一些粗浅的分析。

过去的许多文艺理论教科书及有关文章对“政治标准第一，艺术标准第二”的合理性进行过许多论证，归纳起来，主要是下面三个方面：一，从文艺与政治的关系看，因为文艺从属于政治，为政治服务，因此各个阶级都是首先从政治上去检验文艺作品的。“政治标准第一”，这是各个阶级对文艺的功利原则和价值观念决定的。二，就一部作品而言，政治性与艺术性的关系，政治是灵魂，政治决定艺术，因此，评价一部文艺作品的价值，主要是根据作品的政治性。“政治标准第一”，又是文艺的本质决定的。三，从文艺批评的性质看，因为文艺批评是阶级斗争的工具，是服从于政治斗争的需要的，因此，文艺批评的主要任务并不是艺术的欣赏，而是对作品进行政治分析，以发挥文艺的教育作用。“政治标准第一”也是文艺批评的性质决定的。

下面，我们分别对这三方面的问题进行讨论，看看它们的科学性如何。

第一个问题，能不能首先从政治上检验文艺作品？

唯物主义的基本原理告诉我们：文艺是反映社会生活的意识形态。在阶级社会中，政治渗透在生活的各个领域，文艺反映生活，就必然与政治发生联系，这是文学反映生活的结果。因此，从最基本的意义上说，文艺只受生活的制约，受生活的检验。至于政治，它与文艺一样都是经济基础的反映，也都要受生活实践的检验。尽管它们的地位不同，但政治不能决定艺术。用政治的标准去检验文艺，这等于用一种意识形态去检验另一种意识形态，在理论上是讲不通的。

有人会说，在阶级社会中，任何人都要受政治的支配，作家也不例外，文艺要想逃脱政治的检验是不可能的。这的确是严酷的历史事实。但这只是问题的一面，另一面是文学仍然循着自己的规律发展，政治的制约只能在有限的时间和范围内生效。“四人帮”的“政治”对文学的干涉恐怕是有史以来最粗暴、最严重的，但也只能在不太长的十几年中改变文学的方向，而优秀的艺术仍在群众中悄悄流传。从文学的发展历史看，各个朝代都有许多最符合那时的政治标准的御制文学，然而它们都是一些朝生夕死的蟪蛄，而那些不容于当时的政治标准的作品却往往与山川同在。那么今天的无产阶级政治、人民的政治，能不能作为检验文艺作品的标准呢？无产阶级政治与旧时代的剥削阶级政治当然在性质上是不同的，但无产阶级政治也是意识形态，也要接受实践的检验，随着实践的发展而不断修正。无产阶级的目标是要消灭阶级，要逐步创造消灭国家、减少政治职能的社会条件。因此无产阶级最能摆脱政治的偏见，而按照文学的客观规律来观察文学现象。无产阶级在文艺批评领域中应该确立实践标准的绝对权威。

这样说，是不是无产阶级对文学就不讲功利主义原则，就没有价值观念呢？不是的。无产阶级敢于公开宣称自己的革命功利主义原则，但这种功利主义不是狭隘的。这不仅指它代表了广大人民群众的利益，而且功利主义的内涵也是十分广阔的。那些能向群众灌输正确的政治观点的作品是符合无产阶级的功利原则的；就是那些不能产生政治效果，却能满足人民群众的审美要求和娱乐需要的作品，也是有利于无产阶级利益的。有时后者甚至可以比前者地位更高。齐白石的国画比一般的政治宣传画，从长远的观点看不是价值更高吗？艺术品的价值并不完全取决于它对政治的利弊。把文艺作品的政治价值看得高于一切，这是一种片面的、狭隘的价值观念。《红楼梦》对于今天的读者，并没有直接的政治价值，如果我们只强调政治的功利性，那么这部巨著便可扔在一边。但是无产阶级仍然需要《红楼梦》，因为它有巨大的认识价值和审美价值。这就是无产阶级高度评价《红楼梦》的功利原则。林彪、“四人帮”里的御用文人们，为了利用《红楼梦》的巨大影响，让它在今天发挥“政治作用”，就把《红楼梦》解释成描写阶级斗争的政治历史小说，这就把革命功利主义原则变为政治实用主义了。而实用主义原则正是剥削阶级文艺批评的特征。因为它是代表少数人的利益，其价值观念必然是偏狭的、主观的，不可能接近对文艺的真理性认识。在无产阶级掌权的时代，政治对文艺的限制应该越少越好，这样做有利于文艺按照自己的规律发展。表面看来，文艺与政治疏远了，而实际上，文艺的发展与无产阶级政治在方向上更趋于一致，它与政治更加亲近了，为政治服务得更好了。这就是生活的辩证法。

有人还会说：政治标准是人们对文艺的政治要求，艺术标准是美学要求，这两者相比，政治要求总是先于审美要求的。从艺术的起源看，人类是出于审美的需要而在劳动过程中创造文艺的。对文艺的政治要求则是在阶级社会产生以后才有的。那么在阶级社会中，人类对文艺是否政治的要求先于审美的要求呢？这要具体分析。在阶级斗争激烈的历史时期，正在紧张地进行政治斗争（即夺取政权或维护政权的斗争）的阶级，的确对文艺的政治要求是先于审美要求的，他们要求调动一切艺术手段来为自己的政治斗争服务。例如太平天国的许多诗文只是一些押韵的政治文告或政治训诫。由于紧张斗争的迫切需要，政治的功利性突出出来，而审美的需要则暂时被挤到次要的地位上，对那些不能直接产生政治效力的作品（例如大部分的外国文学、古典文学以及某些题材、某些艺术形式的作品）出现排斥或轻视的倾向。这是特殊时期的历史现象。但当政治局势稳定之后，人民进入和平建设的时期，这时审美的要求就上升了，人们要求文艺满足各方面的审美需要。粉碎“四人帮”之后不久，那些揭露“四人帮”的罪恶、抒发人民多年来积愤的作品，尽管艺术上还比较简单、粗糙，仍然轰动一时，博得人们热烈的掌声。随着时间的推移，这类作品由于不能满足人民群众逐渐上升的审美要求，而慢慢失去了吸引力。只有那些审美价值很高的艺术品，才葆有永久的魅力。就某个阶级的成员来说，在具体的艺术欣赏过程中，实际情况就更不是政治要求先于审美要求了。美国总统尼克松访问中国时观看了《红色娘子军》，他照样得到审美的愉悦，而报以热烈的掌声，我们能说这是政治要求先于审美要求吗？那些企图进行政治说教的作品总是讨嫌的，因而作家要设法把自己的政治观点隐藏得不露痕迹。这不正有力反驳了群众的艺术欣赏活动是政治要求先于审美要求的说法吗！

第二个问题，能不能主要根据政治性来评价文艺作品的价值？

前面已经提到有些作品是不具政治性的，因此不是所有的作品都能看它的政治性如何，政治标准不适应那些不具政治内容的作品。这个问题姑且不谈，我们只看看那些包含着政治内容的作品到底能不能以政治性如何为主要根据来评价它的价值。

文艺作品的政治性和艺术性是不可分割的矛盾统一体，文艺作品的价值只能表现在政治与艺术的统一中。对于一部真正意义的艺术作品来说，政治内容并没有独立存在的价值，因为它离开了艺术性，就无法发挥社会作用。《于无声处》的政治内容是歌颂“四五”革命运动的，这在“天安门事件”尚未公开平反之前，其现实的政治意义确是巨大的。但如果离开了欧阳平、梅林等艺术典型的塑造，离开了精心结构的戏剧情节和个性化的戏剧语言，《于无声处》能有什么价值吗？人们在生活中早就替天安门事件作了公正的评价了，何须宗福先多费笔墨呢？正因为文艺作品的政治性与艺术性是不可分割的，在这个意义上说，作品的政治价值也就是它的艺术价值。试想想《阿Q正传》的振聋发聩、荡涤国民灵魂的政治作用不正是阿Q这个不朽的艺术典型的威力吗？不正是鲁迅那惊人的现实主义艺术的魅力吗？如果换成一个平庸的作家来表现《阿Q正传》的政治内容，那么它的政治价值也就不如鲁迅的《阿Q正传》了。既然文艺作品的政治性与艺术性是密不可分的，那么评价文艺作品的价值，怎么能以它的政治性为主要根据呢？

当然，文艺作品的政治性与艺术性不能等同起来，它们有相对的独立性。政治性与艺术性不平衡的作品是大量的。对这种作品进行评价，能不能主要根据它的政治性呢？按照“政治标准第一”的原则去评价那些不平衡的作品，似乎政治性较强而艺术性较弱的作品，一定比那些政治性较弱（但不是缺陷）而艺术性较强的作品为优，这不是科学的文艺批评。相反的，作为艺术品来评价，应该是后者比前者为优。例如白居易的政治讽喻诗与李商隐的无题诗，如果作为历史资料看，前者也许比后者更有价值；但作为艺术品来评价，则显然是后者比前者为优。这不仅表现在审美价值方面，而且表现在艺术特有的认识价值方面。因为白居易对封建统治阶级的认识水平已经落后于今天的读者，而李商隐对人类感情世界的开拓，对今天的读者仍然是新鲜的。另一类是有缺陷的作品。应该承认，政治内容的缺陷与艺术形式的缺陷在性质上是不同的，对它们应作具体分析，区别对待，采取不同的态度和方法进行批评。既不能把艺术形式上的缺陷，上纲为政治思想上的错误，也不能把政治内容的缺陷说成艺术形式的不足。但这两种缺陷都同样违背革命功利主义原则，都应该受到批评和纠正。如果对政治上的缺陷求全责备，严若判官，而对艺术上的缺陷则姑息迁就，温情脉脉，那就等于鼓励艺术上的粗制滥造。这样的批评不仅会降低艺术水准，而且也无助于克服政治内容上的缺陷。政治内容的缺陷只要不是敌对性质的，就都属于帮助提高的问题，应该允许这样的作品存在，让时间来检验。过去的文艺评论往往对政治内容的缺陷狠揭猛批，一棍子打死，而对艺术上的缺陷则轻轻带过，不痛不痒。表面看来，很讲革命功利主义原则，其结果助长公式化概念化倾向和艺术上的粗制滥造，最终违背无产阶级的功利主义。

第三个问题，文艺批评的主要任务是不是对作品进行政治分析。

生活本身所包含的内容和意义是非常丰富的。对一种生活现象，我们可以从社会学的角度，从政治学的角度，从哲学、历史学、伦理学等角度去观察它。文艺作品把生活作为整体来反映，因此作品中所反映的内容及其客观意义与生活本身一样，也是非常丰富的，人们可以对它进行社会学的批评、政治的批评、哲学的批评、历史的批评、道德的批评等。而文艺批评却不同于上述各种批评，而是按照文艺作品的特殊规律进行美学的批评。我们不反对从政治的意义上去考察一部文艺作品，但这却不是文艺批评家的任务（至少不是主要的任务），而是政治家的任务。因为文艺批评的主要目的并不是到作品中找出政治的含义，使人们明白作者所要宣传的政治观点。如果是那样，那么作家何不用政治论文或标语口号的形式把自己的政治观点和盘托出，却偏要把自己的观点隐蔽在形象之中，曲尽其致，为读者布下迷魂阵，而劳驾批评家的指点呢？这是说不通的。文艺批评的目的主要表现在两个方面：一是帮助读者理解、欣赏艺术品；二是帮助作家提高艺术水平。那么，这就绝不是简单地区分“香花毒草”或叫“扶花锄草”的工作，而必须对作品进行深入、细致、富有创造性的美学分析。

无产阶级文艺批评无疑地不能步艺术至上主义者的后尘，把文艺批评变成纯艺术技巧的欣赏。我们要反对“为艺术而艺术”的倾向，但不能因此走向另一个极端，似乎文艺批评就是对作品的政治鉴定，文艺批评家成了“错处的捕捉者”“政治的裁判家”，这只能使文艺批评走上邪路。在这方面，我们的教训是够深刻的了。

诚然，在阶级社会里，文艺批评往往成为各个阶级进行思想斗争和艺术斗争的工具，文艺批评具有鲜明的阶级性。但它不是表现为按政治斗争的需要去诠释文艺作品，对作品搞政治索隐。这样做不仅取消了艺术，也取消了文艺批评本身。文艺批评的阶级斗争性质表现在对作品的艺术分析中捍卫本阶级的美学原则，反对敌对阶级的思想对艺术的侵蚀。

当阶级斗争剧烈进行的时期，文艺批评为了发挥配合现实政治斗争的战斗作用，对文艺作品的思想内容投以更多的注意力；或者当人们由于斗争的需要迫切要求文艺作品发挥直接的政治作用的时候，文艺批评家更多地选择那些政治性强的作品进行评论；或者当反动文艺还有很大势力，猖狂向革命文艺挑战的时候，文艺批评家着重从政治上去揭露这些作品的反动性，这些情况是正常的，无可非议的。可以说，这是特殊历史时期文艺批评的特殊状态。但在和平时期，文艺批评在美学领域中的任务就加重了。政治斗争对文学影响力的削弱，人民群众审美要求的提高，敌对阶级文艺的减少，要求文艺批评的工作重点转移到宣传辩证唯物主义的美学思想、培养人民群众健康的审美志趣和审美能力、提高创作水平上来。

总之，过去解释“政治标准第一”的一些理由都是站不住脚的，症结在于对文艺与政治的关系问题理解不正确，把文艺降低为政治的宣传品，而不承认文艺是与政治平行的、相对独立的意识形态。这种政治即艺术的文艺观，是一切庸俗社会学的文艺批评的总根源。

（原载《厦门文艺》1980 年第 3 期）

我们时代的文艺理论

20 世纪 80 年代的中国大地正在发生一场不同寻常的悄悄的革命。这场革命的发展必然经历由大胆的开拓性行动向自觉的理论形态升华。在这种历史运动过程中，我们的哲学、经济学、政治学、伦理学、文艺学、历史学等各个精神生产部门都涌现出一批锐意改革的勇士和善于创新的思想家，他们是我们民族自我意识的体现者。刘再复同志正是其中的一个。他在文艺理论领域中辛勤耕耘的实绩，比较充分地显示了我们民族从炼狱中升华出来的灵魂。

严格说来，刘再复的学术生涯是从粉碎“四人帮”之后开始的，民族的新生赋予他新的生命。他作为一个痛苦的觉醒者在文艺领域中披荆斩棘，开拓前行。开头，他怀着强烈的社会责任感，清扫“四人帮”留下的精神垃圾，写下许多拨乱反正的文艺论文。接着他以鲁迅研究为基地，弘扬一种新的美学原则，即以真、善、美统一的社会理想模式为目标的美学观，这就是他的那本大部头《鲁迅美学思想论稿》的意义。但形势的发展和理论的深入使他很快发现文艺领域中存在一种肤浅的唯物主义和廉价的乐观主义，奉行一种与人相异己、与人相脱离的价值原则，它们是导致文学中虚假的骗局的思想根源。在历史的反思中，他终于痛切地认识到，文学的真正生机在于恢复文学的人文原则。于是，他首先构筑微观的典型论，提出“人物性格二重组合原理”，并扩展为《性格组合论》专著，然后他的思想触角伸向宏观的文学本质论，写成《文学主体性论纲》的长篇论文。从这种简略的回溯中，我们可以清楚地看到，刘再复文学研究的视角经历了如下的转移：政治→社会→人的本体论。他的逻辑思路一步步地朝着文学的美学王国接近，他的思考与我们民族的觉醒和反思的历程同步发展着。

我们应该把刘再复的性格组合论与文学主体论看成统一的文学的人学原则的互补结构。性格组合论把文学中的人放在自身性格系统的二极对立中来思考，而文学主体论则把文学中的人放到实践系统中主客体的对立中来思考，它们共同构成文学的人类学本体论的完整理论。人的双元宇宙带来人的二重性，即社会性和个性、客观性和主观性，因此研究人就要研究人的实践结构和性格结构。文学的人学原则也就具备二重性，即人的社会关系学和人的个性灵魂学。只有人的实践过程和人自身的性格运动的统一，才构成人类生活的完整概念。刘再复的文学典型论具有充实的科学内容，它揭示了人的性格结构内涵的对立统一性质，揭示了人的性格结构的辩证特征和内在机制。我们也知道文学要表现复杂的性格内容，但却不知道复杂（圆形）性格的内在机制，正如自然科学中已积累了许多必然性的知识和定律，但其中有不少仍然是原因未明的必然判断。刘再复的研究深入到人的内心世界的基本运动规律，这并非要为作家制订一种僵死的规范和模式，而是为作家提供洞察人的幽秘灵魂的智慧。这种研究在微观领域丰富了“文学是人学”的重要命题。刘再复的文学本质论则更富于思辨色彩，它阐明了一个常常被人忽略和遗忘的艺术原理：自由人性是文学艺术的灵魂，文学的真正出路和生路就是发扬以人的自由创造为基本内涵的主体精神。人们常常认为，“文学是人学”仅仅指文学必须以人为描写对象，文学必须反映作为社会关系总和的人的生活，这是一种肤浅的人学观。“文学是人学”这一命题的深刻性应当是：文学是人的自由人性的价值形式，是人的本质的历史发展的审美展示，艺术的发展是人的发展的超前反映和外观形式。刘再复的文学主体理论正是为了揭示文学的这种深刻的哲学内涵，它从宏观的角度丰富和发展了“文学是人学”的命题。总之，当我们把刘再复的性格组合论和文学主体论联系起来考察时，我们就可以发现，刘再复的整个理论构架回荡着一声高昂的呼唤：重视对人自身的思考和研究。而这恰恰就是我们这个时代的主旋律。在我们这个时代，全人类都在追求现代化，而现代化必须以人的创造力得到高度发展为前提，社会的价值标准所遵循的原则必须是：人，以及人的发展是“一切事物的尺度”与历史的“自身目的”。人的本质的实现就是科学共产主义理论中的原则性目标。信息社会的本质正是与人本身的发展相适应的。这是历史的内在要求。

我想，这种时代的呼唤就是我们今天正在经历的这场悄悄的革命的核心内容吧！但是，任何革命都是痛苦的过程，即使不经过血与火的洗礼，也要经历一场精神的痉挛。这种痉挛表现为对新的智慧和文化的困惑、迷惘、憎恶、愤懑、忧虑、焦躁、空虚和伤感等心理状态。而它们往往以超然的理论形态表现出来。因此，时代变革所带来的心理冲突就转化为理论思想的论争。从现象看，这种论争有时只不过是对某一个人的批评，对某一理论观点的质疑，但实质上它们却是新旧文化心理的较量。目前，对刘再复的观点的批评，正是在文艺理论研究领域展开的这样一场较量。我认为，对于这场论争不能持一种简单化的态度，而应该在一种对立的结构中来思考和作进一步的阐述。

陈涌的批评文章以文艺学方法论为题，以文艺内部规律与外部规律之辩为论述的重点，实际上却是对他所坚持的传统文艺观念的一次系统的申辩。陈涌之所以痛心疾首地感到刘再复的理论危及马克思主义在中国的命运，并不在于刘再复把文学与政治、经济等的关系当成外部规律，而在于刘再复的论著中孕育着对旧的文艺理论体系具有巨大威慑作用的新的生命，这就是敢于对传统文化重新审视的叛逆精神以及体现新时代智慧的文艺观念。要把这场讨论引向深入，就必须弄清刘再复理论的核心以及这场争论的焦点。

从表面上看，刘再复只是强调文学要表现人的性格的复杂性以及文学活动中要充分发挥人的能动性。如果仅仅是这样，那么不仅多数人会拥护，而且连陈涌同志恐怕也能容纳。即使“主体性”的概念，陈涌同志的文章不是也同样使用吗？因此，我们要透过表面现象看到它的内在本质。我认为，刘再复所阐述的文学中的人学原则的核心是强调人的个性价值和非自觉意识的创造功能，也就是强调人的个体活动和精神世界（包括非自觉意识）在文学活动的各个环节中的价值和功能。所谓对象主体性是指作家要尊重描写对象的个性活动原则，所谓创造主体性是指文学创作要充分发挥作家的个性力量和自觉或非自觉意识（自由感受、自由直观、自由意志）的创造性，所谓接受主体性是指文学欣赏要发挥读者的个性创造力。总之，主体性问题的核心是个性的价值和非自觉意识的创造功能。这种文学主体性思想就不是旧的文艺理论体系所能容纳的。承认不承认文学活动中个性的价值和非自觉意识的功能，这是新旧文艺观念的重要分界线，也是这次争论的焦点。刘再复本人很明确地把它作为理论的出发点。他在《文学研究应以人为思维中心》一文中指出：“……我们往往把人只是当作被‘社会’结构（主要又是阶级结构）所支配的没有力量的消极被动的附属品……人本身没有足够的价值。”“按照这种理论，所有对象主体（人），都被规定为阶级的人，规定为阶级机器上的螺丝钉，要求人完全适应阶级斗争，服从阶级斗争，一切个性消融于阶级和阶级斗争之中。”同时他又指出：“研究文学的规律，最重要的是研究人的感情活动，主体的审美方式、表现方式等等。因此，文学研究就不仅要研究人身上那些合逻辑的地方，而且要研究那些不合逻辑的地方；不仅要研究那些合理性的现象，而且要研究那些不合理性的现象；不仅要研究那些必然的东西，而且要研究那些偶然的东西；不仅要研究那些常态的心理，而且要特别研究那些变态的心理；不仅要研究那些确定的因素，而且要研究不确定的因素；不仅要研究共性，而且要研究个性。而且，我们今后一定时间范围内，将要特别注意后一方面。”刘再复在《关于〈性格组合论〉的总体构思》一文中又指出：过去，“在文学观念中产生三种片面性：（1）研究人只允许讲人的实践论，而不准讲人的本体论。一讲本体论就涉及人性的深层，就涉及主观心理世界，就有被说成是人性论的危险。（2）研究人的实践论，只涉及人的阶级斗争实践，因此，绝大多数的作品都设置了阶级斗争的单一环境，多数的人物形象都是阶级斗争的工具。（3）某些探讨本体论的文章，由于外部条件的限制，只能描述本体的表层现象，即处于静态中的人性，而不敢涉足本体深处的非稳态和潜意识，不敢表现人性深层中的不安、动荡、痛苦、拼搏等等。我提出的人物性格二重组合原理，正是试图踏进人的本体研究，促使我们的文艺创作向人性的深层挺进，更辉煌地表现人的魅力。”这两篇文章可以看作刘再复的研究提纲，刘再复研究的出发点和思路都通过它们表述得很清楚。从以上引述就不难看出，实现人的个性价值和发挥非自觉意识的创造功能正是刘再复的文学论的核心，也正是在这一点上，充分表现出新的文学观念的时代特征。

有些同志的文章正确地指出：刘再复对文学的人学原则的研究，找到了文艺理论更新的突破口。因为丧失人的主体性，尤其是忽视和否定人的个性价值和非自觉意识的创造功能乃是旧的文艺理论体系的根本缺陷，旧的文艺理论体系包含三个最基本的命题：一，文学艺术是什么，是用形象反映社会生活的意识形态；二，人类为什么需要文学艺术，为了认识生活和教育人民；三，什么才是优秀的文学艺术作品，就是用先进的世界观反映社会生活本质的作品。文艺理论的其他一些命题和原理都是从这里推演出来的。通过这种简化的处理后我们就可以看得很清楚：旧的文艺理论体系的逻辑前提就是哲学认识论，即把艺术审美系统纳入哲学反映论的框架中来思考，这样一来，审美主体与审美客体的关系就被规定为反映与被反映的关系，精神与物质、意识与存在的关系，在这种关系中，主客体明显存在着第一性与第二性的区分，审美客体是第一性的，审美主体则是第二性的，它们呈现出因果决定论的逻辑关系。沿着这个逻辑思路走下去，顺理成章的结论就是生活决定艺术，艺术从属于社会的政治经济关系。文学作为审美主体对审美客体反映的产物，便成为社会政治经济关系的形式。这大概就是陈涌同志所谓的“马克思主义文艺观”的基本内容，也就是陈涌同志怀着神圣的感情竭力捍卫的，作为他的那篇长文的出发点的基本原理了。当然，陈涌同志也承认“马克思主义文艺学过去忽视对于文艺如何以自己的特有的审美方式反映生活的具体规律的研究的缺点需要克服”，也承认文学主体性问题在文艺理论体系中的地位，“肯定艺术创作主体作为反映对象的社会的人以及作为接受主体的读者和批评家的能动作用”。但陈涌同志是在文学乃政治经济的反映形式的前提下来谈论人的主体性的，正如他文章中提出的，只要承认文艺与政治经济的关系是反映和被反映的关系、形式和内容的关系，外部规律说便没有立足的余地，也就是说陈涌所谓的主体性是出于对客体的依赖、从属的地位上的能动性，是形式对内容的反作用这一意义上的能动性，这当然是一种被动的有限的能动性。我们可以把这种能动性表述为逻辑推理的三段式：（1）文艺是客观生活的反映——强调文学内容的再现性，导致生活决定艺术的结论；（2）文艺是社会生活本质的集中概括的反映——强调文学的认识性、真理性，导致思想先行、内容第一的结论；（3）文艺是按照一定的阶级利益和政治路线对生活的能动反映——强调文学的社会意识形态性，导致世界观决定创作、政治决定艺术的结论。这种逻辑行程很明显缺乏生活与艺术的辩证内容，因此它必然从直观反映论走向唯意志论。这不正是旧的文艺理论体系的致命弱点吗？从这里不难看出，这种文艺理论体系的特点是：把客体对主体的规定和制约绝对化，忽视主体对客体的创造，尤其是否定个体的精神活动（包括非自觉意识的活动）的创造性。即否定个体的主体价值的外化过程。

首先，在旧的文艺理论体系中，主客体的关系不是互为前提、双向建构的，而是一种因果决定论的关系，主体从属于客体，并在客体的决定作用下消失了，这是一种见物不见人、丧失主体性的理论。其次，主体性的内涵被理解为作家按一定的阶级、集团的利益、需要（群体的主体性）对客体的自觉反映的能动性，不包括个体人的实践活动及其深层心理结构的创造性。这种反映论的文艺观是无个性的理论，因为反映活动只要符合群体的社会的或逻辑的规范，就可以达到反映的正确性。这种反映论的文艺观又是关于人的自觉意识活动的理论，非自觉意识领域则是艺术反映论的盲点。所以，旧的文艺理论体系是一种重社会理性规范、轻个体精神创造性的理论。再次，在旧的文艺理论体系中，主客体运动不是一种内化与外化辩证统一的过程，而是片面强调内化的环节，即客观世界的规律内化为人的认识，而忽略了外化这个环节，即人的生命力的创造功能，人的自由直观、自由感受、自由意志，外化为某种创造物（符号）的过程。因此，这是一种单维单向的直觉反映论的文艺理论。总之，旧的文艺理论由于贯彻直观反映论的方法论原则，终于导致文艺主体性的失落，在文学创作中则表现为自我意识淡薄，创作个性消沉，古典主义倾向泛滥，公式化、概念化盛行，这不正是旧文艺理论体系的必然产物吗？我认为，“左”倾思想影响下文艺创作所出现的一些比较重要的流弊，都与文学主体性的失落相联系，都可以在旧文艺理论体系中找到思想根源。这里的关键问题是：旧的文艺理论体系把文学的认识属性绝对化，把文学审美这种复杂的精神活动简单化了，堵塞了文艺创作的个性活动的空间。因此，把自我实现的理论，把深层心理的研究，都判定为唯心主义的东西而加以否定。面对着文艺实践中那些令人痛心疾首的事实，文艺理论界的许多有识之士都在对原有的文艺理论体系进行严肃的反思。刘再复同志站在哲学的高度，敏锐地抓住旧文艺理论体系的根本缺陷，深入地、充分地阐明文学的主体性原则，为文艺理论的根本变革迈出了重要的一步。这种探索的理论意义在于：它引入了构筑文艺理论体系的新的逻辑思路——价值论的视角。即把文学看作人类自我实现的价值形态，并以此为出发点来理解文学的本质、特征和功能。这就使人们审视文学现象的角度发生了从外向内、由客体向主体的转移。这不仅是开辟了新的思维空间，更重要的是找到了新的文艺理论体系的生长点。在文艺理论中，承认不承认单一的反映论思路的局限性，承认不承认文学主体性思想的重要性，这当然是新旧文艺理论体系的重要分界，也是我们与陈涌等同志分歧的表现，但争论还不仅限于此。承认不承认个性活动的原则和个性的价值，承认不承认人的深层心理的创造功能，也就是说，承认不承认个体的主体性和非自觉意识的主体性，这才是新旧文艺理论的最深刻分歧，也是我们与陈涌等同志争论的深刻原因，而刘再复同志正是从这里入手来阐述文学的主体性，把文艺理论变革引向深层结构的震荡。这就是刘再复所提倡的文学的人学原则的深刻性。

当然，完整的文艺理论体系必须坚持认识论与价值论的统一，正因为这样，我们并没有把旧的文艺理论体系说得一无是处而持彻底否定的态度，而是实事求是地揭示它的根本缺陷。且不说它在历史上具有某种现实的合理性，在与唯心主义文艺观的斗争中有其历史的功绩，就它本身的理论价值而言，它在描述文学的表层结构、揭示文学的表层规律方面也有其局部的真理性。因此，唯物主义的反映论原理在理解文学的本质上仍然是有意义的。但是我们应该明确指出的是：文学审美活动不仅是一种认识活动，更是一种人类在长期的历史实践中发展起来的对象性的创造活动，文学的世界不仅是作家对人类生活的客观必然性的认识，更是作家创造的人的自由本质的象征境界。在具体文学作品中，认识的内容（即特定的社会生活的真实反映）仅仅是它的表层结构，而文学作品的深层结构则是超意识形态的形式，即蕴含着哲理和心理规律的人类生活和心灵的特征。这就是文学作品的难以言喻的意味，它能作用于读者的深层心理，引起读者的象征表现活动，激发读者的审美再创造，我们称它为“象征意蕴”（我在《艺术魅力的探寻》一书以及《文学与象征》等多篇论文中对此曾作过分析，兹不赘述）。这是作家创造的文学的真正价值，也是优秀文学作品生命力之所系。而文学作品的深层结构的获得尽管也要受作家的认识能力的影响，但主要的却不是遵循认识论的规律，而是遵循价值创造的规律。在价值创造中，主体人的价值尺度高于科学尺度，人的生命活动的目的性原则（即人性的优化目标和自由的实现）起着支配的作用。这时，人的主观自身，人的整个精神能力，包括深层心理结构的欲望和生命自然力，作为一种驱动力量都得到充分的发挥和表现。因此，价值创造过程是反映与表现、自觉意识与非自觉意识、理性与非理性、理智与感情辩证统一的过程。对于作家来说，他对人类生活和心灵的深刻特征的发现和表现，绝不是仅凭自觉意识的反映和理智的思维所能完成的，而必须是全人格的感动、全生命的创造、全身心的感悟，必须是理性积淀为感情，思维积淀为直觉。在这里，个性的活动原则、非自觉意识的创造功能就表现得非常突出。总之，文学审美活动作为价值关系的领域，认识和反映仅仅是一种手段或载体，而目的和实际内容则是象征，即在审美对象上面看到人自己的自由本质。艺术审美的本质就是欣赏者在艺术家所创造的人类生活和心灵的特征的诱导下生活经验和心灵体验的组织化和有序化，它是人类自我欣赏、自我塑造、自我调节、自我完善的机制。科学的目的是认识客观的规律，当然作为认识的成果也表现着人的本质，因此从那上面也可以直观自身，也能获得审美愉悦，但那不是科学活动的直接目标，而是一种副产品。而艺术就不一样，它的直接目标不是认识客观规律，而是创造精神价值，即人性价值的符号，使人们在它上面直观自身，实现自己。而它对客观生活的再现、认识仅仅是一种手段，是作为一种载体来承载它所创造的价值内涵。如果说陈涌同志的文章仅仅是重申了旧文艺理论体系早已基本说透的文艺表层规律，那么刘再复同志的论著则是创造性地研究了被旧的文艺理论体系所忽视的文艺深层规律。

两种文艺观的对立和论争必然牵涉文艺学方法论问题。文艺理论中的确存在着这样两个似乎自相矛盾的命题：（1）作家的创作是对客观生活的反映，社会生活是作家创作的源泉，脱离生活、闭门造车是难以创作出好的作品的；（2）作家的创作是一种自由的创造，是植根于人的需要的价值活动，纯客观地再现生活，缺乏生气贯注的作品是不可能有生命力的。这种矛盾我们可以概括为文学系统中主体与客体的矛盾。前一个命题是从认识论的角度看文学，后一个命题则是从价值论的角度看文学。从认识论的角度看，文学的目的就是对生活本质的反映和认识，而人的能动性只表现在这种反映和认识的真理性程度（即准确、生动、深刻的程度）。在这里，对客体的反映是目的，而人的主体性则是手段，物是出发点，是思维的中心，人是第二性的、工具性的。从价值论的角度看，文学的认识内容和再现因素仅是一种媒介或载体，文学的真正目的则是创造一种生命的秩序，是自我的自由本质的实现。在这里，自我实现是目的，反映则是手段，人是出发点，是思维的中心，物是第二性的、工具性的。从这里可以看出，上述两个命题的矛盾实质上是认识论与价值论的矛盾。由于这一矛盾，文艺理论批评史上经常发生各执一端的争论。要正确地解决这个问题，在认识的方法上就必须贯彻双向建构的辩证法，抛弃线性因果决定论的逻辑方法，在认识的内容上，要把价值论与认识论统一起来。实际上，艺术与生活之间并非绝对的线性因果关系，以上两个命题并不是非此即彼、彼此对立的。按照辩证法的理解，主体与客体是一对互相对立又互相关联的范畴。客体对主体的规定和制约，恰恰是在主体对客体的创造和规定中实现的。主体创造和规定客体，同时就是主体被客体规定和制约，它们是双向建构的。在文学创作中，主体的文化心理结构与客体的现实生活是互为前提、互为条件、互为因果、相反相成的，换句话说，因为生活是那个样子，所以作家才作那样的反映；另一方面，又因为作家的审美方式是那样的，所以生活才被写成那个样子。文学创作过程就是这两者的矛盾统一运动，即文学是再现与表现、认识与创造、主体与客体、人与自然的双向建构的产物。艺术创造活动就是马克思所说的人创造环境、环境也创造人的实践过程在精神领域中的复演，它通过象征（即异质同构联系）的机制来实现这种复演。而象征就是精神领域的双向建构即相反而实相成的运动：客体向主体的运动（客体的内化）和主体向客体的运动（主体的外化）的统一，一方面是客体对主体的制约，另一方面是主体对客体的创造。只有这两者的统一才构成文艺创作的完整过程。在这个完整过程（象征）中主体与客体互相占有，反映与创造、认识与创造获得统一，群体交流与个体自我实现获得统一，自觉意识（思维）与非自觉意识（情感、意志活动）获得统一，这是一种物我同一、内外宇宙交通、个体与类融合的自由境界，这种自由境界基于现实，又超越现实，是合规律的把握，又是合目的的创造。艺术审美活动正是在这种自由境界中实现自我本质（人的对象化）、体验人生价值（自由的体验）的过程。这是人类引导自己走向优化目标的一种奇妙无比的精神现象，它难以用一般的意识形态理论所能解释清楚。我们要真正把握文学的本质，则必须在上述各种关系的统一中作出具体的规定，在“自然—人”的系统运动中来思考。但是我们过去在理解唯物论的反映论时，没有弄清这种双向建构的辩证法，偏重客体对主体的规定和制约，实际上忽略了主体性的地位。这种认识论是一种跛脚的认识论。刘再复同志正是针对这种艺术认识论的缺陷而提出文学的主体性原则的，他对“性格二重组合原理”的阐发，他对文学主体性问题的论述，始终贯彻了辩证法的哲学方法论。刘再复同志在方法论上的优越性，使他的文学理论能建立在坚实的唯物史观的基础上。陈涌同志拘囿于那种跛脚的认识论，必然背离马克思主义的历史唯物主义，在文学观上表现出浓厚的机械论的色彩。我们并不怀疑陈涌同志本人对马克思主义的真诚，但由于他在观察文艺现象时未能彻底地贯彻辩证法精神，结果事与愿违。这种教训难道不值得我们深思吗？

旧文艺理论体系缺陷的形成有其深刻的文化背景。在哲学史上，哲学的基本命题一直是思维与存在的关系问题，在回答这个问题上出现唯物主义与唯心主义两大哲学派别。人们为了坚持唯物论，比较注重客体对主体的规定和制约。因为在认识论的领域内，主体与客体的关系实际上就是思维与存在的关系。这样一来，主客体范畴便消融在哲学基本命题之中。把艺术审美关系纳入认识论的逻辑框架，用反映论原理来解释文艺现象，这样构筑起来的文艺理论体系必然是失落主体性的理论，必然是排斥非自觉意识的创造性的，把艺术创造性仅仅理解为认识的能动性。从文艺实践的角度看，我们的文学在一定程度上成为政治、道德的附庸，文学的内容渗透着政治、道德的观念，文学中的人也只能是道德化的人，即使承认文学是人学，也是一种道德化的人学。而过去时代的道德实际上是跛脚的道德，是一种以牺牲个人为前提的道德。在道德的领域内，人的主体性便在社会理性规范下失落了。文学的主体性的失落与文学的道德化是紧密相联的。这种历史的迷雾遮盖了人们洞察文学的内在本质的视线，使人们看不到文学活动中个性的价值，只看到社会群体的利益、需要、愿望的制约作用。加上心理科学的落后，人对自身的认识还很粗浅，尤其是对人的个性活动和非自觉意识的内在机制几乎是无知的，这也妨碍人们深入研究文学活动的深层规律。当然，造成旧文艺理论体系的严重缺陷，造成对文学本质的许多误解、曲解和偏见，原因是复杂的，必须进行深入的研究。我们这里的粗略提示只是为了说明，从某种意义上说，旧文艺理论体系的缺陷乃是时代的局限，因此，陈涌同志理论的错误也不能完全由他个人负责。在这点上，我们应该把眼光放远，立足于时代变革的高度促进理论的发展，而不是个人之间争一日之短长。刘再复同志站在哲学思潮变革的高度，吸收心理学发展的成果，对旧的文艺理论体系进行反思，建构起新的文学的人学原则，这是基于崇高的历史责任感而结出的智慧之果。

当人类生活处于转折的关头，要求最大限度地调动人的全部精神力量和肉体力量时，人的问题便尖锐地提出来。人类是在艰苦的斗争中获得生存和发展的，而不是消极被动地依靠不依人的主观意志为转移的客观因素的自发作用。历史的发展不断打破人们的一种天真的信念：相信外在的、独立于人的客观必然性的恩赐能够改变自己的命运，以为只要认识到这种必然性，遵从这种必然性，人类就可以获得自由。当代科技革命的发展对人类的影响是多方面和深刻的，它使人类越来越强烈地意识到人类自身发展的目的性以及价值实现的重要性，认识到客观规律之所以使人感兴趣，首先在于它们能够为一定的目的所利用。同时，科学技术的进步为人类展示了充分发挥人的创造性的光辉前景，人类更加自信：未来取决于自己的创造，人类的实践不仅要依据客观的必然性，还要诉诸自己的主体能力。我们不仅应当到自身之外，还应在自己本身去寻找实现自己目的的根据和力量。总之，人们意识到，自由不仅是对必然的认识，同时是自我价值的实现。这样一来，价值范畴、主体性哲学就突出地摆在我们面前。哲学家们在寻找合规律性与合目的性的统一途径，寻找必然王国与自由王国的通道。实际上，无论是人对自然的认识，还是对自然的改造，归根到底都是为了调整人与自然或主体与客体之间的价值关系，这是人类全部活动的最终目的。因此，哲学将以探究人与自然、主体与客体之间相互关系的特点、本性及其历史变化规律作为自己的中心课题。而人与世界或主体与客体的关系，包含着两对基本范畴：一是个体与群体，即人的个性与人的社会性的关系；一是主观与客观即主观能动性与客观必然性的关系。前者构成历史哲学的对象，后者构成实践哲学的对象。用这种宏观的文化哲学来考察刘再复的文学主体性思想，我们就可以进一步看清它的意义和价值。

从历史哲学的角度看，刘再复的文学主体性思想是在民族文化反思的背景下出现的新的文艺观念，它具有在文艺领域促进民族觉醒的启蒙作用。中国社会长期处在封建专制主义统治下，封建主义是以敌视人的个性与原欲（自然生命力的表现）为特征的，人的活泼个性和变幻莫测的精神世界始终与僵硬的社会规范处于尖锐的对立之中。因为在封建文化体系里，封建集权即是目的自身，而人只不过是达到这个目的的工具。维护权力中心和社会的超稳定结构

（等级森严的群体结构）成为封建社会的最高目标，整个社会奉行政治第一、伦理中心的准则。这必然导致对民主和自由的彻底否定，对人道和个性价值的践踏。因此，我们的传统文化表现出一个明显的特征，即重视群体的凝聚力而忽视个体的活力，忽视人的自由发展。在封建专制主义体系里，人成为庞大国家机器的齿轮和螺丝钉，人的个性和创造力丧失殆尽。个人的高度理性化却使社会表现出高度的非理性本质，这就是异化社会的深刻的荒诞性。可悲的是，我们国家在建立了人民群众当家作主的社会主义制度之后，尤其到了20世纪80年代的今天，我们有些同志的头脑仍然被封建专制主义文化的恶鬼纠缠着。封建主义文化产生的深刻根源是生产方式的落后和生产力的低下。由于自然环境的险恶、生活资料的匮乏，生存便是人生的第一要义。而生存原则对任何人都具有同等的意义，每个人的个性存在方式在这里是没有价值的。不管你干什么，都是作为群体的齿轮和螺丝钉发挥作用的，个人不能成为自由自觉的整体。这种社会必然是以群体性为特征的，任何行为，只要维护群众的生存和群体的稳定秩序，就是道德的、有价值的。我们过去提倡的正是这种否定个性价值、压抑个人需要和欲望的群体伦理学，并且把这种封建主义的价值体系冒充为共产主义思想体系。陈涌等同志的文章也在谈论主体性，但其内涵却是群体的主体性和自觉意识的能动性，而把刘再复论著中关于人的个性和深层心理的内容视为大逆不道，加以拒斥，其深刻的原因就在于陈涌等同志奉行的是陈腐的价值观念。今天，我们在促进国家的现代化进程、培植人民群众的现代意识的时候，多么需要重新进行一次马克思主义价值观的启蒙啊！刘再复的文学主体性理论旗帜鲜明地颂扬一种新的价值观念，对人的个性价值和非自觉意识的创造功能进行大胆的理论探讨，它将使我们意识到用马克思主义的价值体系代替陈腐的封建主义价值观念的迫切性。

从实践哲学的角度看，刘再复的文学主体性思想是哲学主体论和价值论研究的新趋势在文学研究中的表现，它具有认识论方面的启迪意义。我国哲学界从 1982 年开始就全面展开关于主客体问题的研究，目前正在进一步把这一问题的理论探讨同各个领域的变革结合起来。在美学理论研究中，“主体性”或“人类文化心理结构”问题也突出出来，更多地着眼于实践主体，以历史活动及其文化积淀来定义美感。与此同时，价值论的美学观也引起美学界的普遍重视。这种美学观认为，审美就是人与对象之间的一类价值关系，在这种关系中，人是主动的一方，人的尺度高于物种的尺度，而不像在科学认识中，人只是反映者。有的同志还明确指出：美学的哲学基础主要不是认识论（反映论），而是历史唯物主义。因为，如果审美仅仅是一种认识活动，单靠哲学认识来指导研究，那就必然把美当作认识，把美感当作对美的主观反映，把审美看作是一种特殊的思维方式。这样一来，与对象相符的美感最终将等于真理，美学也就等同于认识论，艺术与意识形态的区别就剩下形式的不同了。这显然不能解释全部艺术实践。当人们面对复杂的文艺现象进行深入的思考时，就会发现旧的文艺理论的肤浅和幼稚。要摆脱理论的困境，就必须引进新的观点，即价值论，把艺术活动看作人类的创造活动，把艺术作为价值论研究的对象，就必须重视价值的主体性的研究。所谓价值的主体性就是在价值关系和价值中，主体的需要、能力、评价等居于核心和主导地位。而主客体关系在认识论和价值论领域中的内涵和性质是不一样的。在认识论领域，认识就是客观事物的属性和规律在主体的反映的产物，认识主体与认识客体的关系相当于精神与物质的关系，认识客体是第一性的，而认识主体则是第二性的。但在价值论领域中，价值就是客观事物满足人的需要的属性和功能，价值主体与价值客体的关系则是人的需要与价值物的关系，主体是第一性的，而客体则是第二性的。这种区别表现在文艺理论上，就是以物（客观事物现象和本质）为思维中心抑或以人（人的本质和需要）为思维中心的分歧，这是认识论的文艺观与价值论的文艺观的根本分界线。刘再复在他近年来的学术研究中，始终贯穿着一个人学原则，即一方面以对人的思考作为基点来研究文艺现象，另一方面又把文艺研究归结为人的研究，总之，就是以人为思维中心或从主体的角度来理解文艺的本质、特征和功能。刘再复的研究在文艺理论领域中实现了认识论上的一次重大的转移。尤其是他在实践主体与精神主体的区分中着重研究人的主观创造性，研究人的深层心理结构的功能，更使文学的主体性思想深入了一步。这种主体性就不同于认识的能动性，而是人类自己创造自己历史的主体建构能力。它使我们的认识论超越被动反映论的局限，而在人类实践的意义上，在“自然—人”系统中确立认识论的功能。这对发展马克思主义文艺学具有重要的启发作用，启发我们必须用价值论来改造和充实认识论。

综上所述，陈涌同志与刘再复同志的论争，并非仅仅局限于对某些文艺问题的具体看法上的不同，而涉及认识论、方法论和历史观等方面的深刻分歧。我们毋庸讳言这种分歧的深刻性，因为它绝不是个人之间的争论，而是代表了新旧文艺理论体系的尖锐对立。为了使这种对立的性质更加一目了然，我们可以用最简化的方式来描述和概括争论的内容。首先，陈涌同志是在客观环境决定论的前提下承认人的主体性，而排除主体对客体的超越性；刘再复同志则是在人的反映与创造的双向建构中理解人的主体性，它是认识论与价值论的统一。这是方法论上的分歧。其次，陈涌同志只承认思维对存在反映的能动性，而排除非自觉意识的创造性；刘再复同志则强调非自觉意识的创造功能，深入研究人的深层心理结构。这是认识论上的分歧。第三，陈涌同志只承认群体实践的主体性，即人的社会性，而排除个性的独立价值；刘再复同志则强调个性的表现（即自我的实现）在文学活动中的价值，注意研究人的个性心理的功能。这是历史观上的分歧。上述三方面的分歧就是这场争论的症结所在，也是文艺理论变革的三个关节点。我们时代的文艺理论必须是以历史唯物主义为基础，以唯物辩证法为指导，以人为思维中心，重视人的个性价值和创造精神，重现人的深层文化心理结构功能，坚持认识论与价值论统一的文艺理论，是扬弃旧文艺理论体系的缺陷，在更深的层次和更完整的意义上反映艺术规律的文艺理论。从这个意义上来说，刘再复的理论探索可以说是建设我们时代文艺理论的基础工程。

很清楚，刘再复的文艺观不仅没有偏离马克思主义，而且是从整体上把握了马克思主义历史唯物主义的世界观和方法论。遗憾的是，不仅陈涌等同志误解了刘再复同志的文艺观，而且不少同志是持一种宽容的态度来对待刘再复的探索的，甚至有些同道也不敢理直气壮地宣称刘再复同志在新的历史时期发展马克思主义文艺学的贡献。这种情况说明了，我们对马克思主义思想体系的理解存在严重的片面性。由于马克思主义经典著作的时代特征以及后人对马克思主义的实用主义态度，理论界留下不少思想迷雾，因此人们不容易完整准确地把握马克思主义思想体系。实际上马克思主义的历史唯物主义包含着两条基本的逻辑线索：一是人的本体论，即人的一般本性的论述；一是人的实践论，即人的实践活动的历史考察。历史唯物主义就是人的本体论与人的实践论的统一，马克思早期很重视对人的研究，并在关于人的一般本质方面为后人提供了许多光辉的思想，成为我们对人进行哲学思考的一份宝贵的精神财富。后来由于创立唯物史观以及同唯心主义斗争的需要，马克思把重点转向了社会客体——物质生产和经济关系的研究。恩格斯晚年曾对这种倾向作了一定程度的纠正。毫无疑问，作为历史主体的人及其实践应该是唯物史观的核心，历史唯物主义应是实践基础上关于主客体统一的哲学。可是我们却一味片面地强调经济关系和历史规律的决定作用，把关于人的研究让位给资产阶级，一谈起人性、人的本质、人道主义、人的解放，有的人就神经紧张起来，而对那种无视人的价值、肆意践踏人的尊严的理论和行为，则麻木不仁，缺乏判断力，甚至认为残酷斗争、无情打击才是马克思主义的哲学。这是对马克思主义的极大误解。在马克思主义文艺学中，过去我们只强调人是一切社会关系的总和这一面，强调把人物放在复杂的社会关系中来描写，却忽略了人作为个性存在的一面，不去表现人的复杂的精神结构尤其是深层心理的幽秘。这种缺陷直接导源于长期以来对历史唯物主义理解的片面性。应该明确地指出：不以历史的主体——人为思维中心的文艺理论不可能是真正的马克思主义的文艺理论，忽视人的个性价值与非自觉意识的创造功能的文艺学也不是完整的马克思主义文艺学。马克思曾深刻地指出："从前的一切唯物主义——包括费尔巴哈的唯物主义——的主要缺点是：对事物、现实、感性只是从客体或直观的形式去理解，而不是把它们当作人的感性活动，当作实践去理解，不是从主观方面去理解。"陈涌等同志坚持的文艺观，不正充分表现出旧唯物主义的"主要缺点"吗？我们时代的文艺理论，将在历史唯物主义的基础上，向着以人为思维中心，主客体统一、认识论与价值论统一的方向前进。

（原载《读书》1986 年第 12 期、1987 年第 1 期）

第四辑 文学作品研究

《离骚》探胜

《离骚》是一首用生命写成的规模宏大的伟大诗篇。欣赏《离骚》之前，我们必须做好如下准备工作：首先要有历史知识的准备，也即要了解春秋战国时期的政治、文化以及楚国的情况，掌握一定的草木禽鸟和神话传说等方面的有关知识。其次要有语言、音韵知识方面的准备，也即了解楚辞的体裁特点，掌握楚辞的音韵和楚国方言等知识。但是更为重要的是我们的心灵要进入欣赏伟大诗篇的情境，我们仿佛坐在宇宙这个大剧场当中，忘记了时间和空间的阻隔，抛弃身旁纠缠的杂务纷思，闭目屏息地谛听诗人的歌唱，聚精会神地欣赏披彩虹、挟雷电的灵魂的戏剧。诗人犹如一个顶天立地的巨人，他面对着胸怀坦荡的长空，面对着洞察一切的日月，面对着公正无私的历史，引颈长啸，声震寰宇。一切都融化了、消逝了，只剩下诗人与我们灵魂的共鸣。这时，我们的整个心灵都被诗人的声音占住了、充塞了，仿佛看到诗人在慢慢地向我们走来了。他是一位形容枯瘦的老人，在辰阳山中，在湘江泽畔，徘徊吟唱着。他怀着满腔的悲愤和不平，他蒙受着巨大的冤屈和痛苦的熬煎。他，不就是我的朋友、我的父辈、我的师长吗？他的痛苦就是我的痛苦，因此，他的歌声也就化成了我的歌声了。唱着唱着，我也唱出了自己的忧患和沉思。

听完诗人的吟唱之后，我们就会产生这样的直觉印象：这是一个多么奇诡丰富而又意味深长的艺术胜境啊！

它所展示的是这样的美学境界——人神混杂，瑰奇雄伟，情天意海，波谲云诡。

在诗中，日月风雷供诗人自由驱遣，寥廓天宇任诗人随兴遨游。在诗中，我们听到了诗人与神对话，互传心曲，看到了诗人上下求索，天地浑一。在诗中，花草禽鸟，玉龙鸾凤，构成一幅绚烂的画卷；既忠且怨，欲去又恋，形成一曲愁肠百结的咏叹。

那里面的艺术，节奏回荡，文辞凄婉。有大开大合的笔法，也有大起大落的对比。它们表现一个伟大的悲剧、一种深广的忧愤。诗人追求理想，上天入地，顽强求索，却一直找不到实现理想的机会，这是人间的悲剧。诗人内美好修、高风亮节，但却彷徨歧路、孤寂苦闷，始终得不到世人的理解和同情，这是千古的浩叹。

全诗可分为三大部分：第一部分（自开头至45节）为述怀。诗人痛苦地申诉，剖明心迹，吐露忧怨，希望获得世人的理解和同情，表现出诗人遭遇不幸仍然尽忠矢志的崇高人格。第二部分（自46节至64节）为追求。诗人上下求索，寻找同道，以实施他的“美政”理想，表现出诗人追求真理的顽强精神。第三部分（自65节至92节）为幻灭。诗人发出绝望的呼喊，国家将破，人莫我知，走投无路，唯有以一死向现实作出最后的抗议，表现出诗人宁为玉碎、不为瓦全的伟大气节。它们组成伟大诗人心灵音乐的三部曲。最后的“乱”辞是这支音乐的尾声，对全诗的内容作了概括。

似乎可以做出这样的概括：《离骚》以其空前的规模和气势，生动再现了屈原的人格力量、爱国情怀及其与社会对立所引起的情感矛盾的浩荡波澜。它是封建时代知识分子的正直人格的巨型雕塑，它是中华民族爱国志士的苦恋情操的交响乐，它是人类心灵的辩证运动和苦难历程的巨幅图画。

总之，《离骚》想象丰富，境界恢宏，情诚怨深，整体和谐。它的构思纵横驰骛，像宇宙一样寥廓；它的形象和语言精彩绝艳，像云霞一样绚丽；它的思想感情跌宕变化，像黄河九曲，汹涌澎湃而又回旋往复；它的风格幽深含蓄，像箫管笛音，委婉隐约。其内容的伟大崇高和艺术的出神入化，堪称划时代的巨著。

读完《离骚》，谁能不为诗人那为国奋斗、为国献身的爱国热情所感染，谁能不为他的独立不迁的崇高人格所激荡；又有谁能不为诗人的悲剧命运洒下同情的眼泪，能不与他的百叠回肠般的情感矛盾发生深深的共鸣；更有谁能不为诗中的丰富想象、瑰奇境界和华美语言而击节赞叹。《离骚》正是以这些思想感情的力量和美学的魅力吸引着世世代代的读者，它所闪耀的历史的光芒和美学的光芒，堪与日月争辉。

两千多年来，不知有多少优美的形容词加在《离骚》上面，有多少才人毕终生精力呕心沥血探寻它的秘密；又有多少英雄豪杰为它发出真诚的赞叹，多少志士仁人从它身上汲取精神力量。但这一切努力与《离骚》本身的力量相比，却显得多么软弱无力！美丽的辞藻不能增加它的伟大，真诚的赞叹无助于延伸它的不朽，它的伟大和不朽是存在于《离骚》自身的实体。因此，还是让我们回到《离骚》内在秘密的探寻上。

一、《离骚》的逻辑结构

初读《离骚》，似乎没有头绪，多读几遍之后，我们就会发现它有一种回旋往复的感情节奏。但是，如果再进一步仔细地分析和思考，又可以发现它隐伏着一个庞大的逻辑结构。

诚然，屈原所处的时代还不是文学的自觉时代，屈原的创作在某种程度上还是一种不自觉的艺术加工，而且《离骚》所表现的是一种“剪不断，理还乱”的情感湍流，因而难免有时“郁结蹇产，重言曾欷”，但由于优秀作品的情理统一性和艺术完整性规律起作用，纵观《离骚》全诗，我们还是可以感受到一种巨大的逻辑力量，它把叙事与抒情融为一体，现实过程的叙述与心灵历程的再现水乳交融，处处表现出现实生活的矛盾对立和诗人情感的辩评运动，从而构成一个庞大而有序的逻辑结构。

全诗隐伏着两条基本的逻辑线索：一为现实的矛盾斗争的过程，二为心灵的辩证运动的历程。前者为副线，后者是主线。

现实过程几乎概括了诗人的一生：出身、少年时代的学习、修养和抱负以及后来所遇到的各种挫折，最后选定以死向现实抗议的结局。这个过程的公式是：内美好修→节节受挫→上下求索→以身殉国。

心灵的历程再现了诗人复杂的情感冲突，经历几个情感的波折，最后形成感情的瀑布和漩涡。这个过程的公式是：满怀热情→失望痛苦→彷徨往复→绝望决裂。

在现实过程的叙述中，诗人的“自我”面对着三种基本的矛盾冲突：一是“致君尧舜上”的努力与昏聩楚王的“不察”和排斥的矛盾，二是正道直行与党人的谗佞的对立，三是独立不迁与众芳变质的对立。在心灵历程的表现中，诗人的“自我”也面对着三种基本的矛盾冲突：一是忠君与罪君的内心冲突，二是矢志与随俗的内心冲突，三是恋国与去国的内心冲突。这两类矛盾冲突的线索交织一起，相辅相成，形成全诗的情感中线。沿着这条情感中线，各种现实矛盾和内心冲突渐次展开，波澜迭起，境界万千，诗人的“自我形象”也逐渐显露和完成。

现在，我们可以把《离骚》的逻辑结构，绘成图表，显示如下（见下页）：

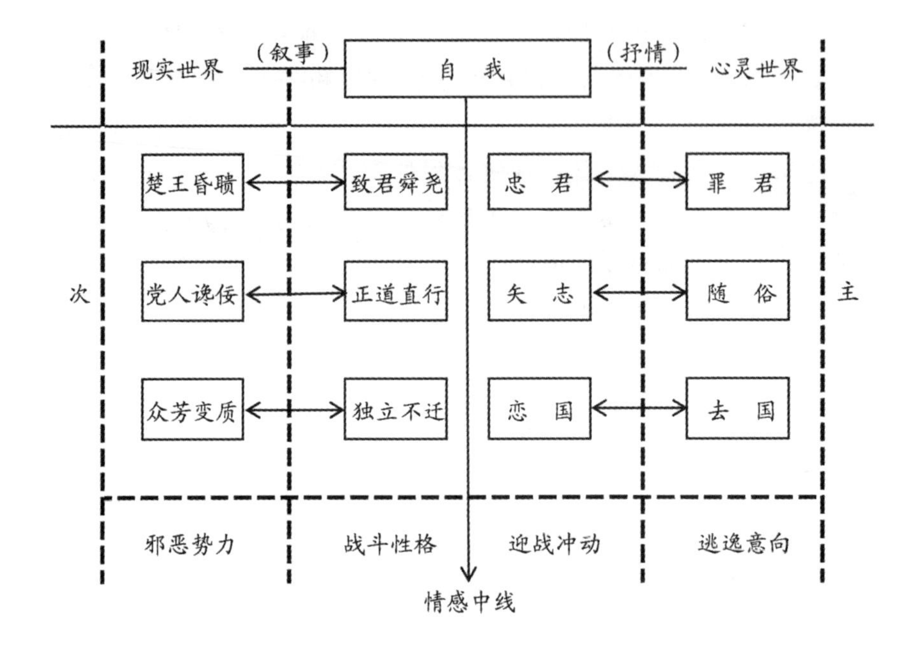

二、《离骚》的意象

《离骚》的意象是绚烂多姿、极其丰富的。如果细加分析，我们就可以发现《离骚》包含着三大意象群：一是人事的意象群，二是花草禽鸟的意象群，三是神仙传说的意象群。而每一个意象群都可以分为互相对立的两组，即肯定性与否定性两组。比如，人事的意象群中，肯定性的意象就是诗人自我以及他在政治上的楷模尧、舜、禹、汤、文王、鲧等；否定性的意象就是昏聩的君王、谗佞的党人、变质的同僚和弟子以及不能理解自己的亲人女媭。在花草禽鸟的意象群中，肯定性的意象包括江离、芷、秋兰、宿莽、木兰、菌桂、蕙茝、秋菊、木根、薜荔、芙蓉、芰荷、琼枝以及鸷鸟等；否定性的意象包括赉、菉、艾、椒、榝以及鸩鸟、雄鸩等。在神仙传说的意象群中，肯定性意象有玉虬、鷖、羲和、飞廉、鸾皇、雷师、丰隆、高帝、少康、二姚、日神、西皇、伊尹、皋陶、付说、武丁、子牙、文王、宁戚、齐桓、彭咸等；否定性意象有帝阍、宓妃、蹇脩、简狄、灵氛、巫咸等。以上这三个意象群的内在矛盾性，暗示着诗人的情感矛盾无时不在、无处不在。

《离骚》的三大意象群构成了三个世界：人事意象群构成现实世界，它是诗人生命痛苦的土壤。花草禽鸟的意象群构成象征的世界，它是诗人高洁人格的投影。神仙传说的意象群构成超现实的世界，它是诗人企图超世拔俗、迈向真、善、美境界的幻象。总之，《离骚》的意象三界都是诗人苦难灵魂的客观化，从心理学的角度看，它们分别导源于三种心理功能，即感知的功能、投射的功能、升华的功能。

那么《离骚》的意象三界之间的关系怎样呢？由于它们都是诗人苦难灵魂的客观化，因此它们都来源于诗人对现实生活的审美感受，是一而三的，也即它们是一个东西的三种形态。正如元稹说的“骚人作而怨愤之态繁”①，它们都是诗人的“怨愤之态”。人事的意象群是诗人“怨愤之态”的本体界，花草禽鸟的意象群是诗人“怨愤之态”的影子界，神仙传说的意象群是诗人的“怨愤之态”的形上界。它们之间的关系可以绘成如下图：

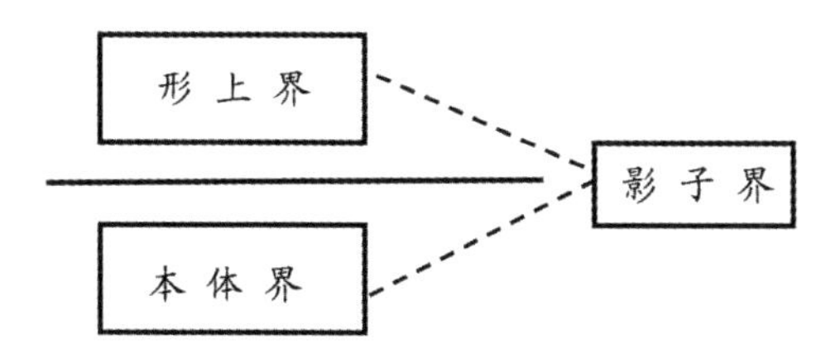

这种意象结构向人们暗示着诗人的灵魂在上天入地地挣扎，暗示着诗人的痛苦如影随形，弥漫宇宙。

《离骚》的这种意象结构的规模是极其宏伟的，它的空间感和时间感也是空前的。这只有但丁的《神曲》可以与之比美。今天，我

① 见《元氏长庆集》卷56《唐故工部员外郎杜君墓系铭并序》。

们欣赏《离骚》，就应着眼于它的伟大“鸿裁”（格局），也即庞大的逻辑结构和意象结构，而不是仅仅注视它的细部技巧。

三、《离骚》的情感表现

文学的一个重要的职能是表现人性美和人情美。性格的塑造和情感的表现是达到这一目标的两个基本途径。如果说西方文学在性格塑造方面总的说优越于我们，因为它们受希腊文学的史诗传统的恩泽，那么，中国文学则更擅长于情感表现，在这方面积累了丰富的经验，因为中国文学受《诗经》《楚辞》的抒情传统的恩泽。

《离骚》的艺术美除了表现在它的庞大的逻辑结构和瑰丽雄伟的意境形象外，更主要的表现在抒情的高超艺术上。《离骚》的情感表现艺术有如下一些特点：

首先是语调的统一。《离骚》的情感表现基本上是用哭诉的语调写成的。从心理学的角度说，一切哭的实质都是自己无力解脱痛苦，呼唤祈求他人帮助以解脱痛苦的一种对外活动。在《离骚》中，诗人好像是面对着亲人、朋友、知音，面对着公正无私的宇宙洪荒，诉说着他的不幸、痛苦、忧怨和不平。这种哭诉求援的语调贯穿诗的始终，未曾中断或转移。因此，尽管诗中的情感内容是很丰富的，但却有统一的语言色彩，形成一个统一的语言情境，从而强化了全诗的整体性效果。另一方面，这种哭诉求援的语调使人感到亲切。尽管诗中的政治倾向很强烈，但不会产生强制、训诫的感觉，大大增强情绪的感染力。这种语调容易诱导读者进入“抒情的出色状态”，容易激发读者的同情心。

其次，抒情中夹杂着行动和对话的描写，使抒情过程形成情节性的变化。全诗在抒情的行程中，描写了一次对话，即女媭的责备与诗人向舜帝的陈诉（见第 33 至 44 节），两次问卜：第一次“命灵氛为余占卜”，灵氛劝他远行（见第 65 至 69 节）；第二次是向巫咸问卜，“巫咸将夕降兮，怀椒糈而要之”，巫咸也劝其去国寻求同道以施展抱负（见第 70 至 75 节）。同时全诗描写了诗人的三次飞行：第一次飞行开始在第 46 节，“驷玉虬以乘鹥兮，溘埃风余上征”，诗人开始踏上上下求索的道路，但由于浮云蔽日，天门紧闭，于是诗人失望地结束了第一次飞行（见第 52 节）。诗人寻找明主失败，但仍不甘心，转而追求同道，于是进行第二次飞行，从第 54 节“转吾将济于白水兮”至第 64 节“余焉能忍而与此终古”都是描写第二次飞行的过程。第二次飞行失败后，诗人决不与世浮沉，现实的情况已使他绝望，要不同流合污，唯有离开一途，所以诗人又振作起来，坚定信心，重上追求寻觅的道路，从第 83 节开始，诗人进行了第三次飞行。到第 92 节，诗人“忽临睨夫旧乡”，内心升腾起强烈的故土之情，他的感情突然发生了一百八十度的转弯，终于离不开自己的祖国，而结束了第三次飞行。第三次飞行的场面描写得轰轰烈烈，诗人的去国意向似乎死心塌地，但实际上经不起故国之思的一击，转变得如此突然，强烈衬托出诗人爱国情感的深沉，震撼着读者的心灵。至此，诗人的自我便失落、融汇到国家、民族的大洋中去。爱国的热情战胜了去国的意向，诗人决心生为祖国奋斗，死为祖国献身。在第二次飞行中，又包含着三次求女的过程：第一次追求的对象是宓妃，但她“虽信美而无礼兮，来违弃而改求”，第一次追求失败了（见第 56 至 58 节）。第二次追求的对象是“有娀之佚女”，但因为犹豫不决，所以落在别人的后面，终于仍以追求失败告终。于是诗人又向“虞之二姚”进行第三次追求，由于“理弱而媒拙兮，恐导言之不固”，追求也失败了。总之，这一次对话、两次问卜、三次飞行以及三次追求的失败的情节性描写，形成了《离骚》的外在节奏感。实际上，女媭、灵氛、巫咸的话以及三次飞行的情景都是诗人否定性人格的化身，是诗人潜意识中逃逸意向的表现，也就是诗人内心矛盾的反映。全诗始终贯穿着两种力量、两种动机、两种价值观念的冲突，这是一种内在的、无形的心理冲突，但诗人通过外在的、有形的情节性描写表现出来，这不仅使全诗的抒情艺术曲折、生动，而且使诗的情感内容含蓄蕴藉，富有情味。

第三，《离骚》的抒情还具有内在的情感节奏。我们可以把《离骚》的抒情过程看成是一股从诗人胸中源源而出的情感流。这股情感流的特点是汹涌澎湃而又回旋往复。它在行进中掀起了许多浪峰，它的浪迹波痕勾画出诗人心灵的波折，它的回荡的节奏表现出诗人抒情艺术的超凡。

《离骚》情感流的流程包含着三个大潮。第一大潮在第一大段，围绕着忠贞与谗佞的现实冲突掀起一个感情的大波。第二大潮在第二大段，围绕着诗人上下求索、寻找通向“哲王”的道路而与各种各样的阻挠、困难进行斗争的过程，掀起又一个感情的大波。第三大段围绕着离开故国另求贤主的意向与怀恋故都的爱国热情的矛盾冲突的描写，而形成感情发展的第三个大波。这三次悲剧情感的大潮一浪比一浪高。开头主要是诉说忠而获咎的委曲，还存在改变局面的信心，所以抒情的状态以述怀、发誓、辩解为主。第二大潮转为诉说求索失败的痛苦。一切努力均告失败，情感矛盾进一步加剧。但还存有实现理想的一线希望。所以抒情的状态以彷徨往复、诉说痛苦为主。到了第三大潮，就进入无可奈何、进退两难的境地。何去何从，是留是去，在此一决，欲去而不忍去，欲留而不得留，诗人的感情矛盾极了，他对现实绝望了。因此，诗的抒情状态反而转为表面上的超脱高昂。痛苦至极反为笑，这是感情的辩证法。此后达到高潮，犹如从高空跌落下来，形成一个情感的瀑布，把诗人抛入绝望和死亡的深渊。这三次悲剧情感发展的大潮，每次都是以希望始，以失望终。希望和失望回旋往复，就像一曲回环的流水，而不是浅滩之水，急流直泻。

《离骚》情感流程的这种大起大落，回旋往复，逐渐推向高潮，最后为急流瀑布似地降落的特点，使读者感到既波澜壮阔而又深邃莫测。因为只有深水才有漩涡。同样的，也只有深邃的情感和深刻的感受，才能形成回旋往复的节奏。诗人总是在反复诉说着、分辩着、表白着，生动表现出愁肠百结、欲言难尽的痛苦心态，给人强烈的情感激荡和撞击。

第四，《离骚》的情感表现深刻体现了人类心灵的辩证法。这是诗人对复杂微妙的心理活动洞幽烛微的表现。

《离骚》所表现的不是一种单纯的情感，而是复杂矛盾的杂糅情感。情感矛盾贯穿着全诗的始终，形成情感辩证运动的过程。抒情主人公一方面在埋怨"荃不察余之中情"，另方面却又忍不住要劝谏，并指天誓日地表白"夫唯灵修之故也"；一方面感到这样下去没有好结果，想要遗世而自疏，甚至闪过随波逐流的念头，另一方面却顽强坚持自己的理想和政治主张；一方面他明明看到祖国毫无前途，发出"何怀乎故都"的感慨，但另一方面，他却死也不肯离开祖国。总之，几乎在每两小段甚至每一小节中都包含着两种情感的冲突，而且这种冲突无始无终，到最后仍然没有得到解决，所以只好用自杀来摆脱这一矛盾。黑格尔在谈到生命的辩证法时曾说过："生命的力量，尤其是心灵的威力，就在于它本身设立矛盾，忍受矛盾，克服矛盾。"《离骚》的抒情正体现了这种生命辩证法的运动。贯穿《离骚》始终的基本矛盾线索是：诗人追求"美政"的意志力量与社会反追求的现实力量之间的冲突。这个基本冲突经历了三个阶段：第一阶段是追求目标的冲突，即动机冲突；第二阶段是追求过程的冲突，即行为冲突；第三阶段是变态追求的冲突。而在每一阶段中，诗人又不断设立矛盾、忍受矛盾、克服矛盾。这就使情感的辩证运动波澜起伏、曲折有致。

在情感的辩证运动中，还存在一种形为相反而实相成的现象，例如，死志未决多言死矣，死志已决反不言死；痛苦之始，其辞激烈，痛苦至极，反为平淡。正如俗语所说"乐极生悲，痛苦之极反为笑"一样，体现了辩证法中的对立面互相转化的原理。

《离骚》还显示了抒情主人公的情感辩证运动从量变到质变的过程。诗中展示了两类冲突力量的消长曲线：第一类是个体对社会压迫的抗争，由于社会力量过于强大、未被克服，所以个体的活力逐渐被削弱。具体表现为失望情绪的增强，实现目标的信心的减弱，最后发出“已矣哉”的感慨。第二类是抒情主人公精神领域中迎战冲动与逃逸意向两种心理力量的对抗。迎战冲动不断受到干扰、阻遏，因而由进攻性转入防御性，诗人的精神支柱由进取性的“前圣”转为防御性的先贤“彭咸”，逃逸意向逐渐加强，最后产生“何怀乎故都”的与世决绝的决心。总之，在诗人情感的辩证运动的过程中，我们可以看到一系列的从量变到质变的发展：诗人的“美政”目标的现实性逐渐减弱，而“国无人莫我知”的寂寞感、失望情绪以及“从彭咸之所居”的死亡观念逐渐增强，从而揭示了抒情主人公以身殉国的必然性。

古人认为：性是水，情是波，人心不平则鸣，那么是什么因素激起诗人情感的波涛呢？从诗中可以看出：诗人情感发展的动力主要有如下六种：一是国家人民的灾难（“长太息以掩涕兮，哀民生之多艰”“岂余身之惮殃兮，恐皇舆之败绩”）；二是君王的昏聩（“荃不察余之中情兮，反信谗而齌怒”“怨灵修之浩荡兮，终不察夫民心”“闺中既以邃远兮，哲王又不寤”）；三是小人的攻击（“众皆竞进以贪婪兮，凭不厌乎求索。羌内恕己以量人兮，各兴心而嫉妒”“众女嫉余之娥眉兮，谣诼谓余以善淫”）；四是后生的背叛（“哀众芳之芜秽”“哀高丘之无女”）；五是社会风俗的败坏（“世溷浊而嫉贤兮，好蔽美而称恶”“世幽昧以昡曜兮，孰云察余之善恶”）；六是亲人的误解（“女媭之蝉媛兮，申申其詈予”）。总之，诗人承受着巨大的精神压迫，这些犹如毒蛇恶鬼在纠缠着诗人，因此，诗人胸中必然激起一阵阵轩然大波，未能消遏。这种描写使全诗的情感辩证运动具有充足的根据。由于抒情主人公坚守着他的人格目标“前圣”，坚守着他的社会理想、政治信念以及人生价值观念，社会的压迫始终未能使抒情主人公崇高人格有丝毫的软化或销蚀。所以这种对抗是尖锐而持久的，最后只能摧毁诗人的肉体。在这场个体与社会的冲突中，虽然是以个体的消灭告终，但它所表现出来的伟大精神力量却是人类本质的升华，将震荡着万古人类的心灵。

最后，《离骚》空前细致、生动地展现了人类所面临的现实与理想、感情与理智、意识与潜意识等多重矛盾。这些心理冲突错综交织、丰富多彩，但它们都围绕着追求的过程而统一起来，形成一个丰富完整的心灵世界。《离骚》不愧是一幅雄伟壮丽的人类心灵的巨幅画卷。

悲剧人物多以心理矛盾的激烈、逼真取胜。《离骚》在表现抒情主人公的情感矛盾的激烈和逼真方面，已经达到了惊人的成熟地步，在表现得细致入微和丰富深刻上令人叹为观止，这是《离骚》能够产生巨大的情感冲击波的重要原因。当然，由于文字古奥，可能会给今天读者的欣赏带来困难。但如果能攻破文字的难关，就可以获得对它的抒情艺术的审美愉悦。

综上所述，庞大有序的逻辑结构、瑰丽雄奇的意象境界以及超乎寻常的情感表现，这些都是构成《离骚》旷古绝伦的艺术美的主要因素。它们的整体和谐充分表现出《离骚》的艺术成就，形成它的“天然去雕饰”的审美形式。但是《离骚》的不朽。除了它的艺术美具有永恒的魅力外，更重要的在于《离骚》所蕴藏的人性美、人情美。以上所说的各种艺术美的因素，都导向一个目标，即塑造《离骚》的自我形象。这个自我形象所表现出来的人性美和人情美，更具有巨大的荡涤人类灵魂的力量。

四、《离骚》的自我形象

《离骚》所塑造的诗人的自我形象是一个怎样的形象呢？纵观全诗，我们不妨作出如下的直观式的描述：满腹经纶、一片赤心、忠君报国、至死不渝、高风亮节、独善其身、上下求索、独立不迁、一腔悲愤、满腹不平、万般委曲、千叠回肠。他是一个矛盾的集合体，但主导面是光明和芬芳。这种描述当然是不能准确反映它的完整形象的，还是让我们进一步地作具体的分析吧！

从思想性质看，《离骚》所塑造的诗人的自我形象是一个有抱负、有作为的爱国政治家的形象。

《离骚》自我形象的思想内涵是相当丰富的，包括政治思想、哲学思想、伦理思想、社会思想等，其核心是以“美政”为目标的政治改革论。首先是举贤授能，反对世卿世禄制度，打破旧贵族对于权位的垄断，选拔真正的贤才实行政治改革。诗中举出历史上许多不拘身份拔举人才的例子，这是针对腐朽的贵族制度而言的。其次是反对统治者骄奢淫逸，提倡兢兢业业遵循法度规则办事，以建立巩固的封建秩序。诗中举出历史的经验教训来告诫楚王，要他效法尧、舜、禹、汤、文、武诸“前圣”，而不要像启、羿、浇、桀、纣等昏君，由于贪图逸乐、荒淫暴虐而遭到灭亡。这是针对当时统治集团的腐化而言的。再者是以民为本的思想，认为统治者必须顺乎民心才能坐稳江山。诗中说：“皇天无私阿兮，览民德焉错辅。夫维圣哲以茂行兮，苟得用此下土”“长太息以掩涕兮，哀民生之多艰”“怨灵修之浩荡兮，终不察夫民心。……瞻前而顾后兮，相观民之计极”。当然，这里的“民”并不是明确指被压迫者的人民，而是奴隶制民主思想的概念范畴。从以上可以看出，诗中所表现的屈原的思想比较接近于孟子的思想体系，但也体现了儒法融合的倾向。

屈原的政治抱负，他的政治改革论，都是导源于他的爱国思想，他念念不忘楚国的兴亡，对楚国前途抱有深刻的忧虑，他希望君王效法尧舜，实行贤明政治，挽救国家的衰亡，振兴楚国，直至统一中国。他的各种政治主张都是振兴楚国的具体药方，这种爱国思想是《离骚》的一条思想红线。

从人格特征来看，《离骚》所塑造的诗人的自我形象是封建时代一个节操高尚的士人形象。

《离骚》自我形象的光彩，主要表现在它的人格特征上，按社会心理学的说法，所谓人格就是个人的持久品性，它代表一种持久有力而又合乎大众化的个人心理的预备状态。《离骚》所塑造的自我形象的人格是一种崇高的人格，它在诗中有丰富的表现。例如：他品行高洁、内美好修（“纷吾既有此内美兮，又重之以修能”），而且满腹经纶、忧民济世（“乘骐骥以驰骋兮，来吾道夫先路”），他具有超世拔俗的素质（“謇吾法夫前修兮，非世俗之所服”），因此他能正道直行（“余固知謇謇之为患兮，忍而不能舍也”），他对楚国的君王怀着一片赤心（“指九天以为正兮，夫唯灵修之故也”）。因此他为国家竭忠尽智（“岂余心之惮殃兮，恐皇舆之败绩”），他为实现理想而四处奔波，发出“路漫漫其修远兮，吾将上下而求索”的誓言，虽罹患而百折不挠。他表示“苟余情其信姱以练要兮，长顑颔亦何伤”的决心；他坚信“鸷鸟之不群兮，自前世而固然”。因而表现出“虽不周于今之人兮，愿依彭咸之遗则”的独立不迁的气节；他坚信“伏清白以死直兮，固前圣之所厚”，因而产生“不吾知其亦已兮，苟余情其信芳”的洁身自好的志愿；他具有“虽体解吾犹未变兮，岂余心之可惩”的斗争到底的决心，表现出“亦余心之所善兮，虽九死其犹未悔”的宁死不屈的精神。以上这些人格因素并不仅仅是一种内心世界的精神状态，而且表现在行动描写上。它们是以诗人的生命来完成的。他的三次“求女”三次飞行，最后决心以死殉自己的理想，这不正是诗人崇高人格的生动表现吗？诗人的肉体最后走向了死亡，然而他真正的生命，他的人格，却走向真理，走向永恒！

从上述各种人格因素的综合可以看出：《离骚》自我形象的最主要人格特征，可以用“诚”“气”“节”三个字来概括。“诚”就是真诚、忠贞。到了不计个人得失、不顾遭遇悲惨、置生死于度外的地步。“气”就是进取、追求，有着强烈的、不可遏止的对于理想（真理）的求索精神。虽然羽折翎落，滴着鲜血，仍然苦苦挣扎。“节”就是独立、坚定的节操，决不向恶势力屈服，不与世俗同流合污，决不妥协投降，誓死不渝地忠于自己的事业和理想。这完全是封建时代受人景仰的士人的高尚人格。从情感基调看，《离骚》所塑造的自我形象是一个苦恋着祖国的时代弃儿的形象。

《离骚》的抒情行程包含着丰富的情态：有真诚的剖白，有捶胸顿足的起誓，有满怀委屈的辩解，有无可奈何的自慰，有不可抑止的怒斥，还有怨怼、责备、厌恶、自信、自叹、悔恨、不平、悲伤、绝望、眷恋等。它们构成一幅生动的情感的画图。但是，《离骚》的基本情感内容则是这样三类：一是遗弃感，这是一种忠贞遭弃、壮志难酬的痛苦；二是离异心，这是一种上下求索、彷徨歧路的迷惘；三是故国情，这是一种报国无门，但仍忠于祖国，宁死也不离开故土的苦恋。这三种类型的情思表现为三条情感冲突的基本线索：一是忠君与罪君的冲突，二是矢志与随俗的冲突，三是恋国与去国的冲突。冲突的结果是忠君思想战胜了罪君意向，矢志的毅力战胜随俗的意向，恋国的感情战胜了去国的意向。但这仅是一种内在的心理趋向，现实的矛盾并没有解决。“乱”辞中概括了抒情主人公的两大悲哀：既未能拯救国家的危亡，也未能获得社会的理解和支持。国难全，志难酬，世俗沉睡，人莫我知，唯有捐躯全节是其唯一的出路。他是一个痛苦的时代弃儿。因此，全诗彻头彻尾贯穿着深沉而又强烈的历史性悲剧情调。总之，抒情主人公的人格结构的核心是一个“恋”字，即对祖国的爱恋。他的情感矛盾的基本状态则是一个“苦”字，即壮志难酬、人莫我知的痛苦。很明显，从情感性质的角度看，《离骚》又可以说是一支苦恋式的咏叹调。

诚然，李白的“哀怨起骚人”概括了《离骚》情感内容的重要特点。这一说法影响很大，对中国抒情诗长期产生潜移默化的作用。但是，《离骚》的哀怨之中包含着壮烈，且不说它的规模、境界和气势十分壮阔，给诗中的哀怨之情形成一个吞纳宇宙的构架，而且诗中处处流贯着一种“浩然之气”，一种为真理、为理想而斗争的顶天立地、气吞山河的胸襟情怀，一种为真理而献身的壮烈的激情。因此，它不仅给人以哀怨悱恻的美，而且给人崇高的悲剧美。

综合以上三个方面的分析即可对《离骚》所塑造的自我形象的

基本性质作出比较完整的判断：这是一个独立不迁、忠于祖国、为振兴楚国而痛苦追求“美政”、至死不渝的先秦进步政治家的形象。这个自我形象是一个多侧面的综合体，是丰富的性格整体，而不是某种品质或概念的形象显现。因此，它有丰富的性格内涵，人们可以对它作出多种解释。我们采用先分析后综合的方法，首先分别从三个方面分析自我形象的性质，然后再综合为对这个自我形象的总体认识。这三个方面的性格内容当然有相对独立的意义。因而它具有多方面的典型性。但是这一特点也使我们认识自我形象的基本性质时发生一定的困难，也就是人们很容易突出它的性格内涵中的某一方面，并据此判断它的基本性质。历史上对《离骚》自我形象的认识的演变及各种歧义，就是一个证明。所以，我们在认识《离骚》的自我形象时别忘记了综合，要把它看成是一个性格整体，而不是多种形象的重叠。这样我们就可以看到它是一个先秦时代进步政治家的形象，这是一个具体的历史的存在。那么，这个形象的进步性和局限性便显而易见了。同时还应该看到，这个形象缺乏独特个性的生动形态，因而它具有较大的普遍性、抽象性，这是早期抒情诗的特点。《诗经》中的抒情诗的自我形象还是隐而不显的，《离骚》才第一次塑造了完备的自我形象，但还缺乏个性的生动性，到了魏晋，文学的个性才逐渐明显起来。这是随着人的自我意识的发展和文学的自觉时代的到来而形成的。《离骚》自我形象的这一特点从文学发展观来说，当然是初级阶段的一种表现。但它也使《离骚》具有更多的象征功能。

总之，《离骚》的自我形象所蕴含的思想美、人格美和情感美，就是《离骚》内蕴的美学素质。这种深刻的美的内质与自然和谐的审美形式的高度统一，使《离骚》具有永久的生命力。而艺术生命力的根底在于它的象征功能。因此，我们就要进一步探求《离骚》的象征意蕴。

五、《离骚》的象征意蕴

《离骚》是一首永远激动人心的诗，它包含着丰富深刻的象征意蕴。因此能为世世代代读者的心灵提供无穷无尽的象征形式。这种象征意蕴就隐藏在《离骚》的自我形象之中，也就是自我形象中的那个崇高的悲剧灵魂。那么，这个悲剧灵魂的本质是什么呢？这就必须到自我形象的特征中去寻找。

从上一节的分析中可以看出，《离骚》的自我形象具有鲜明的思想特征、人格特征和情感特征，这些特征都具有很大的概括力。首先从思想特征看，抒情主人公生为之奋斗、死为之献身的那个目标表现得十分明确和集中，他对这一目标的向往和追求也表现得十分强烈。这是诗中一切情感活动的基础。因此，强烈的目标感便成为《离骚》自我形象的一个重要特征。那么这个目标是什么呢？就是“美政”。它虽然有其具体的历史内容，但因表现得比较抽象，便容易激发读者对美好的政治局面的想象。抒情主人公对党人的“偭规矩而改错，背绳墨以追曲”的否定，对前圣的“循绳墨而不颇”的肯定，都指向着秩序的思想，这是对特权的一种约制。它意味着对稳定的政治局面的追求，抒情主人公对“举贤授能”的提倡就是对那种僵化的、世袭的、腐朽的用人制度的否定，也是对那种凝固的社会观的否定，而肯定了唯物的社会发展观。它意味着对社会进步的追求，至于诗中的民本思想，则包含着民主思想的因素。由于抒情主人公的这种政治理想与当时楚国的社会现实是对立的，因此，诗人在表现这种理想时总是贯穿着对黑暗现实的批判。这就使《离骚》的思想内容不仅具有追求稳定、进步、民主的政治局面的普遍性，而且具有变革现实的精神和意志力量这一思想形式。它表现出人类普遍存在的“对现实生活的利益和关系的积极参预和推进”的基本特征。因此，“美政”实际上是人类追求稳定、秩序、民主的美好政治局面和变革现实的愿望的象征。

其次，从人格特征来看，抒情主人公具有高尚的目标，但在现实中却不能实现。他面临种种挫折和不幸：君王的昏庸、不信任，党人的造谣陷害，后生的背叛，社会人心的败坏，等等。他虽然处在非常恶劣的环境中，但决不妥协、屈服，决不随波逐流，而是坚持独立不迁的人格，顽强地继续追求理想，表现出被遗弃而不沉沦、蒙谣诼而不自毁的品质和以国家民族的利益为重、宁死不屈的人格。他那“虽不周于今之人兮，愿依彭咸之遗则”的决绝毅力，他那“鸷鸟之不群”“伏清白以死直”的节操，他那“宁溘死以流亡兮，余不忍为此态也”的骨气，他那“虽体解吾犹未变兮，岂余心之可惩”的凛然正气，他那“路漫漫其修远兮，吾将上下而求索”的追求精神，都闪耀出中华民族伟大性格的熠熠光辉，充分表现出身处逆境仍然对理想、对真理、对祖国忠贞不渝的特征。而且它象征着人类对真、善、美追求的巨大热情和不可逆转的坚定性。这是人类巨大的意志力量的表现。

最后，从情感特征看，抒情主人公是一个封建时代失意知识分子的形象。他满腹经纶，但却怀才不遇；他忠君爱国，但却报国无门；他品质高尚，但却不被人理解。这是整个封建时代中国知识分子灵魂痛苦的呼喊，是他们的不幸遭遇和复杂心境的真实写照。这是中华赤子的九曲回肠，是志士仁人的百折隐衷。而这种复杂的情感矛盾还具有更大的普遍性。它实质上是一种苦恋式的悲剧心境，即追求的目标难以达到而又无法舍弃的痛苦的心理状态。这种苦恋式的悲剧心境是人类精神生活中的一种普遍的存在形式。凡是失意文人，无不感到《离骚》与自己“心有灵犀一点通”。

上面我们对《离骚》自我形象所蕴含的象征意蕴进行了简要的分析。从这里可以看出：《离骚》不仅是先秦时代楚国的一个失败政治家的哀怨，而且是中国封建时代失意文人的灵魂的呼喊；还不仅是失意文人的灵魂的呼喊，而且是华夏性格的雕塑；也不仅是华夏性格的雕塑，而且是人类苦恋心境的象征。《离骚》自我形象是一个在政治黑暗时期诞生的，身处逆境仍然坚定地、痛苦地追求着“美政”目标的悲剧性格。它的灵魂是一个痛苦的追求者的伟大灵魂。在诗中，我们可以看到这个灵魂不安的悸动，听到这个灵魂孤寂的叹息，我们还可以看到这个灵魂痛苦的挣扎，听到它对后来追求者的呼唤。它是那样扣动人的心弦，不仅使人怜悯和同情，而且给人生命的热力。这个追求者的灵魂是由目标的正义性、人格的崇高性和情感的悲剧性三者的统一构成的，因此它具有极大的概括性。它那坚定的、进步的目标，它那刚毅、伟岸、坚不可摧的人格力量，它那无法摆脱的痛苦的情感冲突，表现了人类向往进步、追求真理的精神以及对之忠贞不渝的优良品性。就《离骚》历史内容的这种普遍属性而言，我们可以把《离骚》看成是历史性悲剧人物的人性、人情的一次比较全面、综合的再现。因此，它是人类心灵悲壮历程的史诗，是一首真正的人的诗。

由于《离骚》的这一痛苦的追求者的伟大灵魂蕴含着上述的普遍属性，因此它就具有永恒的、丰富的象征功能。前面已经说过：《离骚》自我形象是一个复杂丰富的性格整体，它的不同侧面具有相对独立的典型性。因此，《离骚》的象征功能也是复杂、丰富的，它们形成一个象征体系。

从纵向来看，《离骚》自我形象的象征功能可以分为三个层次。

在第一个层次里，《离骚》的自我形象是先秦的时代精神的象征。《离骚》的自我形象并不是从天而降的怪物，而是先秦时代的思想文化哺育出来的骄子。它追求的政治目标“美政”主要体现孟子的政治思想，同时融合了法家的法治思想。因此，它体现了战国后期各派融合的政治思想特征。同时，春秋战国时期是一个百家争鸣、生气勃勃的时代，社会充满着进取的、批判的精神。《离骚》自我形象所表现出来的敢于斗争、决不妥协、上下求索的批判和进取的特点，正是当时的时代精神的表现。因此，在《离骚》产生的那个时代，正是这种进取、批判的精神在激动着读者的心灵。

在第二个层次里，《离骚》的自我形象又是中华民族民族心理的象征。《离骚》自我形象所表现的忠君、爱国的思想和气节，在中华民族的民族心理中占有重要的地位。中国长期在封建中央集权的统治下，皇帝是国家的象征，因此在人们的心理上忠君与爱国常常连在一起，成为一种等价物。而气节则是维系这种专制统治所需要的长期形成的社会性的人格特征。“气”就是孟子所谓的“浩然之气”，就是敢作敢为的进取精神。“节”就是节操，就是有所不为的克制行为，表现为不妥协、不合作的态度。“气”和“节”是中国固有的两种道德标准，主要的是读书人或士人的立身处世之道。由于长期的封建专制统治，知识分子的“浩然之气”、进取精神屡遭挫折和压抑，因此，士人的立身处世就慢慢偏向于“节”这个标准。向消极的远祸避害，洁身自好的方向转化。后来所谓“气节”，实际上只留下“节”的含义。中国的“士节”有两种典型：一是“忠节”，也就是在朝做官的做忠臣。表现在敢于冒死直谏或者不做新朝的官，甚至以身殉国。二是“高节”。也就是在野的要做清高之士，不与在朝的人合作，或者隐逸山林，成为隐士。“忠节”只能造就失败的英雄，而“高节”只能造就明哲保身的人，所以它们都带有明显的消极性。但是它们也表现出对人生的一种坚定的态度，是个人意志独立的本质反映。因此在某种条件下，也可以成就接近人民的叛逆者或革命家。无论如何。“气节”作为一种人格特征，具有激动人心的力量。总之，忠君爱国的思想和气节已经成为中华民族的民族心理的组成部分。正因为这样。《离骚》表现出来的对楚王的一片赤诚、对楚国故土宁死也不肯背离的深情以及对恶势力毫不妥协的独立不迁的人格。才能千百年来都扣动着中华民族各个成员的心弦。另一方面，《离骚》的情感内容和表达方式在中国长期的封建社会中也是极富典型性的。有理想、有抱负，想在自己的祖国推行“美政”，却得不到国王的信任和支持；明明看到国王的昏庸，却又不能不忠诚于他、依赖于他；心中怀着满腹牢骚与怨愤，却无法痛快地、直截了当地倾吐出来，只好用美人香草作比兴，借神话传说为寄托，甚至以女子的口吻与情态来表现。这正是千百年来中华民族的人臣百姓普遍的情感矛盾。因此，《离骚》能够成为中华民族世世代代的读者的人格和情态的象征形式。

在第三个层次里。《离骚》的自我形象则是人类精神生活的悲壮历程的象征。人民群众是理想的向往者、真理的追求者。他们在自己的人生旅程上，不懈地追求着，创造着，从而推动历史的前进。人类的历史，可以说就是不尽地追求真、善、美境界的历史。但是，由于现实与理想的矛盾，这种向往和追求往往受到阻遏和挫折，因此，人类的精神生活常常表现为追求——失败——再追求的悲壮历程。《离骚》的自我形象：怀抱着济世之志却不为世用，报国无门但仍然痛苦地上下求索，最后下决心以身殉国的经历，不正是人类追求——失败——再追求的悲壮历程的典型写照吗？《离骚》所展示的实际上是人类对真、善、美境界追求的热情，是人类理想、世界真理的伟大追求者孤独失败的苦闷以及追求中宁死不屈的精神。因此，各个时代、各个民族的读者，都可以从这追求的热情中得到鼓舞，对这追求失败的苦闷产生同情，与这宁死不屈的精神产生共鸣。

总之，从文艺欣赏实践的纵向发展来看，《离骚》自我形象的灵魂，既是先秦时代的时代精神之魂，又是华夏民族之魂，同时还是人类悲壮历程之魂。

从文艺欣赏实践的横向来看，《离骚》所塑造的这个痛苦追求者的灵魂又具有多重的象征功能。由于《离骚》自我形象的性格内涵和情感因素的丰富性，因此处于不同环境、具有不同心境的读者，都可以在它里面找到象征形式。例如，有济世之志而不为世用者，身处逆境而忠贞不渝者，怀恋故土欲去不忍者，报国无门而又欲罢不能者，还有心中郁结不能解者，顽强地上下求索者，愤世嫉俗者、独善其身者，忠良遭害者……都可以在欣赏《离骚》的过程中，从不同角度获得情感的共鸣。

以上我们从内容与形式、思想与艺术的统一上，运用综合——

分析——综合的方法。首先“入乎其内”，感受和理解作品的各种精妙，然后“出乎其外”，从历史和哲学的高度去总结，阐发它的深刻意蕴，从而企图对《离骚》的美学精要进行初步的探索，对它的传世不朽的秘密作出粗浅的解释。我们企图说明，《离骚》的伟大和不朽，并不是因为它具有某种神秘莫测的东西，而是来自于两种普遍的感动力：一是伦理的感动力。它是由《离骚》的自我形象生发出来的道德的、精神的力量。二是美的感动力。它产生自《离骚》的逻辑力量、意象结构、情感表现以及语言风格等因素所构成的整体和谐之美。《离骚》的这两种感动力具有普遍的属性，而且是深刻而巨大的。因为《离骚》的伦理内容象征着人类优良的品性，而且它在空前的规模和宽广的审美领域中发挥着威力。我们在欣赏《离骚》的过程中，会深深感到它有着无穷的启示力，它是一首永远解释不完的诗。

（原载《艺术魅力的探寻》，四川人民出版社 1985 年版）

论阿Q性格系统

一

阿Q形象的诞生，不仅使当时各阶层的一些人士颇感不安，疑心它是替自己画像，而且也弄得此后的一些研究家很不安宁。《阿Q正传》问世已近60年了，发表过的有关评论恐以百计，其中见仁见智，各执一隅，诚然不乏精辟的识见，却未能获得一致的判断。

我们阅读了一些有关《阿Q正传》的评论资料，从中可以发现：尽管各人的意见针锋相对，但对问题的思考、分析的方法却有惊人一致的地方。比如，关于阿Q是什么性质的典型问题，有不少人认为阿Q是雇农的典型。他们的根据是小说中描写阿Q的“割麦便割麦，舂米便舂米，撑船便撑船”“阿Q真能做”等词句以及阿Q要求革命的细节。很显然，他们的分析方法是把上述阿Q性格的因素从阿Q性格的整体中分割出来进行考察的，而没有考虑这些描写在阿 Q 性格整体中处于什么地位，与其他性格因素关系如何等问题。另一种意见认为阿 Q 是落后农民的典型，理由是阿 Q 的阶级地位属于农民，而思想意识是统治阶级的，这是因为阿 Q 的落后、不觉悟造成的，因而发生阿 Q 的典型性等于、大于或小于阶级性的争论。可以看出，争论的各方都把阿 Q 这一复杂的典型，看成是农民阶级的特征和别的阶级的特征这两部分的相加。还有一种意见认为“阿 Q 主要的是一个思想性的典型，是阿 Q 主义或阿 Q 精神的寄植者；这是一个集合体，在阿 Q 这个人物身上集合着各阶级的各式各样的阿 Q 主义”。理由是阿 Q 身上主要的性格特征——精神胜利法是普遍存在于人类身上的一种劣根性，鲁迅只是用阿 Q 这一具体形象画出这种“思想性”。很明显，他们所用的方法是把阿 Q 思想行为的特殊方式从阿 Q 身上抽象出来，成为“阿 Q 主义”或“阿 Q 精神”这样一种思想概念，并据此认识阿 Q 的典型性的。总之，上述意见在考察阿 Q 性格时，都缺乏有机整体观念。也就是说，它们没有把阿 Q 性格作为一个有机的整体，即一个由各种性格因素互相联系、按照一定的结构方式组成的辩证统一体。它们在方法论上的共同点就是对阿 Q 性格的整体进行机械的切割或剥离，然后以局部求解整体。

其次是关于阿 Q 主义的来源问题。有人认为阿 Q 主义是封建统治阶级的意识形态，不是农民阶级固有的，作为农民的阿 Q 接受了封建统治阶级的思想影响。有人认为阿 Q 主义有两个来源，除了封建统治阶级的影响外，农民阶级自身也会产生阿 Q 主义。而有的人则认为阿 Q 主义是“无人不有一些”的“人的特质”，是“人所共有的人性”。总之，关于阿 Q 主义的来源问题，各种不同意见都是从它的阶级根源方面着眼，单纯从社会学的角度考察阿 Q 的性格特征，而没有把阿 Q 主义放到复杂的社会关系中，从各个侧面进行分析。这是一种单向思维的方法。

最后是关于阿 Q 典型的意义问题。阿 Q 的影子不仅在统治阶级的人物中普遍存在，而且在被压迫阶级的人群中也可以找到；不仅过去的时代，而且今天也仍然存在阿 Q 一类人物；不仅中国有阿 Q，外国也有阿Q。这种现象应该怎样解释呢？不少人只强调阿Q典型的阶级性、时代性和民族性，而否认它的超越阶级、时代、民族的普遍意义，或者把这种普遍意义说成是文艺欣赏中的类似联想或名称借用的现象，认为阿Q性格与不同阶级、时代、民族的读者之间只有一种表面形式的联系，而没有实质内容的联系。有人把这种现象叫作共名。在他们看来，阿Q性格在不同阶级、时代和民族中不可能产生思想感情上的共鸣，它的影响充其量只不过是把生活中那些有自欺欺人的行为的人称为“阿Q”这样的共名现象。因而，阿Q早已死去，它只是艺术博物馆中的一座雕像。从这里可以看出，他们都是把阿Q典型看成是封闭的、静止的东西，采用的是静态分析法，而没有把阿Q典型的意义看成是矛盾运动的过程，阿Q典型既是阶级的又是非阶级的，既是时代的又是超时代的，既是民族的又是非民族的，正是这种对立统一的运动使阿Q典型永葆其旺盛的生命力。

上面我们举出阿Q典型讨论中的一些意见为例，说明不同意见的争论在方法论方面有惊人相似之处。同时，这些不同意见在逻辑方法上也有共同点，都是采用传统的因果关系的三段论式，即把问题放在线性因果关系的链条上来思考。他们对阿Q性格进行切割的处理、单侧面的观察和静态的分析之后，就用传统的逻辑方法作出推论，从而对阿Q性格的本质作出判断。我们可以对上述各种意见进行简化处理，抽出共同的逻辑公式，那就是：因为A是P，P是B，所以A是B。由于逻辑方法相同，只要前提不同，结论也就不同，否定了它的前提，结论也就不攻自破了。因此出现“公说公有理，婆说婆有理”的局面。比如，有人根据阿Q“真能做”的字眼和要求革命的描写，得出阿Q是雇农典型甚至革命农民典型的结论。但是，我们也很容易找出相反的论据来否定。《阿Q正传》明明强调阿Q“以为革命党便是造反，造反便是与他为难，所以一向是‘深恶而痛绝之’的”，这不是阿Q反对革命的铁证吗？更为不妙的是阿Q后来的“革命”，其动机分明是捞取权势、财帛和女人，这于阿Q

的“革命”性格很有些丑化的味道。这样争论下去，当然只能各执一端，不可能获得一致的意见。

阿Q性格的复杂性在于：阿Q是个被压迫者，可是他的性格核心却是消极、可耻的，与他的阶级属性是不相容的。这就是说，阿Q的意识与阿Q的阶级存在似乎是矛盾的，阿Q的性格特征不能表现阿Q作为雇农的本质。这对那些主张典型即本质的论者是一个挑战。其次，阿Q身上的性格特征，即所谓“阿Q主义”或“阿Q相”既存在于被剥削者阿Q身上，却又不是一个阶级的现象，其他阶级的成员也存在这种性格特征。这就是说，阿Q的个性与阿Q的共性似乎是矛盾的，阿Q的个性特征超出了阿Q的阶级共性。这是对典型性即阶级性论者的一个挑战。第三，阿Q形象诞生时，中国已经开始了党领导下的现代民主革命。阿Q是个被剥削、被压迫的雇农，鲁迅又分明是个伟大的革命作家，为什么却把阿Q写得这么落后、可笑呢？这就是说，阿Q的性格与产生它的环境似乎是矛盾的。如果站在为作者辩护的立场，那就必须竭力夸大阿Q的革命性，在阿Q身上涂饰亮彩，似乎阿Q并不是一个有着消极可耻的精神胜利法的角色，而是一个“充满革命激情的理想家”。如果按照“典型环境中的典型性格”的传统理解来要求，那又要指斥作者把农民写得太落后、不真实。这是摆在“典型环境中的典型性格”的理论面前的一个困难。

从这里可以看出，对于像阿Q这样复杂的典型，运用传统的思维方法来处理是很难奏效的。那种切割的分析、单一角度的分析、静态的分析等方法不可能完满地回答存在于阿Q性格中的各种矛盾现象。连优秀的文艺批评家何其芳同志生前也不得不感慨：阿Q性格是如何形成的？这是难于索解的问题。因此，要认识阿Q这样复杂的典型，必须在思维方法上进行一番变革。这就是：用有机整体观念代替机械整体观念；用多向的、多维联系的思维代替单向的线性因果联系的思维；用动态的原则代替静态的原则；用普遍联系的复杂综合的方法代替互不关联的逐项分析的方法。具体来说，就是把阿Q性格作为一个系统（即一个有机的整体）来研究，考察系统内部各种性格因素的联系以及它们构成整体的结构和层次，从它们的有机联系中把握阿Q性格自身的规定性，即它固有的本质。同时把阿Q形象放在社会大系统中，从各个侧面来考察它的系统性质，并且历史地考察阿Q典型在文艺欣赏中不同时间、空间和读者的审美状态等条件下所产生的不同功能和意义。这样的分析方法或许可以避免各执一端的片面性。

二

在小说中，阿Q是个被封建统治阶级剥夺得一无所有的赤贫者，最后竟糊里糊涂地做了示众的材料，不明不白地死在“革命党”的屠刀下。阿Q在短短三十几年的一生中，承受了多少人间的不幸和灾难！在他惊人的麻木的心灵里蕴蓄了多少人生的痛苦和辛酸！这样一个人物形象，本应是旧中国农村无产者的典型了。的确，从经济状况和社会地位而言，阿Q堪称农村无产者的代表，在他的阶级成分表上，人们都会毫不犹豫地填上“雇农”二字。但是，我们很快就发现，鲁迅并没有一本正经、声泪俱下地控诉地主赵太爷们压迫阿Q的惨状，没有让读者正襟危坐、敛声屏息地倾听阿Q反抗压迫的英雄故事。按照我们惯用的阶级分析方法来看待，小说对于以赵太爷为代表的地主阶级残酷压迫的描写显然是不够充分、不够典型的，而阿Q作为农村无产者的阶级本质的形象再现，也令人大失所望。如果我们只根据阿Q形象的社会学内容来判定阿Q典型的性质，那就大谬不然了。鲁迅当年假如只是出于对阿Q进行社会学的图解，那么阿Q也就无法成为不朽的典型。阿Q典型的艺术力量恰恰就在阿Q身上具有的不同于一般雇农的那种特殊性。正是这种特殊性，包含了鲁迅对于世界人生的深邃的哲理思考，包含了作品震慑人们灵魂的美学意蕴。

那么，特殊性是什么呢？就是阿Q的异乎寻常的性格特征。你看，阿Q的命运够凄惨的了，但是他却时时感到得意；阿Q在现实中一次又一次地失败，可是他在精神上却一次又一次地获胜。直到被抓去杀头前的一刻，阿Q还能战胜死亡的恐惧，无师自通地大喊："过了二十年又是一个……"表现出使人的灵魂战栗的得意。一方面在现实中到处碰壁、饱尝辛酸，另一方面在幻想中自欺自慰、自傲自足。我们在小说中可以明显看到：鲁迅正是从实际的失败受辱和虚妄的胜利自傲这两方面来描写阿Q性格的。在这里，凄惨和得意、失败和胜利形成强烈的对比；物质和精神、现实和幻想尖锐地对立；悲剧和喜剧、眼泪和笑声高度地交融统一，它们形成了巨大的情感冲击波，轰击着读者的灵魂。而且，阿Q越是获得精神的胜利，读者越是感到悲哀；阿Q越是感到得意，读者就越是感到痛苦。这是多么奇异的魅力啊！鲁迅哪里是在塑造一个雇农的典型呢？分明是在揭示生活的悲喜剧的真相。作者是由痛苦的沉思转为发笑，而读者则由发笑转入痛苦的沉思。阿Q性格的真谛，不正是存在于这特殊的矛盾统一体之中吗？

过去，人们常常把阿Q的性格特征归结为一点，即精神胜利法，因而，"精神胜利法"几乎成为阿Q性格的代名词。这当然是因为鲁迅把阿Q的这一思想行为方式的外表特征描绘得十分传神、突出，给人留下的印象太深刻了。但如果以为精神胜利法就是阿Q的全部性格内涵，那就把问题简单化了。尽管精神胜利法是阿Q思想行为方式的一个显著特征，但不能以这一特征的概括代替对阿Q性格复杂性的研究。从系统论的观点看来，阿Q性格是一个复杂的系统，它是由各种性格因素按一定的结构方式构成的有机整体。所谓性格因素就是阿Q的全部思想行为方式所表现的性格内容，它是构成人物个性特征的人格素质。那么，阿Q性格的基本元素有哪些呢？我们认为主要有如下几种。

质朴愚昧但又圆滑无赖。阿Q靠出卖劳力聊以度日，浑浑噩噩地过日子，几乎是凭着本能劳动和生活。但另一方面，阿Q又表现出圆滑无赖。你看，“口讷的他便骂，力气小的他便打”，他偷尼姑庵的萝卜，被尼姑发现了，死皮赖脸不承认，还说：“你能叫得它答应吗?”颇有善于应变的“圆机活法”。

率真任性而又正统卫道。阿Q迫于生路参与抢劫，回未庄后毫不掩饰，坦白得可爱。他一任生理本能的需要求食求爱，不受传统道德规范的约束。可是他的思想里却样样合于圣经贤传，严守男女之大防，颇有卫道者的气概。

自尊自大而又自轻自贱。所有未庄的居民，阿Q全不放在眼里，对赵太爷和钱太爷也不表格外的崇奉。他的名言是：“我们先前——比你阔的多啦！你算是什么东西!”达到自负自傲的地步。但另一方面，阿Q又很能自轻自贱，打败了就轻易承认自己是虫豸而求饶；赌博赢来的钱被抢走，竟然自打嘴巴，用自贱的手段来消除失败的痛苦。

争强好胜但又忍辱屈从。阿Q很爱面子，处处都想胜人一筹。这种争强好胜的心理甚至发展到与别人比丑的荒唐地步，但另一方面，阿Q却处处忍辱屈从。他受尽压迫凌辱，却默默忍受着。赵太爷不准他姓赵，打了他嘴巴，他没有抗辩；地保训斥了他一番，他又谢了地保二百文酒钱；他向吴妈求爱，赵太爷趁机敲诈，剥夺了他的劳动和生活的权利，他也没有反抗的表示。

狭隘保守但又盲目趋时。阿Q自以为见识高，其实是偏狭，凡是不合未庄老例的，他都认为是错的，阿Q的逻辑是存在即合理，不容任何变革，唯祖宗成法是尚。但阿Q又善于赶时髦，进过一趟城，就鄙笑乡下人不见世面，夸耀城里连小孩也能“叉麻酱”。革命党进城，看到未庄的人将辫子盘在头上的逐渐多起来，他也学着这样做。

排斥异端而又向往革命。阿Q很有排斥异端的正气。小尼姑不合儒教，是他排斥的对象，而假洋鬼子进洋学堂、剪掉长辫子自然也是异端，因而成为他最厌恶的一个人。他对造反也是深恶痛绝之。但后来革命来了，尽管他也懂得这是杀头的罪名，是最大的异端，但看到革命对自己有利，也就想搞革命，甚至不惜去投靠他最厌恶的假洋鬼子。

憎恶权势而又趋炎附势。阿Q受欺负愤愤不平，对压迫他的权势者赵太爷之流心怀怨恨，只要有反抗报复的机会，他就会狠狠报复，因此看到赵太爷们在革命浪潮到来之际慌张的神情，他便十分快意。但在赵太爷权高势重之时，阿Q却又想攀附他。他总想能与赵家联系起来，借重赵太爷的权势来提高自己的地位。

蛮横霸道而又懦弱卑怯。阿Q欺软怕硬，在比他弱小者面前表现得十足的霸道。他被王胡打败，遭假洋鬼子的哭丧棒，就无端迁怒小尼姑；他受赵太爷的迫害，丢了生计，就把不满发泄到小D身上；革命到来，他不许小D革命。在这些弱者面前，阿Q俨然如赵太爷的威风，但在强者面前，他又十分懦弱卑怯。对于赵太爷和假洋鬼子是骂不还口、打不还手，被抓进县里的公堂，他的膝关节自然而然地宽松，便跪下去了。

敏感禁忌而又麻木健忘。阿Q对自己的弱点神经过敏，那头上的癞疮疤成了他的禁区，因而犯了禁忌症，但一面对实际的屈辱却又麻木健忘。求爱之后，刚刚挨了赵秀才大竹杠的痛打，却很快就忘了，反倒跑去看热闹。最后被把总抓进大牢，判了死刑，他仍不知死期已到，反而因圆圈画得不圆而后悔。示众时还想设法去博取观众的喝彩。真是惊人的麻木。

不满现状但又安于现状。阿Q每当受到欺侮而不平时，总是感慨："现在的世界太不成话，儿子打老子。"并且他也希望改变自己的现状，对革命的幻想就是阿Q改变现状的强烈愿望。但实际上他却安于现状，任凭赵太爷们的算计和迫害，他都能随遇而安。到了山穷水尽之时，他就用命运来宽慰自己，以为人生天地间，大约本来有时要抓进抓出、要游街示众，有时也未免要杀头，因而内心也就释然了，直至战胜了死亡的恐怖。

以上就是构成阿Q性格整体的基本元素。从这些性格元素中，我们可以发现一个有趣的现象：阿Q性格充满着矛盾，各种性格元素分别形成一组一组对立统一的联系，它们又构成复杂的性格系列。这个性格系列的突出特征就是两重性，即两重人格，自我幻想中的阿Q与实际存在的阿Q似乎是两个人，是不相容的两种人格，但它们却奇妙地统一起来。正是各种性格元素的不协调的对比使阿Q性格具有浓厚的滑稽意味。阿Q的本色在他所处的恶劣环境中是不适生存的，因此自我就发生分裂，形成双重人格。真正的自我只好退回内心，沉醉在躲避现实的虚妄幻想中。而经常表现出来的则是人格的另一面，即被封建社会严重扭曲的自我，它是在丧失自由意志的情况下实现的，是为了适应恶劣的环境以维持个体的生存。很清楚，两重人格既是对自我的消极维护，又是对恶劣环境的痛苦适应。所以一方面是退回内心，一方面是泯灭意志。前者实际上是反抗环境的变态反应，是为了解决自身的心理冲突，以达到心理的平衡；后者是适应环境的变态反应，是为了解决个人与环境的尖锐冲突，以达到个人与环境的平衡。总之，阿Q两重人格的实际表现往往是一方面退回内心，耽于幻想以维护自我；另一方面是泯灭意志，适应环境以维护个体的生存。因此，随着阿Q性格的两重性特征而来的还有另外两个特征，即退回内心和丧失自由意志。这三个特征是互为因果的，构成了阿Q性格的复杂性。各种性格元素就是由两重人格、退回内心、丧失自由意志这样三个特征联系起来，构成一个性格整体。为了更清楚地说明阿Q性格的复杂结构，我们可以用一个圆形来表示，绘成如下图表（见下页）。

那么，阿Q性格的这一复杂结构的性质是什么呢？这就必须对阿Q性格的三个特征进行分析。鲁迅认为：奴才兼有两种身份，在主子面前是奴才，而在地位比他低一等的小奴才面前则又是暴君。在封建专制社会里，除了皇帝是绝对的主子，最底层的人民是绝对的奴隶外，其余的臣民都有两种身份、两重人格，学会了当奴才，也就学会了当主子。即使是皇帝，有时也不免要当外族的奴才，而

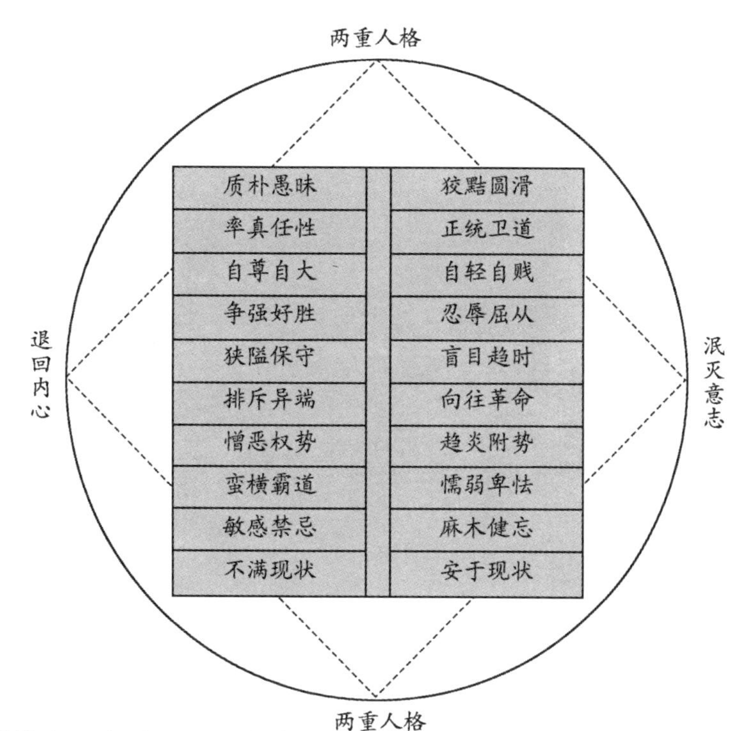

下层的人民有时也可以在自己妻子、儿子面前当暴君。这在封建专制的社会里是一种普遍的社会心理现象。至于退回内心，恩格斯在论述早期基督教的产生时说："现状不堪忍受，未来也许更加可怕。没有任何出路……但是，在各阶级中必然有一些人，他们既然对物质上的解放感到绝望，就去追寻精神上的解放来代替，就去追寻思想上的安慰，以摆脱完全的绝望处境……几乎用不着说明，在追求这种思想上的安慰，设法从外在世界遁入内在世界的人中，大多数必然是奴隶。"这段话虽是对基督教产生原因的分析，但从中也可说明：躲避现实、退回内心是奴隶的基本素质。此外，没有自由意志也是奴隶的特征，恩格斯说："在资产阶级的粗暴野蛮、摧残人性的待遇的影响之下，工人逐渐变成了像水一样缺乏自己意志的东西，而且也同样必然地受自然规律的支配——到了某一点他的一切行动就会不由自主。"这段话揭示了在极端恶劣的环境中处于最下层的人丧失自己意志的必然性。恩格斯在论述英国工人的状况时还把他们称为“处在冬种各样错综复杂情况下的没有自由意志的物体”。正如斯宾诺莎所说的，他们“完全按照人们的意见生活，追求人们通常所追求的东西，规避人们通常所规避的东西”。阿Q不正是这样的“物体”吗？从以上可以看出，阿Q性格的三个特征恰恰是产生于愚弱国民所处的恶劣环境和屈弱地位，来源于被压迫、被凌辱的下层人民当中，是专制主义制度所造成的国民的心理变态和人性异化，并非来自统治阶级自身。阿Q性格的这三个特征就是奴性的三种典型表现。因此，我们必须把阿Q性格界定为奴隶性格。而在统治阶级成员中，只有当他们面临挫折和失败，在外族侵入沦为别的统治者的奴才后，才会产生类似阿Q性格的特征。

由此可见，鲁迅在《阿Q正传》中既不是要塑造一个雇农的典型，也是要给剥削阶级画像，更不是要表现一种抽象的人类本性。鲁迅是历史地、具体地活画出国民的灵魂——奴性心理，以此唤醒民众。

阿Q性格的三个基本特征概括了阿Q的认知、情感、意志等心理内涵，提供了奴性心理的典型形式。因此，作为奴性心理的典型形式的阿Q性格便具有巨大的概括力，它是阿Q形象具有超越阶级、时代、民族的普遍意义的信息基础，也就是说，阿Q形象对于不同的阶级、不同的时代和不同的民族的读者都能输送奴性心理特征的信息。没有这个基础，别的阶级、时代和民族的读者就会感到隔膜。但是，这种奴性的心理的典型形式又是存在于“这一个”生活在辛亥革命前后的未庄的流浪雇农阿Q身上，带有鲜明的阶级、时代和民族的特定内涵。阿Q的许多具体的行为，都只能在一个受尽压迫的乡村流浪雇农身上发生，只能在小农经济为主的落后闭塞的乡村里发生，阿Q式的“革命”和“大团圆”都是辛亥革命的具体产物。在别的阶级、时代和民族的成员里，奴性心理就会有不同的行为方式。总之，阿Q性格是奴性的典型，这一典型就是奴性心理典型形式与特定阶级、时代和民族内涵的辩证统一体。这就是阿Q性格的自然质，即它自身固有的本质。

从以上分析可以看出，阿Q性格是一个复杂的整体。在这一整述中，各种性格元素通过特征的联系构成一个复杂的网络结构，它们有机联系、不可分割，被奴性的典型这一自然质制驭着。如果把某种性格元素从这个网络结构中分离出来，孤立考察，那么它就失去原来的意义，而出现新的意义。孤立地考察某种性格元素，不可能正确理解阿Q性格的本质。

三

阿Q性格的自然质是奴性的典型，这是仅就作者所塑造的形象这一角度而言的。而实际上，艺术形象是在读者欣赏过程中最后完成的，是作家与读者共同创造的。同一个艺术形象在不同的读者当中会产生不同的新的功能和意义。因此，艺术形象的本质并不是静止的、固定不变的，而是在文艺欣赏中不断变化，随着时间、地点和读者的不同而出现差异性。艺术形象在欣赏过程中经过读者的再创造而产生新的本质意义，就叫做功能质。我们在认识阿Q性格的时候，不能停留在对它的自然质的认识上，还要考察它的功能质。

那么，阿Q性格的功能质是什么呢？要回答这个问题，必须考虑文艺欣赏中的各种相关因素，这是极其复杂的问题。要解释这样一些现象：为什么阿Q典型的出现被当时许多人疑心在骂自己，而今天的读者看了仍然可以在生活中找到阿Q的影子，而且不仅中国有阿Q，外国也有阿Q，外国的读者也可以在阿Q身上找到自己的投影。可见，阿Q典型的产生虽有一定的历史背景，但它的意义却超出了特定的时间和地域。阿Q性格随着时间和地域的不同具有不同的功能质，这种功能质主要有如下三个方面。

首先，在阿Q典型诞生的那个年代，阿Q性格是半殖民地半封建旧中国失败主义思潮的象征。清末以来，西方列强不断入侵，中国人接二连三地蒙受战败的耻辱，逐渐沦为半殖民地半封建的畸形社会。统治者在国内人民面前依然是暴君，但在西方列强面前却成了奴才。因而在统治阶层中失败主义情绪蔓延。他们在强大的西方列强面前无力抵抗，忍辱负重，奴颜婢膝，赔款割地，出卖主权，什么屈辱都默默忍受。但一面又不甘失败，不肯认输，不愿改革弊政以图自强，却躲避现实，在精神上寻求安慰和解脱。他们以文化古国自夸，看不起外国人，口口声声称之为蛮夷。鲁迅在日本留学时，那些中国留学生虽明知自己是战败国的国民，却以中国有了不起的精神文明自夸，把日本人全不放在眼里。有时追求精神的安慰，“便神往于大元，说道那时倘非天幸，这岛国早被我们灭掉了”。这是一种可笑的变态心理，骨子里是消极的失败主义，反过来寻求精神安慰，以自大自傲的形态表现出来。老朽的中华帝国到了穷途末路时所出现的这种失败主义情绪，类似于破落户的心理特征，因为他们都经历了由盛而衰的过程，都有值得自傲的历史，一旦失势之后，必然趋向于怀恋过去，夸示历史。失败主义情绪不仅在统治阶层严重存在着，而且污染了其他阶层，成为一种普遍流行的社会思潮。而阿Q在屈辱面前所使用的精神胜利法与这种社会思潮多么相似，阿Q性格简直是这种失败主义思潮的范式了。当时的人们在阅读《阿Q正传》时，很自然就会从这一范式联想到自己或别人身上的各种失败主义的表现形态，而阿Q性格的特定阶级内涵就在读者的审美知觉中被暂时抑制了。阿Q性格就在文艺欣赏中被改造成为当时的失败主义社会思潮的象征。所以，尽管阿Q是农村流浪雇农的阿Q，但阿Q性格却超出了它的阶级归属，成为当时社会的各阶层人士精神状态的一面镜子。

其次，对于中国读者来说，阿Q性格是中华民族的国民劣根性的象征。中华民族是一个勤劳智慧的民族，但却又是灾难深重的民族。它长期处在封建专制主义的统治之下。专制的反面是奴才，皇帝之下，一级一级的官吏都是大大小小的奴才，下层人民自然也是奴隶或奴才。专制政治的主要特征是恐怖，这种社会气氛必定是培养奴性的土壤。加之外族的不断入侵，汉族在历史上曾几次为异族统治，即使统治者也免不了变为奴才。鲁迅痛切感到：中国历史上只存在两种时代，一是暂时做稳了奴隶的时代，一是想做奴隶而不得的时代。正因为这样，奴性便浸透了中华民族国民的骨髓和灵魂。

鲁迅是自觉要通过阿Q的形象画出中国国民的灵魂来的。这个创作意图在许多地方都明讲过。应该说，鲁迅是完满地实现了这种创作意图的，《阿Q正传》的确成为了中华民族国民的人心史。当然，中华民族国民的劣根性有各种表现形式，它比之阿Q形象要丰富得多。但鲁迅以极其深刻的眼光，以最尖锐、最鲜明的形式再现了奴性心理的典型特征，因此具有极其广泛的概括性，使世世代代的读者都能从阿Q形象上认识中华民族可怜而又可耻的心灵的历史，惊讶地发现自己身上的劣根性而痛下决心改造自己的灵魂。

是的，我们在现实生活中的确时时处处都可以找到阿Q们，阿Q的各种性格元素正是国民劣根性的形形色色的表现，阿Q性格可以说是国民劣根性的范式。而国民的劣根性不仅在旧中国是普遍存在的，而且在今天的许多人身上仍然残存着，因此，不同时代的读者都能够从阿Q的性格联想到世人的各种面目和人间的各种世相，而引起他内心的共鸣。阿Q的形象，在各个时代的读者的审美再造的世界中成了国民劣根性的象征物。而阿Q形象固有的特定阶级、特定时代的内涵，就被挤出了读者审美注意的中心。正是由于文艺欣赏的审美再创造，所以阿Q性格超越了特定时代的归属，成为不同时代共同的一面镜子。阿Q性格作为国民劣根性的象征，这是它在文艺欣赏中获得的第二种功能质。

中国人熟悉阿Q，因为阿Q就生活在中国社会，生活在国民的心中。但是外国人也熟悉阿Q，阿Q形象超越国界，在异国人民当中产生共鸣。那么，这种现象又如何解释呢？这种现象是另一个层次的问题，在这个层次，阿Q性格又成为人类“前史时代”世界荒诞性的象征。各民族的读者都从阿Q形象上看到这种荒诞性，因而产生共鸣。

马克思、恩格斯把共产主义以前的社会称为人类的前史时代，而人类的正史时代是从共产主义实现之日起才翻开第一页的。人类的前史时代，是一种不合理的、不合人性的，因而也是畸形病态的社会，它的存在带有荒诞性。首先，由于生产力的低下和生产关系的不合理，人对环境的依赖性很大，在自然中是不自由的，无法主宰自己的命运。而环境恶劣，不利于人的生存，因而产生生存与环境的分裂，也即人类生存的需求往往与客观环境处于不协调的状态。人类暂时无法改变这种不协调的状态，但又不甘屈服，总想求得心理平衡，因此有些人就在自欺自慰的状态中逃脱这种分裂的痛苦，而获得主观感觉的协调和暂时的心理平衡。其次，由于物质的匮乏和财富的私人占有制，大多数人处于贫穷的境地。于是穷人在物质方面的欲望就在精神方面寻求补偿。圣经上说：富人进天国比骆驼钻针眼还难，而穷人只消大摇大摆就可以进去了。这就造成一种虚假的平衡：富人今世享乐，来生受苦；而穷人今世受难，死后进天堂。因此有些人情愿把实际的幸福让别人享受，自己只得意于渺茫的幻想，形成精神与物质的分裂。第三，由于社会以阶级统治的形式存在，因而造成人性与社会的分裂。人性的基本特性是自觉与自由，但阶级统治的社会强调的却是对阶级意志的服从和对各种维护统治阶级利益的规范的遵奉，因而造成人的本质的异化和人类意志的非自主性，社会成为人的发展的对立物。第四，在阶级社会里，阶级意识始终制约着人的认识能力。阶级的分化本是人的本质异化的结果，是人类发展的不幸，但阶级意识却把人类的认识能力禁锢在一个阶级的功利观和立场上，把人类世界的畸变现象视为本质，而把人的最高本质忽略了。因而，在阶级社会里，由于阶级的偏见，正常往往被视为反常，反常却被视为正常，本质界和现象界常常是脱节的。此外，还有感性与理性的分裂，这是因为私有社会的道德是超感性的绝对理性的意志领域，它是建立在对人的感性欲求的抑制或牺牲的基础上的，是一种反自然人的力量。人类前史时代的道德都具有非人化的特征。例如封建社会的道德原则“三纲五常”就是典型的人性剥夺。无数忠臣义士、节妇烈女，他们所达到的道德境界是以牺牲几乎全部感性欲求，直至生命为代价的。因此，在私有制社会里，由于道德力量的控制，人作为感性存在者与作为理性存在者是分裂的。以上都是人类前史时代世界荒诞性的一些表现。

鲁迅笔下的阿Q性格充分表现出这种荒诞性。前面说过，阿Q性格的基本特征是两重人格、退回内心和没有自由意志。阿Q的两重人格突出表现为两个方面：一是客观上处处失败，而主观上时时胜利，物质方面一无所有，而精神方面自满自足；二是思想上样样合乎圣经贤传、祖宗成法，很有排斥异端的正气，但行动上却常常违规犯禁。这两个方面正好表现了荒诞世界的两种分裂，即精神与物质的分裂、感性与理性的分裂。当我们听到阿Q的那句名言：“我们先前——比你阔的多啦！你算是什么东西！”“我的儿子会阔得多啦！”我们就会立即发现阿Q的主观与客观、精神与物质的严重脱节。阿Q对于男女之大防历来非常严，可是自己却偷摸女人的大腿、向吴妈求爱。阿Q善于运用精神胜利法，但饿了一阵肚皮之后，精神胜利法就无法奏效了，感到这委实是一件“妈妈的”事，于是只好去偷，甚至到城里抢劫。阿Q很有排斥异端的正气，但看到革命能给自己带来实际利益时，就禁不住要投革命党。很显然，阿Q的男女之大防、精神胜利法和排斥异端之类是他的理性世界的观念，而他的求爱、求食和革命则是他的感性世界的追求。它们在阿Q身上尖锐对立着，这是世界荒诞性的一种表现。阿Q退回内心的性格特征又是病态社会人的生存与环境分裂的反映。阿Q退回内心的具体表现是：在心造的幻影中自我陶醉，用忘却来解脱精神痛苦，用宿命论自我安慰。总之，他在残酷的现实面前躲进自我的小天地。这是一个没有觉醒的、缺乏进取精神的弱者无可奈何的抉择，是他适应恶劣环境的法宝。我们可以设想一下，阿Q除非投入变革环境的斗争（在当时的历史条件下，这种斗争只能以失败告终），他不运用这些法宝，就简直无法生存下去。不在混沌的陶醉中苟活，就在清醒的痛苦中死亡。此外，能有第三条路吗？千百年来，习惯于苦难的人民，正是用这种自我排遣的手段求得个体的生存啊！尝过人间苦味的人必然会在沉思后把对阿Q的嬉笑变为苦笑。由此可见，阿Q遁入内心的消极逃路乃是缓解生存与环境尖锐冲突的努力。生存与环境分裂的荒诞性才是罪恶的根源。另一方面，阿Q的丧失自主意志是人性与社会的分裂造成的。小说写得很清楚，阿Q身上具有人性的一切要求，他要生活、劳动，也需要爱情，具有人的七情六欲。但是，阿Q在未庄社会并不是作为真正的人而存在，而是作为工具和玩具而存在。未庄社会的人们，上自赵太爷，下至一般百姓，都没有真正把阿Q作为人来对待，而是作为玩具一样随意奚落、戏弄，作为工具一样随意利用、驱使。人们并没有把阿Q当作有血肉、有灵魂的"人"来尊重和同情，而阿Q也不会同情别人。他看到城里杀革命党，幸灾乐祸地说："咳，好看。杀革命党。唉，好看好看……"这是人心不相通的社会现实。这种社会与人性的发展是尖锐对立的。阿Q也缺乏自我意识，只有临到杀头前，才想起生命，发出"救命"的呼喊。阿Q并不属于阿Q自己的，他所维护的正是赵太爷所要维护的，他所排斥的正是赵太爷所排斥的。因此，阿Q已经丧失了作为人的本质，而成为"一个处在各种各样错综复杂情况下的没有自由意志的物体"。他像压在大石下的小草，扭曲变形了：阿Q的维护自我的本能变为盲目的自尊和自大狂，阿Q的反抗意识变为欺凌弱小和自贱自侮。阿Q的人性被未庄社会彻底异化了。这也是世界荒诞性的一种表现。最后，在阿Q和赵太爷的关系上，我们还可以看到现象与本质的分裂。阿Q和赵太爷隶属于两个互相敌对的阶级，它们似乎是绝然对立的。这种对立当然是阶级本质的对立。可是从哲学的高度看，我们又可以发现他们之间有趣的同一：赵太爷对上是阿Q，阿Q对下是赵太爷；赵太爷失败了是阿Q，阿Q胜利了是赵太爷；幻梦中的革命成功后的阿Q俨然是赵太爷，而处在革命高潮中的赵太爷也类似阿Q。因此可以说，赵太爷只是成功了的、处于统治地位的阿Q，而阿Q则是失败了的、降为被统治地位的赵太爷。这种现象在小说中已有充分的揭示，电影《阿Q正传》的改编突出了这一点。阿Q与赵太爷的这种有趣的同一性乃是阶级社会的更深刻的本质。阿Q与赵太爷的对立是阶级本质的表现，可是在更深的层次来看，这种阶级对立又成了表现更深刻的本质的现象了。在阶级社会里，归根到底本质与现象是分裂的，这是社会病态的反映，而人们的认识能力囿于阶级的功利，对于事物的认识常常未能深入到更高的哲学本质中。在世人那里，正常与反常、真理与谬误、常态与病态常常被颠倒了。阿Q迫于生活而行窃，被认为可耻而受处罚，而赵太爷们巧取豪夺，实为更大的盗贼，却被视为神圣而受人崇敬；阿Q为了子嗣而向寡妇求爱被认为是触犯礼教，可是赵太爷们三妻四妾却被视为天经地义。这种种奇怪的现象也是世界荒诞性的又一表现。

综上所述，阿Q的性格内涵反映了精神与物质、感性与理性、生存与环境、人性与社会以及现象与本质的分裂这一世界荒诞性的特征。这就是阿Q性格蕴含的深刻的哲理内容。鲁迅在准确勾画出中华民族国民劣根性丑恶面目的同时，深刻揭示出它的必然性，揭开了阿Q这一荒诞性格背后的病态社会的帷幕。这是《阿Q正传》思想深刻性的最高表现。作者一方面把那些感受不到自己作为“人”而存在的滑稽性生动地表现出来，另一方面又把畸形社会作为反人性的存在物的本质特征揭露出来，以此使昏睡的国民惊醒起来，认识自我，从而奋起改造社会环境，为争取人类的真正解放而斗争。

在人类前史时代，世界荒诞性是普遍存在于各国社会生活中的显著特征，因此阿Q性格的这一哲理内容就能引起各国读者的共鸣。他们在阅读、欣赏《阿Q正传》时，阿Q性格的这种哲理内容成为审美注意的中心，而阿Q性格中的阶级、时代和民族的内涵在审美知觉中被暂时抑制了，阿Q性格被改造为世界荒诞性的象征，激发各国的读者对自己经验世界中关于世界荒诞性的各种表现形态的联想。这就是阿Q性格在文艺欣赏中所获得的第三种功能质。

以上我们分析了阿Q性格的三种功能质，它们使阿Q性格获得超越阶级、时代和民族的界限的普泛性。同时阿Q性格又是特定的阶级、时代和民族的性格，而不是什么超阶级、超时代、超民族的全人类的典型。这似乎是矛盾的现象，却是历史辩证运动的必然。这是因为阿Q典型不是静止的、固定的封闭系统，人们在文艺欣赏中赋予它以超出自身属性的功能和意义。从阿Q性格的自然质这一层次来说，它是特定阶级、时代和民族的现象，但从阿Q性格的功能质这一层次来说，它又具有超阶级、超时代、超民族的特征。优秀的艺术典型由于内涵的丰富性和深刻性，具有巨大的概括力，因此都具有这种两重性。艺术典型的功能质是经过审美实践的能动作用而产生的新质，它与典型的自然质有联系又有区别。它的产生有审美心理学的根据，其原理就是：审美对象的显著特征经过审美主体知觉选择性的作用，在大脑皮层形成“优势兴奋中心”，而审美对象的其他内涵在审美知觉中被暂时抑制了。经由联想——想象的心理机制的作用，审美对象的显著特征便成为各种不同的象征物，从而审美对象具有超出它自身的本质。这是审美再创造的结果，是文艺欣赏这一社会性的特殊精神生产的实践产物。如果能从审美心理学的角度把道理讲清楚，就不会对阿Q性格的种种复杂现象感到难以理解了。

四

分析了阿Q性格的自然质和功能质，是否已经全面认识了阿Q性格的本质了呢？还没有，阿Q性格的复杂性并不仅此而已。人是一切社会关系的总和，真正的艺术典型也是存在于一切社会关系之中，是社会的一个缩影，它本身就是一个世界，而绝不是某种单一的社会生活内容（比如阶级关系、阶级斗争等）的图解。因此，要全面描述阿Q性格的复杂本质，还必须把阿Q性格放到社会这一系统中，进行多侧面的综合考察，弄清它在各种社会精神文化系统中不同的系统质。也就是说，人们可以站在各种不同的角度来看阿Q，对阿Q性格进行哲学的、政治学的、社会学的、伦理学的、历史学的、心理学的等各种分析，以揭示它的各种类型的社会性质。

那么，阿Q性格的系统质是什么呢？我们举出如下几种作为这方面探讨的开端。

首先，从社会学的角度看，阿Q是乡村流浪雇农的写照，他无田无地，没有丝毫的固定资产，完全是个无产者。他没有家庭，主要寄居在土谷祠，可以说是居无定处、艰难困苦，过着流浪的生活。他也没有固定的职业，但主要时间生活在乡村，从事的临时工作主要是农活。因此，他是乡村的流浪雇农，既有别于城市的流浪汉和工业无产者，又有别于一般的农民，他是游离于工人阶级和农民阶级之外的特殊阶层。这是产生阿Q性格的社会学基础。

其次，从政治学的角度看，阿Q性格是专制主义的产物。封建统治阶级为了维护其反动统治，利用孔孟儒学，形成了一套巧妙的统治术，即鲁迅在《春末闲谈》中所揭示的："要服从作威就须不活，要贡玉食就须不死，要被治就须不活，要供养治人者又须不死。"阿Q正是中了封建统治阶级奴化教育的"毒针"，才如此的愚昧、麻木、可笑，成为不死不活的奴役工具。这是封建专制主义的治绩。所以说，封建专制主义是阿Q性格产生的政治基础。

第三，从心理学的角度看，阿Q性格是轻度精神病患者的肖像。心理学认为，类分裂人格的患者往往忽略客观环境，常借内囿性的幻想以发泄其敌对感或攻击欲。由于患者不敢正视现实，不采取直接而有效的措施解决问题，唯有借幻想中之虚无能力与胜利感作为补偿及自我安慰。可见，阿Q的精神胜利法从心理学的角度看，正是类分裂人格的表现，阿Q的行为是一种病态的反应，即否认机制和幻想机制。阿Q的精神状态是潜意识的防卫机制。阿Q的夸大狂就是一种迷妄症。总之，阿Q的许多思想行为方式，阿Q的各种性格特征，都可以在变态心理学里找到解释。心理变态是阿Q性格产生的心理学基础。

第四，从思想史的角度看，阿Q性格是庄子哲学的寄植者，庄子哲学的“有待→无己→无待”的体系的一个显著特征就是消极遁世，追求超感性的虚幻的绝对精神自由。所谓“无己”，就是不执着有自己、有外界，如同佛家的破“我执”“法执”，即在幻想中消除物我对立，在自己的头脑里齐物我、齐彼此、齐是非、齐利害、齐生死，一切都消融在自我的幻觉世界之中，就像鸵鸟一样把头埋起来，把眼睛闭起来，在幻想的世界中实现绝对的自由，追求精神上的胜利和满足。阿Q的精神胜利法正好表现出庄子哲学的认识论和方法论的特征。庄子哲学叫人对于世事，一切无心，随遇而安，逆来顺受；要人一方面安于无可奈何的命运，一方面内心又要做到飘飘然。这些处世哲学都在阿Q身上得到实践。阿Q最后用精神胜利法战胜了死亡的恐惧，可以说达到了庄子所谓的“真人”的境界。总之，阿Q的世界观人生观有其源远流长的哲学思想基础，完全可以追溯到古代哲学思想中去，其中要首推庄子哲学了。

第五，从近代史的角度看，阿Q性格是辛亥革命的一面镜子。且不说《阿Q正传》的故事背景是在辛亥革命前后，就是阿Q性格本身也与辛亥革命有着内在的联系。一方面，阿Q性格反映了辛亥革命前封建专制制度行将就木时的社会精神特征，从一个侧面反映了辛亥革命的历史必然性；另一方面，阿Q性格的发展也反映了辛亥革命的局限性和失败教训。因此，《阿Q正传》虽然不是正面地直接地描写辛亥革命的历史，但却可以为研究辛亥革命史提供活生生的感性材料。

第六，从哲学“人”的角度看，阿Q性格是异化的典型。《阿Q正传》是一幅惊心动魄的异化图，包含着丰富的异化内容。阿Q性格是人性异化的典型，它为异化理论提供了生动的例证。我们可以用马克思关于异化的理论来分析阿Q性格的哲学根源。

总之，阿Q性格的系统质是十分丰富复杂的，上面所举仅是其中的几种。对于阿Q性格的系统质，必须运用不同系统的专门理论、知识和方法进行分析，我们只是作为举例简单提及，不作详细说明。这是各种学科领域的专门研究者的研究课题，并非文学研究者个人所能胜任的。从这里也可以看出，要全面认识一个伟大的艺术典型，不仅可以从各种不同的角度去观察，不能互相代替、互相排斥，而且必须有各种学科的配合，必须有大规模的综合。

以上我们从三个方面来揭示阿Q性格的本质意义。自然质是对阿Q性格自身固有的基本性质的规定；功能质是阿Q性格在不同时空条件下的典型意义的历史规定；系统质是对阿Q性格在社会大系统中所产生的各种社会性的综合规定。它们共同组成对阿Q性格的系统认识。对于阿Q这样复杂的典型性格，很难用线性因果关系的逻辑方法来处理，很难用一个简单的判断说清楚，而必须运用系统的方法，对它作出大规模的综合。过去的一些争论意见不能说没有一定的道理，都可以在阿Q性格的认识系统中找到一个合适的位置，但它们都只是一面之理。如果各执一端，针锋相对，是不能全面认识阿Q典型的本质的。只有把它们综合为一个认识系统，才能作出比较符合实际的判断。

（原载《鲁迅研究》1984年第1期）

《离婚》与《小公务员之死》的比较分析

《离婚》与《小公务员之死》是世界上两位短篇小说大师鲁迅和契诃夫的作品。这两位大师都以准确把握社会本质、深入洞察人的灵魂和精湛的艺术著称。这两篇小说虽然在主题思想、故事情节等方面都有很多不同，但在社会背景、题材特点和反映角度等方面却有共同之处。《离婚》写成于1925年，离全国解放只有24年，《小公务员之死》写于1883年，离十月革命成功仅34年。它们反映的都是处于没落时期的封建专制制度下的社会生活。它们的题材都是日常生活的小事件，没有尖锐的矛盾冲突。在反映角度上，它们都是通过社会心理现象来反映生活的本质特征。两篇小说对封建专制制度的批判都具有"此时无声胜有声"的妙处，堪称现实主义短篇小说的典范。

《小公务员之死》描写沙俄时代一个小公务员叫作切尔维亚科夫，在一次看戏时偶然打了一个喷嚏，唾沫星子溅到坐在前排的一位三等文官卜里兹查洛夫的后脑上。于是他心里惶恐不安，频频道歉。这种失态现象反而惹怒了这个文官，最后对他发了脾气，大喊一声"滚出去"，小公务员因此恐惧而死。这是一个几乎无事的悲剧。《离婚》则是描写一个农村妇女爱姑，因为受到丈夫和公公的欺侮而挺身反抗。她生性泼辣，勇敢抗争，已经闹了整三年，“打过多少回架，说过多少回和，总是不落局”，而且决心要“闹得他们家败人亡”，准备“拼出一条命”也要斗争到底。但是，城里的七大人出面调解时，因为发烟瘾吩咐随从拿鼻烟而喊了一声“来兮”，就把这个强悍、勇敢，而且决心很大的反抗妇女给镇住了，爱姑马上改口：“我本来是专听七大人吩咐的。”这个妇女的反抗斗争就这样以失败告终。这也是一个几乎无事的悲剧。那么，这种悲剧应该如何解释呢？它的发生说明什么问题，具有什么深刻的思想意义？

小公务员的死和爱姑的失败这一失态现象，从社会心理学的角度看属于退缩反应。小说描写得很清楚，这种心理反应的直接原因是他们都接受了来自外界的危险信息。对于切尔维亚科夫来说，文职将军的那一声“滚出去”无疑是导致他精神崩溃的危险信息；对于爱姑来说，七大人那一声“来兮”也是促使她心理突变的危险信息。一声“滚出去”就足以使一个小公务员送命，一声“来兮”而使一个强悍泼辣坚持斗争的女性丧魂落魄，改变态度，可见这种信息具有巨大的心理威慑力量。这种现象在今天的读者看来是很难理解的。但我们知道，人的心理现象绝不是孤立于社会之外的纯粹生物机能，而是社会历史的折光。如果我们把这种现象还原到当时社会的复杂关系之中，人们就看得很清楚：这种危险信息是来自封建专制社会强大的镇压机器的。在封建社会里，各级官僚机构和官员织成一张巨大的权力网，每一个官员都是权力的象征，他们的脸色、态度、行为、语言，甚至手势，往往都具有封建专制恐怖形象的信息的性质，都可能成为一种无形的恐怖力量，并通过心理经验制约着下层人民的行为。我们知道，人的心理存在着丰富的经验积累，有的来自直接生活经验，有的来自间接经验，例如文艺作品、前人遗训、习俗等的熏陶。这种心理经验的积累对人的行为的制约力是不可估量的，有时是无意识的。“滚出去”和“来兮”这种语言信息在切尔维亚科夫和爱姑心理经验中无疑是一种恐怖的信号。直至今天我们仍然可以从旧戏和古典小说中获得封建社会恐怖形象的心理经验：有多少善良的人在当权者的“滚出去”一类的怒喝声中终生蹉跎，有多少无辜的百姓就在当权者的“来兮”一类命令声下遭受皮肉之苦，甚至送掉生命。切尔维亚科夫和爱姑生长在封建专制社会的环境中，当然更有这方面的心理经验了。因此，发自残暴的封建统治者的这一声“滚出去”和“来兮”，对于处在无权地位的切尔维亚科夫和爱姑来说，就具有明显的象征和暗示的性质，也即象征和暗示封建专制的恐怖力量。这不是一声“滚出去”和一声“来兮”本身具有的神力，而是这种信息赖以发生的复杂社会背景所产生的综合的影响力。小说虽然没有具体描绘他们以前的生活经历和交代他们的心理经验，但这种信息的威慑力量如此之大，读者完全可以用想象来补充它们。一声“滚出去”和一声“来兮”虽具有明显的民族特色，但它们作为封建专制社会恐怖形象的信息这一作用则是相同的。

我们知道，封建专制社会是以个人独裁的形式存在的，而且是以权力恐怖维系其统治的。封建统治者的各种设施、装饰以及他们的戏剧化行为，都是旨在造成社会的恐怖形象的。它以各种形式，通过各种途径传播着恐怖信息，形成一种无形的恐怖网，威慑着社会人群的安全感，制约着人们的行为。因为是无形的，因而人们虽受其害而不自觉，有时会产生条件反射式的下意识反应。同时因为这个恐怖网是无形的，因此，表面看来并未发生什么大事，却在无形之中摧毁着人的意志和欲望，软化人们的斗争，甚至剥夺人的生命。爱姑和切尔维亚科夫就是在这无形的恐怖网中体验着几乎无事的悲剧。这种现象是国家与人民分离这一社会异化的结果。国家异化为人民的敌对力量，因此，国家就成为一种恐怖力量。在封建专制社会里，爱姑的失败和切尔维亚科夫的死是带有规律性的结局。

但是，孤立的一声“滚出去”不足以使切尔维亚科夫吓死，孤立的一声“来兮”也不足以使爱姑的心理发生突变。他们的悲剧都有一个渐进发展的量的积累过程，这一过程是随着悲剧规定情景的发展而发展的。两篇小说都准确提供了这一悲剧发展的规定情景。

因此，进一步分析一下这两个悲剧主人公所处的情景的特征，这对理解悲剧的深刻意义是很有必要的。情景对人的心理状态具有巨大的影响力，同样的信息在不同的情景下就会产生不同的心理反应。一声“滚出去”和一声“来兮”的心理威慑力量在很大程度上依赖于切尔维亚科夫和爱姑所处的情景。

契诃夫对切尔维亚科夫所处情景的描写只是十分简略的轮廓勾画。切尔维亚科夫原来在幸福地看戏，不料突然打了一个喷嚏，唾沫星子溅到前排一个老头，于是两人就发生了人际关系。这个老头被认出来了，是在交通部任职的地位很高的文职将军。这一人际关系的特点是地位的悬殊，虽然文职将军不是公务员的直接上司，但他的地位使公务员感到惶恐不安。从这里可以看出，切尔维亚科夫从这最初的情景中获得的是地位意识。以后，切尔维亚科夫的惶恐不安就日益加剧起来。他亲自到将军的家里道歉，看见许多人正围着将军拜托办事，他从这里又获得了权力意识。同时将军摆架子，不肯多话，眼里好像有一道凶光，给人一种威严难测的印象，所以他又获得强烈的威权意识。随着将军的态度越来越严厉，公务员惶恐不安的情绪就越发加剧。这就是悲剧的积累过程。在这基础上，将军大发雷霆的吆喝声“滚出去”，就直接导致小公务员的精神崩溃。

鲁迅对爱姑所处情景的描写则要细致得多，但情景的基本特征是相同的。小说开头就描写了爱姑去庞庄途中的情景。她在船上就听说这次调解由城里来的七大人主持，而七大人与举人换过帖，知书识理，地位比慰老爷高得多。从这里爱姑无形中获得了地位意识。到了慰老爷的家，那里的气氛等级森严，连三六十八村都尊敬的庄木三（爱姑的父亲）都变得渺小起来，爱姑的地位意识就得到加强。在慰老爷家里，爱姑亲见七大人被人们前呼后拥的情景，随从们对他毕恭毕敬，这使爱姑获得了权力的意识。同时，七大人的谈吐怪声怪气，令人似懂非懂，神秘莫测，爱姑从这里又获得威权意识。爱姑所面对的情景对于她的心理突变来说，也是一种量变过程。随着情景的发展，爱姑的反抗意志实际上已在无形中逐渐被软化。所以，到了七大人突然大喊一声“来兮”，爱姑原有的坚持斗争的精神状态就彻底崩溃了。

从上述分析看出，切尔维亚科夫和爱姑所面对的具体情景虽然各不相同，但有如下三个共同特点，即等级森严、个人权力至上、威权神圣。这在封建专制社会里是极富典型性的。首先，等级森严是封建社会结构的特征。三纲五常规定着封建社会的基本结构，君君臣臣，父父子子，一级一级地制驭着，每个人都在这种结构中占有一个地位，无法更易。因此，一个人的价值评价就以这个人的地位为主要准绳。这是极其腐朽的门阀制度。其次，个人权力至上是封建社会政治的特征。政治权力的分配高度集中，层层组织都是个人权力至上，当权者的意志就是法律。法国启蒙思想家孟德斯鸠认为：“专制政体是既无法律又无规章，由单独一个人按照一己的意志与反复无常的性情领导一切”。因而，在封建专制社会里形成权力崇拜的风气，政治成了权力的游戏。这种政治制度是反动的。第三，威权神圣是封建社会人际关系的特征。由于等级森严，地位高的人必须给地位低的人建立神秘莫测的神圣意象，用威权神圣来保持等级之间的隔离状态。这样一来，人与人之间的关系就变得十分虚伪。威权神圣是统治者维护权力的手段，与上面两个特征是紧密联系的。封建统治者为了巩固其权力，在社会活动中将自己的特质加以英雄化和神秘化，使下属百姓想到他的肖像，看到他的姿态，就有敬而远之的感受。所以封建社会很重视“礼治”，建立了一整套极其繁琐的礼法制度，都是以神秘化程序来提高权力和权威的。而这一切好像是有意导演的戏剧行为，所以社会心理学家称之为“戏剧化手段”。你看，《小公务员之死》中那个文职将军始终“不肯多话”，他明知那个公务员内心惶恐不安，只要说几句安慰的话就可以使公务员如释重负，但他却不愿以亲善的一面出现。在《离婚》中，七大人关于“屁塞”和“水银浸”的谈论以及那怪声怪调的表演，都是为了给乡下人造成高深玄妙的神秘印象，以增强威权神圣的气氛。

文职将军和七大人有意制造的神秘气氛无形中给小公务员和爱姑以巨大的心理压力，这是促使他们心理突变的重要因素。总之，契诃夫和鲁迅对小说的主人公所处情景的描写，充分表现出封建专制社会的基本特征，表现出封建社会腐朽性、反动性和欺骗性的本质。他们通过不同的故事揭示了封建专制社会的典型环境的内在意义，这就是两个几乎无事的悲剧的深刻性表现之一。

上面我们分析了切尔维亚科夫和爱姑发生心理突变的外部根据及其量的积累过程。但是人的心理活动都是主体对外部刺激的反应，因此，考察人的心理活动必须同时从刺激物的状况和反应主体的状况这两方面进行，除了寻找外部根据外，还要寻找内部根据。下面我们来看看切尔维亚科夫和爱姑的性格特征。

从小说的描写中可以看出，切尔维亚科夫是一个非常胆小怕事、懦弱多疑、罪疚感非常重的可怜人。而爱姑虽然是生性泼辣强悍、勇敢坚强的妇女，但她出身于大户人家，其阶级意识与她的丈夫并无本质的区别。出嫁是按封建礼仪办理的，出嫁后自认一切行为都是遵从封建礼法，她的反抗动机只是出出受欺负的气，并没有更高的社会目标，因此她的思想局限性很大。诚然，切尔维亚科夫和爱姑的个性特征差异很大，但他们的思想、意志、情感等都没有超出那个社会意识形态的范畴。他们同是生活在封建专制的社会环境里，心理经验有许多类似的地方。因此，他们的性格内涵也有许多共同点。主要表现在如下三方面。

首先是对地位的屈从。切尔维亚科夫打了喷嚏之后，开始是不慌不忙的，因为打喷嚏终归是不犯禁的。但当他一发现坐在前面的是一位三等文职将军，他立刻惶恐不安起来。那个将军并没有对他构成实际的威胁，即使得罪了他也不至于遭受厄运，何况将军已表示不要紧，叫他安心看戏。那么他为什么还如此惶恐，频频道歉呢？不难看出，这是他对自己卑微地位屈从的心理状态在起作用。他认为在地位比自己高的人面前是不能放肆的，因此唾沫星子溅到这种人身上就是一种过失或罪恶。那么爱姑呢？她的反抗行为在很大程度上也受到地位意识的支配。爱姑敢于与丈夫和公公斗，除了个性的原因外，主要是因为她公公和丈夫的社会地位并不比她的娘家高，爱姑瞧不起他们，所以敢于不逊地称呼公公为老畜生，称丈夫为小畜生。我们在分析爱姑的反抗行为时，是不能忽视地位意识方面的潜在基础的，否则，我们就会拔高爱姑的形象。如果说，爱姑的地位意识在对她的婆家的态度上还表现得不显露，那么，在对待慰老爷的调解上面，就充分暴露出来了。这一点小说有明确的交代。爱姑始终不肯听慰老爷的调解，除了慰老爷偏袒男方外，主要是因为慰老爷的地位不高。在爱姑的眼里，这种人在乡下见得多了，只不过面皮比他紫黑一些。很明显，爱姑的地位意识是强烈的。既然这样，那么她在地位比较高的人面前必然是另一种态度。在七大人面前，爱姑立即感到，连受到三六十八村的人尊敬的自己的父亲也显得卑微起来。这时，她的内心实际上已经潜伏着“专听七大人吩咐”的思想苗头。只是出于对七大人的误解，认为他地位高，知书识礼，会讲公道话，才坚持申辩的态度。因此，当七大人对她的态度作出相反的反应，使她产生危险的预感时，爱姑立即改变态度便是符合规律的发展了。这时，她对自己地位的卑微感就膨胀起来，意识到自己在七大人面前太放肆了。她与切尔维亚科夫一样，都认为在地位比自己高的人面前是不能放肆的。正是在地位意识的支配下，爱姑才下意识地停止申辩，改口说：“我本来是专听七大人吩咐的。”可见，这位表面看来与切尔维亚科夫性格截然相反的农村泼辣妇，内心深处依然是对地位的屈从。行为方式的差别，掩盖不住性格内涵的一致性。

其次是对权力的恐惧。在封建专制社会里，统治者奉行权力至上主义，具有不受任何法律限制的权力，可以根据自己反复无常的意愿对臣民实行生杀予夺，因而封建统治必然是残暴的。因为无法可依，大大小小的官吏都遵从自己的意志办事，因而他们都成了大大小小的暴君。这种制度必然培养人们对权力的恐惧心理。下属和百姓为了自卫，不得不学会对统治者察言观色，按上司的态度决定其行为。切尔维亚科夫对文职将军的脸色态度非常敏感，正是出于对权力的恐惧心理。这种敏感有时发展到过分猜疑和产生幻觉的地步，例如他感到将军眼里有一道凶光，怀疑将军现在忘了以后还会想起打喷嚏的事，这都是典型的表现。由于他对将军个人态度十分敏感，所以将军外表态度的变化始终是他注意的中心。将军开始不在意，进而不耐烦，再而厌恶，最后发怒，随着这种变化，切尔维亚科夫的恐惧感与日俱增，最后精神崩溃而死。爱姑对七大人的态度也是非常敏感的，她在去庞庄途中就猜测七大人的态度，到了慰老爷家，七大人的一举一动，爱姑都很注意察言观色，随时根据七大人态度的变化调整自己的行为，这在小说中有具体的描写。一个人的行为以权势者的脸色为转移，这正是对权力恐惧心理的表征。可以看出，对权力的恐惧是切尔维亚科夫和爱姑的共同心理状态。

第三是对神圣威权的盲目崇拜。契诃夫对这方面的描写是十分简略的，只写到切尔维亚科夫感到将军的形象挺古怪，不肯多话，摆架子。正是这些外部特征给小公务员造成神秘莫测的威权印象，增强他不断道歉、解释的意向。这就向我们透露了切尔维亚科夫对威权盲目崇拜的信息。鲁迅则细致描写爱姑对七大人盲目崇拜的心理。爱姑到了慰老爷家里，“当工人搬出年糕汤来时，爱姑不由得越加局促不安起来了，连自己也不明白为什么。‘难道和知县大老爷换帖，就不说人话么?’她想。‘知书识理的人是讲公道话的。我要细细地对七大人说一说’……”这段描写集中反映了爱姑对七大人的盲目崇拜。她寄希望于七大人出来主持公道。当慰老爷宣布了解决方案后，爱姑觉得事情有些危急了，但她仍然盲目相信七大人。小说写道：“她自从听到七大人的一段议论之后，虽不很懂，但不知怎的总觉得他其实是和蔼近人，并不如先前自己所揣想那样的可怕”。接着爱姑就说：“七大人是知书识理，顶明白的”，于是她勇敢起来向七大人申辩。在诉说的过程中不时掺一点对七大人的奉承。这种心理活动和对话都表明爱姑对威权的崇拜。七大人喊了一声“来兮”之后，这时的爱姑“仿佛失足掉在水里一般，但又知道这实在是自己错”“她这时才又知道七大人实在威严，先前都是自己的误解，所以太放肆、太粗卤了”，到这里，爱姑的心理状态就暴露无遗了。

以上三个特点就是切尔维亚科夫和爱姑的共同性格内涵。这三个特点在封建专制社会中是极富典型性的，它们恰恰是奴性的三种典型的心理状态，即：自卑、忠顺和盲从。对地位的屈从是以自卑心理为基础的，一个不自卑的人也就不安分，而要设法冲破原有的地位体系。而对权力的恐惧必然培养出对上司的忠顺心理，忠心耿耿，绝对服从，这是维系自己安全感的必要手段。盲从则是神圣威权的产物，对权威充满着神秘感，必然禁锢自己的思想，心甘情愿地唯权威是从。这些都是封建专制国家里国民劣根性的具体表现。专制的反面就是奴才，每一级官吏对于下属是十足的暴君，但在他的上司面前则又都是奴才。奴性是专制主义安身立命的社会心理基础。孟德斯鸠曾指出：由于专制政体的性质要求绝对服从，所以它的教育必然是奴化教育，所致力的是“把恐怖置于人们的心理”，是“降低人们的心志”，其目的在于“培养好奴隶”。自卑、忠顺、盲从，正是这种“好奴隶”的理想的品质。因此，切尔维亚科夫和爱姑的共同性格特征，无疑是封建专制社会奴性心理的典型表现，他们性格中奴性的根子乃是他们的悲剧发生的内在根据。

以上我们分析了切尔维亚科夫和爱姑的悲剧的导火线、悲剧情景和悲剧性格等三个方面，从这里可以看出两篇小说都达到高度的典型性，都深刻揭示了封建专制社会的本质，并且它们都从社会心理的角度来反映生活，因此表面看来是微不足道的小事，是几乎无事的悲剧，但却具有震撼人心的悲剧力量。它们使读者深思、回味，使读者从平凡的生活现象中看到不平凡的意义。两篇小说写的是不同的故事，但表现的几乎是同样的主题，即封建专制社会恐怖的特征和社会成员奴性的心理，可谓貌异而心同。两位短篇小说大师生活在不同的国度，但他们对生活的思考和发现，却如此不谋而合，真是异域同心。这种“貌异心同”与“异域同心”的“同”，首先是因为社会本质的相同，但更主要的则是作家认识和概括生活的方式和深度的相同。他们都以敏锐深邃的眼光，洞察并捕捉了不易被人注意的幽微的社会心理现象，揭示了富于启示力的生活真理。这说明：社会生活的本质制约着人的社会心理，文艺创作可以从人的心理过程这一角度来反映生活，而且往往可以揭示出最深刻、最隐秘的本质。别尔金在《契诃夫的现实主义》中指出："契诃夫赋有一种天才，使他善于揭露现象背后的本质，阐发个别琐屑事件中所含蓄的心理意义和社会意义，显示每一个偶发事件中所蕴蓄的典型性。"这种天才的特点，不是契诃夫所独有，鲁迅以及一切伟大的作家都具有。可见，这是文学创作中一个带规律性的现象。我们的比较分析从一个侧面说明了这一点。

《小公务员之死》和《离婚》在思想内容上是"貌异而心同"，在艺术表现上也有异曲同工之妙。

一般说来，要反映封建专制社会的本质，塑造奴性的典型，作家们往往是选取重大的题材，叙述一个震动人心的事件，展开尖锐的矛盾冲突。这是比较容易成功的艺术表现途径。因为题材本身的分量适合于表现重大的社会问题，这是不言而喻的。但是艺术就是克服困难，作家就在克服困难的过程中攀登艺术的高峰。契诃夫和鲁迅正是这样的大师。《小公务员之死》和《离婚》在艺术表现上的共同点是：选择日常生活中最细小、最平凡、最不起眼的现象来表现重大的社会主题。别尔金在《契诃夫的现实主义》一文中曾指出：契诃夫能从生活的细节中看出一般性的意义，能叫你在每一个艺术细节中看到心理的、社会的、哲学的复杂内容。的确，这两篇小说的题材和主题形成两个极端：题材是几乎无事的小事，而主题则是最重大的社会问题。

那么，为什么会出现这种情况？作家的艺术表现的秘密在哪里？我们认为秘密就在于抓特征。契诃夫和鲁迅准确抓住了封建专制社会生活的特征——恐怖和在这种环境中生活的人们社会心理的特征——奴性，以此来提炼纷繁复杂的社会内容，因此具有巨大的思想容量。两篇小说对悲剧的导火线和悲剧情景的描写有一个共同点，就是它们都没有对悲剧主人公构成实际的危险。文职将军是因为不耐小公务员无休无止的道歉而发怒，那一声“滚出去”的吆喝并没有直接形成对小公务员生命安全的威胁，此外就没有采取其他人身迫害的措施了，很明显，文职将军不是切尔维亚科夫的预谋的杀害者。七大人在调解过程中，总共只说了短短的一段话，语气是平缓的，并没有采取强硬的态度和胁迫的措施，那一声“来兮”的叫喊，只是因为发烟瘾而发出的，它在解决这场纠纷中所发生的巨大威力是在七大人预料之外的客观效果。总之，这两个悲剧的导火线都不是一种物质的力量，甚至不是悲剧制造者事前安排和主观预料的结局，而只是悲剧主人公自我感觉中的一种威胁的暗示。即使这样，但其威慑的力量已足够使他们吓破了胆。也就是说，外界的刺激带有一定的虚幻性，但这种虚幻的刺激却产生如此巨大的心理重压。这就强烈地衬托出封建专制社会的恐怖形象，它已经弄得风声鹤唳，草木皆兵了。根据心理学理论，当一个人长期受到精神威胁，那么恐惧感就会变成持久习惯。其人不一定遭受实际的危险，但其威胁定向的习惯使他人自觉地非作危险性的选择不可。威胁定向的综合化习惯是不容易控制的，所以对虚幻的刺激有时也会迅速作出下意识的反应，俗语所说的“一朝被蛇咬，三年怕草绳”的现象就属于这类心理反应。契诃夫和鲁迅正是通过描写这种心理现象，突出反映了封建专制社会恐怖的特征。另一方面，切尔维亚科夫和爱姑的行为带有反逻辑的、非理性的特点。打了一个喷嚏，为什么要那样惶恐不安，无休止地频频道歉？那样泼辣勇敢的妇女，为什么突然变得懦弱胆怯起来？这些现象似乎是违背逻辑的，他们的行为好像是在丧失理性的情况下做出来的。从心理学看，这是下意识动机的驱使，带有变态的性质。人在病态的社会中生活，必然会产生心理的变态。封建专制社会的特征是恐怖，所以，权力恐惧症是社会普遍流行的变态心理。切尔维亚科夫和爱姑的心理反应的变态性，大大加强了他们的奴性的性格特征。这说明奴性心理已经渗入到社会成员的骨髓，成为一种潜意识。

总之，契诃夫和鲁迅在这两篇小说中，都不约而同地表现了封建专制社会恐怖的特征和社会成员奴性心理的特征，通过这种特征的揭示，深刻概括了社会生活的本质规律。可以看出，使这两篇小说的艺术具有异曲同工之妙的是特征概括这一艺术的普遍法则。

特征概括是艺术的特殊规律，这个道理并不难理解。曾经有人照了一张照片，并且放大了，连一根根睫毛都看得清。可是本人看了不满意，别人看了也觉得不像。于是他又请了一位画家朋友画像，那画家十分熟悉他的性格和外貌特点，只寥寥数笔就画成一幅素描。那人看后拍手叫好，越看越像。这是什么道理呢？主要因为素描是艺术，它用的是抓特征的方法，不仅写形，而且传神。优秀的艺术是用富有特征性的细节、情节和形象来反映生活本质的。比如诗歌，一个意境的出现往往是因为选择、提炼了一个最富特征性的镜头而获得的。杜甫的名句“朱门酒肉臭，路有冻死骨”，就是两幅很有特征的生活画面，形成强烈的对照，深刻反映了封建社会阶级对立的本质。在封建社会里，统治者不知制造了多少罪恶，劳动人民不知发生了多少悲剧。这两幅画面的强烈对比能够启发世世代代的读者对封建制度罪恶悲剧的联想，因而具有巨大的艺术概括力。又如小说，有时选择了一个富有特征性的细节就能使一个人物形象栩栩如生。可以说，一切成功的艺术典型，差不多都是作家把人物的富有特征的动作、姿态和对话等突出地描绘出来，才使它们活在读者心中。

过去由于极左文艺思潮的影响，对艺术的特征概括的规律并没有引起充分重视，有些文艺理论的提法是直接违背这个规律的。比如题材问题，如果从文学的整体及其历史发展看，题材当然显得重要，读者总是关注自己时代的重大题材的，每个时代，每个民族的文学都会形成自己的中心题材。但就具体一部文学作品来说，由于艺术的特征概括的规律起作用，题材的差别几乎不产生什么影响，小题材同样可以反映重大主题。但是长期以来人们存在着一种题材决定论或主导论的思想，以为写家庭琐事、儿女情长，就一定不能反映时代生活的本质，这就违背了艺术特征概括的规律。又如典型塑造上的“写本质”的理论，主张塑造典型人物要把最能表现其阶级本质的各个侧面综合集中在一个形象身上，这也是违背艺术的特征概括规律的，是把理论概括的方法移植到艺术创作的领域中来。因此，契诃夫和鲁迅的这两篇小说共同提供的艺术经验，在今天仍然是很有启发意义的。

（原载《鲁迅研究》1983年第3期）

小说《月食》中感情的诗化

小说一般有三种类型：一种是故事式的小说，以曲折离奇的故事情节吸引人，中国古典小说多属此类；一种是戏剧式小说，作者不介入作品，让人物用自己的语言和行动去表演；还有一种是诗的小说，以意笔为主，虚实相宜，重在构成一种意境，富有浓厚的抒情味。李国文的短篇小说《月食》[①] 就属于这一类。

读完这篇小说，会有一种梦幻感油然而生。一个历尽人世沧桑的人，当他回首往事时，常常恍如梦中，过去了的一切，或者给人余悸，或者留下惆怅。粉碎“四人帮”以后，好像响过一阵春雷，各式各样的人都如梦初醒。历史上往往有这样的情况，当社会发生大转折时，在一段不太长的时间内，人们心理上常常会抚今追昔。由于两种时代生活的强烈对比，会产生一种沧海桑田的梦幻感。所以梦幻感成为粉碎“四人帮”后一段时间内的普遍社会情绪。反映在文学创作上，出现许多重温旧梦的作品。当人们重温十年浩劫的噩梦时，就产生一种隐隐的余痛或余悸，这以“伤痕文学”为代表。而当人们重温 20 世纪 50 年代初期甜蜜的梦时，就产生若有所失的

---

① 见《人民文学》1980 年第 3 期。

惆怅或寻味的欲望。《月食》的可贵之处就在于摆脱了噩梦文学的俗套，而寻找一种新的意境。

《月食》所反映的就是人们在梦幻之后对失去的爱的追寻。这是一个诗人怀抱着爱的神龛，与隔阂的人群、丑恶的欲念进行心灵搏斗的心路历程。作者截取这一历程，深情地赞颂对爱的追寻，正是因为他痛感到极左政治给人们心灵蒙上了一层厚厚的阴影。极左路线给我们国家和民族造成的最大灾难，就是美与丑的颠倒，爱的沦亡，灵魂的创伤。但作者同时坚信，这一切都是暂时的，人民的爱是永存的，就像一次月食一样，一时天昏地暗，过后仍然澄澈光明。因此，我们的使命就是要进行美的召唤、爱的追寻。作者久经风霜，看惯人世的沧桑，但仍然对人类的远景满怀希望。这就是作者要表达的感受，这就是《月食》的思想。

这样一种感受和思想，是粉碎"四人帮"以后许多人的共同感受和思索。近几年来形势发展中出现的困难和曲折，更使人们深深感到：林彪、"四人帮"所造成的精神上的破坏，远远超过物质上的损失。我们国家面临的困难是原来估计不到的。而在所有困难中，最不好对付的是那种无形的精神世界的困难。每个人都会感到，现在有些人的精神状态与50年代初期相比发生了很大变化，情绪不那么浪漫，思想不那么纯真，人与人的关系不那么和谐。这种情况是人们最大的忧虑。在这种情况下，人们多么需要爱的滋润、理想主义的陶冶和情感的升华，多么需要革命优良传统的教育。《月食》正是代表这种社会情绪，它所表现的思想正是人民的思考。作者为了追求审美的感染力，他不是以皱着眉头思索的姿态去写这篇小说的。作者奉献给读者的是一缕淡淡的哀伤、一声轻轻的慨叹、一掬沁人心肺的清泉。也就是说，作着没有直接倾吐他内心的思考，而是把他的智慧化为一瓣心香，徐徐袅袅，飘飘忽忽。

那么，《月食》所表现的具体情感内容是什么呢？是：余痛夹杂着快慰，迷惘掺和着希望，梦幻之余是对历史的反思，爱的沦丧之后是对爱的追寻。这是一种非常复杂的杂糅情感。从作品的具体情境中，我们依稀可以感受到：那里面有重温旧梦的哀伤，有二十二年沧海桑田的慨叹，有质朴无华的怀念，有追寻理想的迷惘，有坚如磐石的爱情的慰藉，有不堪回首、无可奈何的伤感。这是一种回顾与思恋，这是一种追求与希望。总之，作者的情感状态是：伤逝与憧憬。

作者创作《月食》的美学任务显然不是要暴露人们看得见的外在的社会问题，而是为了传达人们隐隐约约意识到，但却看不见、摸不着，甚至找不到准确的语言表达出来的社会情绪。但是作者并没有在此止步，他在美学的跋涉中还要更上一层楼。作者把这种社会情绪在诗的汗液中浸泡，使之充满着诗味。也就是说，作者把感情诗化了。

下面，我们着重谈谈作者通过哪些艺术手段把感情诗化的。

首先，作者用象征的手法构成含蕴的意象。小说中，“月食”和“毋忘我”花的描写都是象征性的。特别是“月食”的象征性描写含有丰富的意蕴。古往今来，诗人墨客最喜吟风弄月，赋予月亮的形象以各种各样的诗情画意。一般说来，月亮形象的象征意义是从月亮的特征引发出来的。例如，月有阴晴圆缺，象征人有悲欢离合；月亮的澄澈光明象征人的心地纯洁；日为阳，月为阴，因此月亮用来象征女性的美；月光如水，境界空濛，因此月亮又象征人的迷离仿佛的情调；阳光热，月光冷，因此月亮还象征着凄冷的心情；“海上生明月，天涯共此时”，它表达着离愁别绪；“清光此夜中，万古望应同”，它又寄寓着古今之叹……总之，月亮的形象含有丰富的象征意义，容易引起丰富的联想和复杂的情绪。它能使读者浮想联翩，感慨万端，余味无穷，从而达到很好的审美效果。

《月食》的作者采用“将心托明月”的办法，把复杂的情感熔铸到月亮的意象中，启发读者去联想和领悟。作者对社会的批评是持“怨而不怒”“温柔敦厚”的态度的，因此他对“月食”的描写是取“君子之过也，如日月之食焉”这个含意。他没有横眉怒目，所以不用长矛巨剑；他没有号啕长啸，所以也没有巨浪狂澜。这是一个党和人民的忠诚儿女的深情的感伤和热切的期望，所以他选用“月食”的意象。作者强力压抑着自己遭遇不平的愤懑和对假、恶、丑的怒火，而表现出一种痛苦的深情。这是崇高的衷肠。

作者采用象征的手法，使小说具有诗的意境，而顿然获得诗的生命。所谓意境，就是情感化的审美世界。它表现出一种特殊的凝聚力，使作品言简意丰。“月食”的意象除了构成伤逝与憧憬的基本情调外，还显出各种各样的感情色彩。既有“人生几回伤往事，山形依旧枕寒流”的沧桑感，又有“此情可待成追忆，只是当时已惘然”的惆怅；既有“烟笼寒水月笼沙”的迷离恍惚，又有“心事浩茫连广宇”的白色感伤。它们和谐地交融在月亮的意象中，使小说的意境呈现出五彩缤纷的情采。

象征的手法在诗歌创作中大量运用，在小说中也有成功的例子。例如海明威的小说经常用阴雨、黑夜、山谷、泥泞的道路，象征人类前途的悲哀、绝望，而用山峰、太阳、灯火等象征人类心灵或行为的光明面。肖洛霍夫《静静的顿河》以麦田或收割麦子为背景，象征一个社会不经铲除就没有新生和前途。高尔基的《人间》以月光下的森林及其景色为背景，也有象征的意义，象征着贫民看待富人的生活如同幻景一般。这些象征的描写都使小说具有了诗的意境。

其次，作者以对爱的追寻作为构思的主线，给作品抹上梦幻的色调。作者截取主人公伊汝在右派问题改正后重新回到报社工作前这段时间，伊汝回羊角垴，企图追寻失去的爱，最后与阔别了二十二年的妻子妞妞以及乡亲们团聚的过程来进行精巧的构思。小说描写的现实时间只有一天，而回忆时间却跨越了三四十年。整篇小说没有起承转合的故事情节，而是把过去的生活事件组织在伊汝对爱的追寻这条主线上。作者不管是用实写还是虚写，一切都是从伊汝个人的感受出发来写的。他着力表现的是伊汝的心路历程，造成深邃朦胧的透视角度。总之，作者以伊汝对失去的爱的追寻作为构思的主线，巧妙地把过去与现在联在一起，把虚与实联在一起，把人物的言行与回忆联在一起，构成一幅以写意为主，兼有工笔之妙的人生图画。

作品的主人公伊汝所追寻的是一种精神价值，它是非实体性的，可望而不可即的。因此这种追寻不像寻找失物那样，而是带有虚幻的性质，用作者的话说就是“那么玄虚的东西”。伊汝回羊角垴途中心情充满矛盾，直到进村后仍在犹豫，他的追寻行动带有某些下意识的特点。作者用这种虚幻的精神价值追寻作为小说构思的主轴，就使作品染上梦幻的色彩，调动读者对爱的丧失的悲剧感。另一方面，作者围绕着追寻这一主轴来组织材料，采用表面看来不规则的、跳跃式的联想、追忆以及梦境描写等方式，把故事情节分切为一个个镜头，联缀在这一主轴上。现实与往事不断变换场景，这种组织方法近似一个梦幻者的思维活动。因此，它所构成的意象就带给人们一种若隐若现、似明似暗的感觉。整篇小说就好像一根可望不可即的轴线串起了一串闪烁不定的珍珠，给读者类似梦幻的感觉。它给人的美感经验是激发一种“往事不堪回首”的时间的悲剧情调。

这种构思方法使小说既保持一定的生活实感，同时又荡漾着诗的情趣，构成令人神往的艺术氛围。诗情画意被笼罩在一层由温柔的伤感所构成的朦胧薄雾之中，它们有点不可捉摸，但又是那么强烈地触动读者的心弦。这种追寻的构思使小说最富透视力（从主人公的透视角度去观察生活，这个特点与诗歌类似），是这篇小说艺术独创性的最主要的表现。

第三，在人物描写上，采用写背影的方法，使作品显出空濛的境界。《月食》的中心人物是伊汝和妞妞。妞妞是作者心目中美的意象。按照小说的常规描写，应当把主要的笔墨放在对她进行直接的描写上，使她肖像明晰，个性突出，栩栩如生地站立在读者面前。但是作者却突破了这种常规描写，对妞妞采用写背影的技巧。同时，作者对伊汝、毕部长、老大娘等人物的外貌特点和个性特征也都不作精细的刻画，这些人物在外部形态上给读者的感受是朦胧的。可以看出，作者在人物塑造上并不追求形似，而是追求神似。这正是中国诗画反映生活的特点。这一特点集中表现在对妞妞的描写上。

小说这样写道："伊汝多么希望她把脸调过来，然而她仿佛故意地把背冲着他，而且半刻也不肯多停留地离开了。等到他走到车头前面，那个妇女已经迈着碎碎的步子，走出好远，留给他一个似曾相识的背影。"接着又写道："天哪！伊汝怔住了，他连忙朝那个走远了的妞妞望去，她已经走到半山腰了，只能看到一个小小的人影。可是看得出来，她还在一步一步地吃力艰难地攀登着。"此外，对毕部长也采用写背影的方法，很显然，这不是工笔的人物画，不是浓墨重彩的油画，也不是人物素描或速写，而是人物的剪影。

这种剪影式的人物描写使小说的意象显出空濛的境界，给人幽远难据、高深莫测的感觉。这是一种芟繁密以求深永的技巧。我国古典诗词中有许多意境空濛的佳句，如"孤帆远影碧空尽，唯见长江天际流""江流天地外，山色有无中""草色遥看近却无"等。它们的意境"可望而不可置于眉睫之间""远引若至，临之已非"。这些诗的意象如水中之月，镜中之花，非实有，又非虚无，表现出朦胧的美。这就是钱锺书先生《管锥编》所谓的"课虚叩寂，张皇幽眇""取象如遥眺而非逼视""只隐约于纸上，俾揣摩于心中""因隐示深，由简致远"，包含着很多深刻的文艺心理学和美学的原理。这种表现技巧可以造成一种特殊的审美感受，就是"使人起神藏鬼秘之感，言中未见之物仿佛匿形于言外，即实寓虚，以无为有，若隐而未宣，乃宛然如在"。这种审美感受往往会引起人们心中莫名的眇眇的幽思和淡淡的伤感，在心理学上叫作"距离的感伤"。人们登高望远时会产生"距离的感伤"，在欣赏朦胧美时也会产生"距离的感伤"，这很接近欣赏抒情音乐时的美感经验。我们在欣赏优美的乐曲时，往往会勾起莫名的惆怅，因为音乐中的意象是朦胧的，音乐的境界是空濛的。诗歌造成空濛的境界，会产生迫近音乐的审美效果，小说亦然。《月食》采用写背影的技巧，显示空濛的境界，因此也具有音乐的某些审美效果，它激起读者空间的悲剧情调。

这种剪影式的手法使人物形象具有诗的韵味，给读者留下广阔的想象空间，激发读者去想象二十二年来妞妞所承受的不幸和牺牲以及在形体上精神上留下的痕迹。审美与想象是密不可分的，想象的自由越充分，美的魅力就越强。因此，这种技巧的运用实际上加强了妞妞这一美的意象的感染力。看完《月食》后，我们虽然得不到心灵上亲历其境的震撼，但却能得到眇眇的幽思，从而产生“此时无声胜有声”的效果。

最后，作者还采用情绪流动的结构，使小说产生强烈的抒情倾向。如上所述，作者所描写的一切都是从伊汝个人的感受出发的，把伊汝过去生活的回忆片断组织在爱的追寻这一中轴线上。适应这种构思，作者采用情绪流动的结构方法，在某些方面接近“意识流”的小说。小说所描写的生活事件、场景和故事片断都是通过伊汝的回忆、联想、梦幻引发的。它们本身并没有组成一定的秩序，而是依靠主人公情绪的流动组合在一起的。比如，在第一节里，伊汝在S县城的西关街道走时，就联想起“现在的那些将军们、部长们，当年他们的坐骑蹄铁，或者那老布靸鞋，都曾经在这条路上急匆匆地走过的”。然后回忆伊汝与毕部长的革命经历。第二节转而描写伊汝与凌凇的关系的幻梦。第三节描写伊汝在公社招待所宿夜时的大段回忆。整篇小说都是这样一些联想、梦幻、回忆的片断组成的，它们有组织地穿插进伊汝回羊角垴途中的见闻和经历之中。把它们孤立起来看，它们是一个个不完整的片断，整篇看，则是一支完整的抒情曲子。它们的出现、排列、终始，都是依据情感的逻辑，而不是事件本身的逻辑。

这种结构方法，使小说产生强烈的抒情倾向。因为它把生活事件的客观进程消融在人物的情绪活动之中。它强调的不是生活的客观面貌，没有故事的开端、发展、高潮和结局，也没有尖锐的生活冲突。它突出的是人物情绪的抒发，用抒情来统摄叙事，以叙事加强抒情。因此，在读者的审美感受上，扣动人们心弦的就不是生活冲突的尖锐性，而是心理活动的抒情性。也就是说，读者审美的注意力不是围着生活事件、人物关系转，而是围着主人公情绪的起落变化转。作品给予读者一种直接的情绪感染，而主要不是由生活形象间接唤起情绪。

这种结构方法与诗歌、音乐近似。抒情诗和抒情音乐一般都是按照情绪流动的线索来结构的，触景生情，缘情造境，情绪是结构的主线。这与一般的以情节或人物塑造为主的小说大不一样。这种结构提高了小说的表现力，不仅在表现外观世界，而且在表现内在心灵世界上都能发挥作用。结构布局之错落有致，发挥了艺术表现的能动性。同时，它适应这篇小说情感发展的跳跃性，加强了飘忽不定、迷离恍惚的情感状态的表现。因此，这种结构从形式上增加了小说的悲剧情调。

综上所述，我们可以看出《月食》的题材、人物形象、构思和结构等方面都具有诗的特点，也即诗的意境、诗的情趣、诗的构思、诗的结构。它所产生的美学效果迫近诗与音乐。这是近几年来不可多得的艺术性较高的一篇短篇小说。

（原载《新文学论丛》1981 年第 3 期）

试论《风筝飘带》的美学特征

读了王蒙的小说《风筝飘带》[1]，我们仿佛游历了一个既熟悉而又陌生的新奇世界。小说的字里行间不时透露出生活的哲理，令人不禁掩卷沉思；而那些针砭时弊、愤世嫉俗的描写和议论，更是句句讲到人们的心坎上。小说还处处洋溢着生活的诗意，佳原的理想、素素的爱情，就像污泥中长出的莲朵，它们不正是作者呈献出来的心灵的诗吗？另一方面，作者又把生活中那些畸形变态的现象集中在一起，给予无情的嘲弄，那副严肃的幽默相、正经的滑稽腔，有时简直让人笑破肚皮。而这一切仿佛都是在作者那根魔杖的挥舞下突然出现的，使你感到有点不大习惯，有时令人目不暇接，但我们不能不佩服它的新奇，不期然获得一种涉新猎异的满足。总之，《风筝飘带》给我们的总体印象是：像哲学家一样睿智，像诗人一样深情，像相声演员一样诙谐，像魔术师那样变幻莫测。它给读者的美感经验是极其丰富的。

那么，这篇小说为什么会给人这些审美感受呢？它是由哪些美学因素构成的？

---

① 见《北京文艺》1980年第5期。

《风筝飘带》的一个突出特点是它的深刻的幽默性。王蒙同志相当成功地糅合了滑稽喜剧、相声、漫画和杂文等的表现手法，巧妙地造成小说的幽默风格。首先，他善于发掘生活中的滑稽现象，并加以典型化。现实生活中有许多滑稽现象，特别是林彪、"四人帮"横行期间，许多畸形变态的事物现象都具有滑稽的性质。但由于它们是分散的，人们习以为常，就不觉其滑稽。作者敏锐地抓住这些现象的滑稽性，似乎只是如实地汇总起来，不加夸张和渲染，就达到了强烈的滑稽效果。例如小说对"文革"情景的描写："礼炮在头顶上轰鸣，铜号在原野上召唤。还有红旗、红书、红袖标、红心、红海洋。要建立一个红彤彤的世界。在这个世界里九亿人心齐得像一个人。从八十岁到八岁，大家围一个圈，一同背诵语录，一同'向左刺！''向右刺！''杀！杀！杀！'"这是一幅多么滑稽的速写！回首往事，当人们失去自由、失去个性的年代，每个有生命的人都变成由一台控制中心操纵的木偶，难道不正是这样的么？

关系的不协调也是幽默、滑稽的一个重要因素，只要这种不协调没有达到危害人们生活、令人厌恶的程度。《风筝飘带》也运用不协调的对比来引起滑稽效果。小说这样描写十四层楼上的居民对佳原、素素的审查：

> "我要动手了！"一个"恐龙"壮着胆子说了一句，说完，赶紧躲在旁人后面。"我们可真要动手了！"更多的人应和着，更多的人向后退了。

气势汹汹的外表和胆怯空虚的内心，显得多么不协调，幽默感就在这种尖锐的对比中产生。又如小说描写素素的"小学同学"得意地夸耀结婚的准备工作如何充分，连办酒席的厨师都请好了，到头来却还不知对象在哪里。这种对比也是滑稽的。而有些本来不具备滑稽性质的事物或情境，经过夸张和漫画化的处理，也立即变得滑稽幽默。小说写到医院的不卫生和青年结婚没有房子的情况就是典型的例子："那个医院的急诊室臭气熏天，谁能在那个过道里躺五个小时而不断气，就说明他的内脏器官是铁打的”“那他们在哪里结的婚呢？在公园吗？在炒疙瘩的厨房？要不在交通民警的避风亭里，那倒不错，四下全是玻璃。还是到动物园的铁牢笼子里去？那么，门票可以涨钱。”平平凡凡的事情经过作者的处理就变得十分可笑了。

杂文笔法的运用是小说获得幽默感的重要来源。小说描写佳原扶起被撞倒的老太婆却反而被诬为肇事者，表现人与人之间的不信任和信念的贬值之后，顺手点了一句：“那是一九七五年，全民已经学过一段荀子，大家信仰性恶论。”幽默中含着深刻的批判。又如：“虽然打一夜扑克的人仍然比学一夜外语的人更容易入党和提干”“派出所的人聪明得就像所罗门王，他说：‘你找出两个证人来证明你没有撞倒这位老太太吧。否则，就是你撞的。’你能找出两个证人证明你不是克格勃的间谍吗？否则，就该把你枪决。”“舞台和银幕上除了‘冲霄汉’就得‘冲九天’，要不就得‘能胜天、‘冲云天’。除了和‘天’过不去以外，写不出什么新词儿来了。”这些都是在描写的空隙偶发的议论，但因采用杂文笔法，因此既鞭辟入里，又妙趣横生。以上这些表现手段熔为一炉，运用灵活自如，往往是随意点染，恰到好处，不露斧凿痕。而这一切又是通过幽默、诙谐、相声式的语言风格得以生辉的。作者处处涉笔成趣，语言极富喜剧味，我们随意转引几例：“须知挺复杂，看来不经过一周学习班的培训，是无法学会逛公园的”“他的腿一颤一颤，肉丁和肚片在你的喉咙里跳舞”“有人一听跳舞就觉得下流，因为他们自己是猪八戒”“而且许多人拿着家伙。人是会使用工具的动物。擀面杖、锅铲和铁锨。还以为是爆发了原始的市民起义呢”“他现在倒白胖白胖的，像富强粉烤制的面包，一种应该推广的食品”等等。这些语言都富有幽默感。总之，正是由于这种喜剧式的手法和幽默语言的结合，才使读者在阅读中不时爆发出阵阵轻松愉快的笑声。

《风筝飘带》除了具有强烈的幽默感外，还给人一种异域的风味。作者有意识地吸收、借鉴了外国现代派文学，尤其是意识流小说的表现技巧，因此，从内容的表现、情节结构的安排到语言的运用，都呈现出与中国传统小说不同的新面貌。

这种新面貌的突出表现是内容的情绪化。小说中的事件、细节、人物对话、行为动作等都纳入人物的意识流，通过主人公的内心独白的形式写出来。例如，小说这样描写佳原教素素学习阿拉伯语而引起周围的人各种反应的情景："第一课：人。亚当需要夏娃，夏娃需要亚当。人需要天空，天空需要人。我们需要风筝、气球、飞机、火箭和宇宙船。阿拉伯语就这样学起来了，这引起了周围许多人的不安，你应该安心端盘子。你应该注意影响。你有没有海外关系。如果再搞清队、查三怪——怪人、怪事、怪现象，就要为你设立专案。我没有砸一个盘子。我不想当科长。我知道穆罕默德、萨达特和阿拉法特。我一定欢迎你担任我的专案组长。"这一段只有一百多字，却是色彩斑斓、丰富复杂的：有佳原教素素学阿拉伯语的第一课，有周围的人对他们的警告，还有素素的辛辣反驳。按照传统的写法，作家必须指明这是什么人说的话，而这里却糅在一起，警告和反驳连珠炮似的紧紧相连，没有一句作家的插叙，令人联想到电影中画面和音响的快速更迭。类似这种写法在《风筝飘带》中还不少。心理描写与情节、人物的描写之间没有清楚的界限，小说叙述、描写的一切，都有"物皆着我之色彩"的主观性。这种主观性，不仅是主人公的，也是作者的，我们常常分不清哪些是作者的叙述和描写，哪些是主人公感受的东西。它们二者混合在一起，形成一股感人的、炽热的情绪流动。即使是那段描写佳原扶起老太婆反而被诬的情节，这是最接近传统现实主义小说的写法了，但作者也是把它作为素素的记忆片断来写的，作为素素感慨社会风气变坏、老实人被欺侮的一个环节。作者不注重细节的精雕细刻，而注重情绪的表现。读者阅读这样的小说，往往用主人公的眼睛和思路去审视那些事件和场面。总之，对客观事物事件的描写叙述都纳入意识流，既是主人公的意识流（主观感受），同时又是作者在借题发挥，因而也可以说是作者的意识流。这种叙述描写的方法贯穿于小说始终，无论是人物的行动、对话还是对环境和气氛的描写以及议论，都带有这个特点。由于小说事件的叙述和形象的描绘服从于整体的情绪表现，因此，情节的发展随着情绪的闪跳不定而变化多端，使主题的表达显得扑朔迷离。这便形成了细节处清晰、整体朦胧的风格特征。

形象的知觉化是《风筝飘带》新面貌的另一表现。除文学外，其他艺术大都是直接诉诸人们知觉的，归根到底都是线、色、声的组合。人对线条、色彩、声音能够直接知觉，不需要借助概念就能直觉艺术品的美，但文学却不同，它是语言的艺术，必须通过语言文字作媒介才能供人欣赏。语言结构中的基本单位是词，词本身就是概念，所以文学不可能排除概念而直接诉诸欣赏者的感官。读者必须在概念理解的基础上，通过想象活动唤起形象。这样，文学就存在着如何克服概念的抽象性对艺术欣赏的障碍的问题。知觉化就是克服这种障碍的一种途径。《风筝飘带》的知觉化最突出表现在语言的色彩感和音乐感上。开头第一段描写环境和素素的穿着，就运用许多色彩的对比；接着又用红、绿、黄、黑四种颜色象征素素心灵历程的四个阶段；以后还写到素素的白色的梦、蓝色的梦和橙色的梦，象征各种微妙的感情。由于作者善于运用色彩的对比，所以在主人公的思绪中出现了种种色彩缤纷的图景。其次，小说的节奏随着素素的意识活动的变化而起伏张弛。开头第一段交代环境，是慢节奏，用欧化的长句子写。在概括描述素素“文革”十年的经历时，内在节奏是狂乱、紧张的，所以用了许多短语句或词组。素素与佳原的对话，由于两人工作都很紧张，对话表现出他们的忙碌，就采用快速节奏来描写。直接抒情的段落则采用诗一样匀称、和谐的节奏。同时，语言也富有音乐感，如“天大变了。电线呜呜的。广告牌隆隆的。路灯蒙蒙的。耳边沙沙的。”知觉化的最典型例子是下面这一段描写：

……佳原拿起素素的手，这只手温柔而又有力。素素靠近了佳原的肩，这个肩平凡而又坚强。素素把自己的脸靠在佳原的肩上。素素的头发像温暖的黑雨。灯火在闪烁，在摇曳，在

> 转动，组成了一行行的诗。一只古老的德国民歌：有花名毋忘我，开满蓝色花朵。陕北绥德的民歌：有心说上几句话，又怕人笑话。蓝色的花在天空飞翔。海浪覆盖在他们的身上。怕什么笑话呢？青春比火还热。是鸽铃，是鲜花，是素素和佳原的含泪的眼睛。

这里有情人的爱抚，有光，有色，有诗，有音乐，有图画，有鸽铃，有眼泪，把读者的视觉、听觉、嗅觉、触觉一起调动起来，引入一个美妙的境界。

此外，小说还采用了心理时空和立体结构的叙述方法。作者突破了传统小说的框架，不按自然时空的顺序来组织故事，而把素素十几年的经历和目前的情景交错在一起，造成一种类似电影蒙太奇的变化多姿的效果。在小说中，自然时间只有一个晚上，但心理时间却跨越二十多年；自然空间局限在北京街头的一个角落里，但心理空间十分广阔，有农村、城市、饭店、街道。由于小说采用心理时空重新组合素材，所以情节发展大幅度的跳跃。例如："献花、祝贺、一百分、检阅、热泪、抡起皮带嗡嗡响，'最高指示'倒背如流、特大喜讯、火车、汽车、雪青马和栗色马、队长的脸色……"这一切像一个个闪跳的镜头，概括了素素的生活经历。在结构上，则形成四个层次，即：社会上的各种世俗面貌，佳原高尚的品质，十几年的政治风云变幻，素素纯洁的爱情。按照传统小说的写法，四个层次应该融合在一起，按照时间的顺序叙述素素十几年来的生活经历以及与佳原认识、恋爱的过程。但作者没有这样做，而用分层次交叉叙述。因此，时间与空间的秩序打乱了。四个层次的时空跨度都不一样，就产生多侧面的感觉，好像作者把生活改装成一个多面体，一会儿转到这个侧面，一会儿又转到那个侧面，使人对生活有一个完整的立体感。也就是说，读者可以在同一时间概念里感受到多空间所发生的事件，各种人情世态都在同一时间里呈现出来，同时又在同一空间概念里感受到十几年的历史沧桑，历史与现实的戏剧都在同一空间里演出。小说所涉及的城市青年面临的各种复杂社会问题是多线性推进的。这样，生活就不是平面移动的，而是立体的。因此，我们很难用一两句话说清它的中心意思。

毋庸赘言，《风筝飘带》的幽默风格和新颖的表现手法，带给读者的快感是强烈的，人们好像听了一场精彩的相声，看了一幕新奇的戏剧。但它不是单纯的笑料和奇幻，而是一种轻松活泼的抒情。作者有时扮着鬼脸，有时跟你捉迷藏，但贯穿在小说中的对佳原和素素的理想和爱情的热烈赞颂，好像一股暖流滋润着我们的心田。主人公的崇高道德情操始终是作品的主旋律，扣动着我们的心弦。你因它的风格幽默而发笑也好，你因它的表现新奇而惊讶也好，这都不能妨碍你在它心灵的音乐中陶醉流连。

那么，《风筝飘带》的这种独特的诗美是怎样形成的呢？首先是小说的意象美产生作品的诗意。在小说中，风筝和小马驹是两个主意象。风筝象征着理想，小马驹象征爱情。为什么这样说呢？我们知道，风筝是儿童的玩具，往往与儿童的美丽幻想联系在一起，它从大地上升起，在辽阔的天空自由翱翔，这一特征与青年人的理想有某些共同的地方。青年人的理想也像风筝那样，自由舒展。佳原在严重异化的社会里，在恶劣的生活环境中，坚持自己的信念和理想，这种精神境界多么高尚，就像风筝一样，离开平庸污浊的地面，高高地飘扬在蓝天。风筝的意象给人一种雄伟豪迈的感觉，这是一种崇高的美。而小马驹是幼小的动物，它的轻巧、稚气、灵活、调皮，与儿童具有共同的特点。因此，小马驹的形象能唤起人们怜爱的感情。人们在观赏幼态、稚气的动物时总是伴随着产生两种相邻的情感：一是欢喜，一是亲爱。幼态使人觉得可爱，这是有生物学根据的。因此，小马驹的形象能给人以温柔、亲爱的感觉。这种感觉与初恋时的体验是相通的，初恋时双方都充满着柔情蜜意，都以对方为最可爱。所以，作者用小马驹象征素素与佳原纯真的爱情。小马驹的意象给人一种温柔、亲爱的感受，这是一种秀美的美。总之，风筝与小马驹这两个主意象代表着两种风格美，即崇高与秀美。它们统一在一起，构成《风筝飘带》的美的内质，使作品富有诗意。

其次，作者的直接抒情增强了作品的情绪气氛。美感与抒情是直接联系在一起的。《风筝飘带》在许多地方采取直接抒情的方法加强美感效果。特别是当写到最动情的时候，就采用抒情诗的笔调来写。例如，当素素内心深处萌发对佳原的爱情时，作者这样写道："长久干涸的河床里又流水了，长久阻隔的公路又通车了，长久不做的梦又出现了。"用了三个排比句来表现这时素素的内心体验。当佳原向素素说声"再见。明天见"时，素素产生了初恋的敏感，不禁"脸发烧"。这时，作者用诗一样的语言写道："明天就像屁股帘儿上的飘带，简陋、质朴，然而自由而舒展。像竹，像云，像梦，像芭蕾，像G弦上的泛音，像秋天的树叶和春天的花瓣。"用了一连串的比喻来表现素素初恋的微妙感情。又如，小说写到佳原和素素连谈恋爱的地方都难以找到，作者接着发出慷慨激昂的感慨："我们的辽阔广大的天空和土地啊，我们的宏伟的三度空间，让年轻人在你的哪个角落里谈情、拥抱和接吻呢？我们只需要一片很小、很小的地方。而你，你容得下那么多顶天立地的英雄、翻天覆地的起义者、欺天毁地的害虫和昏天黑地的废物，你容得下那么多战场、爆破场、广场、会场、刑场……却容不下身高一米六、体重四十八公斤和身高一米七弱、体重五十四公斤的素素和佳原的热恋吗？"这是不平的呐喊，也是无可奈何的慨叹。这些直接抒情的片断都是用来歌颂素素与佳原的爱情的，都是在最能激发读者感情的时候随手点染的。它起着强化小说的情感氛围、把读者的感情升华的作用。

最后，小说还运用映衬的手法造成读者情感的撞击。古人有诗云："浓绿万枝红一点，动人春色不须多"，我们可以借用来说明作者的艺术表现方法，即把美放在众丑之中加以表现，从而强烈地衬托出美来。你看，佳原处于什么样的环境：从知青困退回城，没有固定的工作，后来有了工作，却是补伞，而周围许多人丧失对美的信念，歪风邪气弥漫，有些人蝇营狗苟地追求物质享受，人与人之间互不信任，到处是不文明的现象，办事机构十分昏庸，极左政治的阴影、封建意识的陈迹，随时都在起作用。就在这种环境中，佳原绝不沉沦，而是坚守着崇高的信念，怀抱着美好的理想。他扶起被人撞倒的老太婆，送她回家去，反而受到群众的哄笑，连老太婆也一口咬定是他撞倒的，派出所的人也不能做出公正的判断，被讹去了七块钱、二斤粮票。但佳原仍不动摇为人民做好事的决心。他说即使被讹去七百元，也要扶起老太婆。这是多么高尚的情操！佳原的形象闪耀着美的光芒，而这正是在美与丑的强烈对比中突出显示出来的。再看看素素的爱情。素素所爱的是一个学徒工，是一个"寒伧得叫人掉泪"的"很简陋"的"风筝"。这在世俗的眼光看来是不好理解的。加上素素的爱情受到各方面的压力，家庭反对，单位领导干扰，谈恋爱没有场所，结婚没有房子，等等。但是他们的爱情坚贞不渝。这种情操美也是在与丑的强烈对比中显示出来的。

以上这些艺术因素使《风筝飘带》具有一种情感的力量。这种情感的力量来自作品内在的美学素质，它犹如涓涓的细流，在人们愉快的笑声和涉新猎异的赞叹中，悄悄流入读者的审美心灵世界里。

《风筝飘带》除了情感的力量外，还具有智慧的力量。在新鲜、幽默的外表下，包容着作者对生活的历史性思考。作者并没有故作惊人之论，他只是作为你的朋友，与你娓娓而读，讲述着各个角落的怪现状。《风筝飘带》反映了由于林彪、"四人帮"的破坏造成了我国政治生活、经济生活、文化生活以及家庭生活的反常，反映了人与人之间的关系、社会心理、社会风气以及人的思想道德面貌等严重的畸形异化。比如有些人的美好信念受到摧残，不再相信世界上存在着像雷锋那样高尚的人。因此，佳原做了好事，反而被当成肇事者。这些人的逻辑是这样的——世上绝不会有舍己为人的人，既然你介入此事，此事就必定与你有关，所以就推论出老太婆是佳原撞倒的。当佳原"说明自己只是一个助人的人的时候，有一位嗓音尖厉的妇人大喊：'这么说，你不成了雷锋了么？'全场哄然，笑出了眼泪。"这位妇女的提问十分典型地反映了这种虽然荒唐，实际上却被许多人看作天经地义的逻辑。这种对做好事的人的嘲弄是对社会进步力量的挑战。另一方面，有些人的精神价值观念贬值了，热衷于对物质利益进行庸俗的追求。他们通过走后门、权力与物质的交换、搞特权等手段，贪婪地占有社会财富。这些都是现实生活中大量存在、人们时刻都可以感受到因而习以为常的社会现象。作者敏锐地捕捉这些现象，加以独特地表现，便激发读者思想上的共鸣。我们在回味新鲜、幽默的感受之余，突然悟到，在俏皮、逗趣的面孔背后，跳动着一颗愤世嫉俗的炽热的心。作者的批评锋芒不可谓不锐利，但他巧妙地在他的投枪上涂上一层滑稽的、新奇的色彩，使那些无所用心的社会蛀虫在一阵茫然的嬉笑中，销蚀了对这种批判的憎恨。但小说中字里行间藏着的刺，不是正好挑开了关心世道人心的读者们心中多少不平和愤怒吗？正是这种“心有灵犀一点通”的亲切感，使我们获得了一种更加内在的审美愉悦。它伴随着快感和纯粹美感，形成一种统一的审美冲击力，激荡着我们的心。这就是《风筝飘带》的成功。

以上就是小说《风筝飘带》的主要美学特征。那么，这些美学因素又是怎样构成一个统一的整体？这就得从《风筝飘带》的构思谈起。

这篇小说构思的触媒点是“风筝飘带”（这就是说，作者是从“风筝飘带”这个意象引起这篇小说的构思的），它的象征意义是：爱情必须附丽于理想。这是作者最初的传达动机。以这个触媒点为起点，作者着力描绘的是一个天真俏皮的女青年范素素内心的图画，并把这一内心的图画作为读者观察中国社会、观察人间世相的窗口。通过素素意识流这个窗口，向读者展示了一幅时空跨度相当大、色彩斑驳，简直令人眼花缭乱的世俗图画。作者把主人公素素的内心图画推向构图的前景，这就避开了对生活进行直接的广阔的描绘，限制了对尖锐的生活冲突的揭示。很显然，作者是在着力构想一幅既为人们熟悉，又显得新奇独特的人生图画。在这幅图画中，灰色的背景下，站立着两个洁白的、闪光的青年——素素与佳原。这幅人生图画，虽然显得有点灰暗，但却露出希望的曙光；虽然令人痛心，但却常常使人发笑；虽然带点冷峻，但却充满幽默；虽然是罕见的奇特，但又不使人感到怪诞；虽然藏着深情，但却装作扮鬼脸；虽然饱含哲理，但又显得那么天真……这真是一幅匠心独运的人生图画。总之，作者构思的主要工作，不是放在情节故事的组织安排上，也不是放在人物形象的精雕细刻上，而是放在构思一幅新奇幽默的人生图画。作者的目标是把严肃的社会主题、崇高的情操美放在一幅奇妙、诙谐的图画中来表现，以追求强烈的快感效果。在一阵阵轻松活泼的幽默笑声中，藏着对社会现实的善意批评。这是一种巧妙的构思方法。

那么，作者如何构思这一幅奇妙、幽默的人生图画呢？如果我们追寻一下作者的构思轨迹，就可以发现，《风筝飘带》的构思有如下一些特点：不是以重大题材作为构思的基础，不是以一个中心事件作为构思中心，不是以矛盾冲突的直线式前进作为结构的线条。总之，作者大胆打破了传统的构思模式，不按自然时空的序列性、客观运动的连续性和生活系统的首尾一贯性来结构作品。也就是说，它不像传统小说那样按顺序叙述故事，而是采用多层次交叉叙述；也不像传统小说那样让故事连续发展、开端、发展、高潮、结局，一环扣一环，而是让故事时断时续；也不像传统小说那样故事有头有尾，而是无始无终。作者把各种各样的表象材料在人物的意识流动状态中重新组合，采用特殊的处理方法（如情绪化、立体结构等）构成独特的作品面貌。虽然小说题材所蕴含的生活哲理给人思想上的共鸣，小说的抒情片断和意象给人感情上的陶醉，但小说的独特面貌始终给人以突出的印象。

那么，小说有没有构成一个统一的艺术整体？它的统一性、完整性又在哪里呢？

综观小说的描写可以发现，在作者的总体构思中，表面看来零乱、断续、无始无终的表象材料的背后，有着一条使小说成为有机整体的主脉，这就是：一个人称、一次约会、一个主意象、一种基调。具体说：一个人称，即第三人称。意识流小说根据人称的不同分为“自白”“全知描述”“直接内心独白”和“间接内心独白”等。

《风筝飘带》属于“全知描述”。一次约会，即小说所写的只是佳原与素素的一次约会的过程。小说题材的视野相当广阔，时间的跨度与空间的广度都相当大，题材的思想容量也相当丰富，但它们都组织在一次约会的过程里面。一个主意象，即风筝的飘带，这是范素素的象征。小说提到的人物形象相当多，但突出范素素。一种基调，即幽默、诙谐的基调。作者采用一个人称，把人物的对话、行为、内心独白等都通过第三人称描述的角度来写，这种叙述方法使小说的语言和表现角度获得统一。一次约会的描写，把丰富的生活内容贯穿起来，使题材获得统一性。一个主意象，把各种形象材料集中在“风筝飘带”的周围，使小说的形象体系获得统一。一种基调，则把小说的各种变奏配合着一个主旋律进行，使小说的思想感情获得统一性。这样，小说虽然打破了传统的构思模式，采用新的构思方法，但仍然具有美学的整体性。

综上所述，《风筝飘带》的总体构思的基本情况是：构思的中心或主要目标是构想一幅幽默、诙谐的人间世俗图，把严肃的时代主题、崇高的情操美以及作者尖锐的社会批评放在这幅图画中加以表现，使整篇小说的题材归趋到幽默的旨趣中，使作品的内容具有寓庄于谐的特点。因此，小说对现实的深刻揭露所引起的同感是隐藏在诙谐幽默的笑声背后，小说对理想和爱情的深情赞颂所引起的美感是渗透在对新鲜独特的作品姿态的愉快感受中。小说既蕴含着丰富的哲理，也渗透着深厚的诗情，但更突出的是一种新鲜、幽默的趣味。因此，小说不仅能引导读者对生活的思考，也不仅给人以情绪的感染，而且更突出的是给人以轻松愉快的满足。

（原载《厦门大学学报》1983 年第 1 期）

学术简表

一、著　作

1.《艺术魅力的探寻》（专著）　四川人民出版社 1985 年版
台湾谷风出版社 1987 年重版
2.《艺术生命的秘密》（论文集）　海峡文艺出版社 1987 年版
3.《文学评论概要》（主编教材）　厦门大学出版社 1992 年版
4.《文艺象征论》（专著）　福建人民出版社 1992 年版
5.《象征论文艺学导论》（专著）　人民文学出版社 1993 年版
6.《批评的实验》（专著）　厦门大学出版社 1995 年版
7.《文艺哲学的现代转型》（专著）　福建人民出版社 2000 年版
8.《超越旧模式》（新时期文艺学建设丛书之一）
广西师范大学出版社 2003 年版

二、论　文

1. 用形象思维指导艺术创作
收入《形象思维问题论丛》一书（吉林人民出版社 1979 年版）
2. 对“政治标准第一，文艺标准第二”的质疑
——一论文艺批评的标准　《厦门文艺》1980 年 1 期
3. 关于“政治标准第一”的几种论证的商榷
——二论文艺批评的标准
《厦门文艺》1980 年 3 期，收入《文学理论争鸣辑要》
一书（上海文艺出版社 1983 年版）

4. 说“隐”
　——艺术规律探讨之一　《厦门大学学报》1981年1期
5. 论艺术分析在文艺批评中的地位（与郑转宗、许怀中合作）
　《新文学论丛》1981年1期
6. 评流行的文学功用观　《福建论坛》1981年1期
7. 小说《月食》中感情的诗化
　《新文学论丛》1981年3期，收入《中国新文艺大系·理论二集》（中国文联出版公司1986年版）
8. 略论《红楼梦》自然环境描写的美学特征
　《厦门大学学报》1982年增刊
9. 试论《风筝飘带》的美学特征　《厦门大学学报》1983年1期
10. 《离婚》与《小公务员之死》的比较分析
　《鲁迅研究》1983年3期
11. 论阿Q性格系统
　《鲁迅研究》1984年1期，《评论选刊》1985年2期全文转载，收入《新方法论与文学探索》（湖南文艺出版社1985年版）等多种选本
12. 论文学艺术的魅力
　原载《中国社会科学》1984年4期，《新华文摘》1984年9期选载，英文版《中国社会科学》1986年卷全文译载，收入《文艺学、美学与现代科学》（中国社会科学出版社1986年4月版）等多种选本，获福建省1984—1985年优秀文学评论奖
13. 文学欣赏方法论三题　《福建文学》1984年11期
14. 科技革命的启示　《文学评论》1984年6期
15. 超越题材　《小说评论》1985年1期
16. 古诗探秘三题（之一）　《厦门大学学报》1985年1期
17. 古诗探秘三题（之二）　《读书》1985年2期

18. 文学作品的美学结构与文学欣赏的心理过程

《福建论坛》1985 年 1 期，《新华文摘》1985 年 5 期全文选载

19. 文学的审美特性与文学欣赏的方法　　《批评家》1985 年 1 期

20. 艺术生命的秘密

《当代文艺探索》1985 年 2 期，收入《文艺研究新方法论》（江西人民出版社 1985 年版）等选本

21. 文学批评的美感结构分析　　《批评家》1985 年 2 期

22. 艺术的大趋势　　《现代摄影》1985 年卷

23. 青年一代的饥渴　　《青年评论家》1985 年 7 月 18 日

24. 系统科学方法论与艺术　　《文艺报》1985 年 7 月 13 日

25. 文明的极地

——诗与数学的统一

《文学评论》1985 年 4 期，《新华文摘》1985 年 9 期全文选载，收入《新时期文艺论争辑要》一书（重庆出版社 1991 年版）

26. 一个值得研究的文艺心理现象　　《福建论坛》1985 年 5 期

27. 关于文艺未来学的思考　　《文史哲》1985 年 5 期

28. 《文艺研究新方法论》序

《文学研究新方法论》（江西人民出版社 1985 年版），又载《当代文艺探索》1985 年 6 期

29. 论系统科学方法论在文艺批评中的运用

《文学评论》1986 年 1 期，收入《我的文学观》（上海社科院出版社 1987 年 12 月版）、《中国新文学大系》（1976—2000）文艺理论卷一

30. 彼岸之光（陈慧瑛散文评论）

《福建文学》1986 年 1 期，《评论选刊》1986 年 5 期全文选载

31. 关于争鸣的断想　　《文艺争鸣》1986 年 1 期

32. 文学与象征　　《文艺理论家》1986 年 2 期

33. 王朝闻美学思想的系统透视
《文艺研究》1986 年 2 期，收入《王朝闻学术思想论集》（齐鲁书社 1989 年版）
34. 时代的潮流与艺术变革的趋势　《文论报》1986 年 3 月 11 日
35. 系统科学方法论与文艺观念的变革
《天津师大学报》1986 年 3 期，收入《中外文艺理论概览》一书（春风文艺出版社 1986 年版）
36. 反叛
——流贯在新时期文学中的时代精神
《文艺理论家》1986 年 4 期
37. 文艺批判的风尚与批评方法的更新　《批评家》1986 年 4 期
38. 文艺批评笔谈　《批评家》1986 年 4 期
39. 我观小说的特质与功能　《福建文学》1986 年 9 期
40. 放眼人类文化的整体结构　《语文导报》1986 年 10 期
41. 我渴求精神的超越　《社会科学评论》1986 年 11 期
42. 文艺本质之辩　《文艺争鸣》1986 年 6 期
43. 我们时代的文艺理论（上）
《读书》1986 年 12 期，收入《新时期文艺论争辑要》一书（重庆出版社 1991 年版）
44. 我们时代的文艺理论（下）
《读书》1987 年 1 期，收入《新时期文艺论争辑要》一书（重庆出版社 1991 年版）
45. 现实主义的功能与文学的法则　《语文导报》1987 年 1 期
46. 为近代文化冲突造影　《文学报》1987 年 11 月 26 日
47. 自然科学向艺术科学的渗透
《未来的观测》一书（福建人民出版社 1987 年版）
48. 系统论对艺术认识论的启迪
《文艺争鸣》1988 年 4 期，收入《走向现代化的文艺学》一书（江苏文艺出版社 1988 年版）

49. 出路：生命自由意识的高扬　　《福建文学》1988年12期
50. 论文学的象征性　　《学术月刊》1990年3期
51. 近年来小说叙事学研究述评（与洪申我合作）
　　《文学评论家》1990年6期
52. “神韵说”之系统观（与洪申我合作）　《福建论坛》1990年6期
53. “诗学”断想
　　《现代诗学》第一卷（浙江大学出版社1990年版）
54. 文艺批评的主体性与自律性（与洪申我合作）
　　《学习与探索》1991年1期
55. 艺术之思　　《厦门文学》1991年10期
56. 艺术的未来
　　——向音乐的复归　　《厦门文学》1991年10期
57. 《石罅中的小花》序
　　陈钊金诗集《石罅中的小花》（海峡文艺出版社1992年版），又载《海内外文学家企业家报》1992年4月1日
58. 赤裸的灵魂
　　——甘景山散文诗印象（与张建明合作）
　　《福建日报》1992年9月27日，《散文选刊》1993年3期选载
59. 艺术的“味”是如何产生的
　　《文艺理论研究》1992年5期，《新华文摘》1992年12期全文转载
60. “特征图式”
　　——艺术超越性的本源　　《学习与探索》1992年5期
61. 论艺术作品的层次结构　　《福建论坛》1992年5期
62. 艺术价值的特征　　《中文自修》1992年5期
63. 诗味新解
　　《文史哲》1992年6期，《新华文摘》1993年2期在“论点摘编”中作了介绍

64. 文学评论：寻求沟通艺术与科学的桥梁 《厦门大学学报》1993年1期
65. 从存在的角度看艺术 《当代文坛》1993年1期
66. 杂技美学的新探索（与李勇合作） 《文艺报》1993年3月19日
67. 象征理论及其审美意义 《学术月刊》1993年3期
68. 运用象征范畴，重建文艺学体系 《文艺理论研究》1993年3期
69. 内容与形式新论 《文学研究》1993年2期
70. 《台湾当代散文综论》序 徐学《台湾当代散文综论》（海峡文艺出版社1994年版），又载《福州晚报》1993年7月19日
71. 危险的误导：把文学推向市场 《福建学刊》1993年4期
72. 论艺术形象的生成机制 《福建论坛》1994年3期
73. 文学文化学研究的现状与对策（与洪申我合作） 《河北学刊》1994年6期
74. “艺术形象”辩 《江海学刊》1994年6期
75. 艺术是结构性存在 《文艺研究》1994年6期
76. 《心灵的历程》序 《心灵的历程》（海峡文艺出版社1994年版）
77. 关于《象征论文艺学导论》 《文论报》1994年4月25日
78. 寻求“中国化”——谈《中国文学思维新体系》 《文学报》1994年7月14日
79. 天真之美——郭风散文诗随笔 《郭风作品研讨会论文汇编》1995年版
80. 超越认识论模式 1995年中外文化与文论国际学术研讨会论文
81. 《超越生命》序 时代出版社1995年10月版
82. 艺术非意识形态论 《学术月刊》1995年1期
83. 旧文艺学体系的哲学反思 《社会科学战线》1995年6期
84. 社会科学要走向社会 《福建学刊》1996年4期
85. 世纪之交当代文艺学的转型 《福建论坛》1996年4期
86. 《文学新思维》序 《文学新思维》（江苏教育出版社1996年版）

87. 文学理论的未来

《中外文化与文论》（四川大学出版社 1996 年版）

88. 人类写作奥秘的成功揭示　　《写作》1996 年 8 期

89. 马正平《写的智慧》总序

《写的智慧》（西南师范大学出版社 1995 年版）

90. 论艺术活动的特殊本质

——形式表现　　《厦门大学学报》1999 年 4 期

91. “思性”之诗

——龙彼德《坐六》长诗系列印象

《坐在一个天上》（浙江文艺出版社 2011 年版）

92. 文艺学何为

——关于“文艺学与社会”的对话（林兴宅传）

《文艺争鸣》1999 年 3 期，收入《99 中国年度文论选》

93. 经济全球化与中国文学（对话）　　《粤海风》2002 年 6 期

94. 关于小说家的专业化（对话）　　《粤海风》2004 年 1 期

95. 寻找砍樵之“斧”（笔谈）

——80 年代“方法论”反省及当下思维方式重建

《社会科学报》2002 年 10 月 3 日

96. 文化散文的独特魅力（评论）　　《文艺报》2007 年 3 月 6 日

后 记

20 世纪 80 年代是当代中国的文化变革与重建的年代，一批福建籍中青年批评家联袂出场，展露风采，并以其开放和创新的风格而备受关注，被称为“闽派批评”。时过境迁，当年那一幕耀眼的景象早已成为历史星空中一闪而过的流星，但作为历史的记忆至今仍然温慰着文化人的心田。2014 年 10 月，在福建省委宣传部部长李书磊的推动下，召开了“闽派批评家高峰论坛”，并策划出版“闽籍学者文丛”。闽籍批评家有机会聚首榕城，回顾过去展望未来，诚为检阅“闽派批评”实力的文化界之盛事。

三十年前，我因两篇长篇论文和一本列入“走向未来丛书”出版的专著引发社会反响，有幸成为“闽派批评”团队的一员。三十年后的今天，借编选“闽籍学者文丛”个人专集的机会，我对自己的文艺理论研究的经历进行了一番回顾，写成“学术自述”，并把 70 年代末以来发表的主要论文浏览了一遍，选出我自认比较有代表性的 24 篇论文，按照理论主题分类，编辑成书。我退休以后即淡出文艺批评界，这些文章已是明日黄花，但自己重新读起来，仍觉亲切和新鲜，有些观点并没有过时，所以也就不怕献丑了。这些文章所讨论的问题，今天的年青学者也许不感兴趣，但用心的读者仍然可以从这些论文对文艺学的“成说”或“定论”进行重评的尝试以及其中所隐含的反常规的逻辑思路和思维方式获得某些启发或心灵的契合。如能这样，这本文集也就不会成为文化垃圾了，此为鄙人之所愿。

在编选文集过程中，我尤其感谢吴子林先生，他适时的催促和指导让我深受感动。

——林兴宅谨记于厦门大学白城陋室